国家古籍整理出版
专项资助项目

中国古典文学
读本丛书典藏

龚自珍选集

孙钦善 选注

人民文学出版社

图书在版编目（CIP）数据

龚自珍选集／（清）龚自珍著；孙钦善选注. —北京：人民文学出版社，2020

（中国古典文学读本丛书典藏）

ISBN 978-7-02-012827-3

Ⅰ.①龚… Ⅱ.①龚…②孙… Ⅲ.①中国文学—古典文学—作品综合集—清代 Ⅳ.①I214.92

中国版本图书馆 CIP 数据核字（2017）第 108785 号

责任编辑	徐文凯
装帧设计	陶 雷
责任印制	王重艺

出版发行	人民文学出版社
社　　址	北京市朝内大街 166 号
邮政编码	100705
网　　址	http：//www.rw-cn.com
印　　刷	三河市博文印刷有限公司
经　　销	全国新华书店等
字　　数	245 千字
开　　本	880 毫米×1230 毫米　1/32
印　　张	13.125　插页 3
印　　数	1—5000
版　　次	2004 年 1 月北京第 1 版
印　　次	2020 年 1 月第 1 次印刷
书　　号	978-7-02-012827-3
定　　价	42.00 元

如有印装质量问题，请与本社图书销售中心调换。电话：010-65233595

目 录

前言　1

诗 选

饮少宰王定九丈(鼎)宅,少宰命赋诗　3
行路易　8
杂诗,己卯自春徂夏在京师作,
　　得十有四首(选五首)　13
呜呜硻硻　19
逆旅题壁,次周伯恬原韵　23
观心　26
又忏心一首　27
戒诗五章(选三首)　29
小游仙词十五首(选五首)　33
夜读番禺集书其尾(二首)　38
能令公少年行有序　40
馎饦谣　49
汉朝儒生行　51
歌哭　63
十月廿夜,大风不寐,起而书怀　64
送刘三　68
夜坐　69
漫感　73

飘零行戏呈二客(二首选一) 75

人草稿 77

三别好诗有序 78

咏史 82

赋忧患 85

秋心三首 86

寒月吟有序(五首选二) 91

释言四首之一 96

自春徂秋,偶有所触,拉杂书之,
　漫不诠次,得十五首(选七首) 98

西郊落花歌 114

哭郑八丈 118

太常仙蝶歌有序 121

秋夜花游 124

九月二十七夜梦中作 126

梦中作四截句 127

歌筵有乞书扇者 130

梦中作 132

题盆中兰花四首(选二首) 133

秋夜听俞秋圃弹琵琶赋诗,
　书诸老辈赠诗册子尾 135

题王子梅盗诗图 139

退朝偶成 144

乞籴保阳(四首选二) 146

己亥杂诗(三一五首选六三首) 152

　其一　著书何似观心贤 152

其三	罡风力大簸春魂	154
其四	此去东山又北山	155
其五	浩荡离愁白日斜	157
其七	廉锷非关上帝才	157
其一〇	进退雍容史上难	158
其一四	颓波难挽挽颓心	160
其一五	许身何必定夔皋	161
其二一	满拟新桑遍冀州	162
其二四	谁肯栽培木一章	163
其二八	不是逢人苦誉君	164
其二九	觥觥益阳风骨奇	165
其四四	霜豪掷罢倚天寒	166
其四五	眼前二万里风雷	169
其四七	终贾华年气不平	170
其五〇	千言只作卑之论	172
其五八	张杜西京说外家	174
其六〇	华年心力九分殚	177
其六二	古人制字鬼夜泣	180
其六五	文侯端冕听高歌	181
其七三	奇气一纵不可阖	182
其七四	登乙科则亡姓氏	183
其七六	文章合有老波澜	184
其八〇	夜思师友泪滂沱	185
其八三	只筹一缆十夫多	186
其八五	津梁条约遍南东	187
其八六	鬼灯队队散秋萤	189

3

其八七	故人横海拜将军	190
其八八	河干劳问又江干	192
其九六	少年击剑更吹箫	193
其一〇二	网罗文献吾倦矣	193
其一〇四	河汾房杜有人疑	195
其一〇七	少年揽辔澄清意	196
其一一七	姬姜古妆不如市	197
其一一八	麟趾衮蹄式可寻	198
其一二三	不论盐铁不筹河	200
其一二五	九州生气恃风雷	202
其一二九	陶潜诗喜说荆轲	203
其一三〇	陶潜酷似卧龙豪	204
其一三一	陶潜磊落性情温	206
其一三五	偶赋凌云偶倦飞	207
其一四〇	太湖七十溇为墟	208
其一四九	祇将愧汗湿莱衣	209
其一五三	亲朋岁月各萧闲	211
其一七〇	少年哀乐过于人	211
其一七八	儿谈梵夹婢谈兵	212
其一八〇	科名掌故百年知	213
其二一〇	缱绻依人慧有馀	215
其二一一	万绿无人嘒一蝉	216
其二二一	西墙枯树态纵横	217
其二三一	九流触手绪纵横	219
其二三二	诗谶吾生信有之	220
其二三九	阿咸从我十日游	221

其二四一	少年尊隐有高文	222
其二五二	风云材略已消磨	223
其二七六	少年虽亦薄汤武	224
其二七九	此身已作在山泉	226
其二九一	诗格摹唐字有稜	228
其二九八	九边烂熟等雕虫	229
其三〇〇	房山一角露崚嶒	230
其三〇三	俭腹高谈我用忧	234
其三一二	古愁莽莽不可说	235
其三一五	吟罢江山气不灵	236

文　选

明良论二　241

明良论三　250

明良论四　255

乙丙之际塾议三　263

乙丙之际著议第七　270

乙丙之际著议第九　273

尊隐　279

松江两京官　288

捕蜮第一　292

捕熊黑鸥鹑豺狼第二　295

捕狗蝇蚂蚁蚤蜃蚊虻第三　296

宥情　297

尊史　302

干禄新书自序　306

说居庸关 310

说京师翠微山 316

送钦差大臣侯官林公序 320

杭大宗逸事状 330

己亥六月重过扬州记 335

病梅馆记 342

吴之癯 344

臣里 347

京师乐籍说 354

与人笺二 357

与人笺五 360

书汤海秋诗集后 363

词　选

菩萨鬘（行云欲度帘旌去） 367

临江仙（一角红窗低嵌月） 368

梦玉人引（一箫吹） 369

鹊桥仙（飘零也定） 371

水调歌头（去日一以驶） 372

醉太平（鞍停辔停） 374

湘月（天风吹我） 375

高阳台（南国伤谗） 377

金缕曲（我又南行矣） 378

鹊踏枝（漠漠春芜芜不住） 380

减兰（人天无据） 381

长相思（海棠丝） 382

南浦(羌笛落花天)　383

丑奴儿令(沉思十五年中事)　384

清平乐(人天辛苦)　385

丑奴儿令(游踪廿五年前到)　386

前　言

一

龚自珍（1792—1841），字璱人，号定盦，浙江仁和（今杭州）人，是我国近代史发轫时期的一位著名的思想家和文学家。他思想犀利，敢于直言，多触犯时忌，因此在仕途上很不得意。二十七岁中举，二十九岁开始做内阁中书这样的小官。后应会试，屡次不第，直到三十八岁，才中进士，由内阁中书历仕宗人府主事、礼部祀祭司行走、主客司主事，官微职闲，受尽排挤。四十八岁辞官南归，五十岁便卒于丹阳书院。由于他童年即随父在京，后来又做朝官，一生在京城居留时间很长，对统治阶级上层有较深的接触和了解。在学术上，龚自珍十二岁时就跟他外祖父段玉裁学《说文解字》，开始受到传统文字训诂之学的严格训练，主张由"小学"而通经。二十八岁时，又从刘逢禄受《公羊春秋》，接受了经今文学的影响，他曾说："昨日相逢刘礼部，高言大句快无加。从君烧尽虫鱼学，甘作东京卖饼家"（《杂诗，己卯自春徂夏在京师作，得十有四首》其六，下引此题简称《己卯杂诗》），思想受到很大启发，决心抛开束缚思想的训诂考据之学，研究具有异义可怪之论的公羊学，利用它讥切时政，倡言改革，从而把清代的今文经学从经师的故纸堆中解放出来，与当时社会改革的潮流联系起来。关于龚自珍的生平事迹，吴昌绶编《定盦先生年谱》及张祖廉撰《定盦先生年谱外纪》（均附《龚自珍全集》之后）记载甚详，可参。

龚自珍生活的年代，正值清朝国势急遽衰落的时期，也是中国历史由于外国资本主义的入侵，开始由封建社会向半封建半殖民地社会转折的时期。当时矛盾重重,危机四伏。一些封建地主阶级的开明知识分子惊醒起来,想方设法挽救危势。龚自珍就是这一类人突出的代表,当时与魏源齐名。龚自珍担心资本主义列强的侵略,具有强烈的爱国主义思想。他还无情地揭露与批判现实的黑暗、政治的腐朽,提倡改革,幻想对封建制度做一些局部的改良,使"衰世"回到"升平世"、"太平世"。龚自珍虽然终未跳出封建阶级的圈子,但由于他富有爱国思想,并对腐朽的封建社会作了一些批判,力倡变革,特别是他的个性解放思想反映了资本主义的萌芽,所以他在晚清思想界产生过巨大的影响,对后来的资产阶级改良运动起了直接的启蒙作用,从而成为先驱思想家。正如梁启超所说:"晚清思想之解放,自珍确与有功焉;光绪间所谓新学家者,大率人人皆经过崇拜龚氏之一时期;初读《定盦文集》,若受电然,稍进乃厌其浅薄。"(《清代学术概论》)既"若受电然",又"厌其浅薄",仿佛是矛盾的,然而准确地反映了龚自珍作为一个启蒙思想家,思想上的犀利和朦胧两者对立统一的特征。

  龚自珍是一个思想家,怀有政治抱负,他说:"纵使文章惊海内,纸上苍生而已"(《金缕曲·癸酉秋出都述怀有赋》);又说:"臣将请帝之息壤,惭愧飘零未有期;万一飘零文字海,他生重定定盦诗。"(《飘零行,戏呈二客》)可见他并不甘仅仅做一个文人。但是他毕竟又是近代著名的文学家,他诗、文、词兼长,而以诗的成就为最高,下面根据这种实际情况,分别主次,加以论述。

二

  龚自珍的诗不同凡响,与当时的政治斗争紧密联系着,既是他斗争生活的产物,又是他进行斗争的武器,里面充满着战斗的气息。"偶赋山川行路难,浮名十载避诗坛。贵人相讯劳相护,莫作人间清议看。"

(《己卯杂诗》其八。自注：谢姚亮甫丈席上语。）由于他的诗敢于干预黑暗的政治，以致遭到达官贵人的纠讯，使自己的朋友不得不以开脱之词为之回护。然而他实际认为他的诗歌，就是人间关于政事的"清议"，正是有感于世路难行时局艰险而发的，表现出一种无畏的精神。这首诗作于1819年，还只是就他早期的诗作（大部分已佚）说的，后来这种精神有增无减，贯穿在他的整个诗歌创作之中。1820年（嘉庆二十五年），他曾发誓戒诗，但是当年就破戒了。为什么要戒诗？是因为在黑暗的文化政策迫害之下，深有难言之苦。又为什么要破戒？是因为他对现实深有感触，欲罢而不能，必吐而后快。他说："外境迭至，如风吹水，万态皆有，皆成文章，水何容拒之哉？"（《与江居士笺》）这里以风比喻现实，以水比喻他的心境，风吹则水动，水欲静而风不止，怎能甘于寂寞呢！所以他正视现实一生，也坚持战斗的诗歌创作一生。

龚自珍的诗作是相当多的。他于1827年（道光七年）自编的《破戒草》和《破戒草之馀》各一卷（共一百八十五首，写作时间始于1821年，终于1827年），以及1839年（道光十九年）中辞官后写的《己亥杂诗》三百十五首，还完整地流传下来。而据《己亥杂诗》第六十五首自注"诗编年始嘉庆丙寅（1806），终道光戊戌（1838），勒成二十七卷"云云，当是有相当一部分是散失了。龚诗的辑佚，只有龚橙的《定盦集外未刻诗》，收诗九十七首，多半是1819、1820两年（嘉庆二十四、二十五年）中的作品。其中《破戒草》编定以后的作品，又仅见数篇，且不是每年皆有，而1819年以前的作品更是只字不见。1959年，中华书局上海编辑所编辑出版的《龚自珍全集》又有所补遗，但尚难称为完帙。这一工作大有继续下去的必要。

龚自珍对当时封建社会的矛盾和危机，有较深刻的感受与认识。反映封建社会的没落，批判封建社会的腐朽，大声疾呼变法改良、解放人材，成为龚诗的一个重要内容。

> 楼阁参差未上灯，菰芦深处有人行。凭君且莫登高望，忽忽中原暮霭生。
>
> ——《己卯杂诗》其一二。自注："题陶然亭壁。"

这决不是泛泛写景之作，最后一句是深有寓意的，那正是当时社会没落形势的写照。其他如："白日西倾共九州，东南词客愀然愁"（《怀沈五锡东庄四绥甲》），"四海变秋气，一室难为春"（《自春徂秋，偶有所触，拉杂书之，漫不诠次，得十五首》其二），"秋气不惊堂内燕，夕阳还恋路旁鸦"（《逆旅题壁次周伯恬原韵》）等等，也是如此。总之，"秋气"、"夕阳"——这就是诗人基于深刻的现实感受与观察，对社会危机所作的艺术概括。

面对这样的形势，诗人的态度是怎样的呢？且让我们看两首诗：

> 黔首本骨肉，天地本比邻。一发不可牵，牵之动全身。圣者胞与言，夫岂夸大陈？四海变秋气，一室难为春。宗周若蠢蠢，嫠纬烧为尘。所以慷慨士，不得不悲辛。看花忆黄河，对月思西秦。贵官勿三思，以我为杞人！
>
> ——《自春徂秋……得十五首》其二

> 名场阅历莽无涯，心史纵横自一家。秋气不惊堂内燕，夕阳还恋路旁鸦。东邻菱老难为妾，古木根深不似花。何日冥鸿踪迹遂，美人经卷葬年华！
>
> ——《逆旅题壁，次周伯恬原韵》

诗人是"不得不悲辛"的"慷慨士"，是达官贵人眼里多虑的"杞人"。他"心史纵横"，既把一腔热情倾注于现实，又对历史经验进行冷静的观察，渴望通过改良挽救危势。但是顽固的保守势力当道，他无法实现自己的抱负，于是忧心忡忡，乃至想愤然退隐。这里流露了深沉的忧国忧民之情，表现了急切的改革弊政、力挽颓波的理想，反映了与腐朽势力的尖锐对立。当然这里也隐含着诗人与封建制度共命运的思想情感，这是他的阶级和历史的局限，作为一个地主阶级的开明知识分子，龚自珍不可能产生新制度的理想，他只能向往封建社会的所谓"开明盛世"。但是，他决不想保留一个破烂摊子，他对当时封建社会的腐朽是深恶痛绝的，因此他才敢于正视现实，揭露矛盾，狠狠批判社会黑暗，无情地鞭挞那些苟延残喘、醉生梦死的达官贵人。诗人与保守势力是势不两立的，他用不为"秋气"所惊的"堂内燕"，形象地刻画了他们养尊处优、麻木不仁的丑态，有力地揭露了他们腐朽没落的本质。

龚自珍不仅揭露与批判了封建社会的腐朽，而且明确提出了变法的主张。由于阶级和历史的局限，他提倡的改革，只能是自上而下的改良，而且没有从根本上超出封建主义的范畴。他理想的归宿，是封建阶级内部的人材解放，即把社会的命运寄托在开明的、有才干的封建知识分子身上。这种思想在他的诗中有集中、鲜明的表现。例如：

> 九州生气恃风雷，万马齐喑究可哀。我劝天公重抖擞，不拘一格降人材！
>
> ——《己亥杂诗》其一二五

这首诗通过对现实的深刻反映，集中地表露了诗人的变革思想。"风雷"象征着雷厉风行的变革，它是保持生气的根源，而保守势力却害怕它，压制它，百般禁锢人们的思想，造成了"万马齐喑"的可悲局面；"风雷"是要靠有作为的人来鼓动的，而这样的人却遭到扼杀，昏官庸才反而身居势要。这一点是最为诗人所痛心疾首的，因此，抨击官僚集团腐败、反对专制主义思想禁锢、呼唤人材解放的诗作在龚集中屡见不鲜。如：

> 不论盐铁不筹河，独倚东南涕泪多。国赋三升民一斗，屠牛

> 那不胜栽禾!

——《己亥杂诗》其一二三

张祖廉所撰《定盦先生年谱外纪》有一则说:"明徐贞明撰《潞水客谈》,论西北水利事实,其一条云:'东南转输,每以数石而致一石,民力竭矣,而国计因之以蹙。惟西北有一石之入,则东南省数石之输,……东南民力,庶几获苏,其利一也。'先生议曰:'东南之漕运,国家设漕务各官兵役胥吏,及一切转输之费,浚河道之费,国家亦以数石而致一石也。畿辅稻熟,则取之也近,国帑减省,亦一利也。'"而统治者却因袭弊政,不事筹划。他们根本不顾国计民生,一味滥加搜刮,以致使人民破产,农业萧条。这首诗即对此提出了严厉的指责。又如:

> 只筹一缆十夫多,细算千艘渡此河。我亦曾縻太仓粟,夜闻邪许泪滂沱。

——《己亥杂诗》其八三

这首诗是诗人辞官南归时,在淮浦看到运粮船所发的感慨,饱含着忧国忧民之情。末二句决不仅限于内疚和自愧,实际上是对整个素餐尸位的官僚集团的愤怒谴责。

诗人对官场的揭露不限于就事论事,已深入到人们的灵魂深处,例如:

> 阅历名场万态更,原非感慨为苍生。西邻吊罢东邻贺,歌哭前贤较有情。

——《歌哭》

末句意出《论语·述而》:"子于是日哭,则不歌。"是说论歌哭哀乐,还是前贤较有真情,而现实官场的一班人,根本不忧国忧民,为了一己私利,到处钻营周旋,随机应变,歌哭无常,虚伪之情,可恨可鄙!

诗人所希冀的人材是既有"性情"、又有"学术"的人,而当时那些权贵佞臣却是"本无性情、本无学术之侪辈"(《明良论四》)。何谓有性情?是指有独立的人格,敢做敢为,锋芒毕露,对恶势力不唯唯诺诺俯首听命,而不是"委蛇貌托养元气,所惜内少肝与肠"(《饮少宰王定九丈鼎宅,少宰命赋诗》)。何谓"有学术"?是指有真才实学和济世之策。如在《治学》一文中,龚自珍认为"治"、"学"、"道"三者应该是统一的。这样的人现实中并不缺乏,而他们却遭到专制统治的压迫和束缚,受到权贵的排挤和打击。他们怀才不遇,但很有骨气。诗人同情他们的遭遇,赞美他们的人格。如《太常仙蝶歌》序赞扬姚祖同"见排挤不安其位",但"岳立不改";《少宰命赋诗》一首歌颂王鼎"阅世虽深有血性,不使人世一物磨锋芒"。在《己亥杂诗》中,他为"如此奇材终一令"的朋友惋惜,为身遭埋没的众多师友痛心、不平:"夜思师友泪滂沱,光影犹存急网罗。言行较详官阀略,报恩如此疚心多!"(自注:近撰平生师友小记百六十一则。)德富才高却是"官阀略",高度地概括了当时一切正直的、有作为的知识分子的共同遭遇。诗人所肯定的,不止是一些刚正不阿的文人,他还赞赏肯为人排患解难,伸张正义的侠士,如《送刘三》:"刘三今义士,愧杀读书人。风雪衔杯罢,关山拭剑行。英年须阅历,侠骨岂沉沦!亦有恩仇托,期君共一身。"

龚自珍的这一类诗,不仅歌颂与同情那些怀才不遇的人,更重要的还在于批判了摧残人材的黑暗势力和官僚制度。例如:

> 金粉东南十五州,万重恩怨属名流;牢盆狎客操全算,团扇才人居上游。避席畏闻文字狱,著书都为稻粱谋!田横五百人安在?难道归来尽列侯!

——《咏史》

这是一首借咏史以讽今的名作。"牢盆"二句深刻揭露了权佞统治的实质。"避席"二句表面上委婉，实际等于直言不讳地对清王朝实行的高压统治和思想禁锢表示了不满和抗议，而对一般的知识分子却充满着哀其不幸、怒其不争的复杂感情。最后两句用刘邦许以"大者王，小者侯"，招降田横五百壮士的故事，揭露了统治者笼络欺骗的伎俩，提醒人们不要上当。

又如《汉朝儒生行》，也是同类主题的借古喻今之作。诗人先写了一个有才学而"门寒地远性傥荡，出门无阶媚天子"的儒生，然后借他的口，让不平人传不平事，道出一个出身寒微而有才干的将军如何被打击、遭埋没。这个将军原是有功之臣："关西籍甚良家子，卅年久绾军符矣。不结椎埋儿，不长鸣珂里，声名自震大荒西，饮马昆仑荡海水。不共郅支生，愿逐楼兰死"；曾深受兵士的拥戴："山西少年感生泣，羽林群儿各努力。共知汉主拔孤根，坐见孤根壮刘室。"而结果却是："不知何姓小侯瞋，不知何客譥将军；将军内顾忽疑惧，功成定被他人分。不如自亲求自附，飞书请隶嫖姚部。上言乞禁兵，下言避贤路。笑比高皇十八侯，自居虫达曾无羞。此身愿爵关内老，黄金百斤聊可保。"这里对被迫害者的退缩自保，虽然也有微词，但矛头所指主要在"不知何姓小侯瞋，不知何客譥将军"那种勾心斗角、争权夺利、嫉妒与扼杀人材的上层社会。诗后面还写道："汉家庙食果何人？未必卫霍无俦伦；酎金失侯亦有命，人生那用多苦辛！"则直指最高统治者。"酎金失侯"是汉代统治者削除列侯爵位的阴谋手段，诗人写在这里深有微旨，狠狠地批判了清王朝猜忌志士功臣，实行权佞统治的官僚制度。

三

"一山突起丘陵妒"（《夜坐》）。龚自珍在当时是一个卓然不群、叛逆正统的人物，以致"苦不合时宜，身名坐枯槁"（《乞籴保阳》）。还在年轻的时候,就曾有人劝过他:"唯愿足下循循为庸言之谨,抑其志于东方尚同之学,则养德养身养福之源,皆在乎此。"(《年谱外纪·王铁夫覆书》)所谓东方尚同之学就是儒学。但是他决不甘心就范于统治者给一般士人安排好了的顺随服从的生活道路。他既不能歌功颂德,粉饰太平,俯首帖耳做奴才;也不愿像当时的汉学家那样畏首畏尾,埋身于故纸堆,逃避现实。他坚持自己的理想和情操,与保守势力、黑暗现实坚决对立。关于这方面,他写了不少直抒胸臆、感情炽烈的诗歌。

前面已经谈到,诗人对现实的批判态度,是构成他与统治集团矛盾的主要原因。此外,"放诞忌于国",诗人的作为还有许多突破封建思想、伦理的地方。例如,对一直为统治者所推崇的儒家的鄙视就是如此:"兰台序九流,儒家但居一。诸师自有真,未肯附儒术。后代儒益尊,儒者颜益厚。"(《自春徂秋,偶有所触,拉杂书之,漫不诠次,得十五首》其一〇)这决不只是学术上的异端思想,也是在一定程度上对封建正统思想的挑战。正因为这样,诗人一生才备受坎坷。他清楚地知道,信奉道学可以得到功名利禄:"科名几辈到儿孙,道学宗风毕竟尊"(《荐主周编修贻徽属题尊甫小像,献一诗》),但是他不能违心地去这样做。他也知道,埋头于统治者用来笼络文人、禁锢思想的朴学,也是一条稳妥的道路,但是他决不肯放弃政治抱负,"终贾华年气不平";决不甘心钻故纸堆,"至竟虫鱼了一生"(《己亥杂诗》其四七)。晚年,他曾对儿子说:"俭腹高谈我用忧,肯肩朴学胜封侯。五经烂熟家常饭,莫似而翁啜九流。"(《己亥杂诗》其三〇三)这里是对自己生活道路的回顾与检点,而对儿子的告诫不过是出自对后代继续遭受迫害的忧虑,丝毫没有对自己思想行为的忏悔之意。

阿谀奉承,营私舞弊,当时整个官场和上层社会到处充满着虚情假意,随时可见到勾心斗角。在这样的环境里,诗人是那样的格格不入。

他热切地追求纯真的心灵,赞许光明磊落的行为。纯洁的"童心",一再为他所讴歌,如:"道焰十丈,不敌童心一车"(《太常仙蝶歌》);"黄金华发两飘萧,六九童心尚未消。叱起海红帘底月,四厢花影怒于潮。"(《梦中作》)这无瑕的"童心"与那险恶的"机诈",形成多么鲜明的对照!不假造作的朴诚,也一再为他所赞美,如:"黄犊怒求乳,朴诚心无猜。犊也尔何知,既壮恃其孩!……智亦未足重,愚亦未可轻;鄙夫较量愚智间,何如一意求精诚?仁者不诽愚痴之万死,勇者不贪智慧之一生。寄言后世艰难子:白日青天奋臂行!"(《鸣鸣硁硁》)诗人已厌倦官场的应酬,纯真的"童心"现实中难寻,他梦寐以求:"少年哀乐过于人,歌泣无端字字真。既壮周旋杂痴黠,童心来复梦中身。"(《己亥杂诗》其一七〇)而媚态取宠的奴性,则更为诗人所厌恶:"缱绻依人慧有馀,长安俊物最推渠。故侯门第歌钟歇,犹办晨餐二寸鱼。"(《己亥杂诗》其二一〇。诗末自注:忆北方狮子猫。)这简直是一幅绝妙的讽刺漫画!诗人对上流社会的虚伪情态,是那样地憎恶,以至于责怪起"造物者"为什么要如此矫饰地造出这样一班人:"陶师师娲皇,抟土戏为人。或则头帖帖,或则头颡颡;丹黄粉墨之,衣裳百千身";他所希望的是朴素自然,天真烂漫:"因念造物者,岂无属稿辰?兹大伪未具,娲也知艰辛;磅礴匠心半,斓斑土花春。剧场不见收,我固怜其真;谥曰'人草稿',礼之用上宾。"(《人草稿》)如果说龚自珍的经济、政治思想还未越出封建主义的藩篱,那么他在人性、伦理方面的个性解放思想,可以说已具有资产阶级的性质,与当时资本主义萌芽的现实情况紧密地联系着。

诗人出污泥而不染,傲岸不群,与上层社会的权贵们强烈地对立着。如:"贵人一夕下飞语,绝似风伯骄无垠。平生进退两颠簸,诘屈内讼知缘因。侧身天地本孤绝,矧乃气悍心肝淳!欹斜谑浪震四坐,即此难免群公瞋。"(《十月廿夜,大风不寐,起而书怀》)而《能令公少年行》一首,通过对理想生活的憧憬和描绘,同样表现了这一矛盾:"十年不见王与公,亦不见九州名流一刺通。其南邻北舍,谁与相过从?痀瘘丈人石户农,嵚崎楚客,窈窕吴侬,敲门借书者钓翁,探碑学拓者溪僮。"

诗人与黑暗现实的矛盾是非常尖锐的,他清醒地感到自己是处在"世人皆欲杀"的境地。我们试看他笔下的自我形象:"天步其艰哉,光岳钟难恃。育气六合来,初日照濛汜。抱此葵藿孤,斯人拙无比。一夫起锄之,万夫孰指使?一夫怒用目,万夫怒用耳;目怒活犹可,耳怒杀我矣!"(《自春徂秋,偶有所触,拉杂书之,漫不诠次,得十五首》其九)他简直成了腐朽势力的众矢之的,于是忧患便一个个接踵而至:"故物人寰少,犹蒙忧患俱。春深恒作伴,宵梦亦先驱。不逐年华改,难同逝水徂。多情谁似汝?未忍托襄巫。"(《赋忧患》)由于反动势力的暂时强大和个人反抗力量的单薄,诗人的一生只能涂着浓重的悲剧色彩。他以秋天的凄凉比自己的心境,以春暮的落花比自己的身世。有时也不免流露出消极的情绪,如"坐耗苍茫想,全凭琐屑谋"(《撰羽琌山馆金石墨本记成,弁端二十字》),这是想以琐事细行消磨自己的意志;"从此请歌行路易,万缘简尽罢心兵"(《四月初一日投牒更名易简》),这是想不问世事,息心简虑,以免患难;"危哉昔几败,万仞堕无垠。……空王开觉路,网尽伤心民"(《自春徂秋,偶有所触,拉杂书之,漫不诠次,得十五首》其一四),这是想皈依佛教以求解脱。但是,这只是诗人矛盾心境的一个方面,而且是次要的方面。他的精神状态的主要方面是积极的、战斗的。如:"多情难似汝?未忍托襄巫","皇天误矜宠,付汝忧患物。再拜何敢当,借以战道力。"(《寒月吟》)这是对忧患的嘲弄。"一日所履历,一夕自甄综。神明甘如饴,何处容隐痛?沉沉察其几,默默课于梦。少年谰语多,斯言粹无缝。患难汝何物,屹者为汝动?"(《自春徂秋,偶有所触,拉杂书之,漫不诠次,得十五首》其六)诗人并不想逃避不幸的命运,我行我素,问心无愧,蔑视患难,不为所动,骨头不能说不硬!"玉树坚牢不病身,耻为娇喘与轻颦。天花岂用铃籞护?活色生香五百春。"(《己亥杂诗》)这正是诗人自己坚强性格的写照。读龚诗不时会感受到郁郁勃勃的乐观倔强的精神。"罡风力大簸春魂,虎豹沉沉卧九阍。终是落花心绪好,平生默感玉皇恩。"(《己亥杂诗》其三)客观存在的恶势力不能说不强大,但诗人的主观精神是轻松的。这首诗,幽默之中带着对厄运的戏嘲。"浩荡离愁白日斜,吟鞭东指即天涯。落红不是无情物,化作春泥更护花。"(《己亥杂诗》其五)这里不能说没有惆怅,但是与失望却是绝缘的,他甘愿以"落红"之身,去护新生之花。"安得树有不尽之花更雨新好者,三百六十日长是落花时"(《西郊落花歌》)!这里诗人决不袭"古来但赋伤春诗"的老调,在他看来,落花并不值得怎样悲哀,如果它有新生作为替身的话;最可悲的是新生也遭到扼杀,他是把理想寄托在生生不已之上的。"天命虽秋肃,其人春气腴"(《哭郑八丈》),这是写别人的诗句,而他自己又何尝不是如此!如《秋夜花游》:"恨不称花意,踟躇清酒杯。酒杯清复深,秋士多春心。且遣秋花妒,毋令秋魄沉。云何学年少?四座花齐笑。"决不能把这类诗看作是诗人在故作旷达语,这实在是他不灭的理想与顽强的性格的自然流露。他看到保守势力已经腐朽,相信自己是正义的,才觉得有一定的力量。很难设想,如果不是对理想的执着,如果没有一定的真理信念的支持,他不会凭空发出那样乐观的歌唱。

"一官虱人海,开口见牴牾"(《题兰汀郎中园居三十五韵》),这种处境使他最后不得不与统治集团决裂,辞官归隐。但是他始终没有逃避现实而消沉下去。辞官南归时写的《己亥杂诗》中有"舟中读陶诗三首",其一曰:"陶潜诗喜说荆轲,想见《停云》发浩歌。吟到恩仇心事涌,江湖侠骨恐无多。"其二曰:"陶潜酷似卧龙豪,万古浔阳松菊高。莫信诗人竟平淡,二分《梁甫》一分《骚》。"长久以来,陶渊明被人们披上一件仙衣,打扮成不食人间烟火的高士,而龚自珍却能透过现象看到本质,作出这样准确的评价。这是难能可贵的,但也决不是偶然的,正因为他与陶渊明心心相印,所以才能直探心曲。这里诗人正是以陶渊明自况。从《己亥杂诗》中还可以看出,他对国计民生仍眷眷于怀。前面所举"只筹一缆十夫多"一首,就是明显的例子。再如:"太湖七十溇为墟"一首,是写"陈吴中水利策于同年裕鲁山布政"(诗末自注)的。吴昌绶评此诗曰:"先生曩在北,陈北直种桑之策于畿辅大吏,过苏州,则陈吴中水利策于同年鲁山布政,民物之怀,固无时不睠睠也。"的确如此。鸦片战争爆发前夕,中国面临着资本主义列强侵略的严重危机。诗人忧虑重重,一方面对不思抵抗、反而沉醉于毒品的达官贵人作了无情的讽刺与斥责,如"津梁条约遍南东"、"鬼灯队队散秋萤"等诗;一方面想挺身而出为抵抗侵略贡献力量。林则徐到广东禁烟,他本想南游协助,终不得实现,深以为憾:"故人横海拜将军,侧立南天未蒇勋。我有阴符三百字,蜡丸难寄惜雄文。"(《己亥杂诗》其八七)这时诗人对未酬的安边济世的壮志也没有忘怀,抚今追昔,有无限感慨:"九边烂熟等雕虫,远志真看小草同!枉说健儿身手在,青灯夜雪阻山东。"(《己亥杂诗》其二九八)但是他并不绝望,他相信自己的一些谋略是正确的,即使暂时被埋没,将来也必定实现。如他曾就《西域置行省议》和《东南罢番舶议》(此篇已佚)两文自信地说:"文章合有老波澜,莫作鄱阳夹漈看(此句是说莫要把这些文章看成像郑樵《通志》、马端临《文献通考》那样单纯的历史考据)。五十年后言定验,苍茫六合此微官!"(《己亥杂诗》其七六)而对于现实"万马齐喑"的局面,他更是热望着"风雷"来冲破。

总之,尽管诗人的心境是矛盾的,但他"心史纵横"一生,对现实生活从未冷漠过;呼唤"风雷"至死,理想的火花始终闪烁着光亮。正是这一点使得他的诗充满着百折不挠的战斗精神。

四

龚自珍在清代诗坛上是一个异军突起的人物。这不仅因为他诗中的犀利思想新人耳目,还因为在艺术上也是富于创造性的。前人多以"瑰奇"来评龚诗,正说明了这一点。

为了有助于了解龚诗的艺术风格,有必要先看看他的诗歌主张。我们知道,清朝自康熙以来,适应统治阶级的政治需要,沈德潜的"格调说"被奉为诗坛正宗。沈氏主张诗歌格调必须模拟唐人,而又"将求诗教之本源"(《唐诗别裁序》),认为"今虽不能竟越三唐之格,然必优柔渐渍,仰溯风雅,诗道始尊"(《说诗晬语》)。这是一种形式主义、复古主义的诗论,其实质是引导诗歌创作脱离现实,符合儒家"温柔敦厚"的诗教,以达到粉饰太平、为统治者歌功颂德的目的。而龚自珍则主张用诗歌揭露矛盾,批判现实,抒发不平和感慨,与这派理论针锋相对。他说:"诗格摹唐字有棱,梅花官阁夜镂冰。一门鼎盛亲风雅,不似苍茫杜少陵。"(《己亥杂诗》其二九一。自注:"王秋坨大堉《苍茫独立图》。")这首诗系为友人王秋坨题画之作,主要写了王氏诗歌的艺术风格和思想倾向。他认为王诗摹拟唐人,专事雕琢,上宗风雅,温柔敦厚,多盛世之音,根本不像杜诗,与其《苍茫独立图》内容不符,而现实所需要的却是像杜诗那样反映世上疮痍、民间疾苦的"苍茫"风格。其次,龚自珍也反对脱离现实的吟风弄月的倾向。如:"天教伪体领风花,一代人材有岁差。我论文章恕中晚,略工感慨是名家。"(《歌筵有乞书扇者》)他标榜中晚唐,强调感慨,其实质就是要求文学慷慨悲歌地用批判的精神反映没落的社会现实。否则如当时诗坛"夕阳忽下中原去,笑咏风花殿六朝"(《梦中作》),同样会起粉饰太平的恶劣作用。他的创作非常出色地实现了自己的文学主张。"铁石心肠愧未能,感慨如麻卷中见。"(《秋夜听俞秋圃弹琵琶赋诗,书诸老辈赠诗册子尾》)根植于现实的深沉感慨,正是龚诗最鲜明的特色。还应指出,龚诗中固然有"夕阳无限好,只是近黄昏"(李商隐《登乐游原》)那种情调,而他的感慨又不全同于中晚唐诗人,他对未来的憧憬,使得他的诗调子激昂得多,气势雄浑得多。

深邃含蓄是龚诗的又一特色。他说过:"欲为平易近人诗,下笔清深不自持。"(《己卯杂诗》其一四)龚自珍不仅善于深刻入微地观察与体验社会,而且善于用凝练得像格言一般的形象语言,把他的认识与感受表达出来。如"九州生气恃风雷,万马齐瘖究可哀"两句,高度地概括了时代的形势和气氛,强烈地抒发了自己的感慨和愿望。又如:"俭腹高谈我用忧,肯肩朴学胜封侯。五经烂熟家常饭,莫似而翁啜九流。"(《己亥杂诗》其三〇三)看来是平淡的家常话,但其中饱含着诗人辛酸的生活体验,也概括了当时知识分子中两种人不同的生活道路和遭遇。写朴诚难得他能引纯真可爱的牛犊为喻:"黄犊怒求乳,朴诚心无猜。"(《呜呜硿硿》)这是多么含蓄而强烈地表现了不带一丝造作的真率。其次,龚诗往往寓意于景,这也是形成含蓄的一个因素。如"一山突起丘陵妒,万籁无言帝坐灵"(《夜坐》),"斗大明星烂无数,长天一月坠林梢"(《秋心》),既是写景,又是暗喻在扼杀人材的社会中自己的沦落。"谁肯栽培木一章?黄泥亭子白茅堂。新蒲新柳三年大,便与儿孙作屋梁!"(《己亥杂诗》其二四。自注:道旁风景如此。)这里寓有不图长远、不树人材的感慨。这一类诗,或是基于深刻感受的自然联想,或是贴切的比喻,意和景之间并无隔碍,不是概念的图解,也不是牵强的象征。另外,龚诗中还多用反语、曲笔,这也构成了含蓄。"纵有噫气自填咽,敢学大块舒轮囷?"(《十月廿夜,大风不寐,起而书怀》)表面上似乎要甘于忍气吞声,其实非像"大块舒轮囷"那样,不足以倾吐心中不平之气。"皇天误矜宠,付汝忧患物"(《寒月吟》其二),明明是受惩治,却偏偏说成受矜宠。"终是落花心绪好,平生默感玉皇恩"(《己亥杂诗》其三),表面说感戴,实则是奚落。"忽筮一官来阙下,众中俯仰不材身"(《秋心》),好像是自愧不才,实际是傲岸不群。"守默守雌容努力,毋劳上相损宵眠"(《释言四首之一》),"容努力"并非想真努力,肯定还会使"上相"眠不宁的。这些诗都是冷中有热,屈中带强,柔中含刚的。还有一些讽刺诗,如《人草稿》、《己亥杂诗》"狮子猫"等,也是平淡中含着辛辣,光滑中隐着芒刺,似褒而实贬,含蓄而有力。

当然毋庸讳言,龚诗也有它隐晦的地方,这主要是统治者高压和禁锢政策所造成的。诗人明说过:"戒诗昔有诗,庚辰诗语繁。第一欲言者,古来难明言。故将谲言之,未言声又吞。不求鬼神谅,矧向生人道?东云露一鳞,西云露一爪。与其见鳞爪,何如鳞爪无?况凡所云云,又鳞爪之馀……"(《自春徂秋,偶有所触,拉杂书之,漫不诠次,得十五首》其一五)难言之苦,倾诉殆尽。

由于诗人的感慨不是低沉的呻吟,含蓄也不是懦弱的躲闪,因此,他的感情像压抑在地壳下的岩浆一样,有时就难免会爆发为震撼大地的火山。"高吟肺腑走风雷"(《三别好诗》),这是他题方百川遗文的诗句,用来评价他自己的诗,不也是十分恰切的吗?像《能令公少年行》、《十月廿夜,大风不寐,起而书怀》、《西郊落花歌》、《己亥杂诗》"九州生气恃风雷"等诗,都是这一风格的鲜明体现。这些诗,情感激切,想象奇特,有着浓厚的浪漫主义色彩,构成了龚诗的第三个特点。龚诗的这一艺术特点,与文学史上的浪漫主义传统是一脉相承的。他说:"名理孕异梦,秀句镌春心。庄骚两灵鬼,盘踞肝肠深"(《自春徂秋,偶有所触,拉杂书之,漫不诠次,得十五首》其三)。又说:"庄、屈实二,不可以并;并之以为心,自白始。"(《最录李白集》)可见,他非常喜爱庄子、屈原、李白的艺术风格,受到他们深刻的影响。

龚自珍的诗在近代文学史上独树一帜,对后世影响很大。资产阶级改良派诗人康有为、黄遵宪,资产阶级革命派诗人柳亚子、高旭等,都曾刻意学习过龚诗的思想、艺术成就,这可从他们的诗作中找到痕迹。鲁迅和龚自珍是邻乡人,他很喜爱龚自珍的诗,在艺术上也受过龚自珍的影响。唐弢《鲁迅全集补遗编后记》说:"先生好定庵诗。"许寿裳在《亡友鲁迅印象记》第二二节中,曾录鲁迅1933年在上海为杨杏佛送殓后写的一首诗:"岂有豪情似旧时,花开花落两由之。何期泪洒江南雨,又为斯民哭健儿。"接着评道:"这首诗才气横溢,富于新意,无异龚自珍。"

五

最后谈一谈龚自珍的散文和词。

龚自珍一生大约写了四五百篇文章,收入《全集》的有三百七十七篇。1975年出版的《全集》后附《龚自珍佚著待访目》载著作目或文章目六十一种,这仍是一个不完全的数字。龚文大致可分为奏议政论、学术考订、传记碑铭、书信及杂文寓言等类。其中有不少文艺散文或具有文学价值的作品,在他整个的文学成就中仅次于诗而列居第二。本书入选的散文,正是从文学角度着眼的。

龚自珍散文中所表现的主题思想与他的诗歌的思想内容大致相应。

"论议军国、臧否政事之文章"(《京师乐籍说》)在他的散文中占重要地位。对内他观察到尖锐复杂的阶级矛盾,提出限制贫富分化和土地兼并的主张。在1816年(嘉庆二十一年)写的《平均篇》中,他认识到贫富悬殊是世俗败坏、社会动乱的根本原因:"小不相齐,渐至大不相齐;大不相齐,即至丧天下。"但提出的解决办法还比较抽象,认为"此贵乎操其本源,与随其时而剂调之","有四挹四注:挹之天,挹之地,注之民;挹之民,注之天,注之地;挹之天,注之地;挹之地,注之天","而乃试之以至难之法,齐之以至信之刑,统之以至澹之心"。作者在1835年(道光十五年)为此文所写的自记中说:"越七年(值道光三年),乃作《农宗篇》,与此篇大指不同,并存之,不追改,使备一,聊自考也。"《农宗篇》较《平均篇》所谓"大指不同",是指由限田到不限田,由防其不齐到任其不齐:"天谷没,地谷出,始贵智贵力,有能以尺土出谷者,以为尺土主;有能以倍尺、若十尺、伯尺出谷者,以为倍尺、十尺、伯尺主"(《农宗》)。这是一种按天赋能力和耕种实效分配土地的思想,虽已改"平均"之法,但仍强调劳动农民不应失去土地。在生产与交换上,主张维持自给自足的自然经济,限制商品经济的发展,保证"衣食之权重","泉货之权不重"。十分清楚,龚自珍在经济、政治思想方面始终未跳出封建主义的窠臼。对外他主张安边守疆,防御资本主义列强的侵略,表现出高度的爱国主义思想。龚自珍所关心的边事,一在西北,一在东南。于西北,他十分担心沙俄对我国的蚕食和民族分裂主义分子的媚外卖国,写有《西域置行省议》、《御试安边绥远疏》等,主张于新疆置行省,下设府州,移民垦边,尽撤屯田,"公田变为私田,客丁变为编户,戍边变为土著","出之行阵,散之原野";从而以"足食足兵"("开垦则责成南路,训练则责成北路")达到"以边安边"("常则不仰饷于内地十七省,变则不仰兵于东三省")。于东南,他十分忧虑英国的鸦片贸易、武装侵略和官僚买办的里通外敌,写有《东南罢番舶议》,已佚,其有关思想由《阮尚书年谱第一序》、《送钦差大臣侯官林公序》等文可见一斑。在前文中他揭露了英国侵略者凶残、狡猾,说:"粤东互市,有大西洋,近惟英夷,实乃巨诈,拒之则叩关,狎之则蠹国。"后文写于1839年(道光十九年)林则徐被命为钦差大臣赴广东禁鸦片烟之时,他向林则徐"献三种决定义,三种旁义,三种答难义,一种归墟义",主张严禁鸦片,严惩贩者、造者、吸食者,警惕夷人奸民的对抗,加强武备,抵御侵略。

面对国内外的危机,作者痛切地感到必须变法图治,改革时政,而实行改革的关键在于解放人材。这是龚文的一个中心主题。如《上大学士书》说:"自珍少读历代史书及国朝掌故,自古及今,法无不改,势无不积,事例无不变迁,风气无不移易,所恃者,人材必不绝于世而已。"反映这一思想的文章很多,如《明良论》四篇,《乙丙之际著议》第七、第九等。作者在倡言改革的同时,把批判的锋芒指向虚伪的世俗、污浊的官场、腐败的时政,写出《松江两京官》、《识某大令集尾》、《臣里》、《与人笺二》、《与人笺三》等文。作者在疾呼人材解放的同时,揭露了摧残人材的科举官僚制度、忌贤妒能的达官贵人、滥施专制淫威的最高统治者,写出《尊隐》、《三捕》、《干禄新书自序》、《杭大宗逸事状》、《病梅馆记》、《吴之癯》、《京师乐籍说》、《与人笺五》等文,并且鼓吹个性解放,写出《宥情》、《论私》等文,其中闪烁着资产阶级民主主义的思想光芒。这些文章或如解剖刀、投枪,直刺黑暗腐恶;或如闪烁的星星,寄寓着理想和希望。当然,由于思想水平所限,他在憧憬未来时,总还有些迷离、渺茫。

龚自珍的文学散文在艺术上取得很高成就。他在《上大学士书》中说:"夫有人必有胸肝,有胸肝则必有耳目,有耳目则必有上下百年之见闻,有见闻则必有考订同异之事,有考订同异之事,则或胸以为是,胸以为非,有是非则必有感慨激奋,感慨激奋而居上位,有其力,则所是者依,所非者去,感慨激奋而居下位,无其力,则探吾之是非,而昌昌大言之。"这一段话对于了解龚自珍散文的写作背景和风格是很有帮助的。他的政治处境是"居下位",而敢于正视现实,是非臧否,感慨激奋,昌昌大言,正是他的散文的基本特点和总的风格。固然在他的散文中既有畅怀纵论、冷嘲热讽、痛快淋漓的作品,也有曲折隐喻的寓言作品,具体风格有所差异。但即使他的寓言作品也照例旗帜鲜明,锋芒毕露,气势磅礴,激奋之情溢于言表,试看他的《尊隐》、《三捕》、《病梅馆记》不正是如此吗?他追求文章的"达"、"诚"、"情",最鄙视"东云一鳞焉,西云一爪焉,使后世求之而皆在,或皆不在"那种含糊其辞、躲躲闪闪的做法(见《识某大令集尾》)。

龚自珍的散文在表现手法上是多样化的。在议论杂文中,他不仅善于言简意赅地阐明精辟的见解,而且多运用贴切的比喻,形象生动地说明抽象的道理。如《明良论四》专论对人才束缚之害,一开头就连用了两个比喻,给人留下极深刻的印象。《与人笺五》在说明"各因其性情之近,而人才成"的道理时,用了一连串的比喻。最后在揭露统治者一味欣赏、培养昏官庸才时,又用了比喻:"遂乃缚草为形,实之腐肉,教之拜起,以充满于朝市;风且起,一旦荒忽飞扬,化而为泥沙。"怵目惊心,发人深思。作者才高识广,取喻之博,运用之妙,不能不令人叹服。如《论私》在"纵论私义"时,上取天文,下取地理,博古贯今,遍涉经史子书。《明良论三》在鞭笞用人问题上的资格论时,还引用了谚语:"城东谚曰:'新官忙碌石骏子,旧官快活石师子。'盖言夫资格未深之人,虽勤苦甚至,岂能冀甄拔?而具形相向坐者数百年,莫如柱外石师子,论资当最高也。……一限以资格,此士大夫所以尽奄然而无有生气者也。"在臧否人物的文章中,他观察深刻,既善于用画龙点睛之笔勾勒出人物的神态、风貌、气质,又善于用庖丁解牛之刀剖析人物的心理隐情,而作者自己的爱憎往往不言而露。《杭大宗逸事状》是一篇奇文,表面上只客观地摘述了几端逸事,而杭大宗的敢于直言、耿介倔强,乾隆皇帝摧残正直有才之士的专横,统统跃然纸上,同时我们也仿佛看到作者辛酸的眼泪、听到作者愤慨的叹息。《吴之癯》写一愤世嫉俗、忧国忧时之士,作者概述之语只有三句话:"其行无有畔涯,其平生甚口,其言尽口过也。"其馀皆录其言、记其行,寥寥数笔,像一个个特写镜头,把人物描绘得活灵活现。给反面人物勾画脸谱,揭露心术,也是如此,如《臣里》和《与人笺二》。特别是《与人笺二》,仅用一百八十多字就为十种人(其中七种实有所指)画了像,他们同属两面派而又面目各异。作者没有单纯写景之作,但在一些说山川形势之作如《说京师翠微山》、《说昌平州》、《说天寿山》、《说居庸关》、《说张家口》等及记游之作如《己亥六月重过扬州记》中也表现出他的景物描写才能。他往往把舆地家的观察和写实笔法与山水画家的艺术眼光和写意手法巧妙地结合在一起,创作出独具风格的风景画卷。有时还兼写风土人情、历史掌故,平添不少意趣;或连及时事形势,寄寓兴亡之感,发人深思。在龚自珍的散文中,寓言作品具有突出的艺术成就,其立意深邃,想象奇特,形象鲜明,隐喻自然,韵味隽永,已为人们所共知。

龚自珍的散文像他的诗一样,在当时文坛上是别具一格的。他不仅鄙弃空洞教条、歌功颂德的科举时文,而且冲破风靡当世的桐城派古文诸如模仿古人、讲究"义法"、追求"雅洁"、熔铸考据、义理、词章于一炉的种种清规戒律,有感而发,畅所欲言,恣肆纵横,挥洒自如,嬉笑怒骂皆成文章。对后世资产阶级改良派和革命派作家的文风,产生了积极的影响。

龚自珍的词作也较多,《全集》中收录了作者自编的《无著词选》、《怀人馆词选》、《影事词选》、《小奢摩词选》(以上四种刊定于道光三年,《怀人馆词选》后有增益)、《庚子雅词》(辑于道光二十年),总计一百五十首。其中已经过作者汰选,故也不是全部。龚词婉约、豪放二格兼备,前者感情之缠绵悱恻,笔触之委婉细腻,意境之幽雅清丽,不减古人;后者感慨世事,抒怀言志,感情之奔放,笔力之雄健,意境之奇伟,颇多新创,与他愤世嫉俗的战斗诗篇异曲而同工。本书所选,以后者为主,并兼顾前者。关于龚词的艺术成就,段玉裁有过评论,《经韵楼集·怀人馆词序》说:"其曰《怀人馆词》者三卷,其曰《红禅词》(按系《无著词》之初名)者又二卷,造意造言,几如韩李之文章,银碗盛雪,明月藏鹭,中有异境。此事东涂西抹者多,到此者少也。"此并非溢美之辞。当然龚词中也有空虚无聊之作,则另当别论。关于龚词的特点,对传统的继承与发展,以及在清代词坛中的地位,叶恭绰先生在《全清词钞序》中纵论清词时曾言及,他说:"如顺治和康熙初期,实沿明末馀习,虽其间杂以兴亡离乱之感,情韵特深,才气亦复横溢,然其弊为纤仄与芜滥。浙西一派出,救之以清雅,敛才就范,然其弊也为饾饤与肤廓,且标举两宋为宗,而其所重者往往为琢句遣词,堕入宋人词话所谓词眼寞曰。犹之论唐诗的,仅知摘一二佳句以为轨范,而对胸襟、意境、情感、气韵、骨力,皆不注重,这如何可以论诗。自是以后,传为衣钵,仅得糟粕门面。降至乾隆中叶,颓靡更甚,一片荒芜。及乾嘉以还,张惠言、周济、龚自珍等创意内言外之旨,力尊词体,探源诗骚,推崇比兴,于是论词者渐明诗和词系一贯的东西,无所谓诗馀。因此上推及于诗三百篇及楚词、乐府,下沿及南北曲杂剧,一切声歌韵语,可以融为一体,词之领域愈廓,包孕亦愈宏深,其所见殆出宋元人上矣。虽当时所作,是否能悉如所论,仍是问题,但途径既开,大家可以竞驰,这实是词之中兴光大时代。"此论允恰,龚自珍在词的领域,无论内容上,还是艺术上,开拓之功是很明显的。

本书入选的诗、文、词,文字以中华书局上海编辑所1959年出版的王佩诤校订的《龚自珍全集》为据(1975年上海人民出版社版系据1959年版旧纸型重印),个别地方据他本重新校定,均作说明。《全集》原存旧校异文,优者间采注中。三部分作品各按写作时间顺序编次。至于注释体例,每篇注后着一"说明",交代写作时间、背景,简析思想、艺术。注释力求注明难词、名物、制度、典故及所涉人物、地理、历史事实。作者诗、文、词常用隐喻曲笔,对此综考有关篇什,参验核证,加以揭示,但注意避免龚诗解释中索隐一派的刻意求深,牵强附会。

笔者于1958年至1960年参加北京大学中文系一九五五级《近代诗选》的选注工作时,即对龚自珍的作品产生了浓厚的兴趣,编注一本龚自珍文学选集的意念蓄之于心已久,这次终于在人民文学出版社古典文学编辑部的支持下,实现了这一夙愿。近些年来,关于龚自珍诗选或诗文选的专著已出版多种,特别是刘逸生先生在这方面做了出色的工作,他的《龚自珍己亥杂诗注》(中华书局出版)功力尤深。笔者在这次选注工作中,参考吸收有关专著的成果,获益匪浅。初稿完成后,承人民文学出版社审阅,提出宝贵意见,又作了进一步修改。谨此一并深致谢意。由于笔者水平所限,本书在选注方面肯定会有不妥或错误之处,恳望读者批评指正。

孙 钦 善
1984年5月

诗　选

饮少宰王定九丈(鼎)宅,少宰命赋诗

天星烂烂天风长,大鼎次鼐罗华堂[1]。吏部大夫宴宾客[2],其气上引为文昌[3]。主人佩珠百有八,珊瑚在冒凝红光[4]。再拜醻客客亦拜[5],满庭气肃如高霜[6]。黄河华岳公籍贯[7],秦碑汉碣公文章[8]。恢博不弃贱士议,授我笔砚温恭良[9]。择言避席何所道[10]?敢道公之前辈韩城王[11]:与公同里复同姓[12],海内侧伫岂但吾徒望[13]?状元四十宰相六十晚益达[14],水深土厚难窥量[15]。维时纯庙久临御,宇宙瑰富如成康[16]。公之奏疏秘中禁[17],海内但见力力持朝纲[18]。阅世虽深有血性,不使人世一物磨锋芒[19]。迩来士气少凌替[20],毋乃大官表师空趋跄[21]。委蛇貌托养元气,所惜内少肝与肠[22]。杀人何必尽砒附?庸医至矣精消亡[23]。公其整顿焕精采,勿徒须鬓矜斑苍[24]。乾隆嘉庆列传谁第一?历数三满三汉中书堂[25]。国有正士士有舌,小臣敬睹吾皇福大如纯皇[26]。

〔1〕"天星"二句:写王鼎设夜宴待宾。鼎,古器物,三足两耳,圆形,亦有四足方形的,古时祭祀或宴宾时用以盛牲体之具。鼐,大鼎。这里均泛指食具。罗,陈列。古时称贵族列鼎而食。《汉书·主父偃传》:"丈夫生不五鼎食,死则五鼎烹耳。"张晏注:"五鼎食,牛、羊、豕、鱼、麋也。诸侯五,卿大夫三。"这里指宴席盛美。华堂,豪华之堂。

〔2〕吏部大夫:称吏部侍郎王鼎。吏部,六部之一,掌管京外文职官员的选补、考课、封授、袭勋。按,《周礼》夏官之属有司士下大夫二人,《通典》以为吏部之始,故这里称吏部侍郎为大夫。

〔3〕"其气"句:是说王鼎居吏部职,主掌官吏的考核选拔,上应文昌星。这是古代迷信的星象之说。文昌,星名。《史记·天官书》:"斗(北斗)魁戴匡六星,曰文昌宫:一曰上将,二曰次将,三曰贵相,四曰司命,五曰司中,六曰司禄。"《索隐》引《春秋元命包》曰:"司禄赏功进士。"正与吏部职相当。

〔4〕"主人"二句:写王鼎的服饰。佩珠,即朝珠,清代品官饰物,形制如同佛家念珠,其数一百零八粒,用珊瑚、琥珀、蜜蜡等珍物做成,悬于胸前。王公以下,文职五品、武职四品以上,及京堂、军机处、翰詹、科道、侍卫、礼部、国子监、太常寺、光禄寺、鸿胪寺所属官,皆可带朝珠。见《清史稿·舆服志》。下句所写为文职二品的冠饰,正与王鼎所任吏部侍郎的品秩相当(吏部左、右侍郎,雍正八年定为从二品)。冒,同"帽"。按《清史稿·舆服志》:文二品朝冠,顶镂花金座,中饰小红宝石一,上衔镂花珊瑚。

〔5〕釂(jiào 叫):饮酒而尽。釂客,对客劝酒。

〔6〕"满庭"句:写饮宴行礼的肃穆气氛。高霜,高天之霜。秋气肃杀,故云。

〔7〕"黄河"句:王鼎籍贯为陕西蒲城。黄河华岳为陕西名山大河,故云"黄河华岳公籍贯"。华岳,华山。

〔8〕"秦碑"句:写王鼎文章古雅。秦碑,指秦时的碑文。汉碣,指汉时的碑文。方者为碑,圆者为碣。

〔9〕"恢博"二句:写王鼎礼贤下士。恢博,广博,就见识而言。恢,大。温恭良,《论语·学而》:"夫子温良恭俭让以得之。"此为省略语,写王鼎谦和善良。

〔10〕择言:犹云慎言。避席:古人席地而坐,有所敬,则离席而起,谓之避席。《战国策·魏策》:"鲁君兴(起)避席择言曰:'昔者帝女令仪狄(传说禹时人)作酒而美,进之禹。禹饮而甘之,遂疏仪狄,绝旨酒,曰:后世必有以酒亡其国者。'"

〔11〕韩城王:即王杰(1725—1805),字伟人,陕西韩城人,号葆淳,又号惺园,累官东阁大学士,卒谥文端。有《葆淳阁集》。《清史稿·王鼎传》载王鼎初"赴礼部试至京,大学士王杰与同族,欲致之,不就"。

〔12〕同里:蒲城、韩城在清代均属陕西同州府,故云同乡。以下六句写王杰的声望、仕历及所处时势。

〔13〕"海内"句:写王杰受到天下人的敬仰。侧佇,侧身而立。意谓仰望已久。吾徒,我辈。

〔14〕"状元"句:王杰于乾隆二十六年(1761)获殿试一甲第一名,即为状元,时虚岁三十七。乾隆五十二年(1787)拜东阁大学士(正二品),大学士相当于前代的宰相,时虚岁六十三。乾隆五十五年加太子太保,嘉庆七年(1802)又加太子太傅(皆从一品)。见李元度《国朝先正事略》卷二十《王文端公事略》。诗中"状元四十宰相六十"均举成数而言。"晚益达"是说晚年仕宦越发显达。

〔15〕"水深"句:是说王鼎秉性于乡域非凡的自然条件,前途无量。古人迷信,认为家乡的水土与出人材有关。《左传·僖公十五年》:"生其水土而知人心。"

〔16〕"维时"二句:是说王杰用世显达之时,正值乾隆帝在位已久,天下太平盛富之时。维时,其时。纯庙,对已死去的乾隆帝之称。纯,乾隆帝的谥号。临御,在皇位。瑰,壮伟。成康,周成王与周康王。《史记·周本纪》:"故成康之际,天下安宁,刑错(置)四十馀年不用。"后世有"成康之治"之称。按作者对乾隆之世每有向往之情,唯对乾隆禁锢思想、摧残人材有所不满,参见《杭大宗逸事状》。

〔17〕秘中禁:秘藏宫中,受到皇帝重视之意。中禁,即禁中,皇宫。

〔18〕力力:屡屡尽力。朝纲:朝廷的纲纪。

〔19〕"阅世"二句:是说王鼎不染世俗圆滑、畏缩的鄙习,保持刚正不阿的气节和锋芒毕露的性格。

〔20〕迩(ěr 尔)来:近来。士气:士大夫的精神气节。少:稍。凌替:或写作"陵替",颓废。

〔21〕"毋乃"句:是说大官做作出来的样子,无力影响士人。毋乃,疑而未决之词,犹恐怕。表师,表率,可供效法的仪表。空,白白地。趋跄(qiāng 枪),行动有仪容。《诗经·齐风·猗嗟》:"巧趋跄兮。"

〔22〕"委蛇(yí 移)"二句:写士林唯唯诺诺的情况。委蛇,委曲自得的样子。元气,精气。内少肝与肠,指体内缺少肝肠,没有生气,受人指使的傀儡。《明良论三》:"一限以资格,此士大夫所以尽奄然而无有生气者也。"又《与人笺五》:"遂乃缚草为形,实之腐肉,教之拜起,以充满于朝市。"皆可与此互参。

〔23〕"杀人"二句:通过比喻揭露扼杀人材的制度和吏部主管官僚。砒,砒霜,毒药。附,附子,植物名,有剧毒。庸医,比喻摧残人材的官僚。

〔24〕"公其"二句:是说希望王鼎整顿吏部,改革弊政,使官吏焕发出精气神采,不要让他们单靠年长资深自骄自傲。其,拟议之辞。须鬓,胡须鬓发。斑苍,黑白相杂,犹云花白。

〔25〕"乾隆"二句:是说若给乾隆、嘉庆两朝人物立传谁列第一?理应首推位居宰辅的大学士。这里是对二王职位与品德能力相称的赞扬。中书堂,清代对大学士的称呼。按,清制,设三殿(保和、文华、武英)、三阁(体仁、文渊、东阁)大学士(或中和、保和、文华、武英四殿,文渊阁、东阁二阁),满汉各二员,另协办大学士,满汉各一员,故谓"三满三汉"。

〔26〕"国有"二句：是说国有正直敢言之士，是皇帝的福分。《尚书·君陈》："臣人咸若时，惟良显哉！"伪孔传："臣于人者皆顺此道，是惟良臣，则君显明于世。"此用其意，作者认为正直敢言之士才是国之良臣。吾皇，指作者当朝的嘉庆帝颙琰。

据诗题对王鼎以"少宰"相称，知这首诗作于王鼎居吏部侍郎任内（明清时期称吏部侍郎为少宰）。按《清史稿·部院大臣年表》，王鼎于嘉庆二十一年（1816）七月就任吏部侍郎，嘉庆二十四年（1819）闰四月调任刑部侍郎。又按吴昌绶《定盦先生年谱》，嘉庆二十一年至二十四年间，前三年作者均在南方，嘉庆二十四年春应恩科会试，未中，留京师。知此诗作于嘉庆二十四年春，王鼎由吏部调任刑部之前。龚氏旧集多将此诗系于戊戌（道光十八年，1838），风雨楼本系于庚寅（道光十年，1830），王佩诤校《龚自珍全集》本从风雨楼本，均误。此二年王鼎之官职、品衔皆与诗中所写不合（详后王鼎事迹及注释），且诗云："乾隆嘉庆列传谁第一"，亦未涉道光朝。王鼎（1770—1842），字定九，陕西蒲城人。嘉庆元年（1796）进士，选庶吉士，累迁内阁学士。嘉庆十九年授工部侍郎。二十一年，调吏部，兼署户部、刑部。二十三年，兼管顺天府尹事。二十四年，调刑部，又调户部。道光二年（1822），擢左都御史。道光五年，以品衔署户部侍郎，授军机大臣。六年，授户部尚书。八年，加太子太保。十一年，署直隶总督。十二年，管理刑部事务。十五年，协办大学士，仍管刑部。十八年，授东阁大学士。二十年，加太子太保。二十二年，晋升太子太师。鸦片战争爆发，王鼎坚决主战。后投降派得势，和议将成，林则徐被诬加罪，谪戍伊犁。王鼎至为愤慨，争辩甚力，道光帝不听。后自起草遗疏，劾大学士穆彰阿投降误国，自缢以尸谏。王鼎为官清廉，刚正不阿。《清史稿》本传说他"清操绝俗，生平不受请托，亦不请托人。卒之日，家无馀赀"。这首诗歌颂了王鼎的正直人格和励精图治的决心,对比揭露了官场的腐败无能,以及摧残人才的官僚制度。参见《明良论》。

行路易

东山猛虎不吃人,西山猛虎吃人,南山猛虎吃人,北山猛虎不食人,漫漫趋避何所已[1]?玉帝不遣牖下死,一双瞳神射秋水[2]。袖中芳草岂不香?手中玉麈岂不长?中妇岂不姝?座客岂不都[3]?江大水深多江鱼,江边何哓呶[4]?人不足,盱有馀,夏父"以来"目瞿瞿[5]。我欲食江鱼,江水涩咙喉,鱼骨亦不可以餐[6]。冤屈复冤屈,果然龙蛇蟠我喉舌间,使我说天九难,说地九难[7]!踉跄入中门,中门一步一荆棘。大药不疗膏肓顽,鼻涕一尺何其屖!臣请逝矣逝勿还[8]。嘈嘈舟师,三五詈汝:汝以白昼放歌为可惜,而乃脂汝辖!汝以黄金散尽为复来,而乃鞭其脢!红玫瑰,青镜台,美人别汝光徘徊[9]。腽腽脼脼,鸡鸣狗鸣;淅淅索索,风声雨声;浩浩荡荡,仙都玉京。蟠桃之花万丈明,淮南之犬彳亍行;臣岂不如武皇阶下东方生[10]?乱曰[11]:三寸舌,一枝笔,万言书,万人敌,九天九渊少颜色[12]。朝衣东市甘如饴,玉体须为美人惜[13]。

〔1〕"东山"五句:比喻社会环境险恶,自己无处避祸。猛虎,比喻顽固凶狠的腐朽势力。猛虎没有不吃人的,这里"吃人"指凶相毕露,

"不吃人"指一时犹豫,伺机而动。《史记·淮阴侯列传》:"猛虎之犹豫,不若蜂虿之致螫。"趋避,逃开躲避。李白《蜀道难》:"朝避猛虎,夕避长蛇。"何所已,何所止。

〔2〕"玉帝"二句:是说上帝虽不赋予自己跻身朝廷之才,但仍不妨见识明察。玉帝,天帝,又称玉皇大帝。旧时被视为最高之神,主宰人类万物。不遣,不叫,不让。牖下死,指死后奠于宗庙牖(窗)下,为士大夫之身份。《诗经·召南·采蘋》:"于以奠之,宗室牖下。"毛传:"宗室,大宗之庙也。大夫士祭于宗庙,奠于牖下。"这两句本李贺《唐儿歌》:"骨重神寒天庙器,一双瞳人剪秋水",而上句反用其意。瞳神,即瞳人。

〔3〕"袖中"四句:写自己品德洁美,言论高妙,妻子佳丽,朋友文雅,皆非凡不俗之谓。芳草,古时常用以比喻洁美的情操和品德。玉麈(zhǔ主),玉柄麈尾。麈尾即麈(鹿类)的尾巴所做的尘拂。古代清谈之士常手执麈尾,指挥以助谈论。《世说新语·容止》:"王夷甫(衍)容貌整丽,妙于谈玄,恒捉(拿)玉柄麈尾,与手都无分别。"姝,美好。都,文雅。

〔4〕"江大"二句:比喻上层社会为权利而争吵。江鱼,比喻权利名位。曹植《答崔文始书》:"临江直钓不获一鳞,非江鱼之不食,其所饵之者非也。"哓呶(xiāo náo肖挠),犹哓呶,《说文》:"哓呶,讙也。"讙即喧哗之意。

〔5〕"人不足"三句:用夏父与盱(xū需)争食的典故,写统治集团的争权夺利。《公羊传·昭公三十一年》:邾娄国君颜被周天子所诛,立其弟叔术为国君。颜夫人先有子曰夏父,后改嫁叔术又生盱。盱受到偏爱,"食必坐二子于其侧而食之,有珍怪之食,盱必先取足焉。夏父曰:'以来(拿来)!人(夏父自谓)未足,而盱有馀。'"瞿瞿,《礼记·檀弓》:"瞿瞿如有求而弗得。"疏:"瞿瞿,眼目速瞻之貌。"

〔6〕"我欲"三句:写自己虽不能超脱衣食之谋,但在争权夺利的官

场却感到格格不入。食江鱼，原指寄食贵族门下。方干《滁上怀周贺》诗："侯门昔弹铗,曾共食江鱼"（用孟尝君门客冯谖之典）。此指求职谋食。"江水"句是说不屑同流合污，"鱼骨"句是说不甘身居下位,拾人牙慧。

〔7〕"冤屈"四句：写在禁锢思想、钳制言论的高压政策下，受尽冤屈，难于讲话。九，虚指多数。

〔8〕"踉跄"五句：写官场难容，请求归隐。踉跄（liàng qiàng 亮呛），走路不稳。中门，王宫中间的一道门。《周礼·天官·阍人》："掌守王宫之中门之禁"，郑玄注："中门，于外内为中，若今宫阙门。"孙诒让《正义》："郑意中门即雉门，在外二门之内，内二门之外，于五门为第三也。""大药"二句：为作者自谓，系作者在达官贵人、乃至一般不理解他的人心目中的怪癖形象。大药，金丹妙药。《抱朴子·地真》："服金丹大药，虽未去世，百邪不近也。"膏肓顽，病入膏肓的顽症。《左传·成公十年》："疾不可为（治）也，在肓之上，膏之下，攻之不可，达之不及，药不至焉，不可为也。"我国古代医学把心尖脂肪叫膏，心脏和膈膜之间叫肓。这里指作者的叛逆性格和变革理想。参见《上大学士书》："同列八九十辈，疑中书（自谓）有痼疾"句，《驿鼓三首》其三："莫因心病损华年"句及《又忏心一首》"心药心灵总心病，寓言决欲就灯烧"句。又作者《定风波》词云："自古畸人多性癖。"姚莹《汤海秋传》云："定盦言多奇僻，世颇訾之。"张祖廉《定盦先生年谱外纪》云："与同志纵论天下事，风发泉涌，有不可一世之意。……舆皂稗贩之徒暨士大夫，并谓为龚呆子。"鼻涕一尺，王褒《僮约》："两手自缚，泪下落，鼻涕长一尺。"孱（chán 缠），稚气幼弱。这里指不修边幅、放荡不羁。《定盦先生年谱外纪》云："性不喜修饰，故衣残履，十年不更。""臣请"句：表面说请求辞官归隐，实为决绝之辞。逝，往，行。

〔9〕"嘈嘈"九句：为假托舟师责问之辞（仿《楚辞·离骚》中由女媭

及《渔父》中由渔父设问的手法),进一步表明誓欲改志,出世归隐。嘈嘈,语声杂乱。舟师,船夫。詈(lì利),骂。"汝以"四句:是说本汲汲于仕进,转而欲从速归隐。白昼放歌,语本杜甫《闻官军收河南河北》诗:"白日放歌须纵酒",然杜诗写高兴之情态,这里指放浪纵情,不求进取。脂,油脂,这里是用油脂滑润之意。辖,轴端约束车轮的键,为施油滑润之处。黄金散尽为复来,语本李白《将进酒》诗:"天生我才必有用,千金散尽还复来",这里指对致身为用充满信心。脢(méi梅),本为脊椎两旁的肉,这里指马脊背。"脂辖""鞭脢"皆为求速行之意。"红玫瑰"三句:写离别佳人而出世。红玫瑰,红色玉石,用作妇女的佩饰。青镜台,装有青铜镜的梳妆台。光徘徊,江淹《丽色赋》:"夫绝世独立者,信东方之佳人,……其少进也,如彩云山崖,五光徘徊,十色陆离。"这里"光徘徊"语意双关,既写光彩难逝,又写意态缠绵。

〔10〕"腷(bì必)膊"九句:写京师朝廷,醉生梦死,庸辈充斥,才士沦落,形势危急。腷腷膊(bó博)膊,本为拍打羽翼之声,这里用以形容鸡鸣狗鸣之声。鸡、狗,指庸碌之人。风声雨声,比喻不安多事。浩浩荡荡,《离骚》:"怨灵脩之浩荡兮",王逸注:"浩,犹浩浩,荡,犹荡荡,无思虑貌也。"仙都玉京,本为仙境,这里指京师朝廷。蟠桃,神话故事中的仙桃。相传为西王母所种,每隔三千年开花结果一次。见《汉武帝内传》、《汉武故事》等。这里借以写仙境之美。淮南之犬,葛洪《神仙传·刘安传》载:西汉淮南王刘安得道升天之后,吃剩的仙药放置庭中,鸡犬食之,皆得升天。这里比喻身居高位的庸辈小人。按,淮南王刘安好神仙修炼之事,武帝时,因有逆谋,事泄自杀,道家遂附会他成仙而去。彳亍(chì chù斥触),慢慢走路的样子。这里形容得意的样子。武皇,汉武帝刘彻。东方生,东方朔,字曼倩,汉平原厌次人。博学多闻,武帝时待诏公车,待诏金马门,官至太中大夫。他以诙谐滑稽著名,以奇计俳辞得以亲近皇帝,成为武帝的弄臣。《史纪·滑稽列传》褚先生补传载:武帝读完

东方朔的三千奏牍上书后,"诏拜以为郎,常在侧侍中,数召至前谈语,人主未尝不说也"。将死时,曾谏武帝"远巧佞,退谗言",被武帝称善。《汉书·东方朔传》载:"朔虽诙笑,然时观察颜色,直言切谏,上常用之。自公卿在位,朔皆傲异,无所为屈。"作者常引东方朔自比,《定盦年谱外纪》:"少时读《东方朔传》,恍惚若有遇,自谓曼倩后身。"

〔11〕乱:古代乐曲结束的章节叫乱。乐歌的结语多称"乱曰",以下为全诗的结语。

〔12〕"三寸"五句:写自己直言切谏,力大无比,惊天动地,使人为之失色,言外之意这正是招祸的根由。前四句:语本《史记·平原君虞卿列传》:"毛先生以三寸之舌,强百万之师。"九天,九重之天,言高不可测。《孙子·形篇》:"善攻者动于九天之上。"九渊,至深之水。《汉书·贾谊传》:"袭九渊之神龙兮",颜师古注:"九渊,九旋之川,言至深也。"少颜色,指受惊失色。

〔13〕"朝衣"二句:是说坚持真理,直言切谏而遭诛,心甘情愿,只是念及眷恋自己的美人时,才意识到尚须为她珍惜身体,姑作退避之计。朝衣东市,西汉晁错,学宗法家,事文景两朝,数上书言事,建议削弱诸侯王、更定法令。文帝不听,景帝用其策。后吴楚等七国叛乱,以诛错为名。文帝采纳窦婴、袁盎进言,令晁错衣朝衣斩东市。详见《史记·袁盎晁错列传》、《汉书·晁错传》。饴,饴糖。"玉体"句:实为愤激之辞。按,作者每当政治理想受挫之时,常发此意。如《驿鼓三首》其三:"钗满高楼灯满城,风花未免态纵横。长途借此销英气,侧调安能犯正声?"《逆旅题壁,次周伯恬原韵》:"何日冥鸿踪迹遂,美人经卷葬年华。"《己亥杂诗·少年虽亦薄汤武》:"设想英雄垂暮日,温柔不住住何乡?"

这首诗作于嘉庆二十四年(1819)。本年春作者第一次参加会试,落第,留居北京,始从刘逢禄受《公羊春秋》,受到专明微言大义的今文经学的影响,思想获得解放,并借以讥切时政。这首愤世嫉俗之作,就是在这种背景下写成的。古乐府杂曲有《行路难》旧题,《乐府诗集》引《乐府解题》云:"《行路难》备言世路艰难及离别悲切之意。"作者改为《行路易》,既是反语嘲弄,表示对所遭厄运的蔑视与违抗;又是语出愤激,表示干脆息心简虑,逃脱世事,如《四月初一投牒更名易简》诗所说:"从此请歌行路易,万缘简尽罢心兵。"诗中揭露了世途的艰难,上层社会的险恶,表达了对高尚理想和情操的执着,对庸恶之人得势、有志之士沦落的现实的愤慨。

杂诗,己卯自春徂夏在京师作,得十有四首(选五首)

其二

文格渐卑庸福近,不知庸福究何如[1]?常州庄四能怜我[2],劝我狂删乙丙书[3]。(庄君卿珊语也[4]。)

[1]"文格"二句:是说文章的锋芒日渐磨灭,平庸安稳的日子接近了,但不知这样的日子好过不好过。文格,文章的品格。卑,低下。在作者看来文章以反映现实、吐露真情、锋芒毕露为高,以粉饰太平、言不由衷、八面玲珑为低。庸福,平庸之福,即顺世随俗所得之幸福,无非低则平安温饱,高则荣禄富贵之类。张祖廉《定盦先生年谱外纪·王芑孙(铁夫)覆书》:"窃谓士亦修身慎言,远罪寡过而已,文之佳恶,何关得失,无足深论,此即足下自治性情之说也。唯愿足下循循为庸言之谨,抑

其志于东方尚同之学（按，指儒学），则养德养身养福之源，皆在乎此。"可与上句互参。下句用疑问语气，表示对平庸生活的怀疑和鄙弃，说明对政治理想仍然是执着的。

〔2〕常州庄四：即庄绥甲，字卿珊，江苏武进人，是著名今文经学家庄存与之孙，著有《尚书考异》、《周官礼郑氏注笺》、《拾遗补艺斋文钞》等。绥甲行四，武进县清代属常州府，故称"常州庄四"。怜：爱。

〔3〕狂删：大删。乙丙书：即《乙丙之际著议》。乙，指乙亥，嘉庆二十年（1815）。丙，指丙子，嘉庆二十一年。内容详后文选。

〔4〕此注是说"狂删乙丙书"是庄绥甲的话。

这组杂诗，是己卯年，即嘉庆二十四年（1819），自春至夏在北京写的。诗体皆为七言绝句，内容为自述，涉及思想、学术、文章、交游等方面。这里选了第二、第六、第八、第十二、第十四，凡五首。原诗诗末自注照录，用括号括起。这第二首是就自著《乙丙之际著议》（或称《乙丙之际塾议》）而发的。《著议》是嘉庆二十年、二十一年两年间写的一组富有战斗性的政论文章，讥评弊政，倡言改革，思想敏锐，语言犀利，多触时忌，受到达官贵人的非议，给作者招致了祸患。这正是友人劝他大加删改的缘由。这首诗揭示了表现性情思想的文章与个人安危祸福的关系，反映了清王朝文网的严酷，并委婉地表达了自己坚持理想、不屈不挠的斗争决心。

其六

昨日相逢刘礼部〔1〕，高言大句快无加〔2〕。从君烧尽虫鱼学〔3〕，甘作东京卖饼家〔4〕。（就刘申受问《公羊》家言。）

〔1〕刘礼部:即刘逢禄(1776—1829),字申受,号申甫,江苏武进人,官礼部主事。精于《公羊春秋》,以何休《解诂》为主,创通条例,贯串群经,是清代今文学派著名的经师。著有《公羊何氏释例》《公羊何氏解诂笺》《左氏春秋考证》《论语述何》《刘礼部集》等书。

〔2〕高言:高论。大句:指微言大义,与烦琐、钉饾的训诂考证相对而言。快无加:痛快之情无以复加。写出思想解放的欢快感。

〔3〕虫鱼学:指文字、训诂、名物的烦琐考证之学。韩愈《读皇甫湜公安园池诗书其后》诗:"《尔雅》注虫鱼,定非磊落人。"《尔雅》是汉代小学家缀辑旧文、递相增益而成的一部有价值的训诂书,对于了解先秦典籍有很大帮助,里面有释虫释鱼的内容,但远不限于此。韩愈这里是借以讽刺那些拘泥于烦琐考证及文字训诂、不求深文大义的思想迂腐的人,后遂有"虫鱼之学"之称。龚自珍自幼受过正统"汉学"的影响,主张把训诂考证当作经学的必要工具,在学术上对有成就的汉学家也是敬重的;但是他反对汉学以烦琐考证为目的、脱离现实钻故纸堆的倾向,从而在思想上与其决裂,转向经世致用的今文学派。

〔4〕东京:东汉京城洛阳,借指东汉。卖饼家:东汉古文家对《公羊春秋》的鄙称。《三国志·魏志·裴秀传》裴松之注引《文章叙录》:"严幹(东汉人)折节学问,特善《春秋公羊》。司隶锺繇,不好《公羊》而好《左氏》(《左传》),谓《左氏》为大官厨,而《公羊》为卖饼家。"

这首诗写自己从刘逢禄受《公羊春秋》、接受今文经学后的感受与志向。经今、古文学之分始于西汉景帝时古文经传的发现。今文经传是西汉政府五经博士官所用经书的隶书写本,古文经传相传是秦始皇焚书时散佚在民间、隐藏在墙壁中的战国古文字写本。经今、古文学的区别,不仅表现在文字、版本上,更主要在于解说和学风的不同,实际上是两个不同的学术派别和思想派别。今文学派认为六经大部是孔子所作,他们研究经学就是要阐发孔子所寄托的微言大义,通经致用,实际多附会六经,借题发挥。古文学派认为六经是史书,不存在孔子所寄托的微言大义,他们研究经学,重在分析字句,考证名物典制,为解经而解经,求其本义。就学术而论,今文学浮夸,古文学质实;就思想而论,今文学较活泼,古文学较保守。今文学在东汉末年衰落,直到晚清才又复兴。清王朝为巩固自己的统治,大兴文字狱,实行思想禁锢,使脱离现实、不涉政治的考据学(又称汉学,属古文学传统)畸形发展,至乾嘉时达到高峰。鸦片战争前后,在国内阶级矛盾尖锐、国外面临资本主义列强侵略的形势下,一部分清醒的封建阶级知识分子,意识到社会危机,要求"变通"以挽救局势。他们鄙弃钻故纸堆的正统汉学,寻求新的思想武器,树起了含有"变通""经世匡时"思想的今文学旗帜。晚清今文学,初期还未跳出学术领域,庄存与、刘逢禄、宋翔凤等人,还只是根据汉代经今文学仅存的一部著作——何休的《公羊解诂》来解释经典的经师。但当今文经传,特别是有"张三世"、"通三统"、"受命改制"等"非常异义可怪之论"的《公羊春秋》,一经改良主义前驱思想家(如龚自珍、魏源)及资产阶级改良派思想家(如康有为等)所利用,便成为讥切时政,倡言变法的武器,从而使今文学派与当时先进的思想潮流相汇合。这是晚清经今文学派的新特点,龚自珍就是这一新学派的创始人物。龚自珍少时就跟他外祖父、著名的乾嘉学者段玉裁学过《说文解字》,传统文字训诂之学的造诣很深。这首诗是他在思想上与汉学决裂、破旧立新的宣言。《己亥杂诗》其五九:"端门受命有云礽,一脉微言我敬承。宿草敢萉刘礼部,东南绝学在毘陵。"可与此互参。

其八

偶赋山川行路难[1],浮名十载避诗坛[2]。贵人相讯劳相护〔3〕:"莫作人间清议看〔4〕。"(谢姚亮甫丈席上语〔5〕。)

〔1〕"偶赋"句:表面说自己的诗偶尔赋及山川行路之难,实际上一再咏叹世途坎坷,触及社会矛盾、现实黑暗。行路难,见《行路易》〔说明〕。

〔2〕浮名:虚名。十载:指作此诗的前十年间。避:指逃避声名,免招是非。本组诗其十三云:"东抹西涂迫半生,中年何故避声名?才流百辈无餐饭,忽动慈悲不与争。"

〔3〕贵人:达官贵人,指腐朽、保守的当权派。讯:问罪。劳:烦。

〔4〕人间清议:社会舆论关于政事的评议。这一句为龚诗开脱的话恰恰说明了龚诗的政治意义和战斗作用。

〔5〕姚亮甫:姚祖同(1762—1842),字亮甫,浙江钱塘人。

这是一首自评其诗歌创作的诗。由于作者的诗善于揭露社会矛盾、现实黑暗,敢于评议政治得失,在诗坛上享有名声,但也遭到达官贵人的纠讯,给自己招惹来祸患。友人先辈回护他的话,正表明他诗歌的战斗性。这首诗还只是就嘉庆二十四年(1819)前十年间的诗作(大部分已佚)而说的,但这种战斗精神贯穿在他整个的诗歌创作之中。

其十二

楼阁参差未上灯〔1〕,菰芦深处有人行〔2〕。凭君且莫登高望,忽忽中原暮霭生〔3〕。(题陶然亭壁〔4〕。)

〔1〕参差:错落不齐。
〔2〕菰(gū 姑):蔬类植物,生浅水中,高五六尺,一名茭。芦:芦苇。

有人:指游人。王梦生《梨园佳话》:"南下洼即陶然亭下旷地,苇荻甚多,采兰赠芍人多会此,北京之溱洧也。"又兼指隐沦的奇材志士。《建康实录》:"殷礼与张温使蜀,诸葛亮见而叹曰:'江东菰芦中生此奇材。'"

〔3〕"凭君"二句:是说请你们且莫登高望远,匆促之间中原大地已暮气沉沉。写出急遽没落的形势和自己先人觉察的忧虑之情。凭,请。君,承前指菰芦深处的游人和隐沦的志士。忽忽,急遽的样子。中原,指中国。暮霭,日暮时的烟气。按,这两句的意境类似李商隐《登乐遊原》:"夕阳无限好,只是近黄昏。"作者每以黄昏、夕阳比喻当时的没落形势,如:"白日西倾共九州"(《怀沈五锡东庄四绶甲》)、"夕阳忽下中原去"(《梦中作》)、"夕阳还恋路旁鸦"(《逆旅题壁,次周伯恬原韵》)等。

〔4〕陶然亭:在北京永定门内先农坛西侧。康熙年间工部郎中江藻所建,又名江亭。徐世昌《晚晴簃诗话》五十:"鱼依(江藻字)擢工部郎中,充窑厂监督,见南厂有慈悲庵,庵西陂池水草,极望清幽,因构亭于其侧,用乐天'一醉一陶然'语(按,白居易原诗句为'与君一醉一陶然',实本陶渊明《时运》诗'挥兹一觞,陶然自乐'意),书榜悬楣。是岁为康熙己亥(1719)。自是遂为城南宴游胜地。乾、嘉以后,名人集中,往往有题咏。至今二百馀年,春秋佳日,登临凭眺,盖犹未替。"

这是一首纪游诗,触景感时,深刻反映了封建末世的社会危机,流露出深沉的忧国之情。

其十四

欲为平易近人诗,下笔清深不自持〔1〕。洗尽狂名消尽想,本无一字是吾师[2]。

[1] 清深:清逸深邃。作者评诗,有"清深渊雅"一格,《己亥杂诗》其一一四首:"诗人瓶水与谟觞,郁怒清深两擅场。如此高材胜高弟,头衔追赠薄三唐。"诗末自注:"郁怒横逸,舒铁云瓶水斋之诗也;清深渊雅,彭甘亭小谟觞馆之诗也。两君死皆一纪矣。"不自持:不由自主。

[2] "洗尽"二句:是说除非磨掉狂放不羁的个性,消尽深刻的观察与思考,否则想要写出平易随俗的诗,是不可能从语言文字上学习到的。狂名,狂放的名声,实指狂放不羁的个性。想,指独立思考。一字是吾师,即"一字师",指改正一字的老师。《五代史补》卷三《齐己》载:齐己《早梅诗》有"前村深雪里,昨夜数枝开"句,郑谷改"数枝"为"一枝",时人称郑谷为一字师。这里泛指在字斟句酌上给予教益的人。

深邃、含蓄是龚诗鲜明的特色,这首诗就是作者自己来分析、解释这一艺术风格的。他指出这种风格是由自己的个性和诗歌内容决定的,是个性解放、不同流俗的自然体现,是深刻观察、独立思考的必然结果,而不是从字面上、形式上学习来的。

呜呜硻硻

黄犊怒求乳,朴诚心无猜。犊也尔何知,既壮恃其孩[1]!古之子弄父兵者,喋血市上宁非哀[2]?亦有小心人,天命终难夺,授命何其恭,履霜何其洁;孝子忠臣一传成,千秋君父名先裂[3]!不然冥冥鸿,无家在中路,恝哉心无瑕,千古孤飞去〔4〕。呜呜复呜呜,古人谁智谁当愚〔5〕?硁硁复硁硁,智亦未足重,愚亦未足轻;鄙夫较量愚智间,何如一意求精诚〔6〕?仁者不诉愚痴之万死,勇者不贪智慧之一生〔7〕。寄言后世艰难子:白日青天奋臂行〔8〕!

〔1〕"黄犊"四句:以牛喻人,是说幼小之时不懂礼义,朴诚无猜,形似无知,实可珍惜;成人以后,仍需凭靠这赤子之心待人接物,决不可沾染社会上虚伪的人情世故。《己亥杂诗》其一七〇:"少年哀乐过于人,歌泣无端字字真。既壮周旋杂痴黠,童心来复梦中身。"诗意与此雷同。《后汉书·循吏列传·仇览(香)传》李贤注引谢承《后汉书》:"览为县阳遂亭长,好行教化。人羊元凶恶不孝,其母诣览言元。览呼元,消责元以子道,与一卷《孝经》,使诵读之。元深改悔,到母床下谢罪曰:'元少孤,为母所骄,谚曰:"孤犊触乳,骄子骂母。"乞今自改。'母子更相向泣,于是元遂修孝道,后成佳士也。""黄犊怒求乳"典出此,然作者变用其意,不以"孤犊触乳"为无知妄为,而歌颂其朴诚,这样就否定了封建礼义、孝道的虚伪性。此四句在字面上又本杜甫《百忧集行》诗:"忆年十五心尚孩,健如黄犊去复来。"孩,幼童,这里指童心,即作者所追求的纯真心灵。

〔2〕"古之"二句:借汉武帝与戾太子(刘据)互不信任,致使戾太子假托诏命调动军队造成流血事件一事,写封建君臣父子关系中不能尽臣子之道的情况。按征和二年(公元前91年)秋,汉武帝听信江充谗言,以为卫皇后所生戾太子用蛊道诅咒害己。戾太子畏,乘武帝避暑甘泉宫未归,矫命杀充,发兵入丞相府,宣称武帝在甘泉病困,疑有变,奸臣欲作乱。武帝遂回长安城西建章宫,诏发三辅近县兵,以丞相刘屈氂为将,加以讨伐。戾太子进而矫命赦长安诸官府囚徒,发武库兵,驱四市人数万,至长乐西关下,逢丞相军,合战五日,死者数万人,血流街沟。丞相附兵

渐多,太子兵败,逃亡,被围捕,上吊自尽。见《汉书·武五子传》及《刘屈氂传》。类似此事,古代历朝屡见不鲜。子弄父兵,儿子盗用父亲的兵权。语出《汉书·车千秋传》:"会卫太子(即戾太子,因卫皇后而得称)为江充所谮败,久之,千秋上急变(上告非常事故),讼太子冤,曰:'子弄父兵者,罪当笞;天子之子,过误杀人,当何罪哉?'"喋(dié蝶)血,又作啑血,指杀人多血流满地。市,街市。宁非哀,难道不是可悲吗?

〔3〕"亦有"六句:写君臣父子关系的另一种情况,即臣子忠孝而君父昏暴,如瞽叟欲害孝子舜、商纣杀贤臣比干并剖其心、春秋时晋献公杀其忠孝之子申生之类,故归结说:"孝子忠臣一传成,千秋君父名先裂",意思是孝子忠臣的传记一经写成,君和父的名声首先破败。清初冯班《钝吟杂录》说:"儒者之死忠死孝,仁之至、义之尽也。然子死孝,父必不全;臣死忠,君必有患。忠臣孝子,平居无事,不忍言之。近代有平居无事,处心积虑,冀君父之有难,以成其名。其人名不便言,此乱臣贼子不若也。"也揭露了君臣父子之道难以两全其美的矛盾,但只指责个别人盼望乘君父之难以成其名,还是从根本上维护封建礼义道德的。而龚自珍揭露这一矛盾的目的,则是为了戳穿封建的礼义道德违背纯真完美的人性。天命,指君父的权威,因视为天意所授,故云。夺,错失,这里是违背之意。授命,献出生命。《论语·宪问》:"见危授命。"履霜,《易·坤》:"履霜坚冰至。"是说踩着霜就预知坚冰将会出现,比喻防微杜渐。又《琴操》载孝子伯奇事:"《履霜操》,尹吉甫子伯奇所作也。伯奇无罪,为后母谮而见逐,晨朝履霜,自伤见放,于是援琴鼓之,而作此操。"

〔4〕"不然"四句:以失群的孤雁为喻,说明只有摆脱家庭人世关系,才能洁身省心,完美无瑕。这又是在某种程度上对封建关系的否定。不然,否则如……。冥冥,高远的天空。《法言·问明》:"鸿飞冥冥,弋人何篡焉?"恝(jiá荚),无愁无虑的样子。

〔5〕"呜呜"二句:是说西汉杨恽唱"呜呜",申愚志,不悔过,忤圣

意,终遭杀害,古人谁算智谁算愚?哪有比此更愚的!呜呜,秦国乐曲声。《汉书·杨恽传》(《杨敞传》附):西汉景帝时杨恽被诬免官,"恽既失爵位,家居治产业,起室宅以财自娱。岁馀,其友人安定太守西河孙会宗,知略士也,与恽书谏戒之,为言大臣废退,当阖门惶惧,为可怜之意,不当治产业,通宾客,有称誉"。杨恽报会宗书曰:"……足下哀其愚蒙,赐书教督以所不及,殷勤甚厚!然窃恨足下不深惟(思)其终始,而猥随俗之毁誉也。言鄙陋之愚心,若(似)逆指(圣旨)而文过;默而息乎,恐违孔氏(孔子)'各言尔志'之义,故敢略陈其愚,唯君子察焉。……窃自思念,过已大矣,行已亏矣,长为农夫以没世矣,是故身率妻子,勠力耕桑,灌园治产,以给公上(交纳赋敛)。不意当复用(因)此为讥议也。……臣之得罪已三年矣,田家作苦,岁时伏腊,烹羊炰羔,斗酒自劳(慰劳)。家本秦也,能为秦声;妇赵女也,雅善鼓瑟;奴婢歌者数人。酒后耳热,仰天拊(击)缶,而呼乌乌,其诗曰:'田彼南山,芜秽不治,种一顷豆,落而为萁。人生行乐耳,须富贵何时?'……"后遇日蚀之灾,有人上书告杨恽"骄奢不悔过,日食之咎,此人所致"。奏章下交廷尉按验,得所予会宗书,章帝见而恶之。廷尉断恽大逆无道罪,腰斩,妻儿徙酒泉郡。史称此为有文字狱之首。

〔6〕"硁(kēng 坑)硁"五句:是说值得称赞的是正直之人,智不见得重,愚不见得轻;浅鄙之人一味评辨智愚,计较得失,何如专意追求精诚?硁硁或作"悻悻",《论语·子路》:"言必信,行必果,硁硁然小人哉!"亦见《杨恽传》:杨恽被太仆戴长乐诬告待罪之时,适逢左冯翊韩延寿有罪下狱。恽不顾己危,上书为韩延寿讼冤。郎中丘常对恽说:"闻君侯讼韩冯翊,当得活乎?"恽说:"事何容易!胫胫(同硁硁)者未必全也,我不能自保。"

〔7〕"仁者"二句:是说有道义的人不怕死守直道身遇万死,勇敢的人不贪恋投机取巧而求得的任何一次生路。怵(chù 触),同怵,恐惧。

愚痴,指死守直道如愚如痴。智慧,这里含有小聪明、狡猾之意。

〔8〕"寄言"二句:是说希望后世身遇艰难世途之人,光明磊落,勇往直前。

这首诗作于嘉庆二十五年(1820),集中歌颂朴诚愚直,揭露封建礼义道德的虚伪。这是有感而发的,作者通过自身经历,深刻观察与体会到官场和上层社会的虚伪狡诈。在那里,表面文质彬彬,正人君子,实则阳奉阴违,尔虞我诈,争权夺利,腐朽透顶,不能不让正直之人感到寒栗和憎恶。作者在这样的环境中,格格不入,愤然命笔,从最基本的父子君臣关系写起,撕去温情脉脉的薄纱,触及人们的灵魂深处,无情地揭露了种种丑恶现象,狠狠地鞭挞了封建社会的虚伪礼义道德和人情世故。他追求纯真精诚的心灵,赞扬光明磊落的行为,大声呼唤个性解放。作者写这一主题的诗很多,如《歌哭》、《人草稿》、《梦中作》、《太常仙蝶歌》、《己亥杂诗》其一七〇"少年哀乐过于人"等,可以互参。"呜呜喳喳"意为愚直,题意关涉历史上文字狱的受害者杨恽(详注〔5〕〔6〕),当深有微旨,是就虚伪世态追根究底,表示对清王朝大兴文字狱的反感与蔑视。

逆旅题壁,次周伯恬原韵

名场阅历莽无涯,心史纵横自一家〔1〕。秋气不惊堂内燕,夕阳还恋路旁鸦〔2〕。东邻嫠老难为妾,古木根深不似花〔3〕。何日冥鸿踪迹遂,美人经卷葬年华〔4〕!

〔1〕"名场"二句:是说仕途官场阅历已深,世人不过追逐名利而已,系念国家,顾往计来,心事纵横的,只有我辈有志之士。名场,科举考

试的闱场,因系士子争名之所,故称。这里泛指官场及上层社会。莽,草木深处,引申为深邃。心,指济世之心、念国之情。史,指考察历史,熟悉掌故,引古筹今。作者《尊史》一文说:"欲知大道,必先为史。"《对策》说:"人臣欲以其言裨于事,必先以其学考诸古。不研乎经,不知经术之为本源也;不讨乎史,不知史事之为鉴也;不通乎当世之务,不知经、史施于今日之孰缓、孰亟、孰可行、孰不可行也。"

〔2〕"秋气"二句:分别写在衰败没落的形势下,保守势力的麻木不仁,爱国志士的无限忧思。秋气,使草木凋残的秋天肃杀之气。宋玉《九辩》:"悲哉秋之为气也,萧瑟兮草木摇落而变衰。"龚诗屡以"秋气"比喻衰败的形势,如《自春徂秋,偶有所触,拉杂书之,漫不诠次,得十五首》其二:"四海变秋气,一室难为春。"堂内燕,比喻得势的达官贵人。《楚辞·九章·涉江》:"鸾鸟凤皇,日以远兮;燕雀乌鹊,巢堂坛兮。"前句谓贤者去朝日远,后句谓小人得势。刘禹锡《乌衣巷》:"旧时王谢堂前燕,飞入寻常百姓家。"王、谢为南朝大族,"堂前燕"喻依附权势之人。燕为候鸟,冬去春来,这里说不为秋气所惊,讽其醉生梦死,麻木不仁。又燕多喻趋炎附势之人,居安则可,遇危则飞散,如作者《明良论二》:"如是而封疆万万之一有缓急,则纷纷鸠燕逝而已,伏栋下求俱压者焉觑矣!"夕阳,比喻没落的形势,参见《杂诗,己卯自春徂夏在京师作,得十有四首》其十二"忽忽中原暮霭生"句及注。恋,思念,顾及。这里是"为……所念"之意。路旁鸦,比喻自己和周氏一类沦落失意的忧国之士。句意本温庭筠《春日野行》诗"鸦背夕阳多"及马致远《天净沙》:"枯藤老树昏鸦……夕阳西下,断肠人在天涯。"

〔3〕"东邻"二句:比喻年华将逝,难以永葆青春,奋发有为。东邻,司马相如《美人赋》:"臣之东邻有一女子,云发丰艳,蛾眉皓齿。"嫠(lí厘),寡妇。似,嗣,继续。《诗经·小雅·斯干》:"似续妣祖。"毛传:"似,嗣也。"花,用作动词,开花。

〔4〕"何日"二句：是说有朝一日隐逸出世，以美人相伴，读佛经遣日，葬送年华。这是失志时表示愤慨的话。冥鸿，高飞天空的大雁，比喻隐逸之士。参见《呜呜硵硵》"不然冥冥鸿，无家在中路，恝哉心无瑕，千古孤飞去"四句及注。

这是一首和诗，作于嘉庆二十五年（1820）在北京参加会试落第后，五月初南归途中。周伯恬，周仪暐（1777—1846），字伯恬，江苏阳湖（今江苏武进县）人。嘉庆九年（1804）举人。初任安徽宣城县训导，后改授陕西山阳知县，又调署凤翔知县，不久以老病乞休。工诗，著有《夫椒山馆诗集》。徐世昌《晚晴簃诗话》："伯恬工六朝文辞，尤深于诗，拟古诸作往往逼真。中岁奔走中南诸名郡，足迹半天下，为诗尤激昂慷慨。数奇不遇，晚年始宰一山邑，不三载殁，可悲也。"周氏原诗为《富庄驿题壁和龚孝廉自珍韵》（按，当为龚和周，此题盖周氏自谦而拟）："何曾神女有生涯，渐觉年来事事赊。梦雨一山成覆鹿，颓云三角未盘鸦。春心易属将离草，归计宜栽巨胜花。扇底本无尘可障，一鞭清露别东华。"（见《夫椒山馆诗集》卷十八）知周氏与龚一起参加会试，失意同归，共宿富庄驿舍，相和作诗。周诗还仅限于个人身世的感慨，而龚诗寓意深远，身世国事交感并集，深刻揭示了社会的没落形势和危机，无情讽刺了醉生梦死的腐朽势力，并对自己心系国家而身遭沦落的境遇甚感愤慨。逆旅，客舍。次韵，和诗的一种形式，要求入韵之字与原诗依次相同。按，此诗与周诗第二句韵字有异。又作者同时作有词《南浦》，小序曰："端阳前一日，伯恬填词题驿壁上，凄瑰曼绝，余亦继声。"中有"羌笛落花天，办香韡两两愁人归去。连夜梦魂飞，飞不到，天堑东头烟树"等句，可知时值五月。

观心

结习真难尽〔1〕，观心屏见闻〔2〕。烧香僧出定，哗梦鬼论文〔3〕。幽绪不可食〔4〕，新诗如乱云。鲁阳戈纵挽，万虑亦纷纷〔5〕。

〔1〕结习：佛家语，指世俗积习，包括思想感情等。《维摩诘所说经》："天女即以天花散诸菩萨、大弟子上。花至诸菩萨，即皆堕落；至大弟子，便著不堕。天女曰：结习未尽，花著身耳；结习尽者，花不著也。"这里主要指自己的济世之志。

〔2〕屏（bǐng 丙）：排除。实际是强排而难除。以上二句可参《自春徂秋，偶有所触，拉杂书之，漫不诠次，得十五首》其十三："心死竟何云？结习幸渐寡。忧患稍稍平，此心即佛者。"

〔3〕"烧香"二句：是说效法僧人烧香坐禅刚完，鬼又来议论自己写的文章，吵了梦境。出定，"定"即禅定，佛教修行方法之一，安静而止息杂虑之意。佛教修行者以为静坐敛心，专注一境，久之达到身心"轻安"，观照"明净"的状态，即成禅定，又叫坐禅。禅定完后叫出定。《观无量传经》："出定入定，恒闻妙法。行者所闻，出定之时，忆持不舍。"鬼论文，鬼议论文字。《己亥杂诗》其六二云："古人制字鬼夜泣。"《淮南子·本经训》："昔者仓颉作书而天雨粟，鬼夜哭。"高诱注："鬼恐文所劾，故夜哭也。"鬼，这里借指恶人。文，本指字，这里指写作的文字、文章。

〔4〕幽绪：幽深的思想感情。食：蚀，消失。

〔5〕"鲁阳"二句：是说鲁阳公纵可挽戈返日，万千思虑却纷纷难

灭。《淮南子·览冥训》:"鲁阳公与韩搆难,战酣日暮,援戈而㧑(同"挥")之,日为之反三舍。"由以上四句可见作者关切世事、忧国忧民的一片深情。

这首诗作于嘉庆二十五年(1820)。作者频遭文祸,本年秋天首次戒诗,这时正为酝酿此事而烦恼。他虽然从思想感情上寻究到招祸的根源,但济世之志不灭,仍难做到息心简虑。观心,指佛教修行方法"止观"。"止"指通过坐禅入定来求得"心"的寂静;"观"指通过一种对"心"的内省功夫,求得神秘的"般若"(智慧)来直探心源。佛教认为通过止观,人们可"悟"到"性空"(所谓虚幻不实的世界万物)而"成佛"。《十不二门指要钞》:"一代教门,皆以观心为要。"这是一种神秘的唯心主义修行术。

又忏心一首

佛言劫火遇皆销,何物千年怒若潮[1]?经济文章磨白昼[2],幽光狂慧复中宵[3];来何汹涌须挥剑,去尚缠绵可付箫[4]。心药心灵总心病[5],寓言决欲就灯烧[6]!

[1]"佛言"二句:是说自己的思想感情始终无法平静,连能销毁万物的劫火也无能为力。劫火,佛教传说中的一种能使世上一切归于毁灭的灾火。何物,指人的思想感情。千年,泛指历时很久,终古不变。

[2]"经济"句:是说饱含激情、思绪起伏,写政论文章花费掉白天的时间。经济,经世济民。

[3]"幽光"句:是说晚间仍然思绪不断,感情激荡。幽光,玄妙的

意识,这里亦包括幽深的感情在内,正与下文"箫"相应。狂慧,佛家语,指无定散乱的智慧。《观音经玄义》:"若慧而无定者,此慧名'狂慧',譬如风中燃灯,摇飏摇飏,照物不了(明)。"这里指纵横的思想,亦包括豪情壮志在内,正与下句"剑"相应。

〔4〕"来何"二句:写感情的起伏变化。挥剑,表示报国的豪情壮志或狂侠之气。付箫,借吹箫寄托失意或忧国的哀怨之情。按龚自珍诗词中屡将"剑""箫"对举,如嘉庆十七年(1812)所作《湘月》词云:"怨去吹箫,狂来说剑,两样销魂味。"道光三年(1823)所作《漫感》诗云:"绝域从军计惘然,东南幽恨满词笺。一箫一剑平生意,负尽狂名十五年。"同年又有《丑奴儿令》词云:"沉思十五年中事,才也纵横,泪也纵横,双负箫心与剑名。"道光六年(1826)所作《秋心三首》其一云:"气寒西北何人剑?声满东南几处箫?"道光十年(1830)所作《纪梦七首》其五:"按剑因谁怒,寻箫思不堪。"道光十九年(1839)所作《己亥杂诗》其九十六首云:"少年击剑更吹箫,剑气箫心一例消。"道光二十一年(1841)所作《鹧鸪天·题于湘山〈旧雨轩图〉》云:"长铗怨,破箫词,两般合就鬓边丝。"等等。分析其义,以作者《湘月》词自注所引洪子骏赠词《金缕曲》的话"侠骨幽情箫与剑"概括得最为准确,剑代表侠骨,箫代表幽情。但对思想家龚自珍来说,剑又不限于表示一般的慷慨任侠,而是还包括着他济世的豪情壮志;箫也不限于表示一般的多愁善感,而是还包括着他忧国忧民的深情和政治上失意的愤怨。

〔5〕"心药"句:是说要用佛教教义和纯真心灵来控制心病,亦即禁绝思想感情欲望。心药,佛家语,指其教义。佛家认为他们的教义能使众生除却欲念,治疗其心病,故称。《秘藏宝钥》:"九种心药,拂外尘而遮迷。"心灵,佛教所称人的纯真意识和精神。《楞严经》一:"汝之心灵,一切明了。"总,约束、统制。心病,佛家认为世俗的意念感情欲望皆是心病。这里指自己经世匡时的理想,忧国忧民的思虑,以及不满黑暗现实

的感慨等等。

〔6〕寓言：有所寄托、言在此而意在彼的文字。《庄子·寓言》："寓言十九"，是说寄寓之言占十分之九。这里指自己含有寓意、揭露抨击现实黑暗的诗文。以上两句可与《戒诗五章》其二"今誓空尔心，心灭泪亦灭。有未灭者存，何用更留迹"互参。

这首诗作于《观心》之后，已由为多识多感而烦恼转为与之决绝。作者有感于现实，心潮汹涌，思绪万千，忧国情深，反招至迫害。出于无奈，誓欲根除这一"心病"，连反映心迹、惹是生非的诗文也一起烧掉。似乎这是退缩，实则对黑暗现实、腐朽势力表示了极大的愤慨。忏心即悔心之过，也是出于愤激的反语。

戒诗五章（选三首）

其二

百脏发酸泪，夜涌如原泉〔1〕。此泪何所从？万一诗祟焉〔2〕。今誓空尔心〔3〕，心灭泪亦灭。有未灭者存，何用更留迹〔4〕？

〔1〕"百脏"二句：是说满怀忧愤，泪如泉涌。着一"夜"字，意思是这种感情不敢在白天流露，只能悄悄地在夜间发泄。百脏，五脏六腑。指内胸。原泉，即源泉。

〔2〕"此泪"二句：是说这辛酸的眼泪以什么为依从？绝少一部分

体现为诗,造成祸患。万一,万分之一,极言其少。祟,迷信说法所谓鬼神兴妖作怪之祸。《己亥杂诗》其一:"著书何似观心贤,不奈尼言夜涌泉",可与以上四句互参。

〔3〕空尔心:指不念世事,息心简虑。

〔4〕"有未"二句:是说即使有未灭尽的心志,又何必让它发而为诗留下痕迹呢?《毛诗大序》:"诗者,志之所之也。在心为志,发言为诗。情动于中而形于言;言之不足,故嗟叹之;嗟叹之不足,故永(咏)歌之;永歌之不足,不知手之舞之足之蹈之也。"

这组诗作于嘉庆二十五年(1820)。作者经过反复考虑,从犹豫到坚决(参见《观心》、《又忏心一首》),终于压抑住内心的怒火首次戒了诗。这五首诗,既是当时戒诗的宣言,又是对清王朝高压政策的控诉书。诗中虽多引用佛教术语和典故,但决不是在空谈佛理,而是赋予了现实的内容。这里选了其二、其三、其五,凡三首。这一首着重写戒诗的原因:为了避祸,免去忧患,决心息心简虑,不留心迹。

其三

行年二十九,电光岂遽收[1]?观河生百喟,何如泛虚舟[2]!
当喜我必喜,当忧我辄忧[3]。尽此一报形,世法随沉浮[4]。
天龙为我喜,波旬为我愁[5]。波旬尔勿愁,咒汝械汝头[6]!

〔1〕"行年"二句:是说年龄已二十九岁,闪电般的一生难道就要结束吗? 行年,经历之年岁。按本年作者虚岁已二十九。电光,闪电之光。岂遽,难道。王引之训遽为岂,认为是两个重叠的同义虚词,义即岂、何,亦作庸遽、何遽、奚遽,皆与庸讵同,见《经传释词》。

〔2〕"观河"二句：是说见河水而连叹光阴易逝，戒自己及时努力，哪如泛舟逐流，闲适自在，虚度一生。形似自暴自弃，实为理想受挫的感慨，下同。观河，《论语·子罕》："子在川上曰：'逝者如斯夫！不舍昼夜。'"记孔子见河中流水而叹光阴易逝。喟(kuì 愧)，叹气。泛虚舟，浮轻舟于河中，无目标地闲游。《诗经·邶风·柏舟》："汎(同泛)彼柏舟，亦汎其流。耿耿不寐，如有隐忧。微(非)我无酒，以遨以游。"

〔3〕"当喜"二句：是说随同世俗，当喜则喜，当忧则忧，不再忧国忧民，愁苦不已。

〔4〕"尽此"二句：是说尽此平凡的一生，与世浮沉。报形，即报身(形即身体)，佛家语，三身之一。佛教天台宗立法、报、应三佛身：法身，就理体而言；报身，由智而成；应身，从起用(按，指受用佛法)而现。这里借用"报身"一语，并取其"由智而成"之义，以指用明智保全之身(参见《呜呜硿硿》一诗中的智愚之辨)，故上句即所谓明哲保身之意。世法，佛家语，亦云世间法，对出世法而言。《华严经》："佛观世法如光影。"是说世法生灭无常。

〔5〕"天龙"二句：是说自己这样做，有人为之喜，有人为之愁，看法不一。天龙，佛家语，即天龙八部，包括诸天、龙及鬼神六种。《翻译名义集》二《八部》："一天、二龙、三夜叉、四乾闼婆、五阿修罗、六迦楼罗、七紧那罗、八罗睺罗伽。"天龙是管律的，本组诗其四说："律居三藏一，天龙所护持。我今戒为诗，戒律亦如之。"这里以天龙暗喻上层统治者。波旬，魔王名，为欲界天第六天之主，释迦佛出世时之魔王。《楞严经》："如我此说，名曰佛说；不如我此说，即波旬也。"诸魔王皆以障害佛法为事。这里以波旬暗喻叛逆者。

〔6〕"波旬"二句：为戏谑语，是说波旬你且不要为我玩世不恭而发愁，当心管制者咒你、给你的脑袋戴上枷锁。械，枷和镣铐之类的刑具，这是作动词用。

前首一般写灭心断情以戒诗,这一首更深一层,声言要抛弃政治理想,与世浮沉,随俗从众,以断愤世感时、忧国忧民之思。实为愤激语,益发可见作者济世心切,念国情深,不甘与醉生梦死的达官贵人同流合污。

其五

我有第一谛[1],不落文字中。一以落边际,世法还具通[2]。横看与侧看,八万四千好[3]。泰山一尘多,瀚海一蛤少[4]。随意撮举之,龚子不在斯[5]。百年守尸罗[6],十色毋陆离[7]。

[1] 谛(dì 帝):佛家语,义。第一谛,最重要的道理。

[2] "一以"二句:是说即使落入文字之中,哪怕仅着边际,那也是世法可以达到之处,难以摆脱控制。一以,一而,一旦。世法,见前首注[4]。具,通俱,皆。具通:无所不达。以上四句可参见《自春徂秋,偶有所触,拉杂书之,漫不诠次,得十五首》其十四:"危哉昔几败,万仞堕无垠。不知有忧患,文字樊其身。"

[3] "横看"二句:是说如不留痕迹,怎么看都好,八面玲珑,无可挑剔。前句袭用苏轼《题西林壁》"横看成岭侧成峰"句。八万四千,佛家语,佛经中每举八万四千称众多之数。

[4] "泰山"二句:以"一尘"、"一蛤"自比,是说巍峨泰山之土不为增加一尘而显多,浩瀚大海之物不为减去一蛤而见少。写善于韬晦,使自己显得无足轻重。

[5] "随意"二句:紧承上二句,是说既已微不足道,就易脱过被人

选拔称举之列,以免招是惹非。龚子,作者自称。在斯,在此,指在撮举之中。

〔6〕尸罗:梵语,义译为清凉,亦译曰戒。《大智度论》:"好行善道,不自放逸,是名尸罗。"这里指佛教禁写诗文的绮语戒。

〔7〕十色:五光十色,指文采、才华。毋:同勿。陆离:参差。这里是相辉映之意。《淮南子·本经训》:"五采争胜,流漫陆离。"

这首诗以奚落的口吻,写出对付文字狱的良策妙法。语言颇为明快,情绪亦似爽朗,但仍掩饰不住内心深处饱经坎坷的辛酸。

小游仙词十五首(选五首)

其一

历劫丹砂道未成〔1〕,天风鸾鹤怨三生〔2〕。是谁指与游仙路?抄过蓬莱隔岸行〔3〕。

〔1〕"历劫"句:是说烧炼丹砂已久,仍未得道成仙。指自己几经会试,仍未中进士。历劫,经过很长的时间。劫,梵语"劫簸"的略称,意思是大时、长时。《智度论》:"时中最小者为六十念中之一念,大时名劫。"丹砂,矿物名,即朱砂。成分为硫化汞,是提炼水银(汞)的重要原料。汞易于熔解金、银等金属形成合金,叫汞齐。古人误以为汞本身可以化成黄金,于是道家有所谓炼丹以求长生之术。《史记·封禅书》载:汉武帝时,李少君以"祠灶穀道却老方"进见,受到尊待。"少君言上(武帝)

曰:'祠灶,则致物;致物而丹砂可化为黄金,黄金成,以为饮食器,则益寿;益寿而海中蓬莱仙者乃可见,见之以封禅,则不死,黄帝是也……'于是天子始亲祠灶,遣方士入海求蓬莱安期山之属,而事化丹砂诸药齐为黄金矣。"

〔2〕"天风"句:是说骑鸾鹤、翔天风、成仙得道的理想终未实现,怨恨不已。这里以仙升喻仕途的升迁。鸾鹤,为仙人所骑乘之鸟。《列仙传》载:王子乔学道于嵩山,后三十馀年,乘白鹤驻缑氏山头,数月而去。江淹《登庐山香炉峰》:"此山具鸾鹤,往来尽仙灵。"三生,按三世转生的迷信说法,人生分过去、现在、未来,称为三生。

〔3〕"是谁"二句:是说是谁给自己指点新的游仙之路,可以绕过海中缥渺难至的蓬莱仙山,在其隔海的此岸去寻求呢?指有人指点作者避开考进士,而考选军机章京。按,龙顾山人《南屋述闻》载:"自考选章京之制行,凡阁部保送者,类皆系进士、举人出身……惟甲乙榜有捐纳内阁中书者,例得保送。"作者是乙榜(举人)出身的内阁中书,故有资格参加章京考选。蓬莱,道家传说中的海中仙山,见注〔1〕引《史记·封禅书》。又《汉书·郊祀志》:"使人入海求蓬莱、方丈、瀛洲,此三神山者,其传在渤海中。"

吴昌绶《定盦先生年谱》:道光元年(1821)"夏,考军机章京,未录,赋《小游仙》十五首,遂破戒作诗。"游仙是传统的诗题,起于晋,后世多用之。这类诗借描述"仙境"以寄托作者的思想感情,曲折地反映现实生活。龚自珍的这一组诗,借用游仙体裁,宛转地揭露军机处的内幕,反映了当时官僚制度腐朽的一个侧面。军机处值房在清宫内乾清门外西侧,是皇帝身边掌握军政要务的参谋、办事机构。军机大臣由亲王或重臣担任,下属行走、章京等官身份亦不一般。军机处为重要晋升之阶,作者《干禄新书自序》说:"本朝宰辅,必由翰林院官。卿贰及封圻大臣,由翰林者大半。其非翰林官,以值军机处为荣选。军机处之职,有军事则佐上运筹决胜,无事则备顾问祖宗掌故,以出内命者也。"

这组诗是龚诗隐喻暗讽一格的代表作之一,这里选了其一、其二、其五、其七、其十,凡五首。这第一首写自己屡考进士未中,经人指点又转考军机章京(掌管军机处文书的官)。

其二

九关虎豹不讥诃[1],香案偏头院落多[2]。赖是小时清梦到,红墙西去即银河[3]。

[1] 九关虎豹:指九重天门,各有虎豹把守,语出《楚辞·招魂》:"魂兮归来,君无(勿)上天些;虎豹九关,啄害下人些。"这里比喻皇宫门及守卫。不讥诃:是说可以自由出入。讥,盘问。诃,喝止。

[2] 香案:烧香的案子。指庙中进香供神的正堂。这里喻正殿正宫。偏头:一端、一侧。院落多:指军机处所在之处。按军机处在隆宗门内,正居保和殿、乾清门之间西侧。

[3] "赖是"二句:是说依仗着小时候做梦曾经到此,晓得红墙以西就是银河。按,作者的生祖父禔身曾任军机行走,父亲丽正曾任军机章京,所谓小时清梦到,当指小时候从祖父、父亲那里听到一些关于军机处的内情和掌故,留下了模糊的印象。红墙,指宫墙。银河,指护城河。按军机处正在宫内正殿轴心西侧,故有下句之谓。

这一首所写仙境的方位和布局,正与宫内军机处的情况相合,可证这一组诗确实是暗讽军机处的。

其五

寒暄上界本来希,不怨仙官识面迟[1]。侥幸梁清一私语,回头还恐岁星疑[2]!

〔1〕"寒暄"二句:是说相互问候、关心的交际往来,在上天本来就很少,所以并不怨恨仙官们与己迟迟不相识。寒暄,询问寒暖起居,又泛指交际。上界,上天神界。希,同稀。仙官,指军机处属官。

〔2〕"侥幸"二句:是说偶或有人与己私语几句,便慌忙回头看看,总怕其他官有所猜疑。梁清,即梁玉清,古代神话人物。相传秦并六国时,太白星私窃织女星侍儿梁玉清,逃入水仙洞。见李冗《独异志》。岁星,木星。木星每十二年在天上环绕一周,古人用以纪年,故称岁星。这里指军机处属官。

这一首揭露军机处内部冷酷、猜疑的人事关系。

其七

丹房不是漫相容,百劫修成忍辱功[1]。几辈凡胎无觅处,仙姨初豢可怜虫[2]。

〔1〕"丹房"二句:暗讽军机处决不录取有志气、有血性的人,只收容忍辱屈从、俯首听命的人。丹房,炼丹修行之房。比喻军机处。漫,随意、随便。百劫,时间久长。劫为梵语中最大的时间单位名称。修,以道

家的修行比喻修身养性。这两句可参见本组诗第一首"历劫丹砂道未成"句及注。按《南屋述闻》载:"凡初入直,老班公必举一切规则详告而善导之,如师之于弟子。间或趾高气扬,动加指斥,后进亦不敢校(计较)也。"

〔2〕"几辈"二句:是说某些人世凡胎本来找不到成仙之路,却开始受到神仙娘娘的收养。暗讽军机处由无德无才之凡辈庸人充斥。凡胎,按迷信说法,命中注定只能投胎人世、不能成仙得道之人。这里指天生平庸之辈。无觅处,本谓找不到成仙的途径和处所,喻指仕途上找不到飞黄腾达的出路。仙姨,对仙女的称呼。喻军机大臣。按,军机章京原由军机大臣从内阁中书中自己选用,如作者在《上大学士书》中说:"雍正壬子(雍正十年,1732),始为军机大臣者张文和公(张廷玉)、鄂文端公(鄂尔泰)。文和携中书(内阁中书)四人,文端携中书两人,诣乾清门帮同存记及缮写事,为军机章京之始。"后制订考选条例,规定在内阁中书及六部部曹中保送,经过考试录取,而录取权实际仍操在军机大臣手中。

这一首揭露军机处选拔官员的清规戒律很多,不能容纳有志有为之士,严重束缚了人材的录用,致使唯诺、凡庸之辈充斥。

其十

仙家鸡犬近来肥,不向淮王旧宅飞〔1〕。却踞金床作人语〔2〕,背人高坐著天衣〔3〕。

〔1〕"仙家"二句:用西汉淮安王成仙,其家鸡犬亦服药飞升的典故(详见《行路易》注〔10〕),讽刺内阁中书及六部部曹一旦考取军机章京,

便瞧不起原职、下位。

〔2〕踞(jù据):坐。金床:郭宪《洞冥记》:"元封中,起神明台,上有九天道,金床,象席,琥珀枕,杂玉为簪。"见人而踞床,为傲慢状。《汉书·汲黯传》:"大将军青(卫青)侍中,上(汉武帝)踞厕视之。"颜师古注引孟康曰:"厕,床边侧也。"刘奉世曰:"厕当从孟说,古者见大臣,则御坐为起,然则踞厕者,轻之也。"作人语:本谓鸡犬装模作样,学人讲话,暗讽章京们大言不惭,发号施令。

〔3〕背人:以背向人,亦傲慢之状。天衣:仙衣。这里指章京们特殊高贵的衣着。《南屋述闻》:"章京准穿貂褂,自乾隆三十五年始。旧制,衣貂限于四品以上及京堂、翰詹、科道;全红帽罩限于三品以上官。而于章京犹优之者,重是职耳。"

这首诗讽刺内阁中书及六部部曹一旦考取军机章京,飞升得势,便趾高气扬,不可一世。

夜读番禺集书其尾(二首)

其一

灵均出高阳,万古两苗裔〔1〕。郁郁文词宗〔2〕,芳馨闻上帝〔3〕。

〔1〕"灵均"二句:是说屈原和屈大均都是远古高阳帝的后代。灵均,屈原之字。《离骚》:"名余曰正则兮,字余曰灵均。"高阳,即传说中

的古帝颛顼(zhuān xū 专须)。屈原《离骚》中自称"帝高阳之苗裔兮",王逸《楚辞章句》说:"高阳,颛顼有天下之号也。《帝系》曰:颛顼娶于滕隍氏女而生老僮,是为楚先。其后熊绎事周成王,封为楚子,居于丹阳。周幽王时,生若敖,奄征南海,北至江、汉。其孙武王求尊爵于周,周不与,遂僭号称王,始都于郢。是时生子瑕,受屈(地名)为客卿,因以为氏。"两苗裔,指屈原和屈大均皆为高阳氏之后代。按屈大均在《拜三闾大夫墓》诗中自称是屈原的后代。清陈维崧在《念奴娇·读屈翁山诗有作》词中也称屈大均是"灵均苗裔"。

〔2〕郁郁:文采富盛。文词:文章。宗:宗师,宗匠。

〔3〕芳馨(xīn 新):香气,多喻美名,此同。闻上帝:被上帝知晓。《论语·宪问》:"下学而上达,知我者其天乎!"

其二

奇士不可杀,杀之成天神[1];奇文不可读[2],读之伤天民[3]。

〔1〕"奇士"二句:是说有奇才之人不可杀,杀了他,他就会变成可敬畏的天神。奇士,指屈大均。

〔2〕奇文:对屈大均的诗文的誉称。陶渊明《移居二首》其一:"奇文共欣赏,疑义相与析。"

〔3〕天民:不在位而全其天性之人。《庄子·庚桑楚》:"有恒者,人舍之,天助之。人之所舍,谓之天民。"《孟子·尽心上》:"有天民者,达可行于天下,而后行之者也。"

《番禺集》是作者为避文网而自拟的书名,实指清初反清志士屈大均的诗文集，包括《翁山诗略》、《翁山诗外》、《翁山文外》等。屈大均（1630—1696），字翁山，又字介子，广东番禺人。明亡时仅十五岁。清军进攻广东，他投奔南明永历帝，参加抗清活动。永历帝失败，他到杭州削发为僧，不仕清朝。三十七岁还俗，继续联络人士，进行反清活动。最后避居江浙一带，康熙三十五年去世。屈大均自少能诗善文，后以诗文著名，与陈恭尹、梁佩兰合称为岭南三大家。他的诗文怀旧感时，歌颂抗清斗争，揭露清王朝的民族压迫，具有强烈的反清思想。在艺术上受屈原的影响较大。他的著作在雍正、乾隆两朝曾遭到严酷禁毁，但在民间仍暗下流传不废。作者此题共有两首，作于道光元年（1821）。题既称"夜读"，又重拟书名，说明有惧于清王朝的淫威。但毕竟敢读，而且敢于写诗赞扬，又表现了对清王朝残酷文字狱的蔑视。

能令公少年行有序

序曰：龚子自祷祈之所言也[1]。虽弗能遂，酒酣歌之，可以怡魂而泽颜焉[2]。

蹉跎乎公[3]！公今言愁愁无终。公毋哀吟娅姹声沉空[4]，酌我五石云母锺[5]，我能令公颜丹鬓绿而与年少争光风[6]，听我歌此胜丝桐[7]。貂毫署年年甫中[8]，著书先成不朽功[9]，名惊四海如云龙，攫拿不定光影同[10]。征文考献陈礼容[11]，饮酒结客横才锋[12]。逃禅一意饭宗风，惜哉幽情丽想销难空[13]！拂衣行矣如奔虹[14]，太湖西去青青峰[15]；一楼初上一阁逢，玉箫金琯东山东[16]。美人十五如花秾[17],湖波如镜能照容,山痕宛宛能助长眉丰[18];一索钿盒知心同,再索班管知才工[19];珠明玉煖春朦胧,吴歈楚词兼国风,深吟浅吟态不同,千篇背尽灯玲珑[20];有时言寻缥渺之孤踪,春山不妒春裙红,笛声叫起春波龙,湖波湖雨来空濛,桃花乱打兰舟篷,烟新月旧长相从[21]。十年不见王与公,亦不见九州名流一刺通[22]。其南邻北舍,谁与相过从?痀瘘丈人石户农,嵚崎楚客,窈窕吴侬,敲门借书者钓翁,探碑学拓者溪僮[23]。卖剑买琴[24],斗瓦输铜[25];银针玉蘁芝泥封,秦疏汉密齐梁工[26];佉经梵刻著录重,千番百轴光熊熊,奇许相借错许攻[27]。应客有玄鹤,惊人无白骢[28],相思相访溪凹与谷中,采茶采药三三两两逢,高谈俊辩皆沉雄,公等休矣吾方慵[29]。天凉忽报芦花浓,七十二峰峰峰生丹枫[30],紫蟹熟矣胡麻饛[31],门前钓榜催词筩[32];余方左抽豪,右按谱,高吟角与宫[33],三声两声棹唱终,吹入浩浩芦花风,仰视一白云卷空[34]。归来料理书灯红,茶烟欲散颓鬟浓,秋肌出钏凉珑松,梦不堕少年烦恼丛[35]。东僧西僧一杵钟,披衣起展《华严》筒[36]。噫哦!少年万恨填心胸,消灾解难畴之功?吉祥解脱文殊童,著我五十三参中[37]。莲邦纵使缘未通,他生且生兜率宫[38]!

〔1〕祷祈:祭神求福。这里是祝福企求之意。

〔2〕怡魂:使精神愉快。泽颜:使容颜光润,保持青春之貌。正应题"能令公少年"意。

〔3〕蹉跎(cuō tuó 搓驼):光阴空过,无所成就。公:虚拟的谈话对

41

象,亦指自己。以下六句为第一段,设为自我对语,意在自相劝慰。

〔4〕娅姹:当作哑咤(yā zhà 鸭炸),本为嘈杂的人语声,范成大《送朱师古》:"遥知梦境尚京尘,哑咤满船闻鲁语。"这里用为叹息声(如郭璞《游仙诗》"抚心独悲咤"),以形容哀吟。沉空:没入空中。

〔5〕五石:指容积。《庄子·逍遥游》:"魏王贻我大瓠之种,我树之,成,而实(容)五石,以盛水浆,其坚不能自举也。"后世遂以五石为大酒器的容量。云母:矿物,呈片状结晶,薄片透明。

〔6〕髻:同鬟。绿:乌黑光泽似浓绿。古代习有"绿鬟"之称。如乔知之《从军行》"蝉声摧绿鬟",吴均《闺怨诗》"绿鬟愁中改"。

〔7〕"听我"句:是说听我唱此诗,胜过听乐曲。丝桐,琴的代称,丝指琴弦,桐指琴体(多用桐木制作)。这里丝桐泛指一切器乐。

〔8〕貂毫:毛笔的代称。署年:在著作上题署写作时的年岁。甫:始。时作者三十岁,刚到中年。以下八句为第二段,写自己以前的学术生涯,包括著述、考订、学佛等。《己亥杂诗》其一○二"网罗文献吾倦矣,选色谈空结习存"二句,可视为本段意旨。

〔9〕"著书"句:古时谓立德、立功、立言为三不朽,《左传》襄公二十四年:"大(太)上有立德,其次有立功,其次有立言,虽久不废,此之谓不朽。"著书即立言。

〔10〕"名惊"二句:是说震惊四海的名声,像云中之龙一样,时隐时现;其不可捕捉,又如同摇晃不定的光影。写虚名之不可恃。攫(jué决),抓。

〔11〕"征文"句:是说通过考证文献以陈说礼仪。《论语·八佾》:"夏礼,吾能言之,杞(国)不足征也;殷礼,吾能言之,宋不足征也。文献不足故也。足,则吾能征之矣。"《史记·孔子世家》:"孔子为儿嬉戏,常陈俎豆,设礼容。"

〔12〕横才锋:才气横溢,显露于外。

〔13〕"逃禅"二句:是说立志皈依佛教,可惜跟佛教不相容的"幽情丽想"难以去尽。按,作者实际认为宗佛与艳情可以并行不悖,如《逆旅题壁,次周伯恬原韵》:"何日冥鸿踪迹遂,美人经卷葬年华。"《夜坐》其二:"万一禅关蓦然破,美人如玉剑如虹。"下面所想象的归隐生活,亦主要包括这两方面的内容。又作者笔下的美人,形象亦不同凡俗,其《美人》诗云:"美人清妙遗九州,独居云外之高楼。春来不学空房怨,但折梨花照暮愁。"也像作者一样,是居高望远,忧虑天下之人。逃禅,逃避世事,参禅学佛。禅为梵语禅那的省称,意译为思维修、静虑。皈,同归,依附。宗风,佛家语,谓某教派的独特风范。

〔14〕拂衣:提衣,为毅然起行的一个动作。后用以称隐居。谢灵运《述祖德诗》之二:"高揖七州外,拂衣五湖里。"奔虹:古代神话中,视虹为神龙,能奔走飞驰,故称。这里形容神速。此下至末尾皆写想象中的归隐生活,为第三段,亦即本诗的中心内容。

〔15〕太湖:在古代吴越分界处,跨今江浙两省,湖中多山,以东西洞庭及马迹三山为著,山水秀丽,风景佳胜,是作者向往的隐居之地,诗词中屡露此意。如词《浪淘沙·书愿》:"云外起朱楼,缥渺清幽,笛声叫破五湖(按,即太湖)秋。整我图书三万轴,同上兰舟。　镜槛与香篝,雅憺温柔,替侬好好上帘钩。湖水湖风凉不管,看汝梳头。"不仅写到太湖,而且写到美人,与此诗下文颇同。

〔16〕玉箫金琯:箫笛之类的管乐器。琯,同管。金玉形容其装饰华美。这里用作吹奏乐器的乐妓的代称,语本李白《江上吟》:"木兰之枻沙棠舟,玉箫金琯坐两头。"作者《贺新凉·梦断秋无际》词亦有"金管玉箫浓醉"句。东山:东洞庭山的简称。

〔17〕"美人"句:想象与一个年轻美貌、有才华的女子的交游与爱情。为第三段的第一层内容。前三句写其姿容。秾(nóng 农),花木繁盛。如花秾,形容艳丽。

〔18〕"山痕"句：以山峰弯曲的轮廓比喻美女的眉毛，说它与美女长眉的丰采相得益彰。宛宛，弯曲。

〔19〕"一索"二句：写自己向美人索取礼物，以试探其心，考察其才。上句说从索取钿盒而如愿以偿，知美人与己同心。钿盒，一种嵌饰金花的首饰盒子，为妇女身边之物。白居易《长恨歌》："惟将旧物表深情，钿盒金钗寄将去；钗留一股盒一扇，钗擘黄金盒分钿。"写女子赠钿盒以表爱情。这里是经男索而女赠，意同。下句说又索取毛笔，美人身边亦备其物，知其工于写作，才华出众。班管，笔的代称。班同斑，斑管即用斑竹做管杆的笔。或解为美人向作者索取钿盒和班管，从中得知与己同心，且有才华，亦通。然不如前解合乎情理。

〔20〕"珠明"四句：从文学修养方面继续写美人的才华。是说从一个春天的早晨开始吟诵古代各种类型的诗歌，背了许多许多，一直到上灯时分。珠明玉煖，通过美人的珠玉装饰，写春天的明媚温暖。朦胧，本为月光不明，引申为模糊不清。这里形容春晨的烟雾。李峤《早发苦竹馆》："朦胧烟雾晓"。全句可参李商隐《锦瑟》："庄生晓梦迷蝴蝶，望帝春心托杜鹃。沧海月明珠有泪，兰田日暖玉生烟。"吴歈（yú 于），吴歌，即吴地的民歌。语出《楚辞·招魂》："吴歈蔡讴。"楚词，即《楚辞》。国风，《诗经》中的一部分，分属十五国，大多是周代民歌。这里概指《诗经》。

〔21〕"有时"六句：写与美人寻仙灵佳胜之境而同游，永远相从不离。言，加在动词前面的语助词，犹乃。缥缈，恍惚不明。白居易《长恨歌》："忽闻海上有仙山，山在虚无缥缈间。"这里是幽隐之意。孤踪，人迹罕到之处。"笛声"二句：马融《长笛赋》："龙鸣水中不见已，截竹吹之声相似。"把笛声比龙鸣。这里是说笛声把湖中的潜龙惊起，从而起波兴雨。来空濛，来自空濛，写湖波、湖雨兴起于迷茫之处。桃花，即桃花雨，春雨之称。

〔22〕"十年"句至"仰视"句：为第三段的第二层内容，写广泛与平民、隐士平等交往，与官场世俗之人决绝。"十年"二句：是说自己隐居不出，多年不同王公贵族及显赫名流来往。不仅表示与上层社会决绝，也表示对权势、名声的鄙弃。王与公，清代满、蒙各旗首领之封爵统称王公；王为亲王、郡王等，公如镇国公、辅国公等。这里泛指达官贵族。九州，中国古代分冀、豫、雍、扬、兖、徐、梁、青、荆（说法不一，此据《尚书·禹贡》），后九州用为全中国的代称。名流，著名人士，这里指受到统治者宠幸、名声显赫之辈。可参《咏史》："金粉东南十五州，万重恩怨属名流。"刺，名帖，今称名片。自我介绍、通报姓名所用。本削木书字为之，西汉称谒，东汉称刺。后世改用纸，仍沿称"刺"。赵翼《陔馀丛考》卷三十"名帖"条考证颇详，可参。

〔23〕"其南"七句：写自己择邻、交往之人都是平民百姓或隐逸的学者志士。佝瘘（gōu lóu 沟楼）丈人，同佝偻丈人，见《庄子·达生篇》："仲尼适楚，出于林中，见佝偻者承蜩。"佝偻，老人驼背弯腰的样子。丈人，对老人的尊称。承蜩，捕蝉。庄子根据他善于捕蝉说他是个"有道"之士。石户农，即石户之农，古代的一个隐士。据《庄子·让王篇》记载，他是帝舜的朋友，不肯接受舜的禅让，夫妻一起携子逃到海上，终生不返。嵚（qīn 钦）崎，形容山高险峻，这里借喻人的品格奇崛不凡。楚客，本指屈原，见李商隐《九日》："空教楚客咏江蓠"。这里泛指愤世嫉俗、孤高不凡的文人。窈窕（yǎo tiǎo 咬挑），形容女子美好。吴侬，吴人谓人曰侬，即"人"之转声，见戴侗《六书故》。这里指吴地女子。探碑学拓（tà 榻），探寻古碑，学习拓帖。僮，同童。

〔24〕"卖剑"句：写改变志向，无意于功名。剑，喻壮志，参见《又忏心一首》注〔4〕。琴，喻隐逸之志。嵇康《与山巨源绝交书》："抱琴行吟。"左思《招隐》："岩穴无结构，丘中有鸣琴。"

〔25〕"斗瓦"句：写收藏古玩，与其他藏家争胜斗奇，较量高低。

瓦,指古陶器。铜,指古铜器。合称泛指古代文物。

〔26〕"银针"二句:写鉴赏书法篆刻。上句指封泥上印章的字体。银针,指细笔画的篆书。玉薤(xiè 泻),指笔画粗的隶书,语本梁庾肩吾《书品论》。薤为百合科植物,地下鳞茎如小蒜,可食,叶似韭,然中空而有棱。隶书笔画似薤叶,故以薤为喻。芝泥封,古代书简的封泥。古人书函写在简牍上,用绳编连,卷起后在绳端结合处用泥封闭,泥上加盖印章,以防偷拆;其泥称封泥,类似后世用的火漆。《春秋运斗枢》载:舜时有黄龙从黄河负图而出,用黄芝为泥封其两端,芝泥封之称出此。下句是说秦代的小篆笔画疏朗,汉代的隶书笔画密致,齐梁时代的楷书笔画工整。

〔27〕"佉(qū 区)经"三句:写翻阅钻研佛经。佉经,佛经。佉是佉卢文的简称,佉卢文是印度古代的一种文字,横书左行,已失传。梵刻,梵文佛经。梵文也是印度古代的一种文字,书体右行,相传是大梵天王时创用的。著录重(chóng 虫),指藏书很多。把藏书登录在目录上称著录。番,书页。按,印度佛经传入中国时的装帧法是折形,折法如折扇的重叠,形制如后代的习字帖。轴,书卷。指中国古代传统的卷轴书籍装帧法,用一木轴将长幅卷起,类似今天的画卷。千番百轴,写翻阅佛经之多。奇许相借,奇特的内容可以吸收、借鉴。错许攻:错误的内容可以批判驳难。

〔28〕"应客"二句:写人们平等来往,没有官吏惊扰。上句用宋人林逋的故事。沈括《梦溪笔谈》卷十载:林逋隐居杭州西湖孤山,家中养着两只鹤。他常独自泛艇出游,有客来访,家僮便放鹤出笼,逋见飞鹤,立即返家待客。玄鹤,崔豹《古今注》卷中:"鹤千岁则变苍,又二千岁变黑,所谓玄鹤也。"这里为与下句白骢相对,故称玄鹤。下句用后汉桓典故事。《后汉书·桓典传》载:桓典为侍御史(职掌按察巡检),常乘骢马(毛色黑白相杂的马)外出,京师人都怕他,编了成语,说:"行行且止,避

骢马御史。"

〔29〕"高谈"二句：写自由谈论争辩的情况。沉雄，深沉、雄健。公等，指论辩之人。慵，困倦。下句是说谈论争辩，兴味正浓，自己忽然感到慵倦，便下令阻止。萧统《陶渊明传》："渊明若先醉，便语客：'我醉欲眠，卿可去！'"诗意与此相近，表现了自己的真率不拘。

〔30〕"天凉"二句：写季节已进入秋天。七十二峰，太湖名胜有湖中七十二山之说，《苏州府志》引《七十二峰记》："太湖之山，发自天目，迤逦至宜兴，入太湖，融为诸山。湖之西北为山十有四，马迹最大；又东为山四十有一，西洞庭最大；又东为山十有七，东洞庭最大。"

〔31〕胡麻：即芝麻。这里指胡麻做的饭。饛（méng 蒙）：食物盛满器物的样子。《诗经·小雅·大东》："有饛簋飧。"毛传："饛，满簋貌。"

〔32〕"门前"句：写钓翁催诗词。钓榜，钓鱼船。榜同舫，船。词筩，盛诗词的竹筒。筩同筒。《唐语林·文学》载：白居易做杭州刺史时，与旧友吴兴守钱徽、吴郡守李穰日以诗相寄赠。后元稹领会稽，参与酬唱，每以竹筒盛诗往来。这里以词筩代指词曲。

〔33〕"余方"三句：写应钓翁之唤，登舟填词。豪，同毫，毛笔。谱，词谱。角与宫，概指古代音乐的五音：宫、商、角、徵（zhǐ 纸）、羽。

〔34〕"三声"三句：写船歌音调高亢，随风而扬，声入云霄。棹（zhào 罩），船桨，代指船。棹歌即船歌。"吹入"句：写歌声被秋风卷去。浩浩，风势大。芦花风，指秋风，上应"天凉忽报芦花浓"句。"仰视"句：写歌声上入云霄，暗用古时善歌者秦青"抚节悲歌，声振林木，响遏行云"意（见《列子·汤问》、《博物志》）。

〔35〕"归来"句至末尾：为第三段的第三层内容，写随舟酬唱后，天晚归宿，至次日晨起读佛经，并抒感慨，归结全诗。前四句写与相识的美人已结成伴侣，生活美满，排遣了不少忧愁。颓鬟，下垂的双鬟。鬟为古时妇女的一种发髻样式。汉乐府《羽林郎》："胡姬年十五，春日独当

垆。……两鬟何窈窕,一世良所无。"浓,乌黑。钏(chuàn 串),臂环,即镯子。珑松,有关凉爽、清冷的形容词,或即为凉爽一词的音变。作者词赋中亦习用此语,如《露花·咏佛手》词:"别样珑松,小擘露花犹泫",描写佛手上沾的露珠给人以凉意;《水仙花赋》:"时则艳雪铺峦,懿芳兰其未蕊;玄冰荐(一本作"清霜蚀")月,感雅蒜而先花。花态珑松,花心旖旎。……妍佳冷迈,故宜涤笔冰瓯者对之。"写水仙珑松之态与"艳雪""玄冰"(或"清霜")相映,并且与"冰瓯"相对。按,龚自珍颇精于文字训诂之学,决不会滥用词语,由此可准确得知珑松一词的本义。又元好问《游天坛杂诗》:"纵道楂花香气好,就中偏爱玉珑松。"自注:"玉珑松,花名。"可知有一种花叫玉珑松。但"珑松"的词义,决非源于此花,恰恰相反,因为此花洁白如玉,给人凉意,故以此词形容而得名。在作者本诗中,珑松形容秋肌。"梦不"句强调梦中排遣了世途的烦恼,言外之意,醒时亦有烦恼,说明未酬之志仍萦绕于心。

〔36〕"东僧"二句:写清晨被寺僧敲钟惊醒,起读佛经。联系上下文,言外之意,醒时得靠佛经超脱忧烦。杵,指敲钟用的木棒。华严,即《华严经》。佛教大乘有华严宗,以《华严经》为主要经典,以唐代杜顺和尚为始祖。佛教迷信传说,以为杜顺是文殊菩萨的化身,所以本诗下文提到文殊。简,经卷。

〔37〕"噫哦"五句:写读佛经已经得到一定的解脱。噫哦,感叹词,犹如呜呼。畴,谁。"吉祥"二句:就上两句设问作答,是说读了《华严经》,仿佛听到文殊菩萨说法,获得解脱,并经指引,参见诸菩萨,修行得道,置身其中。文殊童,即佛教菩萨文殊师利(梵语译音,或作曼殊室利,义译为妙吉祥)。他是侍立在释迦如来身旁的童子,故又称文殊师利童子。著,安置。五十三参,又称五十三善知识,指五十三个"得道"的佛教徒。《华严经·入法界品》载:善财童子遍参五十三知识,始得善果。最初参文殊,经文殊指引,就菩萨、佛田、比丘、比丘尼、优婆塞、天神、地

神、王者、城主、长者、居士、童子、天女、童女、外道、婆罗门等一一参问之,最后参普贤。

〔38〕"莲邦"二句:写佛教修行的更高理想。莲邦,佛教迷信说法中的西方"极乐世界"。据说那里的得道者不生不灭,大彻大悟,摒除一切人世烦恼苦痛,进入永恒境界。因人们皆居于莲花之上,故称莲邦。他生,来世。佛教有人生轮回之说,故云。兜率宫,佛教迷信说法所谓的"天堂"。《普曜经》:"其兜术(即兜率)天有大天宫,名曰高幢,广长二千五百六十里,菩萨常坐为诸天人敷演经典。"按,作者把佛国作为自己失意时理想的最高归宿,说明他在现实中找不到出路。

这是一首拟乐府诗,作于道光元年(1821),当时仍做内阁中书。作者于去年(嘉庆二十五年)秋天戒诗,本年夏天考军机章京未被录取,又破戒作诗,这首诗就是破戒后的作品。诗旨正如本序所说的,为失志时"自祷祈之所言"。作者不满自己所置身的腐朽丑恶的上层社会,并且已厌倦这个社会带给自己的千愁万恨,于是驰骋想象,描绘了一个浪漫主义的理想境界。在这里没有现实生活的乌烟瘴气,只有明媚青秀的湖光山色;没有官场的冗务,只有高雅闲适的论学著文;没有勾心斗角的倾轧,只有心同才美的爱情;更可慰藉的是没有王公名流官吏的惊扰,只有与山野平民、隐士学人的平等相待和自由来往。作者的这一理想,并无更深的经济、政治基础,只不过是地主阶级知识分子隐士生涯的折光;而且最终也难完全避开现实的矛盾和烦恼,不得不幻想皈依引人出世的佛教以求解脱,这些都是作者思想的局限。但是这首诗仍不失为一篇具有巨大思想批判力量和强烈艺术感染力量的作品。

傅饦谣

父老一青钱,傅饦如月圆[1];儿童两青钱,傅饦大如钱[2]。

盘中馎饦贵一钱,天上明月瘦一边[3]。噫！市中之飧天上月,吾能料汝二物之盈虚兮,二物照我为过客[4]！月语馎饦:"圆者当缺[5]。"馎饦语月:"循环无极。"——大如钱,当复如月圆[6];呼儿语若[7]:"后五百岁,俾饱而玄孙[8]！"

〔1〕"父老"二句:是说父老一代,当初花一个铜钱,买个馎饦像圆月那样大。青钱,乾隆年间所铸之钱,其成分红铜占百分之五十,铅占百分之四十八,点铜锡占百分之二,呈青色,叫青钱。馎饦(bō tuō 播托),本为汤饼的一种,是煮着吃的面食。这里指烧饼一类的面食。

〔2〕"儿童"二句:是说儿童一代,如今花两个铜钱,买个馎饦像铜钱那样小。

〔3〕"盘中"二句:是说圆饼贵一钱,个头反像天上明月缩小一圈而变小。

〔4〕"市中"三句:是说市上卖的馎饦,天上的月,我能预料你们二者的盈虚变化规律(指上二句所言);馎饦和月反把我比作匆匆过客,认为不足为证。飧(sūn 孙),通殧,熟食,指馎饦。盈虚,指盈亏、消长的变化规律。照,比照、对照。

〔5〕"圆者"句:以月圆当缺喻饼大当小。

〔6〕"大如"二句:是作者听了月与馎饦关于圆缺循环的对话之后所晓悟的道理。

〔7〕若:人称代词,你。

〔8〕"后五"二句:是说五百年以后,一定使你的玄孙吃饱肚子。五百岁,五百年,按古代天命循环论的说法,此为圣王出现的周期。《孟子·公孙丑下》:"五百年必有王者兴。"而,人称代词,你。玄,原作"元",避康熙讳,今改。按,这种安慰,毕竟渺茫,远水不解近渴,犹如画饼充饥。

这首诗写于道光二年(1822),用诙谐、活泼的歌谣体,借助生动的比喻,揭露了经济凋蔽,物价暴涨,民生艰难的社会现实。最后用拟人化手法,以月与傅饦的对话引出世道循环论,并以渺茫的希望安慰晚生后辈,意味深长,不仅表现了对现实的绝望,也对清王朝腐败无能、不事筹划的朝政吏治作了辛辣的嘲讽,可与《己亥杂诗》"满拟新桑遍冀州"、"不论盐铁不筹河"等首互参。

汉朝儒生行

汉朝儒生不青紫,二十高名动都市[1]。《易》通田何《书》欧阳[2],三十方补掌故史[3]！门寒地远性俍荡[4],出门无阶媚天子。会当大河决酸枣,愿入薪楗三万矢[5]。路逢绛灌拜马首,拜则槃辟人不喜。归来仰屋百喟生,著书时时说神鬼[6]。生不逢高皇骂儒冠[7],亦不遇灞陵轻少年[8]。爱读武皇传,不遇武皇祠神仙[9],神仙解词赋,《大人》一奏凌云天[10]。枕中黄金岂无药？更生误读淮王篇[11]。自言汉家故事网罗尽,胸中语秘世莫传。略传将军之客数言耳,不惜箝我歌当筵[12]。一歌使公惧,再歌使公悟,我歌无罪公无怒。汉朝西海如郡县,蒲萄天马年年见[13]。匈奴左臂乌孙王,七译来同藁街宴[14]。武昭以还国威壮[15],狗监鹰媒尽边将[16]。出门攘臂攫牛羊,三载践更翻沮丧[17]。三十六城一城反[18],都护上言请勤远[19];期门或怒或阴喜[20],

喜者何心怒则愤。关西籍甚良家子[21],卅年久绾军符矣。不结椎埋儿[22],不长鸣珂里[23],声名自震大荒西[24],饮马昆仑荡海水[25]。不共郅支生[26],愿逐楼兰死[27]。上书初到公卿惊,共言将军宜典兵[28];麟生凤降岂有种?况乃一家中国犹弟兄[29]。旌旗五道从天落,小印如斗大如斛[30],尽隶将军一臂呼,万人侧目千人诺[31]。山西少年感生泣,羽林群儿各努力[32]。共知汉主拔孤根,坐见孤根壮刘室[33]。不知何姓小侯瞋,不知何客諹将军[34];将军内顾忽疑惧,功成定被他人分。不如自亲求自附,飞书请隶嫖姚部[35]。上言乞禁兵,下言避贤路[36]。笑比高皇十八侯,自居虫达曾无羞[37]。此身愿爵关内老,黄金百斤聊可保[38]。呜呼!汉家旧事无人知,南军北军颇有私[39];北军似姑南似嫂,嫂疏姑戚群僮窥[40]。可怜旧事无人信,门户千秋几时定[41]?门户原非主上心,诀荡吾知汉皇圣[42]。是时书到甘泉夜[43],答诏徘徊未轻下;密问三公是与非,沮者不坚语中罢[44]。庋词本冀公卿谅,末议微闻道涂骂[45]。拙哉某将军[46]!非火胡自焚?非蚕胡自缚?非虿胡自螫[47]?有舌胡自挢[48]?有臂胡自掣?军至矣,刺史迎,肥牛之腱万镬烹[49];军过矣,掠童女,马踏燕支贱如土[50]。嬴家长城如一环[51],汉家长城衣带间;嬴家正为汉家用,坐见入关仍出关。入关马行疾,出关马无力[52]。丞华廐里芝草稀,水衡金贱苦乏绝[53]。卜式羊蹄尚无用,相如黄金定何益[54]?珠厓可弃例弃之[55],夜过茂陵闻太息[56]!汉家庙食果何人？未必卫霍无侪伦[57]；酎金失侯亦有命，人生哪用多苦辛[58]！噫哦！人生哪用长苦辛！勿向人间老，老阅风霜亦枯槁。千尺寒潭白日沉，将军之心如此深！后世读书者，毋向兰台寻[59]；兰台能书汉朝事，不能尽书汉朝千百心。儒林丈人识此吟。

〔1〕"汉朝"二句：是说汉朝有一儒生，身无高官显爵，但年轻时已有高名，震动都市。全诗系托古讽今，但这个儒生身上有作者身世的影子。青紫，青绶、紫绶，绶为系官印的带子，用不同颜色以区别职阶。《汉书·夏侯胜传》："胜每讲授，常谓诸生曰：'士病不明经术，经术苟明，其取青紫，如俛（俯）拾地芥耳。"王先谦补注："叶梦得云：'汉丞相、太尉皆金印紫绶，御史大夫银印青绶，此三府官之极崇者，胜云青紫，谓此；颜（指《汉书》注者颜师古）据当时（指唐代）所见，误以为卿大夫之服，汉卿大夫盖未服青紫也。'叶说是。"按《汉书·百官表》，相国、丞相、太尉、太师、太保、太傅、前后左右将军皆金印紫绶，御史大夫，位上卿，银印青绶。这里以青紫泛指高位。

〔2〕田何：西汉淄川人，字子庄，徙杜陵，自号杜田生。精治《周易》，师东武孙虞，又传东武王同，洛阳周王孙，丁宽，齐服生。年老，汉惠帝屡征不仕，惠帝亲至其家受《易》。欧阳：即欧阳生，西汉千乘人，字伯和，师伏胜受《尚书》，历传后代，八世为博士，于是《尚书》遂有欧阳氏之学。田何《易》及欧阳《书》，皆属经今文学派。

〔3〕掌故史：即掌故，官名，主掌前代故实旧事。为职位低下没有实权的文官。西汉晁错曾任掌故。《文选》东方朔《答客难》有云："使苏秦、张仪与仆并生于今世，曾不得掌故，安得望侍郎乎？"

〔4〕门寒：出身贫寒。地远：指与王公贵族不沾亲带故，关系疏远。

倘(tǎng倘)荡:疏诞无检。

〔5〕"会当"二句:写自己愿意出力报效国家。大河,黄河。酸枣,古县名。春秋郑邑,秦置县。治所在今河南延津西南。《史记·河渠书》:"汉兴三十九年,孝文时(按汉文帝十二年,公元前168年),河决酸枣,东溃金堤。""愿入"句:是说愿亲负柴薪竹楗以塞决口。薪,柴草。楗(jiàn健),堵塞决口所筑的柱桩。《河渠书》载:汉武帝元光三年(公元前132年),黄河于支流瓠子河(自今河南濮阳南分黄河水东出,注入济水)决口,东南由巨野泽通于淮、泗、梁、楚一带连岁被灾。至元封二年(前109年),武帝使汲仁、郭昌发卒数万人筑塞,并自临决河,"令群臣从官自将军以下,皆负薪寘决河。是时东流郡烧草,以故薪柴少,而下淇园之竹以为楗"。武帝作《瓠子之歌》二首。工成,建宣房宫于堰上。矢,这里用为量词,犹根。

〔6〕"路逢"四句:用贾谊事,是说为权贵所忌妒、排斥,报国无门,感慨之馀,愤然而为不急之学。绛,绛侯周勃。灌,颍阴侯灌婴。皆为汉开国功臣,身居权贵。《史记·屈原贾生列传》:"诸律令所更定,及列侯悉就国,其说皆自贾生发之,于是天子(汉文帝)议以贾生(谊)任公卿之位。绛、灌、东阳侯(张相如)、冯敬(时为御史大夫)之属尽害之,乃短贾生曰:'洛阳之人(贾谊为洛阳人),年少初学,专欲擅权,纷乱诸事。'于是天子后亦疏之,不用其议。"这里以绛、灌泛指权贵。拜马首,拜于马前。槃辟,犹盘旋,行礼下拜之貌。《汉书·何武传》:"槃辟雅拜",服虔注曰:"行礼容拜也。"喟(kuì溃),感叹。神鬼,指祭祀鬼神之事,与济世救民之事远不相涉。《论语·雍也》:"务民之义,敬鬼神而远之,可谓知矣。"《史记·屈原贾生列传》:"乃以贾生为长沙王太傅。……后岁馀,贾生征见,孝文帝方受釐(釐音熙,祭后之肉),坐宣室(未央宫前正室),上因感鬼神事,而问鬼神之本。贾生因具道所以然之状。至夜半,文帝前席(移坐而前,以示亲近投合)。"李商隐《贾生》诗写此事云:"宣室求

贤访逐臣,贾生才调更无伦。可怜夜半虚前席,不问苍生问鬼神。"

〔7〕"生不"句:是说生不逢刘邦轻儒之时。高皇,汉高祖刘邦。骂儒冠,辱骂儒生。《史记·郦生陆贾列传》载:秦末,群雄并起之时,郦食其自请在沛公刘邦麾下做骑士的同里人向刘邦引荐,"骑士曰:'沛公不好儒,诸客冠儒冠来者,沛公辄解其冠,溲溺其中。与人言,常大骂:未可以儒生说也!'"

〔8〕灞陵:指汉文帝刘恒。灞陵,本汉文帝陵名。汉文帝九年(公元前171年)于芷阳县筑灞陵,县名因之改为灞陵,治所在今陕西西安市东北。文帝死后葬此,因以为称。轻少年:指轻视少年有为的贾谊,详见本诗注〔6〕。

〔9〕"爱读"二句:写生不逢汉武帝好神仙之世。武皇,汉武帝刘彻。祠神仙,褚少孙补作《史记·孝武本纪》:"孝武皇帝初即位,尤敬鬼神之祀。"《汉书·武帝纪赞》称汉武帝"建封坛,礼百神"。

〔10〕"神仙"二句:是说好神仙的汉武帝懂词赋,赋家司马相如投其所好奏上《大人赋》,汉武帝读后仿佛得道飞升一样,司马相如从此益受重视。《史记·司马相如传》:"天子即美《子虚(赋)》之事,相如见上好仙道,因曰:'上林之事,未足美也,尚有靡者,臣尝为《大人赋》,未就,请具而奏之。'相如以为列仙之传居山泽间,形容甚臞,此非帝王之仙意也。乃遂就《大人赋》……相如既奏《大人》之颂,天子大说,飘飘有凌云之气,似游天地之间意。"

〔11〕"枕中"二句:是说淮南王刘安枕中所藏秘书,哪里是没有点金之术和长生药方,只因刘向误读其书而未得真谛罢了。写儒生不留意不切实际、虚无飘渺之事。《汉书·楚元王交传》附《刘向传》:"向,字子政,本名更生。年十二,以父德任为辇郎。既冠,以行修饬,擢为谏大夫。是时宣帝循武帝故事,招选名儒俊材置左右,更生以通达能属文辞,与王褒、张子侨等并进对,献赋颂凡数十篇。上复兴神仙方术之事,而淮南

55

(淮南王刘安)有枕中鸿宝苑秘书,书言神仙使鬼物为金之术及邹衍重道延命方,世人莫见。而更生父德,武帝时治淮南狱得其书,更生幼而读诵,以为奇,献之,言黄金可成。上令典上方铸作事,费甚多,方不验。上乃下更生吏,吏劾更生铸伪黄金,系当死。更生兄阳城侯安民上书,入国户半,赎更生罪。上亦奇其材,得踰冬减死论。"淮王篇,指淮南王刘安藏于枕中的修炼秘篇。《汉书》颜师古注云:"鸿宝苑秘书,并道术书篇名,藏在枕中,言常存录之不漏泄也。"

〔12〕"略传"二句:是说仅略传将军门客道出的几句话,竟也不加顾惜地箝制我当宴而歌以唱出实情。

〔13〕"汉朝"二句:是说汉朝国势强大,四周邻国臣服如同国内郡县受管辖一样,贡物年年不断。西海,指青海。西汉末于今青海附近置西海郡。蒲萄,即葡萄。天马,大宛出产的良马。《史记·大宛列传》:"大宛在匈奴西南,在汉正西,去汉可万里。其俗土著耕田,田稻麦,有蒲萄酒,多善马,马汗血,其先天马子也。"

〔14〕"匈奴"二句:是说乌孙国王通过辗转翻译前来朝会。匈奴左臂,匈奴的近邻援国。《史记·匈奴列传》载汉武帝时"又以公主妻乌孙王,以分匈奴西方之援国"。乌孙,汉代西域城国名。在今新疆伊犁河流域。先居敦煌祁连之间,后驱逐大月支而建立乌孙国。同,会。藁街,在长安城内,汉代四夷在京官邸集中于此。

〔15〕昭:汉昭帝刘弗陵。

〔16〕狗监:汉内官名,掌管猎犬。鹰媒:掌管猎鹰的官。

〔17〕"出门"二句:是说戍卒离家,守边出击,徭戍三载,斗志全无。攘(rǎng嚷)臂,捋起袖子,伸出胳臂。攫牛羊,指出击游牧民族掠其财物。践更,秦汉徭役有更赋,分卒更、过更、践更三种。贫者得僱钱,代替被征者为卒,称践更。翻,同"反"。

〔18〕三十六城:即西域三十六国。《汉书·西域传》:"西域以孝武

时始通,本三十六国,其后稍分至五十馀。"

〔19〕都护:官名。汉宣帝时置西域都护,使护西域三十六国,为加官。勤远:起兵平定边远地区的动乱。

〔20〕期门:官名。汉武帝建元三年置,掌执兵器出入护卫。武帝好微行,与待诏陇西北地良家子能骑射者期诸殿门,故有期门之号。平帝元始元年更名虎贲郎。

〔21〕关西:汉时泛指函谷关或潼关以西地区。《后汉书·虞诩传》谚语:"关西出将,关东出相。"籍:里籍。甚:多。绾军符:任将帅之意。绾(wǎn 晚),系。军符,即兵符,调动军队的符信,主帅与守将间用之。以下八句写本诗所叙将军为关西良家子弟,久掌兵权,为人本分,出身平民,战功卓著,誓死卫国。

〔22〕椎埋:掘墓行窃。

〔23〕鸣珂里:贵族居住之地。《旧唐书·张嘉贞传》:"嘉贞为相,弟嘉佑为金吾将军,每朝轩盖驷从盈间,所居之坊号曰鸣珂里。"珂为饰马之玉,为贵人所用,称为鸣珂里,是说贵人车马常喧器其里。

〔24〕大荒:极远之地。《山海经·大荒西经》:"大荒之中,有山名大荒之山,日月所入。"这里大荒西指西域。

〔25〕海水:指青海之水。

〔26〕郅(zhì 质)支:汉时匈奴呼韩邪单于之兄,名呼屠吾斯,自立为郅支骨都侯单于,进攻呼韩邪,遂都单于庭。呼韩邪降汉,受到援助,郅支自度不能定匈奴,乃西攻,击破乌孙、乌揭、丁零、坚昆诸国,遂留都坚昆。后康居遣使来迎,乃西入康居。汉元帝时,都护甘延寿及副校尉陈汤等,发兵入康居,诛之。

〔27〕楼兰:汉时西域国名。武帝时屡派使者通大宛,楼兰当道,常攻击汉使。昭帝立,遣傅介子斩其王,改名鄯善。故地在今新疆维吾尔自治区鄯善县东南戈壁中。

〔28〕"上书"二句:是说都护请兵的上书刚到就引起朝廷大臣的震惊,一齐说将军某宜统兵出征。公卿,三公九卿,常用以泛指高官。

〔29〕"麟生"二句:为申述"将军宜典兵"之缘由,意思是任人唯贤,不当有贵贱、民族的局限。按清代统治者于要位重权多任满族贵族,这两句对此而发。麒,麒麟,为瑞兽。凤,凤凰,为神鸟。麒凤借指贵族。

〔30〕"旌旗"二句:写将军被皇帝任命授职,专制一方军事。旌旗,指旌节之旌。唐制节度使专制军事,给双旌双节,行则建节,树六纛,旌以专赏,节以专杀。详见《新唐书·百官志》。宋程大昌《演繁露》卷四:"《周礼·司节》:门关用符节,货贿用玺节,道路用旌节。郑氏曰:旌节,今使者所拥节也。予以古事考之,知旌之与节不为一物也。符节者以合符为信也,玺节者以印封为信也,则旌节也者以旌旗为信,又非瑞节之谓也。旌者旗类。……国朝(宋朝)凡命节度使者,有司有给门旗二、龙虎旗一、节一、麾枪二、豹尾二,则是节变为旗,异于古矣。"这里门旗、龙虎旗、节、麾枪、豹尾恰为五道。

〔31〕侧目:敬畏之状。

〔32〕"山西"二句:写部下、士兵对将军的拥戴尽力。感生,感激能够保全生命,意思是将军指挥有方。羽林,禁军之名称。汉武帝时置建章营骑,后更名羽林。又取从军死事之子孙养之,羽林官教以五兵,号曰羽林孤儿。

〔33〕"共知"二句:是说众人皆知汉朝皇帝提拔将军,正见将军壮汉朝国威。孤根:指将军,喻其与权贵无干,孤立无势。坐,正。

〔34〕"不知"二句:写受到权势小人的嫉恨。瞋(chēn 郴),怒。恚(jì 忌),憎恶。

〔35〕"不如"二句:是说不如自动亲近他人,请求依附,遂连忙上书皇帝请求隶属于得力的将领。嫖姚,劲疾貌。汉霍去病为嫖姚校尉,见《史记·建元以来王子侯者年表》及《汉书·霍去病传》。

〔36〕"上言"二句：为上书之内容。禁兵，即禁军，皇帝的卫兵，用以守京师，备征戍。避贤路，辞去职务，避开贤者进用之路。

〔37〕"笑比"二句：是说心悦诚服地以汉高祖排定的十八侯之位次类比，自居末位也不觉羞耻。十八侯，《汉书·高惠高后文功臣表序》载：汉高祖十二年"又作十八侯之位次"。颜师古注："孟康曰：唯作元功萧曹等十八人位次耳。……师古曰：谓萧何、曹参、张敖、周勃、樊哙、郦商、奚涓、夏侯婴、灌婴、傅宽、靳歙、王陵、陈武、王吸、薛欧、周昌、丁复、虫达，从第一至十八也。"虫达被封为曲成圉侯，为汉开国功臣，居十八侯之末。

〔38〕"此身"二句：是说自愿封为关内侯终老，只拿百斤黄金的俸禄大略可以保全自身。关内，即关内侯。秦、汉爵位共二十级，关内侯列第十九级，地位仅次最高的二十级彻侯。《汉书·百官公卿表》："十九关内侯。"颜师古注："师古曰：言有侯号而居京畿，无国邑。"

〔39〕南军北军：西汉守卫京师长安的军队有南北之分。南军为守卫未央宫的屯卫兵，由卫尉率领。因未央宫在长安城内的南面，故称。卫士由各郡轮流调充，一年更换一次。除未央宫外，南军亦守卫长乐、建章、甘泉等宫。北军为守卫京师的屯卫兵，初由中尉率领，以屯守长安城内北部，故称。士兵为三辅（京兆、冯翊、扶风）骑士，一年更换一次。武帝时扩大北军，改北军中垒为校尉，又增置屯骑、步兵、越骑、长水、胡骑、射声、虎贲等七校尉，分屯长安城中和附近各地，并得随军出战。

〔40〕戚：亲近。僮：仆婢。借指了解内情的人。

〔41〕"门户"句：是说结党营私各立门户年代已久，不知何时形成。

〔42〕诶（dié 叠）荡：旷远的样子。《汉书·礼乐志》："天门开，诶荡荡。"这里是坦荡大度之意。

〔43〕甘泉：即甘泉宫，在陕西省淳化县甘泉山上。本秦离宫，汉因之。武帝时又增筑通天、高光、迎风诸宫，每年夏避暑于此。

〔44〕"密问"二句:是说皇帝向三公密问上书中透露的军中矛盾的是非曲直,恐惧者不坚定,吐露有虑,中间作罢。沮(jǔ举),恐惧。《礼记·儒行》:"沮之以兵。"

〔45〕"廋(sōu搜)词"二句:是说信中不便直言,多用隐语,本希望得到公卿的谅解,却未能如此;其中浅卑之论不为众人理解,已稍微听到一些道途的咒骂。廋词,隐语。末议,陈说者对自己议论的谦称。

〔46〕某将军:指嫉贤妒能,排挤、陷害有功将领的人。以下二十四句写其对内自相残杀,对外弃土退让,挥霍腐化,军纪败坏。

〔47〕虿(chài 柴去声):蝎子一类有毒的动物。螫(zhē 折):蜂、蝎等用毒刺刺人或动物。

〔48〕挢(jiǎo 矫):挢诬,同"矫诬",假造罪名进行诬告。

〔49〕"军至"三句:写大军刚至时受到一州长官刺吏的犒劳。腱(jiàn 健),指腱子,人或牛羊等小腿上肌肉发达的部分。镬(huò 获),古代的大锅。

〔50〕"马踏"句:写对所经之地的践踏破坏。燕支,同"焉支",即焉支山,在甘肃省永昌县西、山丹县南。绵延祁连山和龙首山间。水草丰美,宜畜牧。

〔51〕嬴家:指秦朝。秦国君主姓嬴,故称。

〔52〕"入关"二句:写斗志不振,撤军抢先,出战畏缩。

〔53〕"丞华"二句:写白白消耗朝廷的粮草、钱财。丞华,官名。太仆属下的掌马官。《汉书·百官公卿表上》:"太仆,秦官,掌舆马。……又龙马、闲驹、橐泉、驹䮮、丞华五监长丞。"水衡,官名。汉武帝元鼎二年置水衡都尉、水衡丞,掌上林苑,兼保管皇室财物及铸钱。《汉书·百官公卿表上》:"水衡都尉"。颜师古注:"应劭曰:古山林之官曰衡,掌诸池苑,故称水衡。……师古曰:衡,平也,主平其税入。"

〔54〕"卜式"二句:是说某将军认为像卜式一样输家财讨伐匈奴尚

且无用,像司马相如用黄金赂西夷内附又有何效益。卜式,西汉河南人,以牧羊致富。时武帝方事匈奴,式上书,愿输家财半助边,曰:"天子诛匈奴,愚以为贤者宜死节,有财者宜输之,如此而匈奴可灭也。"后又屡以家财捐助政府,与当时"富豪皆争匿财"成鲜明对照,故受到武帝表彰,任为中郎。后封官内侯,官御史大夫。因反对盐铁专卖,贬为太子太傅。详见《汉书·卜式传》。羊蹄,指其家财。相如黄金,《史记·司马相如列传》:"唐蒙已略通夜郎,因通西南夷道,发巴蜀广汉卒作者数万人治道,二岁,道不成,士卒多物故(死亡),费以巨万计,蜀民及汉用事者多言其不便。是时邛(qióng 穷)、筰(zuó 昨,邛、筰为西夷二国名)之君长,闻南夷与汉通,得赏赐多,多欲愿为内臣妾,请吏,比南夷。天子问相如,相如曰:'邛、筰、冉駹(máng 忙,冉駹亦西夷国名)者近蜀,道亦易通,秦时尝通为郡县,至汉兴而罢。今诚复通,为置郡县,愈于南夷。'天子以为然,乃拜相如为中郎将,建节往使,副使王然于、壶充国、吕越人,驰四乘之传(驿车),因巴蜀吏币物以赂西夷。至蜀,蜀太守以下郊迎,县令负弩矢先驱,蜀人以为宠。……司马长卿便略定西夷,邛、筰、冉駹、斯榆之君皆请为内臣,除边关,关益斥,西至沫若水,南至牂柯为徼(木栅作界),通零关道,桥(架桥)孙水,以通邛都,还报天子,天子大悦。"

〔55〕"珠厓"句:紧承上二句,是说既不抵抗,又不怀柔,一味弃地退让。珠厓,汉郡名,亦作"珠崖"、"朱崖。"治所在瞫都(今广东琼山东南)。辖境相当海南岛东北部地。《汉书·地理志》:"徐闻南入海,得大洲方千里,元封元年略以为珠崖、儋耳郡。"颜师古注:"应劭曰:郡在大海中崖岸之间,出真珠,故曰珠崖。"后数反,罢弃之。

〔56〕茂陵:汉武帝陵墓,在槐里县(今陕西兴平东南)茂乡,是汉帝王陵墓中最大的一处。闻太息:是说仿佛听到武帝在九泉之下叹气。

〔57〕"汉家"二句:是说汉朝有地位死后能立庙享受祭祀的到底是些什么人,未必没有像卫青、霍去病那类出色的武将。庙食,指死后得立

庙,享受祭祀。《后汉书·梁统传》附梁竦传:"(竦)尝登高远望,叹息言曰:'大丈夫居世,生当封侯,死当庙食。'"卫,卫青,西汉名将,字仲卿,河东平阳(今山西临汾西南)人。为汉武帝重用,官至大将军,封长平侯。西汉初年,匈奴贵族不断攻扰北方诸郡,元朔二年,他率军大败匈奴,控制了河套地区。元狩四年,又和霍去病共同打败匈奴主力。他前后七次出击,解除了匈奴对汉王朝的威胁。霍,霍去病,西汉名将,与卫青同乡。官至骠骑将军,封冠军侯。他前后六次出击匈奴,解除了匈奴对汉王朝的威胁。

〔58〕"酎(zhòu 胄)金"二句:是说爵位被夺本命中注定,人生在世何必多操劳苦辛。酎金失侯,汉制,以正月旦作酒,八月成,名酎酒。天子以之荐于宗庙,诸侯皆须贡金助祭,谓之酎金。《史记·平准书》:"列侯坐酎金失侯者百馀人。"裴骃《集解》:"如淳曰:'《汉仪注》:王子为侯,侯岁以户口酎黄金于汉庙,皇帝临受献金以助祭。大祀日饮酎,饮酎受金,金少不如斤两,色恶,王削县,侯免国。'"

〔59〕兰台:此指史官。汉置兰台令史,使典校图籍,治理文书。汉明帝时班固为兰台令史,受诏撰史,故后世又称史官为兰台。这里表现了作者对正史的怀疑精神。

这首诗作于道光二年(1822),本年作者应会试又落第。这是一首借古讽今之作。王文濡本(世界书局版)此诗眉批云:"儒生乃定公自谓,篇中所谓将军,殆指杨勤勇公芳耶?"据"三十方补掌故史"句,颇与作者二十九岁任内阁中书、三十岁(道光元年)在内阁充国史馆校对官的事迹相合。又次年作者作《寄古北口提督杨将军(芳)》诗云:"绝塞今无事,中原况有人。升平闲将略,明哲保孤身。莫以同朝忌,惭非贵戚伦。九重方破格,肺腑待奇臣。"与本诗所写将军的思想亦相似。然杨芳建功西边为道光六年以后事,又与此诗内容及写作时间不合。还有人认为此诗为杨遇春所作(见温廷敬《读龚定庵诗书后》,载《国立中山大学文史研究所》月刊二卷五期),亦与其事迹及实际情况不合。故这首诗决不局限于写某人某事,意义十分深广。他先写一个富有才学而官微职卑、身遭沦落的儒生(颇有作者自己身世的影子),旨在反映正直的文人学士被埋没;然后又通过这个儒生的口,让不平人道不平事,诉说一个有才干、有战功的将军如何被夺功诬陷、排挤打击,从而不得不退缩自保,则又反映了英勇善战的武将也逃脱不了同样的命运。这样就对扼杀人材的官僚制度和勾心斗角的上层社会作了全面、深刻的揭露。作者还大胆地用了"酎金失侯"的旧事,把批判的矛头直接指向最高统治者。此诗为长篇巨制,但气势贯通,韵律多变,没有沉闷板滞之感。叙事委婉,抒情细腻,揭露深刻,讽刺辛辣。托事寓意,水乳交融,浑然一体,也不觉生硬隔碍。

歌哭

阅历名场万态更[1],原非感慨为苍生[2]。西邻吊罢东邻贺,歌哭前贤较有情[3]。

〔1〕阅历名场:见《逆旅题壁,次周伯恬原韵》注〔1〕。万态:指各种人情世态。更:变化。这里指风气渐衰,江河日下。
〔2〕"原非"句:是说感慨所系根本不在天下百姓。感慨,感时动情。
〔3〕"西邻"二句:写官场为追名逐利,忙于应酬,逢场作戏,毫无真情,全失前贤遗风。"歌哭"句:是说论歌哭还是前贤较有真情。《论语·述而》:"子于是日哭,则不歌。"写的是哀乐难并,孔子为人笃实,从

不反复无常,玩弄自己的感情。前贤,既指孔子,又泛指作者所钦慕的诚朴的前辈,可参"新知触眼春云过,老辈填胸夜雨沦"(《秋心》),"我生爱前辈,匪尽获我心。……少年太飞扬,由哀乐不深。……前辈即背谬,厥谬亦沉沉"(《自春徂秋,偶有所触,拉杂书之,漫不诠次,得十五首》)等句。感叹今不如昔,正与首句"万态更"相呼应。情,实,诚。这里指真实的感情。

这首诗写于道光二年(1822),作者基于丰富的经历和切身感受,狠狠地揭露并批判了上层社会阿谀奉承、逢场作戏、营私逐利的虚伪情态和人们的丑恶灵魂。

十月廿夜,大风不寐,起而书怀

西山风伯骄不仁,虓如醉虎驰如轮[1];排关绝塞忽大至,一夕炭价高千缗[2]。城南有客夜兀兀,不风尚且凄心神[3]。家书前夕至,忆我人海之一鳞[4]。此时慈母拥灯坐,姑倡妇和双劳人。寒鼓四下梦我至,谓我久不同艰辛[5]。书中隐约不尽道,惚恍悬揣如闻呻[6]。我方九流百氏谈宴罢[7],酒醒炯炯神明真[8]。贵人一夕下飞语,绝似风伯骄无垠[9]。平生进退两颠簸,诘屈内讼知缘因[10]。侧身天地本孤绝[11],矧乃气悍心肝淳[12]!欹斜谑浪震四坐,即此难免群公瞋[13]。名高谤作勿自例,愿以自讼上慰平生亲[14]。纵有噫气自填咽,敢学大块舒轮囷[15]?起书此语灯焰死,狸奴瑟缩偎帱茵[16]。安得眼前可归竟归矣,风酥雨腻江南春〔17〕。

〔1〕"西山"二句：写风势凶猛。西山，北京西郊众山的总称。风伯，神话中的风神。虓(xiāo消)，虎怒吼声。轮，车轮。

〔2〕"排关"二句：写大风带来大寒。排关绝塞，冲开关门，横闯塞口。缗，丝绳，这里指串钱的绳子，作为一贯钱的代称。每贯千钱，故一千钱叫缗。

〔3〕"城南"二句：是说自己独居城南，至夜忧苦难眠，心境已够凄凉，更何况遇上这大风天气。兀兀，极度辛劳的样子，这里形容忧苦。

〔4〕一鳞：一条小鱼。此句写出孤独飘零的处境。

〔5〕"此时"四句：想像此时母亲妻子牵挂念叨自己的情景。"姑倡"句：是说母亲和妻子一唱一和念叨自己，真是一对忧苦之人。姑，儿媳对婆母的称呼。妇，媳妇，婆母对儿媳的称呼。倡，同唱。劳人，忧人。《诗经·小雅·巷伯》："劳人草草。"劳，忧。草草，忧愁的样子。"寒鼓"二句是说冬夜报更之鼓敲了四下，四更天已到，此时母亲妻子梦见自己回到家中，埋怨自己久不与家人分担忧苦，共度艰辛。按，四更始入睡，说明思念良久，而刚刚睡下，亲人又入梦，仍未得安眠，可见思念之深。

〔6〕"书中"二句：是说因为怕引起对方不安，来信中思念之情只隐约吐露，并未说尽，但恍惚揣测仍不难体味深情，并且仿佛听到他们的叹息声似的。

〔7〕九流百氏：即九流百家，指诸子学说。《汉书·艺文志》："凡诸子百八十九家，四千三百二十四篇。诸子十家（儒家、道家、阴阳家、法家、名家、墨家、纵横家、杂家、农家、小说家），其可观者，九家而已（小说家除外）。"各家小序，开头例称"儒家者流"、"道家者流"等等，故称九流。按，作者敢于冲决几千年来独尊儒术的封建正统，喜好诸子百家，这是离经叛道、思想解放的表现，为此曾被达官贵人、正人君子视为异端，

受到非议,而作者深知其由,但不为所动。参见《自春徂秋,偶有所触,拉杂书之,漫不诠次,得十五首》其一〇("兰台序九流")及《己亥杂诗》其二三一("九流触手绪纵横")、其三〇三("俭腹高谈我用忧")等。又《古史钩沉论二》说:"三尺童子,瞽儒小生,称为儒者流则喜,称为群流则愠,此失其情也。"

〔8〕"酒醒"句:紧承上句,是说酒醒之后,心明眼亮,始觉席上标榜诸子百家,触犯时忌,于言有失,将招致祸患。神明,神志眼神。真,真切,清晰。

〔9〕"贵人"二句:与开头两句呼应,是说顽固保守的达官贵人陷害自己的流言蜚语,活像凶残的风伯一样骄横无极。飞语,即蜚语。

〔10〕"平生"二句:是说自己一生出仕与退隐皆坎坷不顺,遭到厄运,反复内省自责,已知其缘由。进,指出仕;退,指隐居。诘屈,曲折,引伸为左右、反复。内讼,内省自责。

〔11〕"侧身"句:是说生活于人世,不阿谀奉承,傲岸不群。侧身,即厕身,置身之意。天地,即天地之间,指人世。杜甫《将赴成都草堂》诗:"侧身天地更怀古,回首风尘甘息机。"孤绝,孤特。《汉书·刘向传》:"以不能阿尊事贵,孤特寡助。"这里用其意。以下四句皆申述进退两难之由。

〔12〕矧:况。气悍:性情急躁。心肝淳:心地单纯爽直。

〔13〕"攲斜"二句:是说自己放浪不羁,不拘礼俗,难免不激怒那些达官贵人、正人君子。实际反映了自己的思想性格,言谈举止皆为封建正统派所不容。攲斜,同欹(qī欺)斜,本指攲器之倾斜。《荀子·宥生》载:孔子瞻仰鲁桓公之庙,发现攲器,即宥坐之器,说:"吾闻宥坐之器,虚则攲,中则正,满则覆。"即令弟子注水试之,果然如此。接着对此器的示戒教育作用发了感慨。这里是邪僻、不正的意思,实指自己的思想、行为背离了中庸之道。谑浪,肆无忌惮地戏谑。《诗经·邶风·终风》:"谑

浪笑傲。"《毛传》:"言戏谑不敬。"这里指对一些丑恶现象的嘲笑讥讽。震四坐,惊动周围座中之人。按张祖廉《定盦先生年谱外纪》载嘉庆二十二年(1817)王芑孙(铁夫)给作者的复信说:"至于诗中伤时之语,骂坐之言,涉目皆是,此大不可也。足下文中,以今人误指中行为狂狷,又欲自治其性情,以达于文(指合乎礼),其说允矣。循是说也,不宜立异自高。凡立异未有能异,自高未有能高于人者。甚至上关朝廷,下及冠盖(达官贵人),口不择言,动与世迕,足下将持是安归乎?足下病一世人乐为乡愿,夫乡愿不可为,怪魁亦不可为也。乡愿犹足以自存,怪魁将何所自处?"又《清史稿》本传说:"所至必掠众,名声藉藉,顾仕宦不达。"皆可与以上四句互参。又可参《行路易》注〔8〕。

〔14〕"名高"二句:是说虽然名望高了就易招致诽谤,但不要以此类己而加以开脱,愿以自责悔过,明哲保身,来安慰母亲的牵挂惦念。

〔15〕"纵有"二句:又引眼前的大风为喻,是说即使有不平之气只能自己遏抑于胸中,哪敢效法大地那样任意舒发屈曲不平之气,刮起这惊人的大风?《庄子·齐物论》:"夫大块噫气,其名曰风。"成玄英疏:"大块之中,噫而出气,乃名此气而为风也。"噫(ài 爱)气,舒畅壅塞之气,这里作名词用,指郁闷欲伸的不平之气。填咽,本是拥挤的形容词,这里作动词用,填塞、遏抑之意。大块,大地。轮囷,屈曲盘绕的样子。《史记·鲁仲连邹阳列传》:"蟠木根柢、轮囷离诡。"这里直指屈曲不平之气。此为愤激之辞,名抑实扬,其实是说非像大块噫气为风那样,不足以抒发胸中不平之气。

〔16〕"起书"二句:既表现处境之恶,又表现天气之冷,两者皆使人心寒胆战。意思是寒风之夜不寐,起身作诗言怀,写了如上的话,更觉寒气逼人,连灯焰都昏昏欲灭,狸猫也蜷缩着身躯依偎在帐褥角落。狸奴,猫。黄庭坚《乞猫诗》:"闻道狸奴将数子,买鱼穿柳聘啣蝉。"帱(chóu 筹),帐子。这里指床帐。茵,褥子。

〔17〕"安得"二句：写险恶的处境更激起对温暖家乡的思念，但是欲归而不得，徒有向往而已。末句"风酥雨腻"，从感受上典型地写出了江南的春意，是说和风醉人，细雨沁腑，与严寒冷酷的现实情景构成强烈的对比，有力地衬托着作者与黑暗现实势不两立的态度。

这首诗作于道光二年（1822），是一篇触景生情，感时抒怀的佳作。作者基于深刻的现实感受，把严寒的自然环境与险恶的政治处境贴切比喻，交互描写，强烈表现了满怀变革理想的自我与顽固腐朽的达官贵人的尖锐矛盾。人海一鳞，孤绝冷落，只有亲人的关怀，家乡的春意，还能给自己以温暖和安慰。吴昌绶《定盦先生年谱》于本年下引程庶常（秉钊）曰："先生是岁有蜚语受谗事，屡见诗词。"本诗即为证据之一。但此诗又不限于就某事而发，对于作者的经历，具有普遍意义。

送刘三

刘三今义士，愧杀读书人〔1〕！风雪衔杯罢，关山拭剑行〔2〕。英年须阅历〔3〕，侠骨岂沉沦〔4〕？亦有恩仇托，期君共一身〔5〕。

〔1〕"愧杀"句：是说应使读书人甚感羞愧。愧杀，即俗话所谓"羞死"。这话有意跟世间儒者唱反调，作者《尊任》一文说："侠尚意气，恩怨太明，儒者或不肯为。"

〔2〕"风雪"二句：写送行。衔杯，饮酒。拭剑，拂拭其剑，以示用武。

〔3〕英年：华年，年轻之时。阅历：谓经风雨，见世面，干一番事业。

〔4〕侠骨:侠义之身。沉沦:沉没,埋没。

〔5〕"亦有"二句:见〔说明〕所录本诗自序。期,希望。共一身,同心同德,行动一致。即自序中所谓"倚仗之如左右手"之意。

这首诗作于道光二年(1822)冬,歌颂了恃信仗义、肯于为人排患解难的侠士行为,对于那种背信弃义、尔虞我诈、欺软凌弱的人情世态,是有力的冲击和批判。对于懦弱文雅的儒士,亦置微词。刘三,即刘钟汶,行三,字方水。张祖廉《定盦先生年谱外纪》有一则说:"先生交友严,好直言。刘钟汶者,侠士也。尝远行,公送之诗,其序曰:'方水从吾游久矣,而气益浮,中益浅,吾虑其出门而悔咎多也。然吾方托以大事,倚仗之如左右手。以其人实质无可疑者,特不学无术耳,爰最以一诗送其行。'"所引之序,当属本诗。

夜坐

其一

春夜伤心坐画屏,不如放眼入青冥〔1〕。一山突起丘陵妒〔2〕,万籁无言帝坐灵〔3〕。塞上似腾奇女气〔4〕,江东久陨少微星〔5〕。平生不蓄湘累问〔6〕,唤出姮娥诗与听〔7〕。

〔1〕"春夜"二句:是说春夜伤感,独坐屏风之内,益觉沉闷,不如放眼向外看看高远的天空。青冥,极高的天空。

〔2〕"一山"句:是说一座大山高高突起,受到矮小丘陵的嫉妒。一山,隐喻杰出人材,包括作者自己在内。丘陵,隐喻官场庸辈小人。这句以下皆与放眼青冥有关,本为遣愁,谁知触景生情,又引起愁绪。

〔3〕"万籁"句:隐喻清王朝专制淫威统治下的死气沉沉的局面。万籁,天地间的各种声响。《庄子·齐物论》:"汝闻人籁而未闻地籁,汝闻地籁而未闻天籁乎?"籁本为箫,引申为音响。帝坐,即帝座,按古代星象迷信之说,其为帝王之位。共有五,一在北极,一在紫微,一在天市,一为大角,一为心星中央。其在北极者,即北极第二星。《晋书·天文志》:"北极五星,……第二星主日,帝王也。亦太一之坐,谓最赤明者也。"《史记·天官书》:"中宫天极星,其一名者,太一居常也。"天极星即北极星,其一明者,即北极第二星。其在天市者,直名帝座,《宋史·天文志》:"帝座一星在天市中,天皇大帝外座也。"作者以帝座星暗喻清王朝。

〔4〕"塞上"句:用汉武帝选召钩弋夫人的典故,暗讽清朝统治者为一家私利,凭自己喜好,只留意物色不急之材。塞上,指边远偏僻之地。腾,升。奇女气,《汉书·外戚传》载:赵倢伃家住河间,汉武帝巡狩过此,望气者说:"此有奇女。"武帝遂遣使召之,选为钩弋夫人,倍受宠幸。

〔5〕"江东"句:隐喻大量人材久被压抑、扼杀。江东,长江下游地区。自古以经济繁荣、文化发达、人材荟萃著称。陨,坠落。少微星,《史记·天官书》:"廷藩西,有堕星四(今本作五,据《汉书》改),曰少微,士大夫。"张守节《正义》:"廷,太微廷;藩,卫也。少微四星,在太微西,南北列:第一星,处士也;第二星,议士也;第三星,博士也;第四星,大夫也。占以明大黄润,则贤士举;不明,反是。"可见少微被古代占星家看作代表士大夫的星座,其星象关系到贤士的举废。又《明良论三》说:"一限以资格,此士大夫所以尽奄然而无有生气者也。"可与此句互参。按,此句所写,亦包括作者本人的命运在内,参见《漫感》注〔2〕。又,他在道光十

二年(1832)所写的《洞仙歌》词,自称"江东猿鹤",用《艺文类聚》卷九〇引《抱朴子》"周穆王南征,一军尽化,君子为猿为鹤,小人为虫为沙"意,称自己为君子,而与小人对立,正与此诗以少微星喻指贤材同义。

〔6〕"平生"句:是说自己尽管对上述现象疑惑不解,但从来不存像屈原那样对天发问,以抒发孤愤的意念。实际含有对天怀疑的意思,可与《秋心》"天问有灵难置对"句互参。湘累,指屈原。《汉书·扬雄传》:"钦吊楚之湘累。"无罪而死叫"累"。屈原投湘水而死,故称"湘累"。湘累问,指屈原作《天问》,就神话、古史、宇宙自然等许多问题向天发问。

〔7〕"唤出"句:紧承上句,是说既然问天无用,只有唤出嫦娥,写诗抒发忧愤给她听了。姮娥,即嫦娥。古代神话中后羿的妻子。相传后羿从西王母那里求得不死之药,嫦娥窃食,飞奔月宫。见《淮南子·览冥训》。

其二

沉沉心事北南东,一睨人材海内空〔1〕。壮岁始参周史席〔2〕,鬓年惜堕晋贤风〔3〕。功高拜将成仙外,才尽回肠荡气中〔4〕。万一禅关砉然破,美人如玉剑如虹〔5〕。

〔1〕"沉沉"二句:是说国家使自己深沉忧虑的事到处皆是,可是一看海内,改革、治理之材却空乏无人。一睨(nì 逆),犹一瞥,含有轻视之意。睨,斜着眼睛看。

〔2〕"壮岁"句:是说年已三十才做了个小小的史官。壮岁,三十岁。《礼记·曲礼》:"三十曰壮。"周史,周代的史官。按作者嘉庆二十五年(1820)开始做官,得内阁中书。次年(道光元年)在内阁充国史馆校对官,参加重修《一统志》,时年三十。本句即写此事。

〔3〕"髫年"句：紧承上句，是说可惜自己早年堕入晋贤遗风，不重修行，以致落得仕途坎坷。髫（tiáo 条）年，童年。古代小孩下垂的发型叫髫。晋贤风，指晋代文士如阮籍、嵇康等人蔑视礼法、权贵，狂放自傲的遗风。按，作者实际以傲视权贵，不落庸俗自高，所谓"惜"是反话，并无悔恨惋惜之意。

〔4〕"功高"二句：是说自己本立志建立高出韩信、张良那样的功业，而实际上自己的才情却耗尽在忧伤感慨的诗词文章创作之中。可参《漫感》及其〔说明〕。拜将，指韩信事。韩信先从项梁举兵，后辗转归汉，被汉高祖刘邦拜为大将。见《史记·淮阴侯列传》。成仙，指张良事。张良佐刘邦灭项羽，定天下，被封为留侯。晚年好黄老，学神仙修炼之术，幻想成仙。见《史记·留侯列传》。回肠荡气，肝肠回旋，心气动荡。即缠绵悱恻，感慨激奋之意。多用来形容音乐文辞感人至深。如曹丕《大墙上蒿行》："女娥长歌，声协宫商，感心动耳，荡气回肠。"又作回肠伤气，如《文选》宋玉《高唐赋》："感心动耳，回肠伤气。"李善注："言上诸声，能回转人肠，伤断人气。"作者诗文中亦屡见此语，如《与吴虹生书之十二》："集中徒添数首惆怅诗，供读者回肠荡气。"《台城路》（"吴棉已把桃笙换"）词小序云："同人皆谇知余近事，有以词来唁者，且促归期。良友多情，增我回肠荡气耳。"《己亥杂诗》其二一七："回肠荡气感精灵。"《凤栖梧》（"谁边庭院谁边宅"）词："禅战愁心无气力，自家料理回肠直。"等等。这里指抒发忧伤感慨的文学创作。

〔5〕"万一"二句：写自己政治上失意之后，盼望通过参禅以求解脱，达到所向往的生活境界。禅关，佛家认为修行得道所必经的重重关口。禅关破指参禅得道，悟彻佛教教义。砉（xū 需，又音 huā 花）然，语出《庄子·养生主》："砉然响然，奏刀騞（huā 花）然。"本形容皮骨相离声，这里形容禅关开裂之声。美人如玉，用《诗经·召南·野有死麕》"有女如玉"意，写美人貌德双全。这里以美人代表温柔的爱情。剑如

虹,剑似长虹。传说有剑气贯虹的说法,这里稍变其意,直以虹形容剑。剑代表豪气傲骨。按,爱情、豪气本为佛教教义不相容,而作者一方面想皈依佛教以解脱烦恼,另一方面爱情、豪气又难销尽,于是加以折中,构筑了一个两方面并行不悖的隐逸生活理想。参见《能令公少年行》注〔13〕及《又忏心一首》注〔4〕。作者重情,反映了他反对道学的个性解放思想,参见文《宥情》等。

此题共二首,作于道光三年(1823)春天。当时作者在北京供职,任内阁中书,充国史馆校对官。应会试,又落第。至此,五年之中,四次应会试,四次失败,思想上所受的打击很大,一时愤慨之下,写了这两首诗。前一首通过个人的遭遇,用隐喻手法,暴露了上层统治集团妒嫉、扼杀人材,造成独断专制、万籁无言的死气沉沉的政治局面;后一首把海内乏人的事实与自己坎坷不遇的身世结合起来写,揭露了清王朝按资格、模式选拔庸才,不能破格用人的腐朽官僚制度。

漫 感

绝域从军计惘然〔1〕,东南幽恨满词笺〔2〕。一箫一剑平生意,负尽狂名十五年〔3〕。

〔1〕"绝域"句:感慨从军边疆的志愿未遂。绝域,遥远的边疆,这里与下句"东南"相对,指西北边塞,正与《秋心三首》其一"气寒西北何人剑,声满东南几处箫"同。计,谋划、打算。惘然,失意的样子。按,安定西北边疆是作者的夙愿,从军又是作者豪情壮志中的一个重要内容,嘉庆十七年(1812)所作《湘月》词有"怨去吹箫,狂来说剑"句,友人洪子

骏见此词后曾作《金缕曲》以赠,其中写其壮志有"结客从军双绝技,不在古人之下"句。

〔2〕"东南"句:是说失意的幽恨充满诗词。东南,作者诗词中习见此语(或称江东),其与个人身世相关者,除此首外,尚有《秋心》(见注〔1〕引),《夜坐》:"塞上似腾奇女气,江东久陨少微星",词《台城路·女郎有字翠生者,酒座中有摧抑不得志之色,赋此宠之》:"我亦频年,弹琴说剑,憔悴江东风雨"等。其准确含义,可用作者自己的话说明。道光十七年(1837)所作《论京北可居状》说:"吾少年营东南山居,中年仕宦,心中温温然不忘东南之山。居京师,既不欲久淹(留),天意诇(伺察)我,人事憝(憎恶)我,又未必使我老东南从曼妙之乐也,我方图之矣。"可见东南指其家乡所在的江、浙一带。又吴昌绶《定盦先生年谱》曰:"先生夙愿恒在具区(古泽名,即太湖)、莫釐之间,卜宅幽栖,携鬟吹笛,有终焉之志。中年仕宦,心中温温然不忘东南山居曼妙之乐,尝赋《能令公少年行》以自祷蘄。……迨游昆山,买徐侍郎秉义故宅,……后来卜居,牓曰羽琌山馆,即其地也。"(道光五年事)因东南既是入仕前卜居之地,又是入仕后向往归隐之地,总是与入仕相对,故又可视为失意境遇的指代词。词笺,指当时所刊定的词集,又借以泛指失意时所写的诗词。

〔3〕"一箫"二句:紧承上两句,是说把多愁善感与豪情壮志一身而兼之,是平生的意愿,现在幽恨在诗词中已有所寄托,而壮志始终毫无着落。《贺新凉》词云:"性懒情多兼骨傲,直得销魂如此,与涧底孤松一例。"《夜坐》其二云:"功高拜将成仙外,才尽回肠荡气中。"《清平乐》词云:"万千名士,慰我伤谗意。怜我平生无好计,剑侠千年已矣。"可与这两句互参。箫,表示幽情;剑,表示壮志。参见《又忏心一首》注〔4〕。负,辜负。狂名,即《丑奴儿令》的"剑名"(惟其云"双负箫心与剑名",连"箫心"亦兼及之,与此有异),指豪情壮志。十五年,指自己十八岁成人立志之时(嘉庆十四年,1809)至此已十五年。又作者十九岁始倚声

填词,至此亦近十五年,正可印证此诗的写作与本年刊定词集有关。

这首诗作于道光三年(1823)。虽题为"漫感",但据"东南幽恨满词笺"句及吴昌绶编《年谱》"(本年)六月,刊定《无著词》(初名《红禅词》)、《怀人馆词》、《影事词》、《小奢摩词》四种,都一百三首"云云,此诗当为刊定词集后所抒发的感想。诗中主要慨叹自己安定西北边疆的壮志未得实现。作者早年就怀有经世济民的政治抱负,并不甘仅仅做一个文人。如十年前作的《金缕曲·癸酉秋出都述怀有赋》词说:"纵使文章惊海内,纸上苍生而已,似春水干卿何事?"在作者的济世壮志中,留心边事,特别是盼望为巩固不安定的西北边疆贡献力量,占据着重要的地位。他一向重视西北舆地的研究,嘉庆二十五年(1820)又写了《西域置行省议》(同时还有《东南罢番舶议》,已佚),对安定西部边疆,巩固祖国统一,提出了重要而切实的意见。次年(道光元年,1821),作者嘉庆十五年(1811)参加顺天乡试时的荐卷房官觉罗文庄(宝兴)任吐鲁番领队大臣,他上书言策(见《上镇守吐鲁番领队大臣宝公书》),并献上《西域置行省议》备览。尽管作者报国心切,但仕途坎坷,本年第四次参加会试又落第,人微言轻,壮志始终未酬,此时虽然寄托哀怨的诗词已有些成就,但毕竟还是"纸上苍生而已",于是感慨万端,写了这首诗。同年还作有《丑奴儿令》词,上半阕曰:"沉思十五年中事,才也纵横,泪也纵横,双负箫心与剑名。"可参。

飘零行戏呈二客(二首选一)

臣将请帝之息壤[1],惭愧飘零未有期。万一飘零文字海[2],他生重定定盦诗[3]。

〔1〕"臣将"句:是说自己誓将向帝请求息土,以救天下之洪水。表示济世宏愿。臣,作者自称,对帝而言。息壤,神话中的一种能自行生长的土壤。《山海经·海内经》:"洪水滔天,鲧窃帝(指舜)之息壤以堙洪水。"

〔2〕文字海:文坛墨场。海,用佛教所谓"苦海"之意。《华严经·光明觉品》:"众生漂溺诸有海,忧难无涯不可处。为彼兴造大法船,皆令得度是其行。"参见《西郊落花歌》注〔16〕。又作者《齐天乐》词小序云:"同年生冯晋渔……出《梦游拿山第五图》乞题。予幼信转轮(佛教轮回之说),……填此阕奉报,蹈绮语戒,虽未知后何如,要不免流转文字海也。"这句表明做一个文人原非作者本愿,流露出无可奈何的心情;另外,含有对文字狱的忧虑,参见《戒诗五章》。

〔3〕"他生"句:是说待来生重新刊定我的诗作。这句亦含深意,暗指造成今生之不幸,写作愤世嫉俗的诗歌,也是原因之一,这一教训值得他终生记取。作者《释言四首之一》云:"东华环顾愧群贤,悔著新书近十年。木有文章曾是病,虫多言语不能天。"也是对这种教训的探究,可以互参。

《飘零行》共二首,为乐府歌行体,作于道光三年(1823),咏叹个人身世。这里选的是第二首,表现了作者怀有济天下的宏愿,而不甘仅仅做一个文人的思想(参见《漫感》说明),以及对自己战斗的、坎坷的文学生涯的预虑。飘零,摇落的样子,多喻身世的不幸。二客,指此题前一首提到的辩论人生的两个人:"一客高谈有转轮(佛教关于人生轮回之说),一客高谈无转轮。"

人草稿

陶师师娲皇,抟土戏为人[1];或则头帖帖[2],或则头颏颏[3];丹黄粉墨之,衣裳百千身[4]。因念造物者,岂无属稿辰[5]?兹大伪未具[6],娲也知艰辛[7];磅礴匠心半,斓斑土花春[8]。剧场不见收,我固怜其真[9];谥曰"人草稿",礼之用上宾[10]。

[1]"陶师"二句:写陶工效法女娲抟土造人而戏作人偶(即傀儡)。娲皇,即女娲,古代神话传说人物。《太平御览》卷七十八引《风俗通义》:"俗说天地开辟,未有人民。女娲抟黄土作人,剧务(制作烦劳),力不暇供,乃引绳絚(同縆,大绳)于泥中,举(高甩)以为人。故富贵者,黄土人也;贫贱凡庸者,絚人也。"

[2]帖帖:安妥熨帖。

[3]颏(jūn君)颏:头大的样子。

[4]"丹黄"二句:写给土偶涂上各种颜色,穿上各种衣裳,加以装饰。

[5]"因念"二句:是说因而想到造物者造人之时,难道就没有打草稿的时刻吗?造物者,指天。古人认为天是创造万物的神灵。属(zhǔ主)稿,打稿。辰,时。

[6]兹:此时,指属稿之时。大伪:指掩盖本真的矫饰装扮。《老子》:"慧智出,有大伪。"具:备。

[7]"娲也"句:本指女娲知抟土造人之艰辛,故引绳甩土而为之。

77

这里是说初稿始成辄止,不加装饰,正合女娲知艰省烦之意。

〔8〕"磅礴"二句:写制作土偶初稿功半之时,正焕发朴素本质之美。磅礴,广大无边的样子。匠心,创作意图。斓斑,有文采的样子。土花,本指出土古器物受泥土剥蚀的痕迹,如梅尧臣《古鉴诗》:"古鉴得荒冢,土花全未磨。"这里指泥土本身的光彩。春,形容郁勃、繁盛。

〔9〕"剧场"二句:是说未加装饰、显露本色的土偶虽不被剧场收为傀儡,而我偏偏喜爱它的质朴纯真。怜,爱。

〔10〕"谥曰"二句:是说尊称它叫"人草稿",并且用上宾之礼加以厚待。谥,称号。

这首诗作于道光三年(1823),时任内阁中书。本年会试仍未第,又一次经受了清王朝扼杀人材的打击,从而对腐朽的官僚制度更为愤嫉,写了这首痛加贬斥的诗。通篇以制偶造人为喻,揭露统治者按符合自己口味的模式,培养选拔人材,致使官场充斥狡猾庸碌之辈,矫揉造作,到处一片虚伪情态。作者赞许未经矫饰的"人草稿",反映了他追求纯真心灵,呼唤个性解放的思想。诗中既有批判,又有理想,想象奇特,构思巧妙,讽刺辛辣,寓意深刻。

三别好诗有序

余于近贤文章,有三别好焉〔1〕。虽明知非文章之极,而自髫年好之〔2〕,至于冠益好之〔3〕。兹得春三十有一,得秋三十有二〔4〕,自揆造述〔5〕,绝不出三君〔6〕。而心未能舍去,以三者皆于慈母帐外灯前诵之〔7〕;吴诗出口授〔8〕,故尤缠绵于心,吾方壮而独游,每一吟此,宛然幼小依膝下时〔9〕。吾知异日空山〔10〕,有过吾门而闻且高歌,且悲啼,杂然交作,如高宫大角之声者〔11〕,必是三物也。各系以诗:

其一

莫从文体问高卑〔12〕,生就灯前儿女诗〔13〕。一种春声忘不得,长安放学夜归时〔14〕。(右题吴骏公《梅村集》。〔15〕)

〔1〕别好(hào 浩):特殊的爱好。

〔2〕髫(tiáo 条)年:童年。因古时小儿留髫发(垂发)而得称。

〔3〕冠(guàn 贯):古时男子成年二十岁,束发而冠,举行冠礼(加冠之仪式),因称二十岁曰冠。

〔4〕"兹得"二句:按作者的生日为农历七月五日,此时刚过三十二岁(虚岁)生日,故云"得春三十有一,得秋三十有二"。

〔5〕揆(kuí 葵):估量,揣度。造述:著述。《论语·述而》:"述而不作,信而好古",述指转述他人之学,作指独创,与此处"造"同。

〔6〕三君:指吴伟业、方舟、宋大樽,详下。

〔7〕"而心"二句:是说三家之诗文萦绕于心、永不遗忘,是因为都是自己幼时在母亲身边所诵习,印象深刻。

〔8〕"吴诗"句:是说吴伟业的诗出于母亲口授。

〔9〕依膝下:指依依于母亲膝下。《孝经》:"故亲生之膝下,以养父母曰严。"注:"膝下,谓孩幼之时也。"

〔10〕空山:犹空谷,《诗经·小雅·白驹》:"皎皎白驹,在彼空谷。"

疏:"贤者隐居,必当潜处山谷。"这里是遁隐深山之意。

〔11〕高宫大角:指庄重典雅的音乐。宫、角皆为古乐五音之一,《尔雅·释乐》:"宫谓之重……角谓之经。"郝懿行义疏:"唐徐景安《乐书》引刘歆云:宫者,中也,君也,为四音之纲,其声重厚,如君之德而为重。……角者,触也,民也,其声圆长,经贯清浊,如民之象而为经。"这种解释,除掉所谓"君""民"附会之说,对宫、角二音特点的描述,尚有参考价值。

〔12〕文体:这里指风格。高卑:高下。这里高指雄壮,卑指缠绵。

〔13〕儿女诗:缠绵悱恻、儿女情长的诗,这里指吴伟业寄寓身世之感,感情委婉的诗。这只是吴诗风格的一个方面,详下。

〔14〕"一种"二句:写随父做官居北京,就塾读书,放学夜归之时仍不忘读吴诗。按吴昌绶《定盦先生年谱》,作者自嘉庆七年(1802,时十一岁)十月侍父入京,从建德拔贡生宋璠(鲁珍)学,至嘉庆十三年(1808),一直在北京就塾读书。春声,指清丽委婉的吴诗。

〔15〕吴骏公:清初诗人吴伟业(1609—1672),字骏公,号梅村,江苏太仓人。师事张溥,为复社成员。明崇祯进士,官左庶子。弘光时任少詹事。明亡后隐居多年,后被清廷强逼入京,任国子监祭酒。未几,借母病辞归,病死于家。他的诗多寓身世之感,也有一些反映民间疾苦之作。以七律和七言歌行见长。早期作品委婉绮丽,明亡后增激荡苍凉之音。有《梅村集》四十卷。

其二

狼藉丹黄窃自哀〔1〕,高吟肺腑走风雷〔2〕。不容明月沉天去〔3〕,却有江涛动地来〔4〕。(右题方百川遗文。〔5〕)

〔1〕"狼藉"句:写自己任国史馆校对官,精力耗费在校勘上,自觉

可悲。狼藉,杂乱不整齐的样子。丹黄,两种颜料,古人校点书籍用朱色,遇误字涂抹用雌黄。

〔2〕"高吟"句:是说高声吟诵方舟的遗文,感到肺腑中滚动着风雷。

〔3〕"不容"句:是说无奈方氏已经下世。不容,无可奈何。明月沉天,作者常以此比喻杰出人才的沦落或逝亡。如《秋心》其一:"斗大明星烂无数,长天一月坠林梢。"

〔4〕"却有"句:写方氏遗文有江涛动地的气势。按此句与第二句均写方文的风格,而用这样的话来评价龚自珍自己的诗文,也非常确切,可见作者不仅是方氏的知音,在艺术上风格上受方氏的影响也很深。

〔5〕方百川:方舟(1665—1701),字百川,安徽桐城人。寄籍上元(今南京市),为诸生。以时文闻名天下,长洲韩菼评曰:"此于三百年作者外,自成一家者也。"(见李元度《国朝先正事略》)性孤特,笃修好学,年三十七,悉焚所论著而卒。时人辑其遗文,流传后世。其弟即著名古文家、"桐城派"创始人方苞。方舟在学术、文章方面对方苞的影响很大。

其三

忽作泠然水瑟鸣,梅花四壁梦魂清〔1〕。杭州几席乡前辈,灵鬼灵山独此声〔2〕。(右题宋左彝《学古集》〔3〕。)

〔1〕"忽作"二句:写宋大樽诗歌的风格。泠(líng 灵)然,形容声音清越。瑟,即瑟瑟,本形容凉风嗖嗖之声,杨炯《庭菊赋》:"风萧萧兮瑟瑟。"这里形容水声清冷、悲凉。水瑟鸣,即流水鸣咽悲鸣。"梅花"句:写梦魂中经常出现宋诗清丽的意境。

〔2〕"杭州"二句:是说家乡杭州学界有多少前辈,只有宋氏空灵飘洒的诗给人留下深刻印象。席,指讲席,讲学之地,犹云学界。乡前辈,

家乡前辈。按作者与宋氏俱为仁和(杭州)人,故称。灵鬼,指死去的杰出人才。作者认为奇士死而成鬼神。如《夜读番禺集书其尾》:"奇士不可杀,杀之成天神。"又《辨仙行》:"仙者乃非松乔伦,亦无英魂与烈魂;彼(仙者——杰出人才)但堕落(下世)鬼与神,太一主宰先氤氲。"又《自春徂秋,偶有所触,拉杂书之,漫不诠次,得十五首》其三有"庄骚两灵鬼,盘踞肝肠深"句,写庄子、屈原在文学上对自己的影响,可参。灵山,道家称海中蓬莱仙山为灵山。左思《吴都赋》:"巨鳌赑屃(bì xì 必细,用力貌),首冠灵山。"这里喻宋氏的诗境。

〔3〕宋左彝:宋大樽(1746—1804),字左彝,一字茗香,浙江仁和(今杭州市)人。乾隆举人。官国子监助教。有《学古集》、《耕牛村舍诗钞》。

这组诗作于道光三年(1823)秋,序文说:"兹得春三十有一,得秋三十有二",所言甚明。本年七月,作者之母段氏卒于苏松道其父官署,于是解职奔丧,葬母于杭州。作者自编诗集《破戒草》中有自记云:"自癸未七月至乙酉十月,以居忧无诗。"可知此诗作于七月初五过三十二岁生日之后,同月其母殁世之前。这三首诗分别评论了作者自幼以来就格外喜爱的吴伟业、方舟、宋大樽三家的诗文,写出他们创作的风格以及对自己的影响,对于研究三家的作品,以及研究作者本人的创作和文学思想,都有重要的参考价值。实际上作者对吴诗的缠绵悱恻,方文的豪放遒劲,宋诗的清越悲凉,均有所继承和发展。此诗为评论之作,但绝无抽象的说理,而是夹杂着美好的回忆和感受,饱含着深厚的欣慕之情,语言亦形象鲜明,概括三家风格,用传神之笔,有画龙点睛之妙。

咏 史

金粉东南十五州〔1〕,万重恩怨属名流〔2〕;牢盆狎客操全算〔3〕,团扇才人踞上游〔4〕。避席畏闻文字狱,著书都为稻粱谋〔5〕!田横五百人安在?难道归来尽列侯〔6〕!

〔1〕金粉:旧时妇女化妆用的铅粉。后多用为繁华绮丽之义,古时六朝向有金粉之称,吴伟业《残画》诗:"六朝金粉地。"作者《己亥杂诗》其二四六有"撑住南东金粉气"句。东南十五州:即江东十五州,《资治通鉴》卷二三一载李泌向唐德宗称浙江东、西节度使韩滉"镇江东十五州,盗贼不起"。胡三省注云:"唐时浙江东、西道所统,惟润、升、常、湖、苏、杭、睦、越、明、台、温、衢、处、婺十四州。前此滉遣宣、润弩手援宁陵,盖兼统宣州,为十五州也。"此说为季镇淮先生于1994年发现。这里用以泛指江南繁华富庶地区。

〔2〕"万重"句:是说名声显赫之人垄断了势位,他们受到的恩宠无以复加,同时可以滥施淫威,肆意对人报怨。名流,见《能令公少年行》注〔22〕。

〔3〕牢盆:煮盐的器具。《史记·平准书》:"因官器作煮盐,官与牢盆。"《本草纲目》:"煮盐之器,汉谓之牢盆。"这里借称操纵盐业的江南盐商及与之勾结的盐官。并泛指无德的权势之臣。狎客:依附于权贵为其出谋划策的幕僚和门客。全算:全盘谋划,犹全权。

〔4〕团扇:圆扇,古时宫内多用之,又称宫扇。才人:宫内女官名,掌管燕寝事务。这里借指皇帝左右权佞之臣。踞上游:指窃居高官要位。

〔5〕"避席"二句:写在高压、禁锢的思想文化政策下,正直知识分子的遭遇,是说他们畏于统治者的高压政策,放弃理想,著书立说不过是为了谋求温饱利禄。这是对当时文化界的典型概括。包含着哀其不幸,怒其不争的复杂感情。避席,古人席地而坐,有所敬,则离席而起,谓之避席。《礼记·哀公问》:"孔子蹴然避席而对。"这里是敬畏的表示。文字狱,从文字作品中,寻字摘句,罗织罪状,加以镇压,叫文字狱。为历代

封建统治阶级惯用的思想文化禁锢政策。清代,特别是雍正、乾隆两朝,大兴文字狱,迫害知识分子尤甚。稻粱谋,谋求食粮,泛指谋求利禄。杜甫《同诸公登慈恩寺塔》诗:"君看随阳雁,各有稻粱谋。"

〔6〕"田横"二句:是说田横所率不事汉朝而避居海岛的五百义士都哪里去了,难道受刘邦招降归来都能被封侯吗?这里是揭露统治者的拉拢欺骗伎俩,提醒人们应坚守节操,不要上当。田横,秦末汉初人,贤而得士。楚汉纷争之时,曾自立为齐王。后为汉军所败,逃至梁,归彭越。刘邦灭项羽,自立为皇帝,封彭越为梁王。田横惧诛,率其徒五百人入海,居岛中。刘邦闻齐人贤者多归附之,恐后为乱,几次招降,曰:"田横来,大者王,小者乃侯耳!不来,且举兵加诛焉。"田横与门客二人往洛阳,行至离洛阳三十里处,田横有感耻于事汉,遂自刎。后二客亦自刎从葬。刘邦又招降海中五百士。五百士闻田横已死,亦皆自杀。见《史记·田儋列传》。司马迁评此事曰:"田横之高节,宾客慕义而从横死,岂非至贤?"列侯,按《通典·职官典》,汉朝制度,异姓功臣而封侯者,称列侯。这里用作动词,封侯之意。

这首诗作于道光五年(1825)。本年十月,作者服母丧期满,客居昆山,始复弄笔作诗。题为咏史,实则讽今,深刻揭露了清王朝实行腐朽的权贵统治,并在思想文化上采取高压、禁锢政策的残酷现实。旧说此诗为惜曾燠(宾谷)醵使罢官之作,见吴昌绶《定盦先生年谱》道光五年引程秉钊说及王文濡校编本注,实与此诗事不相谐。又按《清史列传·曾燠传》,曾燠于道光二年授两淮盐政,仍准用二品顶戴,道光六年四月始被罢官召回北京,道光皇帝对他作了如下处置:"一味因循了事,著以五品京堂候补,以示薄惩。"与此诗作时亦不相合。旧说盖附会之词,且抹杀了本诗的典型意义。

赋忧患

故物人寰少,犹蒙忧患俱[1]。春深恒作伴,宵梦亦先驱[2]。不逐年华改,难同逝水徂[3]。多情谁似汝? 未肯托襄巫[4]。

　　[1]"故物"二句:是说故物旧交留在人间的已经很少,尚承蒙忧患始终与己相偕共处。故物,泛指旧时的人、事、物。包括故友在内。人寰,人世间。忧患俱,忧患相伴。作者诗中写此意屡见,如"醰醰心肝淳,莽莽忧患伏"(《丙戌秋日,独游法源寺,寻丁卯戊辰间旧游,遂经过寺南故宅,惘然赋》),"朴愚伤于家,放诞忌于国。皇天误矜宠,付汝忧患物。再拜何敢当,借以战道力。……忧患吾故物,明月吾故人"(《寒月吟》),"古春伴忧患,诘屈生酸醨","患难汝何物,屹者为汝动?""心死竟何云,结习幸渐寡,忧患稍稍平,此心即佛者","不知有忧患,文字樊其事"(《自春徂秋,偶有所触,拉杂书之,漫不诠次,得十五首》),"又如先生平生之忧患,恍惚怪诞百出难穷期"(《西郊落花歌》)等,可与此互参。

　　[2]"春深"二句:是说忧患无时无刻不与自己相随。上句举当时所值春天季节以概四时,下句举梦境更兼醒时。恒,常。先驱,导行在前。

　　[3]"不逐"二句:是说忧患缠身的情况既不随年岁而改变,更难跟时光一起流逝。逐,随。年华,时光,又指年岁。逝水,逝如流水的光阴。《论语·子罕》:"子在川上曰:'逝者如斯夫!'"徂,往。

　　[4]"多情"二句:为反语戏言,是说多情相伴有谁像你,终不肯委

托巫人相驱。禳(ráng 瓤),古时迷信祈祷除灾的仪式。

这首诗作于道光六年(1826)春。当时作者刚由南方回到北京,参加会试仍未中。此诗慨叹多忧多难的个人身世,而作者的忧患,来源于反动势力的迫害,是与国忧国难紧密联系在一起的。诗末表示安于忧患的处境,正是对政治理想的执着,对所遭厄运的戏嘲。全诗采用拟人化手法写忧患,幽默中以见倔强,轻松中以见深沉。

秋心三首

其一

秋心如海复如潮〔1〕,但有秋魂不可招〔2〕。漠漠郁金香在臂〔3〕,亭亭古玉佩当腰〔4〕。气寒西北何人剑?声满东南几处箫〔5〕?斗大明星烂无数,长天一月坠林梢〔6〕。

〔1〕 秋心:像秋天一样的悲凉心境。《淮南子·缪称训》:"春女思,秋士悲。""秋心"一词多见于鲍照诗,如《采菱歌七首》其三云:"秋心不可荡,春思乱如麻。"《和王丞》云:"秋心日迥绝,春思坐连绵。"作者本人诗词中亦屡用"秋心"、"秋士",如:"髫年抱秋心"(《丙戌秋日,独游法源寺,寻丁卯戊辰间旧游,遂经过寺南旧宅,惘然赋》),"天涯有弟话秋心"(《己亥杂诗》其二四四),"秋士多春心"(《秋夜花游》),"秋心凄紧"(词《惜秋华·瑟瑟轻寒》),"似我秋心"(《丑奴儿令·赤栏桥外垂

杨柳》),"秋心自觉温"(《菩萨蛮·行云欲度帘旌去》)等,可与此互参。如海:形容其深广之极。如潮:形容其起伏翻腾。

〔2〕秋魂:指自己沦落的身世。《秋夜花游》有"毋令秋魄沉"句,可与此互参。

〔3〕"漠漠"句:比喻情操洁美。漠漠,形容香气清淡四散。郁金,百合科植物,又称郁金香,可制名贵的香料,古时从大秦(罗马帝国)传入我国。香在臂,指身上佩有香囊,香气弥漫臂间。

〔4〕"亭亭"句:以玉比德。古时认为玉可以象德,故用为佩饰。《礼记·玉藻》:"古之君子必佩玉","君子无故,玉不去身"。亭亭,明亮的样子。

〔5〕"气寒"二句:是说自己已遭沦落,西北边疆尚动荡不宁(本年张格尔叛乱更甚),还有谁肯立志仗剑从军,威震边陲,平定叛乱?东南困滞之士亦复不少(所谓"江东久陨少微星"),还有几人像自己一样,以箫寄情,幽愤不已?《己亥杂诗》其九六云:"少年击剑更吹箫,剑气箫心一例消。"可与此互参。又作者屡将西北与东南、箫与剑对举,参见《又忏心一首》、《漫感》诗及注。气,剑气。古人认为宝剑能发出精气,上冲霄汉。

〔6〕"斗大"二句:用隐喻手法,写满朝无能之辈显赫一时,而自己却怀才沦落。《淮南子·说林训》:"百星之明,不如一月之光。"又作者词《木兰花慢·问人天何事》:"兰襟,一丸凉月堕,似他心。"

其二

忽筮一官来阙下[1],众中俯仰不材身[2]。新知触眼春云过,老辈填胸夜雨沦[3]。《天问》有灵难置对[4],《阴符》无效勿虚陈[5]。晓来客籍差夸富,无数湘南剑外民[6]。

〔1〕"忽筮"句:是说偶然在朝廷得到一官。指嘉庆二十五年(1820)首次得官,做内阁中书。筮(shì示),用蓍草占卜。古人迷信,在出仕前用蓍草占问吉凶,叫筮仕。后用为初次入仕之意。阙下,宫阙之下,皇帝所居之地。此指京师、朝廷。

〔2〕众中:指众官之中。俯仰:受制于人,随人高下,顺应附合。《庄子·天运》:"且子独不见夫桔槔(利用杠杆原理制作的一种汲水器械)者乎?引之则俯,舍之则仰。彼人之所引,非引人也。故俯仰而不得罪于人。"不材身:无才之自身。此句似自谦,实为反语,意含愤慨不平。

〔3〕"新知"二句:是说新结识的同辈朋友交往不深,感情淡薄,如春云过眼;故交前辈,情谊深厚,风貌铭刻心中,但多已谢世,如夜雨沦落。作者素来认为新辈之人浅薄,老辈之人笃实,参见《歌哭》注〔3〕。又近两年作者多丧前辈故交,如去年作《夏进士诗》悼同乡夏璜说:"我生有朋友,十六识君始;我壮之四岁(按,三十曰壮,壮之四岁,即三十四岁),君五十一死。"(按此诗旧本系于道光六年丙戌,误。)本年作《二哀诗》悼谢阶树、陈沆。又作《祭程大理同文于城西古寺而哭之》悼程同文,诗云:"忆昔先皇己未年,家公与公相后先。……卅年父执(父之挚友)朝士尽,回首鬒卯中悁悁。"知程亦前辈知交。"卅年父执朝士尽"句,正可与下句互参。

〔4〕"《天问》"句:是说自己忧国忧民,不满现实,有许多疑问,即使上天有灵也难以回答。《天问》,《楚辞》篇名,屈原作。此句可参《夜坐》"平生不蓄湘累问"句及注。

〔5〕"《阴符》"句:是说自己的意见、谋略根本不会被当权者采纳实施,切不要空加疏陈。《阴符》,传说为先秦的一部古兵书,即历代史志著录于兵家的《周书阴符》,为依托之作。兵书多言计谋、策略,这里借指自己有关国事的谋略。以上二句皆为怀才不遇的感慨。

〔6〕"晓来"二句：写自己交游虽广，但既无故旧深交，又无势要之士。客籍，登记宾客的名册。《战国策·楚策》载：汗明见春申君，春申君很高兴，"召门吏为汗先生著客籍"。差夸富，差可夸耀其数之多。湘南剑外，指湖南四川等边远地区，与京师相对。剑，剑阁。湘南剑外民，既指新交，又说明非朝中权势之人。次年所作《述怀呈姚侍讲》诗序"至丙戌，复至京师"，"客籍皆变易"等语及本诗注〔3〕所引"卅年父执朝士尽"句，皆可与此两句互参。

其三

我所思兮在何处？胸中灵气欲成云〔1〕。槎通碧汉无多路，土蚀寒花又此坟〔2〕。某水某山迷姓氏，一钗一佩断知闻〔3〕。起看历历楼台外〔4〕，窈窕秋星或是君〔5〕。

〔1〕"我所"二句：为自悼之词，思念自我之秋魂。下句写才气雄豪。灵气，精灵之气，指才气。成云，韩愈《杂说》："龙嘘气成云。"
〔2〕"槎(chá 察)通"二句：是说自己本怀有身居朝廷要职、有所作为的志向，但受到摧残而遭埋没。槎通碧汉，乘槎通往碧天河汉。槎，木筏。《博物志》："天河与海通，近世有人居海渚者，年年八月有浮槎去来不失期。人有奇志，立飞阁于槎上，多赍粮，乘槎而去。至一处，有城郭伏，居舍甚严，遥望宫中多织妇。见一丈夫牵牛渚次饮之，此人问：'此是何处？'答曰：'君还至蜀郡，访严君平则知之。'后至蜀，问君平。曰：'某年月日有客星犯牵牛宿。'计年月正是此人到天河时也。"《荆楚岁时记》亦引此传说，谓此人即张骞。无多路，没有多少路程。是说原以为不难达到。按，作者虽已在朝廷，但官微职卑，每以客星自比，如《己亥杂诗》其四三云："联步朝天笑语馨，佩声耳畔尚泠泠。遥知下界觇乾象（天

象),此夕银潢少客星。"(自注:别共事诸宗室。)其五一云:"客星烂烂照天潢,许署头衔著作郎。"寒花,自比身世。按作者每以落花比喻自己的沦落。如词《减兰·人天无据》:"若怪怜他,身世依然是落花。"《己亥杂诗》:"终是落花心绪好,平生默感玉皇恩"(其三)、"落红不是无情物,化作春泥更护花"(其五)、"鹤背天风堕片言,能苏万古落花魂"(其二四七)。

〔3〕"某水"二句:用借喻手法写失去理想的自身誓与妻子共隐山水之间,隐名埋姓,与世隔绝。钗,妇女头饰,借指妇女。佩,男子腰佩,借指男子。一钗一佩,合指夫妻两人。作者本年所作《寒月吟》,第一首与其妻共述偕隐之志云:"夜起数山川,浩浩共月色。不知何山青?不知何川白?幽幽东南隅,似有偕隐宅。……相期买一丘,毋远故乡故。而我屏见闻,而汝养幽素……南向发此言,恍欲双飞去。"可与此二句互参。

〔4〕历历:分明的样子。

〔5〕秋星:指犯牵牛宿之客星,谓自己秋魂之化身。词《减兰·咏牵牛》云:"秋期此度,秋星淡到无寻处。"

这三首诗作于道光六年(1826)秋,为作者自悼身世之辞。其一以秋天比喻自己悲凉的心境,以秋魂比喻自己飘零的身世,慨叹操美德重,志高情深,但不容于上层社会,独自沦落,残魂难招。其二用直陈之笔,写自己的现实处境:官微职卑,理想难遂;新知交浅,老辈凋零,世无知音,孤独无援。其三以寒花、秋星自喻,认为既遭弃置,与谢世无异,誓欲坚守节操,隐没一生。思想深刻,感情委婉,声律和谐,对仗工稳,为精致的律诗佳作。第一、三首借鉴《楚辞·招魂》表现手法,富有浪漫主义色彩。

寒月吟有序(五首选二)

《寒月吟》者,龚子与妇何共幽忧之所作也[1]。相喻以所怀[2],相勖以所尚[3],郁而能畅者也[4]。

其二

双飞去未能[5],月浸衣裳湿[6]。愀焉静念之[7],劳生几时歇[8]?劳者本庸流,事事乏定识[9]。朴愚伤于家[10],放诞忌于国[11]。皇天误矜宠,付汝忧患物[12]。再拜何敢当,藉以战道力[13]。何期闺闱中,亦荷天眷别[14]?多难淬心光,黾勉共一室[15]。忧患吾故物[16],明月吾故人[17]。可隐不偕隐,有如月一轮,心迹如此清,容光如此新[18]。

〔1〕何:何吉云,作者于嘉庆二十年(1815)续娶的妻子,为浙江山阴何裕均之女。何裕均事迹,见作者《江南安庆府何公墓表铭》。幽忧:深沉的忧患。欧阳修《送杨寘序》:"余尝有幽忧之疾。"

〔2〕"相喻"句:是说互相告慰各自的情怀。喻,告晓。

〔3〕"相勖"句:是说互相勉励各自的志向。

〔4〕"郁而"句:承上而言,是说由于互喻、互勉,虽有深忧,一旦郁结而能舒畅。

〔5〕"双飞"句:是说本欲一起归隐而未能实现。此为原第二首。第一首写与妻共谋偕隐,参见《秋心三首》其三注〔3〕。

〔6〕月浸:素有月光如水之喻,故称。

〔7〕愀(qiǎo巧):忧愁的样子。

〔8〕劳生:劳苦之人生。《庄子·大宗师》:"夫大块(大地)载我以形,劳我以生,佚我以老,息我以死。"

〔9〕"劳者"二句:自谓,是说忧劳者本平庸之辈,对事事缺乏定见。

〔10〕"朴愚"句:是说自己呆板愚拙,不能持家,为家人所悲。

〔11〕"放诞"句:是说自己傲岸不群,言行狂诞,为国家世俗所忌。放诞,实指不拘礼法的行为和越出封建正统的思想。作者思想犀利,敢于直言,多触犯时忌,参见《十月廿夜,大风不寐,起而书怀》,又如"一山突起丘陵妒"(《夜坐》)、"侧调安能犯正声"(《驿鼓三首》)、"俭腹高谈我用忧"(《己亥杂诗》其三〇三)、"我当少年时,盛气何跋扈!……蹉跎复蹉跎,造物尚我妒。一官虱人海,开口见觝牾。"(《题兰汀郎中园居三十五韵》)、"苦不合时宜,身名坐枯槁"(《乞籴保阳》)、"性懒情多兼骨傲"(词《贺新凉·梦断秋无际》)等。

〔12〕"皇天"二句:是说上天误加怜惜宠爱,把忧患作为礼物赏赐给你。实为反语,明明是惩罚,却说成恩宠。皇天,上天,暗喻皇帝。矜,惜。

〔13〕"再拜"二句:是说隆重再拜,何敢当此厚赐,决心借忧患来磨炼道力。道力,某种学说、信仰的力量。这里的道又指当时尊奉的正统儒道,即宋儒所借题发挥的存"天理"、灭"人欲"的道学,如朱熹解释伪《古文尚书·大禹谟》"人心惟危,道心惟微"说:"人心,人欲也;道心,天理也。所谓人心者,是血气和合做成;道心,是本来禀受得仁义礼智之心。"(《朱子全书·尚书》)又说:"天理只是仁义礼智之总名(总体),仁义礼智便是天理之件数(分体)。"(《答何叔京书》)按,此两句亦为反语,尽管"道学宗风毕竟尊"(《荐主周编修贻徽属题小像,献一诗》),尽管早就有人劝作者:"唯愿足下循循为庸言之谨,抑其志于东方尚同之学

(指道学),则养德养身养福之源,皆在乎此。"(《定盦先生年谱外纪·王芑孙复书》),但作者对道学始终是采取怀疑、鄙弃的态度,如说:"道力战万籁,微芒课其功。不能胜寸心,安能胜苍穹?""兰台序九流,儒家但居一。诸师自有真,未肯附儒术。后代儒益尊,儒者颜益厚。……或言儒先亡,此语又何如?"(《自春徂秋,偶有所触,拉杂书之,漫不诠次,得十五首》)

〔14〕"何期"二句:是说哪里意想到自己的妻子,也跟着自己蒙受到上天眷顾的特殊待遇。此乃自幸之词,亦为反语。闺闱,内室,借称妻室。荷,承受。天眷,上天的眷恋。别,特殊、特异。

〔15〕"多难"二句:是说多难可以淬炼心灵之美,愿与妻子齐心努力接受考验。淬(cuì翠),淬火,锻造金属工具为增加硬度的一种热处理方法,比喻人刻苦锻炼。心光,佛家语,本谓佛之慈悲心所照之光明。这里指心灵的光洁。黾(mǐn敏)勉,努力,勉力。下句本《诗经·邶风·谷风》"黾勉同心"之意。

〔16〕"忧患"句:参见《赋忧患》"故物人寰少,犹蒙忧患俱"二句及注。然此句于忧患称故物,并与下句故人对举,则只限于指随身旧物,不包括故友在内。

〔17〕"明月"句:袭用李白《月下独酌》其一"花间一壶酒,独酌无相亲。举杯邀明月,对影成三人"诗意。

〔18〕"可隐"四句:是说偕隐之志虽不得如愿以偿,但身处浊世,不染污秽,心清容新,有如明月。

其四

我生受之天,哀乐恒过人〔1〕。我有平生交,外氏之懿亲〔2〕。
自我慈母死,谁馈此翁贫〔3〕?江关断消息,生死知无因〔4〕。

93

八十罹饥寒[5],虽生犹僇民[6]。昨梦来哑哑,心肝何清真[7]!翁自须发白,我如髫卵淳[8]。梦中既觞之[9],而复留遮之[10],挽须搔爬之,磨墨揄挪之,呼灯而烛之,论文而哗之[11]。阿母在旁坐,连连呼叔爷[12]。今朝无风雪,我泪浩如雪;莫怪泪如雪,人生思幼日。(自注:谓金坛段玉立,字清标,为外王父段若膺先生之弟[13]。)

〔1〕"我生"二句:是说自己秉受天性,感情深沉,或哀或乐总是胜过别人,含有真挚、强烈、不假做作之意。《己亥杂诗》其一七〇云:"少年哀乐过于人,歌泣无端字字真。既壮周旋杂痴黠,童心来复梦中身。"《自春徂秋,偶有所触,拉杂书之,漫不诠次,得十五首》其七云:"论交少年场,岁月逝骎骎。少年太飞扬,由哀乐不深。"又《歌哭》一诗,皆可与此互参。

〔2〕"我有"二句:即诗末自注所云其外祖父段玉裁之弟段玉立。外氏,外祖。懿亲,犹云至亲,语出《左传·僖公二十四年》:"如是则兄弟虽有小忿,不废懿亲。"杜预注:"懿,美也。"作者《丙戌秋日,独游法源寺,寻丁卯戊辰间旧游,遂经过寺南故宅,惘然赋》亦忆及少时与从外祖段玉立相处情景:"髫年抱秋心,秋高屡逃塾。宕往不可收,聊就寺门读。……一叟寻声来,避之入修竹。叟乃喷古笑,烂漫晋宋谑。寺僧两侮之,谓一猿一鹤。归来慈母怜,摩我百怪腹。……千秋万岁名,何如小(一作少)年乐?"诗末自注云:"叟为金坛段清标,吾母之叔父也。"

〔3〕"自我"二句:是说自从我慈母故去以来,还有谁接济这老人的贫困?馈(kuì溃),以物赠人。这里是接济、资助之意。

〔4〕"江关"二句:是说江河城关隔断了消息,无法得知活着还是死了。无因,无由,无所凭借。

〔5〕八十:段玉立生于乾隆十三年(1748),至此道光六年(1826),

虚岁已七十九,举成数言八十岁。罹(lí离):遭受。

〔6〕"虽生"句:是说虽然活着,也不过是个受屈辱的人。僇民,受屈辱的人。僇,同"戮",辱。语出《庄子·大宗师》:"丘(孔子),天之僇民也。"

〔7〕"昨梦"二句:写段氏入梦,言态和气,心地善良纯真。哑哑,笑语声。《周易·震》:"笑言哑哑。"清真,犹如纯真。

〔8〕髫卯(tiáo guàn 条贯):古代儿童的发式,借指孩童。髫,小孩下垂的头发。卯,儿童束发成两角的样子。淳:单纯,天真。

〔9〕觞(shāng 伤)之:请他饮酒。觞,酒杯,这里作动词用。

〔10〕留遮:挽留。

〔11〕"挽须"四句:通过写嬉戏玩笑,表现亲密无间的关系。挽须,揪着胡须。搔爬,在身上抓挠,使其发痒,俗语所谓胳肢。"磨墨"句:是说研墨写诗文加以戏弄。揄揶,当作揶揄,同"挪揄"、"邪揄",举手嘲弄。《后汉书·王霸传》:"市人皆大笑,举手邪揄之。"烛,照。"论文"句:是说与他一起讨论文章,吵他个不宁。

〔12〕"阿母"二句:是说母亲坐在一旁,眼见儿子对从外祖的嬉戏纠缠,无可奈何,颇感内疚,不由痛惜地连连呼唤叔叔。

〔13〕外王父:外祖父。段若膺:段玉裁,字若膺。

这组诗共五首,作于道光六年(1827)年底,时在北京。其内容正如序称自与其妻何吉云"岁暮共幽忧之所作也"。前三首为与其妻共相言志述怀之作,后两首为思念旧亲故交之作。这里选了第二、四两首。第二首写欲与妻偕隐,未遂愿,终难摆脱险恶环境,相勉临忧患而不惧,共葆其洁美情操。第四首梦忆与从外祖父段玉立的忘年之交,彼此亲密平等,纯真无猜,写得至为感人,不仅抒发了深切怀念之情,也表露了对人间关系的美好理想。

释言四首之一

东华环顾愧群贤[1]，悔著新书近十年[2]。木有文章曾是病，虫多言语不能天[3]。略耽掌故非助济，敢佗心期在简编[4]？守默守雌容努力，毋劳上相损宵眠[5]。

　　[1]"东华"句：是说自己任官内阁，甚感不才，有愧于同僚。可与《秋心》其二"忽筮一官来阙下，众中俯仰不才身"互参。表面自谦，实为讽语，言外之意"群贤"无非庸碌唯诺之辈。东华，东华门，紫禁城的东南门。清王朝内阁官署即在东华门内。内阁长官为大学士，下有协办大学士、内阁学士、侍读学士、中书等官员。作者任内阁中书，至此已为时六年。

　　[2]新书：指批判时政，倡言改革的文章。按作者初露锋芒的《明良论》作于嘉庆十九年（1814），距此十二年。同时有《尊隐》。《乙丙之际塾议》作于嘉庆二十年至二十一年之间，距此整十年。以后又连续写了《平均篇》、《东南罢番舶议》（已佚）、《西域置行省议》、《古史钩沉论》等。

　　[3]"木有"二句：是说树木有好的质地纹理会招致祸害，虫鸟多鸣不能任其自然以尽天年，以喻自己恃才而积极用世，不平而议论直言，故遭祸患。"木有"句：《庄子·人间世》载：匠石选木料来到齐国，行至曲辕，见到栎社树（神社旁的栎树），奇大无比，参观者像赶集一样。匠石行而不顾，随行徒弟纳闷，匠石说："散木也（无用之物），以为舟则沉，以为棺椁则速腐，以为器则速毁，以为门户则液樠（多出脂液），以为柱则

蠹,是不材之木也,无所可用,故能若是之寿。"匠石归,栎社托梦说:"女将恶乎比予哉(以什么比我)?若将比予于文木邪?夫柤梨桔柚果蓏之属,实熟则剥,剥则辱,大枝折,小枝泄,此以其能苦其生者也,故不终其天年而中道夭,自掊击于世俗者也。"郭象注:"凡可用之木为文木。"成玄英疏:"可用文木也。"又称"有用文章之木"。庄子借此寓言宣扬自行愚拙,避世全身的道理。作者用此典则抒发不平,感慨怀才志士身遭迫害,平庸俗辈反被重用。"虫多"句:《庄子·庚桑楚》:"唯虫能虫,唯虫能天。"虫,鸟兽虫鱼之通称。天,任其自然,尽其天年之意。

〔4〕"略耽"二句:是说稍微喜好留意前代掌故,并不是为了匡时济世,更何敢存奢望于著述成名。此为自谦、自解之词,作者实有壮志,参见《漫感》、《飘零行》、《己亥杂诗》其七六等诗。耽,耽玩,喜好研究。掌故,前代制度、事例、故实。《上大学士书》有云:"内阁为掌故之宗"。勖,当作"匡"。侈,奢,过分。这里作动词用。心期,心愿、志向。简编,古时书籍编简成册,称为简编,这里指著述。

〔5〕"守默"二句:是说要求沉默寡言,柔弱畏缩,请让我努力去做,不要再使达官贵人费心劳神,夜间失眠。实为反语,"容努力"只是试着努力去做,并不一定能真正做到,肯定"上相"还是要眠不宁的。守默,沉默而不多事之意。《汉书·扬雄传》载其《解嘲》曰:"是故知去知默,守道之极。"《云笈七签》:"守默不移,故能广载。"守雌,《老子》:"知其雄,守其雌,为天下谿。"吴澄注:"雄谓刚强,雌谓柔弱。"上相,对宰相的尊称。清时不设宰相,内阁大学士即相当于宰相。

这首诗作于道光六年(1826)。据题原有四首,仅存一首。近十年来,作者批判现实,倡言改革,写了不少锋芒毕露的文章,发表了不少惊世骇俗的言论,多触时忌,冒犯上层,给自己带来不少忧患。此诗表面上是自愧、自悔、自解之作,其实多用反语,曲折地表现了顽强不屈的斗争精神。释言,语出《国语·晋语》:"骊姬使奄楚以环,释言。"韦昭注:"释言,以言自解释也。"唐朝韩愈被人在宰相郑䋣、翰林学士李吉甫等人面前横加毁谤,曾作《释言》以自解。去年作者有《上大学士书》(开头称"中书仕内阁,糜七品之俸,于今五年",知写于道光五年。上书末署道光九年,当误),条陈改革之见,中多"感慨奋激"之词,此诗之作或与上书触怒大学士有关。

自春徂秋,偶有所触,拉杂书之,漫不诠次,得十五首(选七首)

其二

黔首本骨肉[1],天地本比邻[2]。一发不可牵,牵之动全身[3]。圣者胞与言[4],夫岂夸大陈[5]?四海变秋气,一室难为春[6]。宗周若蠢蠢,䄂纬烧为尘[7]。所以慷慨士[8],不得不悲辛。看花忆黄河,对月思西秦[9]。贵官勿三思,以我为杞人[10]!

[1] 黔(qián钳)首:古代对老百姓的称呼。先秦称老百姓为黎民,秦始皇二十六年"更名民曰黔首"(《史记·秦始皇本纪》)。黎、黔皆为黑色之义。骨肉:同胞骨肉。

[2] 比(bǐ笔)邻:近邻。

[3]"一发"二句:紧承上两句,比喻事物的互相联系、牵制。作者

《上大学士书》说:"但天下事有牵一发而全身为之动者,不得不引申触类及之也。"

〔4〕圣者:圣明的人,此指张载。张载(1020—1077),字子厚,陕西凤翔县横渠镇人,学者称为横渠先生,为北宋"关学"的祖师。他的哲学思想主要是唯物主义的,对后世影响很大;但又杂有严重的唯心主义成分,被理学家片面宣扬,把他尊奉为圣贤,令其陪祀孔庙。胞与言:指张载《西铭》一文中"民,吾同胞;物,吾与也"的说法,意思是万民是我的同胞,万物是我的党与,天下浑然一体。《西铭》是宣扬以"孝"为核心的封建伦理道德的唯心主义作品,深受程颢、程颐重视,把它与《孟子》相提并论。龚自珍引用此语,借以说明天地万物的互相关联。

〔5〕"夫岂"句:是说难道这是夸大其辞吗?陈,陈述。

〔6〕"四海"二句:是说天下若变成萧瑟的秋天,一家难以保持繁荣的春色。四海,古时认为中国四面临海,以四海为中国、天下之称。秋气,《楚辞·九辩》:"悲哉秋之为气也。"《礼记·月令》:"孟秋之月,杀气浸盛,阳气日衰。"

〔7〕"宗周"二句:是说国家如有动乱,寡妇的织物也要化为灰尘。意即国家有难,将危及人人。典出《左传·昭公二十四年》:郑大夫大叔对晋范献子说:"抑人亦有言曰:'嫠不恤其纬,而忧宗周之陨',为将及焉(危及自己)。今王室实蠢蠢焉,吾小国惧矣!然大国之忧也。"嫠,或作"釐",寡妇。纬,织作用的横丝叫纬,这里泛指织物。宗周,周王朝。按宗法制度,周天子为天下所宗,故称宗周。《诗经·小雅·正月》:"赫赫宗周,褒姒灭之。"蠢蠢,动乱的样子。作者引此说明国破家亦不保的道理,正与上两句相应。

〔8〕慷慨士:指忧虑国事、意气激昂的有志之士。

〔9〕"看花"二句:是说忧念国事无心观花赏月。看花、对月,联系下文,暗含讽意,是说不甘与达官贵人同流合污,沉醉于太平假象。忆黄

河,想起河工未治,黄河水患不已。按有清一代,嘉庆道光年间黄河水患严重,据魏源《筹河篇中》,当时开封、徐州一带,河身比清初淤高数丈,以致咸丰六年在河南兰封县决口,造成历史上第六次改道入海(即今河道)。作者一向十分关心黄河水患,嘉庆二十五年(1820)所作《咏史》其一,写了当年秋天黄河在河南决口,泛滥入海的情况,中有"金銮午夜闻乾惕,银汉千寻泻豫州","云梯关外茫茫路,一夜吟魂万里愁"等句。作者作此诗的前一年,黄河下游又泛滥成灾,道光六年谕旨中有"现在淮扬及安东、海沭一带(按当时黄河由淮河故道入海)皆成巨浸,小民荡析离居,饥寒交迫"(《清实录》)等语。思西秦,惦念西部边疆不宁。西秦,晋时十六国之一,都金城(今甘肃省兰州市西北),割有今甘肃省南部地区。又隋大业末,金城府校尉起兵反,自号西秦霸王,称帝于兰州。这里泛指西北地区。按新疆回族上层贵族张格尔自嘉庆末年叛乱,去年曾掀起高潮,至今仍未平息。

〔10〕"贵官"二句:是说达官贵人不必谨慎多思,把我当作过虑的杞人好了!三思,《论语·公冶长》:"季文子三思而后行。"杞人,《列子·天瑞》:"杞国有人忧天地崩坠,身无所寄,废寝食者。"

这十五首诗作于道光七年(1827)春至秋期间,或感念国事,或慨叹身世,或评论艺文,内容丰富,生动感人。这里选了其二、其三、其五、其六、其九、其十、其十五,凡七首。这第二首表现了作者洞察危机的卓识,感时忧国的深情,并对醉生梦死的达官贵人作了揭露、批判。

其三

名理孕异梦〔1〕,秀句镌春心〔2〕。庄骚两灵鬼,盘踞肝肠深〔3〕。古来不可兼,方寸我何任〔4〕?所以志为道〔5〕,淡宕生微吟〔6〕。一箫与一笛,化作太古琴〔7〕。

〔1〕"名理"句:是说深刻的哲理寓于奇幻梦境之中。旨在说明《庄子》散文既富于深刻的哲理,又富于奇幻的想象,二者融为一体的特点。名理,犹云哲理,这里指"物化"之理,详下。异梦,奇异的梦。《庄子·齐物论》:"昔者庄周梦为胡蝶,栩栩然胡蝶也,自喻适志与,不知周也。俄然觉,则蘧蘧然周也。不知周之梦为胡蝶与?胡蝶之梦为周与?周与胡蝶,则必有分矣,此之谓物化。"庄子,名周。这则寓言说庄周作梦化为蝴蝶,不知有己,醒后才又感到自己的存在。但又不知是庄周在梦中化为蝴蝶,还是蝴蝶在梦中化为庄周?这样两种东西的转化,就叫做物化。

〔2〕"秀句"句:是说秀丽的句子铭刻着心迹。旨在说明屈原的诗作词句形象优美、感情真挚炽烈的特点。镌(juān捐),刻。春心,语出屈原《招魂》:"湛湛江水兮上有枫,目极千里兮伤春心。"这里泛指丰富激荡的思想感情。龚诗中亦多袭用此语,如"秋士多春心"(《秋夜花游》),"一寸春心红到死"(《题盆中兰花四首》其三)等,则指顽强乐观的精神。

〔3〕"庄骚"二句:紧承前两句,是说庄子和屈原的作品,像两个不灭的灵鬼,深深盘踞着自己的心灵,写庄、屈作品对自己影响之深。骚,屈原的《离骚》,泛指屈原作品。

〔4〕"古来"二句:是说庄子和屈原两种风格,古来难以兼容并包,我区区之心何能承受?作者《最录李白集》说:"庄、屈实二,不可以并,并之以为心,自白始。"方寸,指心。古时称心方寸之地。

〔5〕"所以"句:紧承上两句,是说以此作为追求、向往的目标。所以,以此。志,意向。道,道路,引申为准则。

〔6〕淡宕(dàng荡):恬静而奔放。微吟:轻声吟咏,指诗歌。

〔7〕"一箫"二句:比喻熔庄、屈为一炉,形成高古的韵味和风格。

箫,幽深的箫声。笛,激越的笛声。分别比喻庄、屈各自不同的风格。太古琴,远古的琴声。白居易《废琴诗》:"丝桐合为琴,中有太古声。"这里借用其语意,比喻自诗古朴高雅的风格。

这首诗评述了同属浪漫主义的《庄子》和《楚辞》的不同艺术特色,并立志熔二者为一炉,创造独特的艺术风格。他的创作完全实现了这一愿望。

其五

朝从屠沽游,夕拉驺卒饮[1]。此意不可得,有若茹大鲠[2]。传闻智勇人,伤心自鞭影[3]。蹉跎复蹉跎,黄金满虚牝[4]。匣中龙剑光,一鸣四壁静;夜夜辄一鸣,负汝汝难忍[5]。出门何茫茫,天心牖其逞[6]。既窥豫让桥[7],复瞰轵深井[8]。长跪奠一卮,风雪扑人冷[9]。

[1] "朝从"二句:写自己与社会下层人物广泛交游。屠,屠夫。沽,卖酒的人。驺(zōu邹)卒,马夫、役卒,泛指官府役隶之人。这两句所写,并非仅是一种意愿,而是实有其事。《乙丙之际著议第十九》说:"田夫、野老、驺卒之所习熟,今学士大夫谢之,以为不屑知。自珍获知之,而以为创闻。"张祖廉《定盦先生年谱外纪》载:"在京师,尝乘驴车游丰台,于芍药深处藉地坐,拉一短衣(劳动人民所服)人共饮,抗声高歌,花片皆落。益阳汤郎中鹏过之,先生亦拉与共饮,问同坐何人,先生不答。郎中疑为仙人,又疑为侠,终不知其人。"《古学汇刊》第六编引缪荃荪云:"定盦交游最杂,宗室、贵人、名士、缁流、伧僧、博徒,无不往来。出

门则日夜不归,到寓则宾朋满座。"

〔2〕"此意"二句:是说自己以与下层人物交游为惬意,否则就像鱼骨卡在喉咙里一样不快。茹,吃。鲠(gěng耿),鱼骨。

〔3〕"传闻"二句:是说传闻智勇之人,聪敏颖悟,自我鞭策,每恐落后而伤心。鞭影,《指月录》:"阿难白佛:'外道得何道理,称赞而去?'世尊曰:'如世良马,见鞭影而行。'"意思是良马聪敏,不待抽打,见鞭影已知自行。这里引此为喻。

〔4〕"蹉跎"二句:是说白费光阴,一事无成,像把黄金抛满山谷一样可惜。蹉跎,光阴白白地过去。虚牝(pìn 聘),溪谷。《大戴礼·易本命》:"丘陵为牡,溪谷为牝。"韩愈《赠崔立之》:"可怜无益费精神,有似黄金掷虚牝。"此用其意,谓徒劳无功,不得用场。

〔5〕"匣中"四句:以宝剑喻壮志,以剑鸣喻求用,抒发自己不为世用,无法施展抱负的感慨。龙剑,晋雷焕曾在丰城县狱中屋基边土中掘得二剑,一赠张华,一自佩。后来两把宝剑先后跃入水中,化龙而逝。见《晋书·张华传》。一鸣,不时一鸣。神话传说中古帝颛顼有曳影之剑,不用时在匣中常作声,如龙吟虎啸。见《拾遗记》卷一。又李白《独漉篇》诗云:"雄剑挂壁,时时龙鸣。"

〔6〕"出门"二句:是说出门茫茫,不知去从,幸有上天诱导,得以肆志而行。天心,指天帝之心,上天的意志。见《尚书·咸有一德》。牖,通诱,诱导。《诗经·大雅·板》:"天之牖民。"逞,肆志而行。

〔7〕豫让:古侠士,战国晋人,智伯门客。赵襄子联合韩、魏击杀智伯,三家分晋。赵襄子以智伯头颅为饮器,以解其恨。豫让誓为智伯报仇,行刺赵襄子未成。又漆身为癞,吞炭为哑,以变容貌声音,伺机伏在汾桥下行刺。后被赵襄子发觉遭捕。豫让自度不能报仇,请求用剑三击赵襄子衣,以示报仇之意。赵襄子感佩他仗义,应允。豫让击衣后,遂用剑自刎。见《战国策·赵策》、《史记·刺客列传》。桥:即汾桥,在并州

103

晋阳县(今太原)东一里。

〔8〕瞰(kàn看):俯视。轵(zhǐ止):轵城,镇名,在今河南省济源县。深井:轵城的里名,为战国著名侠士聂政的故里。聂政避仇于齐,隐于屠夫之间。应韩国严遂(仲子)之托,刺杀韩相韩傀(侠累),然后坏面抉目,自屠出肠而死。见《战国策·韩策》、《史记·刺客列传》。

〔9〕"长跪"二句:是说面对古代侠士遗迹,祭奠勇士,令人肃然起敬。流露出仰慕、向往之情。

这首诗抒发了怀才不遇,隐于游侠,岁月蹉跎,有志难伸的愤慨。但作者决不消沉,引敢于为人排患解难,勇于献身,传颂千古的大侠为同调,对他们流露出无限仰慕之情。参见《送刘三》。

其六

造化大痈痔,斯言韩柳共[1]。我思文人言,毋乃太惊众[2]。
儒家守门户,家法毋徇纵[3]。事天如事亲,谁云小儿弄[4]?
我身我不有,周旋折旋奉[5]。不然命何物,夏后氏特重[6]。
亦有卫武公,靡乐在矇诵[7]。智慧固不工,趋避矧无用[8]。
一日所履历,一夕自甄综。神明甘如饴,何处容隐痛[9]?沉
沉察其几,默默课于梦。少年谰语多,斯言粹无缝[10]。患
难汝何物,屹者为汝动[11]?

〔1〕"造化"二句:是说创造化育万物的大自然与痈痔等万物本身没有本质区别,不能主宰一切,这话是韩愈、柳宗元共同说的。按,韩、柳在讨论天道时,虽都用过痈痔之类的比喻,但二人的天命观是不同的。

韩愈认为"人有疾痛倦辱饥寒甚者",呼天而怨之是不对的,"夫果蓏饮食既坏,虫生之;人之血气败逆壅底,为痈疡、疣赘、瘘痔,虫生之。木朽而蝎中,草腐而萤飞,是岂不以坏而后出耶?……吾意天闻其呼且怨,则有功者受赏必大矣,其祸焉者受罚亦大矣"。这里虽主张祸由自生,但又认为天能赏罚,陷入矛盾。柳宗元则认为:"彼上而玄者,世谓之天;下而黄者,世谓之地;浑然而中处者,世谓之元气;寒而暑者,世谓之阴阳。是虽大,无异果蓏、痈痔、草木也。……天地,大果蓏也,元气,大痈痔也,阴阳,大草木也,其乌(何)能赏功而罚祸乎?功者自功,祸者自祸,欲望其赏罚者大谬;呼而怨,欲望其哀且仁者,愈大谬也。"见柳宗元《天说》。柳宗元的观点是唯物的。上句之意,实属柳氏一人。痈(yōng庸),一种恶疮,多生在背部或项部,易并发败血症而致命。痔,痔疮,严重者发展成痔瘘,终身不治。

〔2〕"我思"二句:是说我想文人之言多夸张,这种轻蔑天命的话不是太惊众骇俗了吗?

〔3〕"儒家"二句:是说儒家门户森严,家法勿使松弛。家法,专门之学,师徒相与授受,自成一派,谓之家法。犹云独自的学术传统。徇,使。纵,放纵而失之。这两句意思是韩、柳同属儒家,但上文关于造化之言却越出儒家正统说法。参见下两句。又作者《尊命》说:"儒家之言,以天为宗,以命为极,以事父事君为践履。"

〔4〕"事天"二句:是说侍奉上天如同孝敬双亲一样,谁说可以像捉弄小孩一样对待?《礼记·哀公问》:孔子说:"是故仁人之事亲也如事天,事天如事亲,是故孝子成身。"

〔5〕"我身"二句:是说身不由己所主,必须时时恭谨,居礼从命。《礼记·哀公问》:孔子说:"古之为政,爱人为大。不能爱人,不能有其身。不能有其身,不能安土。不能安土,不能乐天。不能乐天,不能成其身。"周旋,古时一种拐圆圈的礼貌动作。折旋,一种拐直角的礼貌动作。

贾谊《新书·容经》:"旋(一作步)中(合乎)规,折中矩。"《礼记·玉藻》:"折还(同'旋')中矩。"这里以周旋泛指一切礼仪,即《论语·颜渊》中孔子所说"克己复礼","非礼勿视,非礼勿听,非礼勿言,非礼勿动"之意。作者《尊命二》说:"夫我也,则发于情,止于命而已矣。"

〔6〕"不然"二句:是说命运不可违抗,因此夏代特为尊重。《礼记·表记》:"子曰:'夏道尊命,事鬼敬神而远之,近人而忠焉。'"

〔7〕"亦有"二句:是说还有卫武公之先例,严身敬命,广泛听谏,忧而不乐。卫武公,卫国国君,名和,卫釐(僖)侯之子,共伯之弟。周宣王十六年(公元前812年)即位,周平王十三年(公元前758年)卒。《史记·卫康叔世家》:"武公即位,修康叔之政,百姓和集。四十二年(周幽王十一年,公元前771年),犬戎杀周幽王,武公将兵前往佐周平戎,甚有功,周平王命武公为公。""靡乐"句:《国语·楚语》:"昔卫武公年数九十有五矣,犹箴儆于国,曰:'自卿以下至于师长士,苟在朝者,无谓我老耄而舍我。必恭恪于朝,朝夕以交戒我;闻一二之言,必诵志(记)而纳之以训导我。'……史不失书,矇不失诵,以训御之,于是乎作懿戒以自儆也。及其没也,谓之叡圣武公。"韦昭注:"懿,《诗·大雅·抑》之篇也。懿读曰抑,《毛诗叙》曰:抑,卫武公刺厉王,亦以自儆也。"靡乐,不乐。《诗经·大雅·抑》:"昊天孔昭,我生靡乐,视尔梦梦,我心惨惨。"写忧时不乐。矇诵,盲师箴谏。

〔8〕"智慧"二句:是说自己的智慧本来就不完足精巧,不善于摆脱命运的捉弄,更何况即使躲避,也是无用的。此下转入写自己对所遭患难的态度。固,本来。工,精巧。作者《纵难送曹生》说:"龚子未得为智者徒也。"趋避,指躲避命运。矧(shěn 审),况且。

〔9〕"一日"四句:是说每日反省自己的行为,心安理得,精神愉快,更哪里容得下伤心?所履历,经历的事情。甄(zhēn 真),审查、鉴定。综,综合各种情况。又《列女传·母仪》:"推而往,引而来者,综也。"饴,

糖。隐痛,伤心。隐亦痛义。

〔10〕"沉沉"四句:写自察言语。沉沉,深入。几,微。细微之处。课于梦,通过占梦以求吉凶之兆,这是古人的迷信举动。课,卜兆,这里作动词用。谰语,逸语。指随便之言,狂诞之语。斯言,指现时成年之言。粹无缝,精粹而无懈可击。

〔11〕"患难"二句:是说患难你算什么东西,难道高尚而坚定的人会被你动摇吗?屹者,行为高尚而坚定的人,自指。屹,高耸的样子。

这首诗慨叹造化不可违逆,命运不可抗拒,困厄不可趋避。但作者自省言行,问心无愧,我行我素,泰然处之,反向患难提出反诘,以示坚定不屈。这又表现出信奉正义、忠于理想的可贵精神。参见《赋忧患》。

其九

一代功令开[1],一代人材起。虽生云礽朝,实增祖宗美[2]。曰开国之留[3],其言在青史[4]。何代无先君?何时无哲士[5]?煌煌祖宗心,斯人独称旨[6]。天姿若麟凤,宏加以切劘[7]。稽古有遥源,遵王无夐轨[8]。在昔与先民,三称口容止[9]。少壮心力殚,匪但求荣仕,有高千载心,为本朝瑰玮[10]。人或玷功令,功令不任诽[11]。屋漏胎此心,九庙赫在咫[12]。天步其艰哉,光岳钟难恃[13]。育气六合来,初日照濛汜[14]。抱此葵藿孤,斯人拙无比[15]。一夫起锄之,万夫孰指使?一夫怒用目,万夫怒用耳;目怒活犹可,耳怒杀我矣[16]!去去亦何求?买山请归尔[17]。不先百年生,难向苍苍理[18]。著书落人间,高名亦难毁。其言明且清,胡由妒神鬼〔19〕?大药可延年〔20〕,名山可送死〔21〕,死生竟何憾?将毋九庙耻〔22〕。

〔1〕功令:规定培养人材的学业课功的法令。开:公布。

〔2〕"虽生"二句:是说虽然生在晚朝后代,但成材之后确实能增加开国祖宗的美誉。云礽,即云孙、礽孙,远代子孙之称。礽,又作"仍"。《尔雅·释亲》:"子之子为孙,孙之子为曾孙,曾孙之子为玄孙,玄孙之子为来孙,来孙之子为晜(通作昆)孙,晜孙之子为仍孙,仍孙之子为云孙。"

〔3〕曰:语助词。留:久。

〔4〕青史:史册。古时以竹简记事,故称。

〔5〕哲士:贤智之士。

〔6〕"煌煌"二句:是说祖宗圣心辉煌,此人独称其美。斯人,此人,指哲士,亦自谓。称(chèn 趁),相副。旨:美。

〔7〕"天姿"二句:是说天生美姿,更加切磋琢磨,精益求精。麟,麒麟,瑞兽。凤,神鸟。切劘(mí 靡),切削,指雕琢器物,这里比喻修身。

〔8〕"稽古"二句:写借鉴往古。上句说考古鉴今有悠久的历史可据。按《尚书·尧典》:"曰若稽古帝尧",伪孔传:"若,顺。稽,考也。能顺考古道而行之者帝尧。"下句说遵先王之法无覆车之败。语出《孟子·离娄上》:"遵先王之法而过者,未之有也。"瞢(fěng 讽)轨,覆辙。车马翻覆叫瞢。

〔9〕"在昔"二句:是说口口声声称引先代遗训,不敢自专,言语恭谨,甚有威信。意出《国语·鲁语》:鲁国大夫闵马父说:"昔正考父(宋大夫)校商之名颂十二篇于周大师,以《那》为首。其辑之乱(末章乱辞)曰:'自古在昔,先民有作,温恭朝夕,执奉有恪(敬)。'先圣王之传,恭犹不敢专,称曰自古,古曰在昔,昔曰先民。"容止,威仪。

〔10〕"少壮"四句：是说竭尽少年、壮年之精力，并非只是为了求得显赫官位，更有高古之志，誓欲成为本朝奇异之士。殚(dān 单)，竭尽。匪，同非。瑰玮(guī wěi 归伟)，品质奇特。

〔11〕"人或"二句：是说有人自不成器，昏庸腐朽，玷污了功令，但功令本身是不容许诽谤的。

〔12〕"屋漏"二句：是说宗庙赫赫，近在咫尺，达官近臣竟然在助祭时仍怀不敬无耻之心。《诗经·大雅·抑》："相在尔(周厉王)室，尚不愧于屋漏。"毛传："西北隅谓之屋漏。"郑玄笺："相，助也。……诸侯卿大夫助祭在女(周厉王)宗庙之室，尚无肃敬之心，不惭愧于屋漏。……屋，小帐也；漏，隐也。礼，祭于奥(西南隅)既毕，改设馔于西北隅而厞隐之处，此祭之末也。"胎，孕育，萌生。九庙，帝王宗庙。古代帝王立七庙以祭祖先，至王莽增建黄帝太初祖庙和帝虞始祖昭庙，共九庙。见《汉书·王莽传》。后来历代封建王朝皆沿用九庙。

〔13〕"天步"二句：是说国运艰难，帝王不亲自图治，辅国大臣当难以依靠。《诗经·小雅·白华》："天步艰难，之子(旧说指周幽王)不犹(图)。"《诗经·大雅·抑》："天方艰难，曰丧厥(旧说指周厉王)国。"光岳，三光(日、月、星)五岳，以喻辅国大臣。钟，当。《明良论二》写大臣苟且偷生："如是而封疆万万之一有缓急，则纷纷鸠燕逝而已，伏栋下求俱压焉者鲜矣。"

〔14〕"肓气"二句：比喻衰落的形势。肓气，已入膏肓之病气。古代医学把心尖脂肪叫膏，心脏和膈膜之间叫肓，病入膏肓，则不治，见《左传·成公十年》。后用以比喻事情糟到不可挽救的地步。肓，旧校云：一本作"盲"。肓气，则晦暗之气。六合，上下四方。初日，初升之日。照濛汜，照耀在日入之处，意思是已临没落。濛汜，日入之处。《楚辞·天问》："出自汤谷，次于蒙汜。"

〔15〕"抱此"二句：写自己怀有孤忠，始终不渝，而不会投机取巧，

109

愚拙无比。葵藿孤,像葵藿向日一样对君上始终不渝的孤忠。曹植《求通亲亲表》:"若葵藿之倾叶,太阳虽不为之回光,然向之者诚也。臣愿自比葵藿。"葵,锦葵科植物,有锦葵、蜀葵、秋葵、冬葵等。藿,豆叶。葵、藿皆为粗贱植物,其叶又有明显的向日性,故有此喻。拙,含有愚直之意。《论语·卫灵公》:"子曰:'直哉史鱼! 邦有道,如矢(像箭一样直);邦无道,如矢。君子哉蘧伯玉! 邦有道,则可卷而怀之(把才能藏而不露)。'"作者这里是采取史鱼的态度。

〔16〕"一夫"六句:写自己不为上层社会所容,受到仇视、诽谤。参见《十月廿夜,大风不寐,起而书怀》。怒用目,当面怒目而视。怒用耳,听信流言蜚语,随声附和,愤怒谴责。

〔17〕买山:归隐之意。《世说新语·排调》:"支道林就深公买印山,深公答曰:'未闻巢由(传说尧时的高士巢父与许由)买山而隐。'"

〔18〕"不先"二句:是说不早生百年以逢盛世,难向苍天论理。苍苍,深青色,指天。《尔雅·释天》:"穹苍,苍天也。"郭璞注:"天形穹窿,其色苍苍,因名云。"

〔19〕妒神鬼:使神鬼忌妒,《酉阳杂俎》:"临清有妒妇津。相传晋太始中,刘伯玉妻段氏,字明光,性妒忌。伯玉常于妻前诵《洛神赋》,曰:'娶妇得如此,吾无憾矣。'明光曰:'君何得以水神美而轻我! 吾死,何愁不为水神?'乃自沉而死,托梦语伯玉曰:'吾今得为神矣。'有妇人渡此津者,皆坏衣枉妆,然后敢济;不尔,风波暴发。丑妇虽妆饰而渡,其神亦不妒矣。"后以神鬼妒指忌贤妒能的庸俗心理和卑鄙行径。

〔20〕大药:古代术士、隐士所服以求长生之药。

〔21〕"名山"句:是说隐于名山,足以了此一生。

〔22〕"将毋"句:是说或不会有耻于皇帝朝廷之事吧? 与"屋漏"二句相对照。将无,疑而未决之辞。

这首诗写自己虽生于晚代,但能继开国士人之美质;虽生于衰世,但能存伤时救国之赤心;不甘随世阿俗,醉生梦死,与官场同流合污,以致遭到恶毒的诽谤,残酷的迫害。面对险恶的现实处境,作者毫不妥协,随时准备与之决绝。但对作者来说,又不可能产生新制度的理想,所以在批判现实时,照例只能回顾前朝所谓"盛世",难免多幻想、美化之词。参见《乙丙之际著议第九》。

其一〇

兰台序九流,儒家但居一〔1〕。诸师自有真〔2〕,未肯附儒术。后代儒益尊〔3〕,儒者颜益厚。洋洋朝野间,流亦不止九〔4〕。不知古九流,存亡今孰多〔5〕?或言儒先亡,此语又如何〔6〕?

〔1〕"兰台"二句:是说班固在《汉书·艺文志》中把诸子分为十派,其中著名者九派,儒家不过只居其一而已。兰台,汉时宫中藏书之处,由御史中丞掌管,后又置兰台令史,负责典校图书,治理文书。汉明帝时任命班固为兰台令史,这里指班固。九流,见《十月廿夜,大风不寐,起而书怀》注〔7〕。

〔2〕诸师:指其他诸家之师。真:真理,真传。

〔3〕后代:指汉以后诸朝。儒益尊:儒家地位更加尊贵。按,汉以后历代统治者皆尊儒。至宋,儒学发展为程朱理学,被统治者推崇到绝对权威的地位。其后元明清三朝,定朱熹的《四书集注》为封建知识分子必读的教科书,朱熹对《五经》的解释为科举考试的标准答案,理学成为封建统治者的御用哲学,被奉为全社会的精神信条。作者具有明显的反理学思想,这里对儒家的鄙薄即包含反理学的重要成分。

〔4〕"洋洋"二句:是说实际存在于官方民间的学派种类又有增多,

已不限于九类。意思是儒家所占据的地位更为缩小。

〔5〕"不知"二句：是说不知古时九流的学说，至今谁家保存的多？谁家佚亡的多？

〔6〕"或言"二句：是说有人认为儒家必将先亡，这话又怎么样呢？末句用反问以表示肯定，对儒家的前途抱怀疑态度。

自从汉武帝罢黜百家、独尊儒术以后，儒家思想被历代统治者奉为正宗，特别是到宋代，演变为程朱理学，成为后世封建社会的精神枷锁。这首诗不仅表现了作者在学术上对儒家的鄙薄，同时也表现了作者在思想上对封建正统的叛逆。

其一五

戒诗昔有诗，庚辰诗语繁〔1〕。第一欲言者，古来难明言。姑将谲言之〔2〕，未言声又吞。不求鬼神谅，矧向生人道〔3〕？东云露一鳞，西云露一爪。与其见鳞爪，何如鳞爪无？况凡所云云，又鳞爪之馀〔4〕。忏悔首文字，潜心战空虚〔5〕。今年真戒诗，才尽何伤乎〔6〕！

〔1〕"戒诗"二句：是说关于戒诗以前有诗谈及，庚辰年这类诗语就很多。庚辰，嘉庆二十五年（1820）。这年秋天作者第一次戒诗，作《戒诗五章》，"诗语繁"即指这五首诗。但次年夏就破戒了，道光七年（即本年，1827）十月所作《跋破戒草》说："余自庚辰之秋，戒为诗，于韬语言、简思虑之指言之详，然不能坚也。辛巳夏，决藩柂为之，至丁亥（道光七年）十月，又得诗二百九十（一本无"十"字）篇，自周迄近代之体，皆用

之;自杂三四言,至杂八九言,皆用之。不自割弃,而又诠次之,录百二十八篇,为《破戒草》一卷。又依乙亥、庚辰两例,存馀集(即《破戒草之馀》),凡五十七篇,亦一卷。大凡录诗百八十四篇,删勿录者,尚百五篇。"

〔2〕谲(jué决)言:隐晦曲折地把话说出。谲,不直言。《诗大序》:"主文而谲谏",郑笺:"谲谏,歌咏依违不直谏。"《玉篇》:"谲谏,依违不直言也。"

〔3〕"不求"二句:是说连鬼神都得不到谅解,更何况对活着的人说。参见《观心》"呼梦鬼论文"句及注。

〔4〕"东云"六句:以云中之龙只露鳞爪,不见主体为喻,写在思想禁锢的高压政策下,不敢明言、畅言之苦,说明戒诗的根由。《唐诗纪事》:"长庆中,元微之、刘梦得、韦楚客同会乐天舍,论南朝兴废,各赋《金陵怀古诗》,刘满引一杯,饮已即成。白公览诗曰:'四人探骊龙,子先获珠,所馀鳞爪何用邪?'于是罢唱。"鳞爪已为次要剩馀之物,而作者所能言者又是鳞爪之馀,离开主体绝远。

〔5〕"忏悔"二句:是说人之忏悔应首先从文字写作上着手,一定塌下心修炼,排除心念。参见《观心》、《忏心》。"忏悔"句:《己亥杂诗》其六二云:"古人制字鬼夜泣,后人识字百忧集。"可参。这里后句取苏轼《石苍舒醉墨堂》诗"人生识字忧患始,姓名粗记可以休"意。文字既是忧患之始,忏悔亦必从文字着手。"潜心"句:作者词《凤栖梧·谁边庭院谁边宅》云:"枕上逃禅,遣却心头忆。禅战愁心无气力,自家料理回肠直。"可参。

〔6〕"今年"二句:是说今年真的要戒诗了,被别人说成才尽又何妨呢。才尽,才气枯竭。南朝梁时文学家江淹,早年即以文章著名,世称江郎。晚年才思减退,诗文无佳句,时人谓之才尽。见《南史·江淹传》。

这首诗是作者平生第二次戒诗的誓言,备述第一次破戒后难言的苦衷,委婉地表示了对统治者实行高压控制的不满和抗议。实际上作者这次仍是戒而后破,原因还是愤世之心不灭,伤时之情难息。此前,道光三年(1823),作者在《与江居士笺》中说:"别离以来,各自苦辛,榜其居曰'积思之门',颜其寝曰'寡欢之府',铭其凭曰'多愤之木'。所可喜者,中夜皎然,于本来此心,知无损已尔。……顾韬语言,简文字,省中年之心力,外境迭至,如风吹水,万态皆有,皆成文章,水何容拒之哉!"作者这次戒诗后的态度和心境仍与此相同。

西郊落花歌

出丰宜门一里[1],海棠大十围者八九十本,花时车马太盛[2],未尝过也。三月二十六日,大风,明日风少定,则偕金礼部(应城)、汪孝廉(潭)、朱上舍(祖毂)、家弟(自毂)出城饮[3],而有此作。

西郊落花天下奇,古来但赋伤春诗,西郊车马一朝尽,定盦先生沽酒来赏之[4]。先生探春人不觉,先生送春人又嗤[5]。呼朋亦得三四子,出城失色神皆痴[6]。如钱唐潮夜澎湃[7],如昆阳战晨披靡[8]。如八万四千天女洗脸罢[9],齐向此地倾胭脂。奇龙怪凤爱漂泊,琴高之鲤何反欲上天为[10]?玉皇宫中空若洗,三十六界无一青蛾眉[11]。又如先生平生之忧患,恍惚怪诞百出难穷期[12]。先生读书尽三藏[13],最喜维摩卷里多清词[14]。又闻净土落花深四寸[15],冥目观想尤神驰。西方净国未可到,下笔绮语何漓漓[16]! 安得树有不尽之花更雨新好者[17],三百六十日长是落花时?

〔1〕丰宜门:金京城(中都)南面有三门,其中之一即丰宜门。旧址约在北京右安门(俗称南西门)外西南,即在右安门与丰台之间。朱一新《京师坊巷志稿》:"考丰宜门,金之正南门,见《大金国志》。兹地当城南关厢,与《悯忠寺记》'门临康衢'之言,足资参证。"

〔2〕"海棠"二句:写丰宜门外三官庙海棠盛开时的景况。张祥河《关陇舆中偶忆编》:"京师丰宜门外三官庙海棠最盛,花时为士大夫宴集之所。"作者邀集诸人所游之地在三官庙中的花之寺。《己亥杂诗》其二〇八云:"记得花阴文宴屡,十年春梦寺门南。"自注:"忆丰宜门外花之寺董文恭公(名浩,字雅伦)手植之海棠一首。"可知此后至道光十九年(1839)十多年间,作者春时多约集同人到花之寺赏海棠。吴昌绶编《定盦先生年谱》:道光十年(1830)四月九日,徐宝善、黄爵滋约同人花之寺看海棠,作者与魏源等十二人参加(见徐宝善诗集);道光十二年春,作者招公车诸名士重集花之寺。《年谱》并引杨掌生《梦华琐簿》云:"三官庙中有花之寺,壬辰(道光十二年)初入京,龚定盦招余会公车(参加会试的举人)诸名士宋于庭、包慎伯、魏默深、端木鹤田诸公十四五人于其中。余初不知其地所在……既而庚止,则绮疏尽拓,湘帘四垂,花之寺绰楔在焉,前后皆铁梗海棠,境地清华,颇惬幽赏。"

〔3〕金礼部:金应城,浙江钱塘人。时为礼部官员,故称。汪孝廉:汪潭,字印三,号寄松,浙江钱塘人。孝廉为举人之称。朱上舍:朱祖毂,上舍为监生之称。龚自彀:作者族弟,生平未详。

〔4〕"西郊"四句:写出自己兴味的别致:一不落旧套,不赋伤春诗;二不随俗情,不赏树花,赏落花。但,只。

〔5〕"先生"二句:写自己行动不为时人所理解。嗤(chī吃),讥笑。

〔6〕"出城"句:写对落花景象惊异之状。痴,呆。

〔7〕钱唐:即钱塘江。浙江流至杭州城东南,叫钱塘江。钱塘江近海,受潮汐影响,形成壮观的江潮,最有名。以下连用比喻写落花景象。

〔8〕昆阳:地名,故城在今河南叶县境内。公元二三年刘秀(东汉光武帝)与王莽在此作战,双方军力强弱悬殊,刘秀只有八九千人,王莽军队多达四十万人。刘秀利用敌将王寻、王邑轻敌懈怠的弱点,集中精兵三千突破王莽军队的中坚,乘锐进击,大败莽军。披靡:谓兵士溃败。

〔9〕八万四千:佛经中凡谓物之众多,每举八万四千之数。天女:佛教迷信说法所谓"欲界六天"("极乐世界"和人世之间的六层天)中的女性,即《法华经》和《维摩经》中所谓的散花天女。

〔10〕"奇龙"二句:以奇龙怪凤比喻落花,是说落花像天上的奇龙怪凤一样,喜欢漂泊人间,而琴高之鲤为何反要上天?琴高,神话人物,传说周末赵人。一说他曾入涿水取龙子,乘赤鲤而出,后复入水而去。见《列仙传》卷上。一说他乘鲤升天。唐陆广微《吴地记》:"乘鱼桥在交让渎。郡人丁法海与琴高友善。……二人同行田畔,忽见一大鲤鱼,高可丈馀,一角两足双翼,舞于高田。法海试上鱼背,静然不动,良久遂下。请高登鱼背,鱼乃举翼飞腾,冲天而去。"宋梅尧臣《宣州杂诗》:"古有琴高者,骑鱼上碧天。"何……为,为何……。

〔11〕"玉皇"二句:以大女一齐下凡为喻,写落花之美盛。三十六界,即三十六天,道家迷信说法,指玉皇宫和人世之间的三十六层天。见《云笈七签》。青蛾眉,美女的代称。古代妇女用黛画眉,黛近青色,故称。蛾眉,《诗经·卫风·硕人》:"螓首蛾眉。"写妇女头发及眉毛之美。

〔12〕"又如"二句:将自己的忧患比落花,实以落花比自己的身世。恍惚,模糊,不可捉摸之意。穷期,穷尽。期,限。

〔13〕三藏:佛家语,指经、律、论三种佛典,包藏一切教义。

〔14〕维摩:指《维摩经》,即《维摩诘所说经》。维摩诘是释迦牟尼在世时的大居士,此为梵语音译名,意译为"净名"或"无垢"。天女散花的故事即出自《维摩经·问疾品》,故这里特别提到此经。

〔15〕净土:指佛国,即下文"西方净国"。佛教认为佛国为清净之地,故称。参见《能令公少年行》"莲邦"注。落花深四寸:《无量寿经》:"又风吹散花,遍满佛土,随色次第,而不杂乱,柔软光泽,馨香芬烈。足履其上,陷下四寸,随举足矣,还复如故。"

〔16〕"西方"二句:是说西方佛国自己不可能达到,一动笔丽词情语何其多也,难免不犯佛戒。绮语,佛家语,指不正的言词。《大乘义章》:"邪言不正,其犹绮色,从喻立称,故名绮语。"为佛家十恶之一,故有绮语戒。文人抒情状物的华美诗词,皆属绮语。作者《齐天乐·东涂西抹寻常有》序云:"予幼信转轮,长窥大乘,执鬼中讯巫阳,知其(谓作者自己同年举人冯晋渔)为元美后身矣。填此阕奉报,蹈绮语戒,虽未知后何如,要不免流转文字海也。"词云:"宾朋词赋,好换了青灯,戒钟悲鼓。繙遍《华严》,忓卿文字苦。"漓漓,水流的样子。这里形容言词滔滔不绝。

〔17〕"安得"句:《妙法莲华经·化城喻品》:"香风吹萎华,更雨新好者。"此句本此,但赋与更深的含义,表达了新陈代谢、生生不已的理想。

这首诗作于道光七年(1827)三月,写作的时间、地点,自序所言甚详。诗中用了一连串比喻,把落花写得生动形象,富有气势。特别值得注意的是,作者表达了对落花的复杂感情,一方面以落花自比不幸的身世,感到忧伤;另一方面他又不落"古来但赋伤春诗"的老调,而能从落花中看到新生,看到希望:"安得树有不尽之花更雨新好者,三百六十日长是落花时?"写落花是作者诗词中的一个突出题材,而且一般都熔铸着这种复杂的感情。参见《秋心三首》其三注〔2〕。作者这种不同凡俗的感情,根源于他改革图治的高尚理想。

哭郑八丈(师愈,秀水人。)

醇古淡泊士,滔滔辩有馀〔1〕。青灯同一笑,恍到我生初〔2〕。顽福曾无分,清才清不癯〔3〕。四方帆马兴,千幅凤鸾书〔4〕。为有先生在,东南意不孤〔5〕。论交三世久〔6〕,问字两儿趋〔7〕。天命虽秋肃,其人春气腴〔8〕。乡音哗謇謇,破帽侧吾吾〔9〕。傥荡为文罢〔10〕,欹斜使酒馀〔11〕。心肝纤滓尽〔12〕,孝友阖门俱〔13〕。科第中年淡〔14〕,星壬暮癖殊〔15〕。卜云来日少,笑指逝川徂〔16〕。老健偏奇绝,神明少壮无〔17〕。别离刚岁换〔18〕,问讯讶春疏〔19〕。讣至全家诧,三思忽牖予〔20〕:由来炊火绝,穷死一黔娄〔21〕;天道古如此,知之何晚欤〔22〕!不知段与李,今夕复何如〔23〕?

〔1〕"醇古"二句:写郑氏性醇寡欲,滔滔善辩。

〔2〕"青灯"二句:是说与郑氏在灯下会心谈笑,仿佛回到童年天真之时。青灯,灯光青荧,故名。恍,恍惚,仿佛。生初,生之初,指童年未入世途,不涉是非忧虑,心地单纯之时。即作者《宥情》一文所写:"予童时逃塾就母时,一灯荧然,一砚、一几时,依一妪抱一猫时,一切境未起时,一切哀乐未中时,一切语言未造时。"此时所具童心,作者诗中屡见咏及。又明李贽《焚书·童心说》:"夫童心者,绝假纯真,最初一念之本也。若夫失却童心,便失却真心;失却真心,便失却真人。人而非真,全

不复有初矣。童子者,人之初也;童心者,心之初也。"

〔3〕"顽福"二句:写郑氏无缘得世俗之福,但才性清逸而又敦实。顽福,愚顿之福,犹庸福,见《杂诗,己卯自春徂夏在京师作,得十有四首》其二注〔1〕。分,缘分。癯(qú渠),瘦。不癯,不单薄,敦厚。梅尧臣《咏梅诗》:"玉骨绡裳韵太孤,天教飞雪伴清癯。"清癯谓消瘦而有清逸之致。这里清不癯,为清而不癯之意。这两句写郑氏,亦引以自况,江标《题定盦诗集》有"清才深恐天涯少,艳福从来未必奇"句,正与此相应。

〔4〕"四方"二句:是说四方船马大动,纷纷应诏赴京参加会试。凤鸾书,即凤诏,皇帝的诏书。

〔5〕"为有"二句:是说因为有郑氏留在东南不仕,自己有志同道合之友,思想上才不感到孤独。

〔6〕"论交"句:写郑与己家为世交。三世,三代。

〔7〕"问字"句:句末自注:"余两幼儿曰橙,曰陶,丈为启蒙,设皋比焉。"皋比,虎皮。《左传·庄公十年》:"蒙皋比而先犯之。"《宋史·道学传》载,张载曾经坐虎皮讲《易》,后世遂称讲席曰皋比。

〔8〕"天命"二句:是说郑氏命运严酷,但精神乐观,意气风发。秋肃,秋天肃杀之气,以喻严酷。参见《自春徂秋,偶有所触,拉杂书之,漫不诠次,得十五首》其二注〔6〕。春气,萌发、郁勃的生气。《礼记·月令》:"季春之月……是月也,生气方盛,阳气发泄。"腴(yú鱼),丰足。

〔9〕"乡音"二句:写郑氏谈吐直率,像貌朴实。謇(jiǎn剪)謇,耿直的样子。侧,诚恳,朴实。吾吾,语出《国语·晋语》:"暇豫之吾吾,不如鸟乌。"韦昭注:"吾吾,不敢自亲之貌也。"即无私之意。

〔10〕倘(tǎng倘)荡:疏诞而无检束。为文:写作诗文。

〔11〕欹(qī欺)斜:放荡不拘礼俗,参见《十月甘夜,大风不寐,起而书怀》注〔13〕。使酒馀:用酒(喝酒)之后。

〔12〕"心肝"句:写心地纯洁。纤滓,细微的渣滓。

119

〔13〕"孝友"句：写全家和睦。孝友，孝顺父母，友爱兄弟。《论语·为政》引《尚书》佚文云："孝乎惟孝，友于兄弟，施于有政。"阖门，满门，全家。

〔14〕"科第"句：是说时到中年仕进之心就已淡薄。科第，科举。

〔15〕"星壬"句：是说晚年的癖好有所改变，已不大关心禄命。星壬，即迷信的星命之学。术数家以人生八字（人生年月日时所相当的干支）按天星运数，推算其禄命，世称星命之学。

〔16〕"卜云"二句：是说尽管卜兆说寿命不长，但是面对流逝的时光喜而不悲，毫不在意。他相信禄命，但又轻视禄命，在生死问题上比较达观。逝川，奔流的河水，比喻时光。参见《戒诗五章》其三注〔2〕。

〔17〕"老健"二句：是说老而健壮，奇绝无比，神志精明，超过正值少年、壮年之人。

〔18〕岁换：转过年。

〔19〕"问讯"句：是说正疑惑入春以来书信问候忽然稀少。讶，疑怪。

〔20〕"讣至"二句：是说讣告传来，全家人都很诧异，为什么竟死得这样突然，经过三思自己才想通了。三思，反复多次思考。《论语·公冶长》："季文子三思而后行。"牖（yǒu 友），窗户，引申为开导、诱导。

〔21〕黔娄：相传为春秋时齐人，修身持节，不求仕进。鲁恭公欲以为相，齐威王聘请为卿，均不就。有奇才，曾为齐破敌解围。贫困异常，及死，衾被盖不过身体。曾西曰："斜其被则敛矣。"其妻曰："斜之有馀，不若正之不足，先生生而不斜，死而斜之，非其志也。"见《高士传》。

〔22〕"天道"二句：对天道之不平，发出了深切的感慨。

〔23〕"不知"二句：由郑氏的贫死，引起对段、李二老人的牵挂。段，自注："清标丈。"参见《寒月吟》其四及注。李，自注："复轩茂才。"

这首诗作于道光七年（1827）春，为悼亡之作。郑师愈既是作者的世交，又是作者儿子的启蒙之师。此诗回顾了深厚的旧情，并着重写了郑氏这个平凡人物的可贵人格。他怀才不遇，身陷困苦之境，但才清性醇，倔强乐观。对比作者本人的遭遇，也可以说是自我身世的写照，参见《赋忧患》、《寒月吟》其二、《自春徂秋，偶有所触，拉杂书之，漫不诠次，得十五首》其六、《秋夜花游》、《己亥杂诗》其三、其二五三等诗。

太常仙蝶歌有序

太常仙蝶，士大夫知之稔矣[1]。曷为而歌之[2]？蝶数数飞入姚公家，吾歌为姚公也。姚公者，太常少卿仁和姚公祖同也[3]。公为大吏历五省[4]，易事难说[5]，见排挤不安其位，公岳立不改[6]，虽投闲[7]，人忌之者尚众。异哉！蝶能识当代正人，不惟故实之流传而已。吾歌以纪之，且招蝶也。

恭闻故实太常寺，蝶寿三百犹有加[8]。衔玉皇之明诏，视台阁犹烟霞[9]。不闻愿见不许见，矧闻飞入太常家[10]。本朝太常五百辈，意者公其飞仙之身邪[11]？仙人正人事一贯，天上岂有仙奸邪[12]？所以公立朝，人不识，仙灵识公非诬夸[13]。慰此寨寨，其来荷荷[14]。感德辉而上下，助灵思之纷拏[15]。我闻此事，就公求茶。道焰十丈，不敌童心一车[16]。鸾漂凤泊咄咄发空喟，云情烟想寸寸凌幽遐[17]。

人生吉祥缥渺罕并有,何必中秋儿女睹璧月之流华[18]？玉皇使者识我否？寓园亦在城之涯[19]。幽夏灵气怒百倍,相思迟汝五出红梨花[20]。（予寓斋红梨一树,京师无其双也。）

〔1〕稔(rěn 忍)：熟悉。

〔2〕曷为：何为,为何。

〔3〕太常：九卿之一,掌宗庙礼仪,其官署为太常寺。太常少卿：太常卿的副官。姚祖同(1762—1842)：钱塘人,字秉璋,又字亮甫。乾隆时召试,授内阁中书,累擢安徽巡抚,于河防、水利、军事等大政,悉心筹画,亲自督办,不避艰险。道光时官至都察院左副都御史。传见《续碑传集》卷十、《清史稿》卷三八七。

〔4〕大吏：封疆大吏,明清时对总督、巡抚的称呼。

〔5〕易事难说：易于事奉而难于讨他喜欢。《论语·子路》："子曰：'君子易事而难说(悦)也。说之不以道,不说也；及其使人也,器之(量才用之)。'"

〔6〕岳立：像山岳一样岿然不动。

〔7〕投闲：放在不重要的地位。韩愈《进学解》："投闲置散,乃分之宜。"

〔8〕"蝶寿"句：是说仙蝶的寿命三百年以上。

〔9〕"衔玉"二句：是说相传仙蝶衔玉皇大帝的诏书下凡,表彰正人善事,把人间台阁与烟霞仙境同等看待。台阁,宫廷官署。《后汉书·仲长统传》："光武皇帝政不任下,虽置三公,事归台阁。"王先谦集解引王鸣盛曰："汉世官府不见台阁之号,所云台阁者,犹言宫掖中秘云尔。"烟霞,指天上仙境。

〔10〕"不闻"二句：是说从未听到别人想见仙蝶,而仙蝶不许人家见,况且还听到仙蝶主动飞入太常之家。意在写仙蝶平易近人,礼贤下

士,对比讽刺世间的达官贵人恃势居傲。

〔11〕"本朝"二句:是说清朝开国以来太常卿与少卿约五百人之多,仙蝶独入姚家,大概姚公是飞仙的化身吧?辈,人。意,疑料。

〔12〕"仙人"二句:是说天上的仙人与人间的正人是相通的,天上难道能有仙奸与世间的奸人相通吗?意思是只有正人才能得到上天的赏识和赞助,而邪人则是不可能的。

〔13〕"所以"三句:是说姚氏在朝做官,人不识才,仙灵赏识姚氏,有才德为据,并非虚夸。这里对达官贵人的嫉贤妒能作了绝妙的讽刺。

〔14〕"慰此"二句:是说仙蝶为慰问忠贞的姚氏而来。蹇(jiǎn剪)蹇,忠贞。《周易·蹇》:"王臣蹇蹇,匪躬之故。"衜衜,行进的样子。《楚辞·九辩》:"导飞廉之衜衜。"

〔15〕"感德"二句:写姚氏之德感动神灵,致使仙蝶上下翻飞,思绪万千。助,促使。纷挐(ná拿),纷乱。这里形容繁盛之状。

〔16〕"道焰"二句:是说修行的道术虽高,敌不过保持纯真赤诚的心灵。《自春徂秋,偶有所触,拉杂书之,漫不诠次,得十五首》其一:"道力战万籁,微芒课其功。不能胜寸心,安能胜苍穹。"这是对姚氏的评价,说他不染虚伪世俗,保持纯真本性。道焰,比喻修道、得道的程度。童心,赤子之心,指纯真的心灵。李贽《童心说》:"夫童心者,真心也。……若失却童心,便失却真心;失却真心,便失却真人。人而非真,全不复有初矣。"参见《呜呜硉硉》注〔1〕。

〔17〕"鸾漂"二句:是说天上漂泊人间的鸾凤,对人间怪事只有空发感叹而已,而人间的正人,情思高妙,已超脱世俗上达仙境。鸾漂凤泊,见《西郊落花歌》注〔10〕。咄(duō多)咄,叹词,表示惊诧。喟(kuì愧),叹。云情烟想,高邈超俗的思想感情。凌,达到。幽遐,幽深遐远之处,指仙境。

〔18〕"人生"二句:是说人世间吉祥与仙灵之事很少能够兼得,世俗儿女何必于中秋之时望明月,想仙宫?吉祥,福庆之事。《庄子·人间

世》:"虚室生白,吉祥止止。"成玄英疏:"故能虚其心室,乃照真源,而智惠明白,随用而生。白,道也。吉者,福善之事;祥者,嘉庆之徵;止者,凝静之智。言凝静之心亦能致吉祥之善应也。"是说只有去掉世俗欲念,才能得道而致吉祥。缥缈,遥远渺茫,指仙境。参见《能令公少年行》注〔21〕。璧月,皎洁如玉之月。流华,流光。

〔19〕"玉皇"二句:写盼望仙蝶光顾自己寓所。玉皇使者,指仙蝶,参前"衔玉皇之明诏"句。城之涯,城边。即指北京宣武门南上斜街寓所。上斜街附近有槐市,又称槐树斜街。

〔20〕"幽夏"二句:写盛夏之时,相思仙蝶,期而不至。幽夏,夏深之时。灵气,仙气。怒,充盈不可遏抑的样子。"相思"句:是说相思你光临已错后五个梨花开放季节。据当时传闻,仙蝶多于立夏时出现。

这首诗旧本编于道光七年(1827)。据诗中"寓园亦在城之涯"句,及吴昌绶《定盦先生年谱》于道光十年"记年文有《最录段先生定本许氏说文》。"句下注曰:"先生自戊子(道光八年)至是数年,在都皆居上斜街,见此文下题识(按,此题识集中未附)。"此诗当作于道光八年(1828),始居北京宣武门南上斜街寓所之时。诗中借关于太常寺仙蝶的美妙传说及蝶入姚祖同家的传闻,歌颂姚氏心地纯真,刚正不阿,"见排挤不安其位",仍"岳立不改",并对埋没、摧残人材的上层社会作了委婉的揭露。仙蝶,系对太常寺出现奇异飞蝶的一种附会说法。吴昌绶《定盦先生年谱·后记》载有传闻之辞数则,可以参看。这些传说看来荒诞无稽,但反映了正直士人崇尚正义,鄙弃邪恶的一种愿望。作者写这一首诗,正是从这一点出发的。

秋夜花游

海棠与江蓠,同艳异今古[1]。我折江蓠花,间以海棠妩[2]。

狂呼红烛来,照见花双开。恨不称花意,踟蹰清酒杯[3]。酒杯清复深,秋士多春心[4]。且遣秋花妒,毋令秋魄沉[5]。云何学年少?四座花齐笑[6]。踯躅取鸣琴,弹琴置当抱[7]。灵雨忽滂沱,仙真窗外过[8]。云中君至否?不敢问星娥[9]。

[1]"海棠"二句:是说海棠与江蓠两种花,同样艳丽但古今崇尚不一。海棠,指秋海棠。江蓠,香草名。《楚辞·离骚》:"扈江离(同蓠)与辟芷兮。"《本草纲目》谓芎藭茎叶细嫩时曰蘼芜,叶大时曰江蓠。草本,高一二尺,叶似芹,秋日,茎上簇生白色小花,五瓣。

[2]间:穿插,间杂。妩(wǔ 武):妩媚,妍美。

[3]"恨不"二句:是说自恨已衰,不与盛开之花得意之情相称,迟疑徘徊,姑且借酒浇愁。

[4]"秋士"句:是说身遭坎坷而心志不衰。秋士,自称,以秋天的衰落比自身的遭遇。参见《秋心三首》其一注[1]。春心,朝气蓬勃的心境。参见《哭郑八丈》"天命虽秋肃,其人春气腴"二句及注。又《题盆中兰花四首》其三:"一寸春心红到死。"

[5]"且遣"二句:紧承上二句,是说且让秋花去嫉妒吧,一定不能使秋衰之身沉沦。表现了作者不甘沦落的倔强性格。

[6]"云何"二句:写受到花的嗤笑,嘲讽自己故作年少,不过是学样而已。

[7]"踯躅(zhí zhú 值竹)"二句:写被花嗤笑之后,无法否认自己遭埋没、沦落的事实,惆怅之中,弹琴遣怀。踯躅,义同踟蹰,徘徊。取鸣琴,借以遣愁。《题盆中兰花四首》其三:"吾琴未碎百不忧。"当抱,怀抱之中。

〔8〕"灵雨"二句:是说神奇的雨滂沱大作,颇疑是神仙从窗外经过。仙真,神仙、真人。

〔9〕"云中"二句:是说不知云中君是否也来了,心中生畏,又不敢问嫦娥。云中君,云神。《楚辞·九歌·云中君》:"龙驾兮帝服,聊翱翔兮周章。灵皇皇兮既降,猋远举兮云中。"星娥,即嫦娥。传说嫦娥奔月,成为星仙,故称。按,传说中的神仙世界,是人间社会的投影,亦分君臣上下。在《九歌》中,云中君是仅次于东皇太一的神,地位很高。作者屡写仙游,对一般神仙,不但不怕,反有亲切感;但对神仙中的主宰或上层,却望而生畏,这正是他对人间主宰或达官贵人畏厌心理的本能反映。这两句颇含深意,值得吟味。参见《夜坐》"平生不蓄湘累问,唤出姮娥诗与听"二句及注。

这首诗作于道光七年(1827)。全诗采用浪漫主义手法,表现了自己身处逆境,精神乐观的倔强性格。诗意委婉,饶有兴味。

九月二十七夜梦中作

官梅只作野梅看〔1〕,月地云阶一倍寒〔2〕。翻是桃花心不死,春山佳处泪阑干〔3〕。

〔1〕官梅:被人工矫揉整修的梅。作者认为这类梅是病态的梅,比不上自然生长的野梅,故权作野梅来看。作者常以官梅比喻被束缚、扼杀了的人材,参见《病梅馆记》。

〔2〕"月地"句:写自己困居京师的险恶处境。云阶,高阶,或称云陛,指朝阶、朝廷。一倍寒,加倍寒。

〔3〕"翻是"二句:写曾经隐居的春山,这里有的是多情和温暖,与眼前处境构成强烈的对比。桃花,既用拟人化手法写实,又借指自己的妻子。心不死,写其多情。泪阑干,泪流横斜,写其相思。同年作者有《春月有怀山中桃花,因有寄》诗,兼写山中桃花与自己的妻子:"山中花开,白日皓皓。明妆子谁?温麐清妙。夕蓺熏炉捄蕙尘,朝缄清泪邮远人。粉光入墨墨光腻,昨日正得江南鳞:葆君青云心,勿吟招隐吟,花开岁岁勿相忆,待君十载来重寻。我有答君诗,殷勤兼报桃花知:勿惜明镜光,为我分花照花枝;勿惜颒(huì 会,洒洗)面水,为我浴花倾胭脂。但惜芳香珍重之幽意,勿使满园胡蝶窥。托君千万词,词意不可了。长安桃李渐渐明,何似春山此时好?……安能坐此愁阳春,不如归侍妆台侧。"可与此二句互参。

这首诗作于道光七年(1827),虽题为梦中作,但反映了作者现实处境的冷酷,以及对归隐的热望。

梦中作四截句(十月十三日夜也。)

其一

抛却湖山一笛秋,人间无地署无愁〔1〕。忽闻海水茫茫绿,自拜南东小子侯〔2〕。

〔1〕"抛却"二句:写出山入世,遭遇坎坷,无处排遣愁绪。湖山,指家乡隐居之地。一笛秋,秋天悠扬的笛声,借以泛指悠然自得的隐居生

涯。作者诗中屡写箫笛,箫代表幽怨之情,笛代表高亢激昂之情。《自春徂秋,偶有所触,拉杂书之,漫不诠次,得十五首》其三:"一箫与一笛,化作太古琴。"《能令公少年行》:"春山不妒春裙红,笛声叫起春波龙。"无地署无愁,没有写"无愁"二字的地方,意思是到处皆是愁绪。

〔2〕"忽闻"二句:写想念地处东南沿海的家乡,决定归隐,摆脱束缚,重过自得自傲的生活。自拜,自封。南东,即东南。旧校云:"一作东南。"小子侯,《礼记·曲礼》:"天子未除丧,曰'予小子',生名之,死亦名之。"郑玄注:"生名之曰小子王,死亦曰小子王也。晋有小子侯,是僭取于天子号也。"(《曲礼》又云:"君、大夫之子,不敢自称曰'余小子'。"郑注:"避天子之子未除丧之名。")作者这里既云"自拜",又用"小子侯"这一僭号,带有傲视权贵之意。

其二

黄金华发两飘萧〔1〕,六九童心尚未消〔2〕。叱起海红帘底月,四厢花影怒于潮〔3〕。

〔1〕"黄金"句:写黄金用尽,华发已生,而事业无成。黄金,指结交之资。《哭洞庭叶青原(昶)》:"更兼爱客古人风,名流至者百辈同。已看屋里黄金尽,尚恐人前渌酒空。"李白《答王十二寒夜独酌有怀》:"黄金散尽交不成,白首为儒身被轻。"华发,花白头发。飘萧,飘零萧条。元好问《感兴》:"功名惟有鬓飘萧。"作者《与吴虹生书》(十二):"但奇遇二字甚难,遇而不合,镜中徒添数茎华发,集中徒添数首惆怅诗,供读者回肠荡气。"可与此句互参。

〔2〕六九:百六阳九的省称。道家认为六九是天地始终及人间善恶循环的劫数。《太平经钞甲部》卷一:"昔之天地与今之天地有始有

终,同无异矣。初善后恶,中间兴衰,一成一败。阳九百六,六九乃周,周则大坏,天地混螯,人物糜溃,唯积善者免之。"这里指世风大坏之际。童心:孩童纯真善良之心。参见《太常仙蝶歌》注〔16〕。此句与《己亥杂诗》其一七〇"既壮周旋杂痴黠,童心来复梦中身"意近。

〔3〕"叱(chì斥)起"二句:通过天真的想象,表现烂漫的童心,写得很有气势。上句说月亮的上升是自己喝叱起来的。叱,喝叱。海红,一种柑橘的红色。《橘谱》:"海江柑,颗极大,皮厚而色红。初因近海,故以海红得名。"这里指帘子的颜色。下句说月亮当空,花影浓盛簇动,甚于潮涌。四厢,四边,四周。怒,郁勃,势盛。"怒于潮"想象奇特,比喻非凡,把无声幽暗的花影,写得绘声绘色,气象万千,充满活力。

其三

恩仇恩仇日苦短,鲁戈如麻天不管[1]。宾客漂流半死生,此公又筑忘忧馆[2]。

〔1〕"恩仇"二句:是说恩仇尚多,时日已少,效法邹阳挥戈返日,天又不理。恩仇,《送刘三》云:"亦有恩仇托,期君共一身。"鲁戈,传说鲁人邹阳挥日所用之戈,见《观心》注〔5〕。如麻,形容众多纷乱。天不管,指天不使日倒返。

〔2〕"宾客"二句:是说旧日宾客已流散,并多死亡,自己又重新筑馆,招徕宾客游士。忘忧馆,《西京杂记》:"(西汉)梁孝王游于忘忧之馆,集诸游士,各使为赋。"这里泛指接待宾客之处。

其四

一例春潮汗漫声,月明报有大珠生[1]。紫皇难慰花迟暮〔2〕,交与鸳鸯诉不平〔3〕。

〔1〕"一例"二句:古时以宝珠比喻杰出人材。这里是说庸才们按惯例被统治者视为珍奇,受到宠幸擢拔。一例,同样,通例。汗漫,漫无边际。"月明"句:古人认为蚌中之珠的生长,与月之盈亏有关。左思《吴都赋》:"蚌蛤珠胎,与月亏全。"《文选》注:"《吕氏春秋》曰:月望则蚌蛤实,月晦则蚌蛤虚。"又李商隐《锦瑟》:"沧海月明珠有泪。"

〔2〕紫皇:《太平御览》六五九引《秘要经》:"太清九宫,皆有僚属,其最高者,称太皇、紫皇、玉皇。"这里比喻最高统治者。难慰花迟暮:难以抚慰花迟暮之情。作者常以落花自比,故称花迟暮。难慰是委婉的说法,实际是说不慰。参见《己亥杂诗》其三"终是落花心绪好,平生默感玉皇恩"二句。

〔3〕"交与"句:是说只有与鸳鸯相交,诉说不平。鸳鸯,多情之鸟,以喻多情者,并借以衬托紫皇的无情。

这组诗作于道光七年(1827),借"梦中作"之题为掩饰,抒发对现实的不满和感慨。第一首写后悔入世,招致忧愁,盼望再隐,傲视权贵。第二首写黄金散尽,青春已逝,可幸未染世俗,永葆童心。第三首写恩仇未报,时不我与,天亦不助,誓欲开馆结客,以托恩仇。第四首写庸人俗辈按常规旧例,一一得到最高统治者的提拔重用,而自己这样有才之士却遭到废置、冷落,只有寻求多情者以诉不平。

歌筵有乞书扇者

天教伪体领风花,一代人材有岁差〔1〕。我论文章恕中晚,略工感慨是名家〔2〕。

〔1〕"天教"二句:是说天意让矫揉造作的伪体领首文坛,当代人材差劣已久。这是对当时文坛的讽刺,并暗指是统治者(所谓"天")有意提倡的结果。伪体,语出杜甫《戏为六绝句》:"别裁伪体亲风雅,转益多师是汝师。"这里表面上指被梨园伶师改窜了的前人唱本,如《己亥杂诗》其一〇三所云:"梨园爨本募谁修?亦是风花一代愁。我替尊前深惋惜,文人珠玉女儿喉。"诗末自注:"元人百种,临川(汤显祖)四种,悉遭伶师窜改,昆曲俚鄙极矣!酒座中有征歌者,予辄挠阻。"实际指文坛的虚伪之作。领,居首。风花,本指吟咏风情花事的作品,这里泛指文学作品。有岁,有年数,有年头。

〔2〕"我论"二句:是说我评文章,宽恕中、晚唐,稍微工于感慨就是名家。恕中晚,在当时是一种反正统的异端诗论。宋元以来,论唐诗者一般分为初唐、盛唐、中唐、晚唐四个时期,大都标榜盛唐气象,认为中、晚唐形势渐衰,诗格亦卑。如风靡明清的"格调说":明前后七子论诗推崇盛唐,主张从格律声调上学习古人,提倡格调;至清沈德潜又加上"温柔敦厚"的诗教。此派诗论完全是为统治者歌功颂德服务。另外清王士禛所倡的"神韵说",强调"兴会神到",追求"得意忘言",以清淡闲远的风神韵致为诗歌的最高境界。这派诗论为逃避现实、粉饰太平提供根据。作者与这两派诗论针锋相对,独树异帜,标榜中晚唐,强调诗歌要以感慨之情,揭露、批判黑暗、没落的现实。这一点与作者的变革思想是紧密联系着的,如《上大学士书》说:"夫有人必有胸肝,感慨奋激而居下位,无其力,则探吾之是非,而昌昌大言之。"作者所提倡的感慨,主要指深沉的忧国忧民的感情,他也反对沉溺于个人恩怨得失的感慨,如《歌哭》说:"阅历名场万态更,感慨原非为苍生。"

这是一首在歌筵上应人之请所写的题扇诗,作于道光七年(1827)。作者由歌筵上所唱被梨园伶师改窜了的前人唱本,联想到当时文坛言不由衷、粉饰太平的虚伪之作,因而标榜中晚唐诗风,提倡感慨,要求文学慷慨悲歌地表现没落的社会现实。他自己正是这样做的:"铁石心肠愧未能,感慨如麻卷中见。"(《秋夜听俞秋圃弹琵琶赋诗,书诸老辈赠诗册子尾》)

梦中作

不是斯文掷笔骄,牵连姓氏本寥寥[1]。夕阳忽下中原去,笑咏风花殿六朝[2]。

〔1〕"不是"二句:是说不是自己的评论文章动笔高傲,文坛可提及的人本来就很少。斯文,此文,指自己写的评论文章。掷笔,投笔、置笔。这里是写成、写得之意。作者屡用此词:"听我掷笔歌常州"(《常州高材篇,送丁若士》)、"霜豪掷罢倚天寒"(《己亥杂诗》其四四)。

〔2〕"夕阳"二句:讽刺当时文坛置没落形势于不顾,笑咏风花,粉饰太平。"夕阳"句:参见《杂诗,己卯自春徂夏在京师作,得十有四首》其十二"忽忽中原暮霭生"句及注。"笑咏"句:暗含杜牧《泊秦淮》"商女不知亡国恨,隔江犹唱后庭花(陈后主所赋《玉树后庭花》艳诗)"句意。殿六朝,在六朝之后。六朝,吴、东晋、宋、齐、梁、陈先后建都建康(今南京市),合称六朝。这里主要指丧权辱国、偏安一隅的东晋及南朝,当时的诗风亦艳丽浮靡。

这首诗作于道光七年(1827),为评论当时文坛之作,与《歌筵有乞书扇者》表现了同样的文学思想,可以互相参证。

题盆中兰花四首(选二首)

其一

忆昨幽居绝壁下,漠漠春山罕樵者[1]。薜荔常为苦竹衣[2],鸡鹒误僦鼪鼯舍[3]。天荣此魄不用媒,可怜位置费君才[4]。珍重不从今日始,出山时节千徘徊[5]。

[1]"忆昨"二句:写盆中兰花在山中时的幽静生活。漠漠,寂静。

[2]"薜荔"(bì lì 必利)句:写薜荔攀缘苦竹而生,以喻徒为恶人作衣裳,依附不当。薜荔,常绿木本植物,茎蔓生,叶子卵形,果实如莲房,又叫木莲、木馒头。又《楚辞·离骚》:"贯薜荔之落蕊。"王逸注:"薜荔,香草也。"洪兴祖补注:"《管子》云:'薜荔、白芷、蘪芜、椒连,五臭(香)所校。'前汉乐章云:'都荔遂芳。'谓都良薜荔俱有芬芳也。"今薜荔无香气,盖古时有异种。这里薜荔亦被目为芳草。苦竹,草木植物,地下有粗根茎,横卧蔓延,干有节,高五六丈。

[3]"鸡鹒(jiāo jīng 交精)"句:写鸡鹒误寄鼪鼯之穴,以喻盲目寄人篱下,投靠不当。鸡鹒,水禽,头颈皆赤褐色,喙长足高,又名赤头鹭。僦(jiù 就),租赁。鼪(shēng 生),鼬鼠,即黄鼠狼。食鼠类、禽类。鼯(wú 吾),形似松鼠,腹旁有飞膜,栖树穴中。食果实树芽。鸡鹒与鼪鼯不相为谋,甚至可能被害,故称误僦。鼪鼯,犹云鼠辈,轻蔑之称,以喻俗辈小人。以鼪鼯为喻,又见《同年冯文江官广西土西隆州,以事得谴,北

如京师,老矣,将南归鸳鸯湖,索诗赠行》:"狂吟百篇森百忧,男儿到此非封侯,雄长貀鼯犴与猴。"

〔4〕"天荣"二句:是说兰花受天滋荣,独立成长,不需媒介凭靠,可惜被选植盆中以借观赏,浪费了它的才能。语意双关。荣,《礼记·王制》:"草木荣华。"《尔雅·释草》:"木谓之华,草谓之荣。"草之花、草开花皆叫荣,这里引申为滋育。此魄,指兰花。魄,体。可怜,可惜。位置,安置,指兰花被用为盆景。君,对兰花的称呼。其四有"一别春风小景空,磁盆倚石成零落"两句,可与下句互参。

〔5〕"珍重"二句:是说自我珍重并不是从今日遭到冷遇才开始,出山之时就曾为此徘徊不决。语意亦双关。

这组诗作于道光十年(1830,此据风雨楼本,他本多系于道光十八年)。诗中以盆栽兰花比喻自己一类有志之士怀才不遇、受人牵制束缚的身世。可与《病梅馆记》互参。这里选了第一、三首。这第一首通过写盆中兰花回忆在山中时的自在生活,以及自己对盆中兰花现时处境的惋惜,抒发内心对用世不遇的后悔之情。

其三

谥汝合欢者谁子〔1〕?一寸春心红到死〔2〕。旁人误作淡妆看,持问燕姬何所似〔3〕?吾琴未碎百不忧,佳名入手还千秋〔4〕。合欢人来梦中去,安能伴卿哦《四愁》〔5〕?

〔1〕谥:称号,命名。汝:指兰花。合欢:取其和合欢乐之意,本为落叶乔木,属豆科植物,这里为兰花之异名。谁子:哪个人。子,尊称。

〔2〕"一寸"句:写兰花红色的花蕊至谢不败,恰似乐观倔强的性

格,与"合欢"这个名称相合。春心,比喻郁勃乐观的心境。参见《秋夜花游》"秋士多春心"句。

〔3〕"旁人"二句:写别人看不透兰花的内在本质,仅从表面把它误看作淡妆的女子,拿去向燕地美女请教像什么。

〔4〕"吾琴"二句:是说自己有琴排遣忧愁,兰花得到"合欢"这个佳名,更能千载名实相副,欢乐无穷。琴,参见《能令公少年行》"卖剑买琴"句及注。

〔5〕"合欢"二句:是说合欢虽来,梦中却离去,怎能伴你同吟愁诗呢? 意思是自己的愁绪,醒时可排,梦中却又袭来。卿,对对方的称谓。"安能"句,为自对自设问,卿即指作者自己。哦(é俄),吟咏。四愁,张衡《四愁诗》。其序有云:"时天下渐蔽,郁郁不得志,为《四愁诗》。"这里泛指愁绪。

这一首通篇从兰花之异名合欢着笔,写兰花貌似清淡,内里却感情炽烈,倔强乐观,与自己心心相印。

秋夜听俞秋圃弹琵琶赋诗,书诸老辈赠诗册子尾

秋堂夜月弯环碧,主人无聊召羁客〔1〕。幽斟浅酌不能豪,无复年时醉颜色〔2〕。主人有恨恨重重,不是诸宾噱不工〔3〕。羁客由来艺英绝,当筵跃出气如虹〔4〕。我疑慕生来拨箭,又疑王郎舞双剑〔5〕。曲终却是琵琶声,一代宫商创生面〔6〕。我有心灵动鬼神〔7〕,却无福见乾隆春〔8〕。席中亦复无知

音,谁是乾隆全盛人[9]?君言:"请读乾隆诗[10],卅年逸事吾能知。江南花月娇良夜,海内文章盛大师[11]。弇山罗绮高无价,仓山楼阁明如画,范阁碑书夜上天,江园箫鼓春迎驾[12]。任吾谈笑狎诸侯,四海黄金四海游[13]。为是升平多暇日,争将馀事管春愁[14]。诸侯颇为春愁死,从此寰中不豪矣[15]。词人零落酒人贫[16],老抱哀弦过吾子[17]。"我从琐碎搜文献,弦师笛师数征宴。铁石心肠愧未能,感慨如麻卷中见[18]。今宵感慨又因君,娄体诗成书后尘[19]。携向名场无姓氏,江南第一断肠人[20]。

〔1〕"秋堂"二句:写秋天月夜,自觉无乐,召客饮宴。弯环碧,弯如环形的碧玉。形容明亮清莹的月牙。主人,作者自称。无聊,无乐。《楚辞·九思·逢尤》:"心烦愦兮意无聊。"羁客,羁留之客,指俞秋圃。

〔2〕"幽尊"二句:是说饮酒已不能像往年那样表现出壮气豪情。幽,深。年时,往年。醉颜色,指豪饮而醉的容态。

〔3〕"主人"二句:表面上是对上二句原因的说明,意谓因为自己有重重愁恨,表现不出豪情,并不是诸宾客不善于谈笑。实际上是认为士气不如往年,参见下文"诸侯颇为春愁死,从此寰中不豪矣"二句。噱(jué决),大笑。

〔4〕"羁客"二句:写琴师当筵演奏琵琶,技艺超绝,气概非凡,一扫缺乏豪气的沉闷场面。气如虹,气概如长虹贯天,极其豪壮。

〔5〕"我疑"二句:以慕生、王郎的武功比喻琵琶乐曲的雄壮。句末自注:"皆昔年酒徒事。"拨箭,拨开射来的乱箭。

〔6〕"一代"句:写俞氏乐艺著称一代,别开生面。宫商,宫、商、角、徵、羽五音的略称,指音乐。

〔7〕"我有"句:是说自己诗中的感情激烈能感动鬼神。杜甫《寄李十二白二十韵》:"笔落惊风雨,诗成泣鬼神。"

〔8〕乾隆春:指乾隆全盛之时。按作者生于乾隆五十七年,正值末世,故有此句所云。

〔9〕"席中"二句:是说筵席中也没有身经乾隆全盛之人,无人成为反映盛世之曲的知音。

〔10〕君:称俞氏。以下十六句为俞氏回忆乾隆以来士气文风盛衰的变化。

〔11〕盛大师:多有大师。

〔12〕"弇(yǎn眼)山"四句:句末自注:"弇山谓毕尚书沅,仓山谓袁大令枚,范阁在浙东,有进书事,江园在扬州,有迎驾事。"弇山,古园名,明王世贞在其家乡太仓州所筑。后人以弇山为太仓的别称。罗绮,丝织品,为太仓特产。这里比喻毕沅的文采。毕沅(1730—1797),清江苏镇洋(今太仓)人,字缵蘅,一字秋帆,自号灵岩山人。乾隆进士,官至湖广总督。学问较博,由经史旁及小学、金石、地理。能诗文,有《灵岩山人文集》、《诗集》。仓山,即袁枚园林所在之小仓山。楼阁明如画,既写园林之实景,又借以喻袁枚之性情。袁枚(1716—1798),清浙江钱塘(今杭州)人,字子才,号简斋、随园老人,曾任江宁等地知县(大令即知县之称)。辞官后侨居江宁,筑园林于小仓山,号随园。论诗主张抒写性情,创性灵说,反对儒家"诗教",能诗文,有《小仓山房集》、《随园诗话》等。范阁,即范氏天一阁。碑书夜上天,即自注所谓"进书",向皇帝献书。范钦,字尧卿,一字安卿,浙江鄞县人。明嘉靖壬辰进士。累官兵部右侍郎。全祖望《天一阁藏书记》:"天一阁肇始于明嘉靖间,而阁中之书不自嘉靖始,固地西丰氏万卷楼旧物也。丰道生晚得心疾,潦倒于书淫墨癖之中,丧失其家殆尽,而楼上之书凡宋椠与写本为门生辈窃去者几十之六,其后又遭大火,所存无几。范侍郎钦素好购书,先时尝从道生

钞书,且求其作藏书记。以其幸存之馀,归于是阁。又稍从弇州互钞以增益之。虽未曾复丰氏之旧,然亦雄视浙东焉。"江园,即江兰之容园。同治十三年刻《续纂扬州府志》卷五《古迹志·江都县》:"容园在新城南河下街,本贵州巡抚江兰筑,道光初年改为运判张应铨别业。"江兰,安徽歙县人,乾隆间累升云南按察使,又擢巡抚。嘉庆间平贵州苗民起义有功,授兵部左侍郎。传见《国朝耆献类征初编》卷九九。迎驾,指乾隆皇帝南巡时曾迎接。

〔13〕"任吾"二句:是说四海殷实,使自己得以四海交游,平等接触各地达官贵人。狎(xiá匣),亲近而态度不庄重。诸侯,本为列国之君,这里泛指达官贵人。

〔14〕馀事:末事。《公羊传序》:"此世之馀事。"这里指诗文写作。管春愁:指表现闲情逸志。

〔15〕"诸侯"二句:写达官贵人沉湎于缠绵悱恻之中。寰中,人世间。不豪,不再有豪壮之气。

〔16〕"词人"句:与前文"海内文章盛大师"、"四海黄金四海游"成鲜明对照,写文坛世道的衰落。

〔17〕哀弦:指流露衰世悲哀之音的琵琶。过:过访。吾子:指作者。

〔18〕"我从"四句:是说自己本想借搜集文献之琐事消磨意志,又经常请乐师一起饮宴,但自愧难以做到铁石心肠,屏除世事,诗卷中仍然是感慨万端。琐碎,琐事细行。搜文献,搜集文献。道光七年(1827)所作《撰羽琌山馆金石墨本成,弁端二十字》:"坐耗苍茫想,全凭琐屑谋。"可与此互参。数(shuò朔),屡次。

〔19〕"娄体"句:句末自注:"语予倘赠诗,乞用吴娄东体。"吴娄东,吴伟业(1609—1672),清初诗人,字骏公,号梅村,太仓(今江苏太仓)人。江苏旧太仓州别称娄江,因境内娄江(即浏河)得名。娄江东流入长江,旧称其下游地区为娄东。吴娄东,因籍贯而得称。其诗多寓身世

之感,尤以七言和七言歌行见长。书后尘,即题目"书诸老辈赠诗册子尾"意。

〔20〕"携向"二句:是说如将此诗带到官场,自己仍是无名小辈,但自己却是江南第一个伤世感时的人。

这首诗作于道光十年(1830,此据风雨楼本,他本多系于道光十八年)。作者通过友人琵琶声中反映出的豪壮之气、盛衰之音,以及互相间抚今追昔的言谈,感慨世道文风的衰落。但作者对乾隆盛世的向往,难免杂有不切实际的幻想。俞秋圃,事迹未详。据诗中"一代宫商创生面"、"老抱哀弦过吾子"、"弦师笛师数征宴"等句,当为老一辈著名的琴师。

题王子梅盗诗图

岁丁酉初秋〔1〕,龚子为逐客〔2〕。室家何抢攘〔3〕,朝士亦龃龆〔4〕。古书乱千堆,我书高一尺〔5〕。呼奚抱之走〔6〕,播迁得小宅〔7〕。当我未迁时,投刺喜突兀〔8〕。刺字秦汉香,入门奇气溢〔9〕。衣裾莓苔痕,乃是泰岱色〔10〕。尊甫宰山左〔11〕,弱岁记通籍〔12〕。年家礼数谦,才地笑谈勃〔13〕。愁眉暂飞扬,窘抱一开豁〔14〕。琅琊晋高门,龙优豹乃劣〔15〕。读我同年诗,奇梦肖奇笔〔16〕。令叔诗效韩,字字扪箄峚〔17〕。我欲跻登之,气馁言恐窒〔18〕。君才何槃槃,体制偏胪列〔19〕。君状亦觥觥,可唉健牛百〔20〕。早抱名山心〔21〕,溧锦自编辑〔22〕。愧予汗漫者,老不自收拾〔23〕。壮岁富如

139

此,他年充栋必。奇宝照庭户,光怪转纡郁[24]。自言有所恨,客岁遇山贼[25],劫掠资斧空[26],祸乃及子墨[27]。今所补存者,贼手十之七[28]。我独不吊诗,吊贺意相埒[29]。若辈遍朝市,何必尽肱箧[30]。若辈忌语言[31],明目恣恐吓[32]。语言即文字,文字真韬匿[33]。贼语可悟道,又可抵阅历[34]。我喜攻人短[35],君当宥狂直[36]。从来才大人,面目不专一[37]。菁英贵酝酿,芜蔓宜抉剔;叶翦孤花明,云净宝月出。清词勿须多,好句亦须割;剥蕉层层空,结穗字字实[38]。愿君细商量[39],惜君行将发。我贫无酒钱,不得留君啜[40]。君行当复还,鹿鸣燕笙瑟[41],迟君菊花大[42],再与畅胸臆。室家幸粗定[43],笔研苏其魄[44]。送君言难穷,东望气瀏沴[45]。

〔1〕丁酉:即道光十七年(1837)。初秋:阴历七月。

〔2〕逐客:被逐之客。按,作者本年被逐,当与触犯时忌有关,据诗文及《年谱》,已无从详考。

〔3〕抢攘:纷乱的样子。

〔4〕齮齕(yǐ hé 以何):咬,引申为毁伤。

〔5〕我书:自己所著之书。

〔6〕奚:奚奴,仆役。

〔7〕播迁:流离迁徙。语出卢谌《赠刘琨书》:"王室丧师,私门播迁。"

〔8〕"当我"二句:写自己未迁时,幸遇王子梅来访。刺,名帖。突兀,出乎意外。

〔9〕"刺字"二句:写王氏的文才、气质。秦汉香,指字体具有秦汉

文字古色古香的风格。奇气溢,不凡的才气横溢。徐世昌《晚晴簃诗话》:"子梅诗才气横溢,隶事精核,惟贪多堆砌,时失之冗。自言学诗先学杜,后学苏,则不流于轻率。自名集曰《铸苏》。有句云:'谁得铸苏真面目? 我先饮杜易肝肠。'盖自道其得力如此。"

〔10〕"衣裾(jū居)"二句:写王氏曾隐于泰山。裾,衣服的前襟。泰岱,泰山。岱为泰山的别称。

〔11〕甫:同"父"。王子梅之父为王大淮(1785—1844),字松坡,号海门,天津人。宰:县令之称,这里作动词用,做县令之意。山左:山东又称山左。山指太行山。宰山左,指做曲阜令。《己亥杂诗》其二八五首自注云:"酬曲阜令王海门。海门,吾庚午同年也(嘉庆十五年顺天乡试监生)。"

〔12〕弱岁:弱冠之年。年二十曰弱冠,见《礼记·曲礼》。二十始成年,行冠礼,故称。弱对壮而言,三十曰壮。记通籍:记姓名于朝廷门籍以便出入,指仕宦于朝廷。

〔13〕"年家"二句:写同年王大淮知礼谦和,虽有才能、地位,但喜于言谈、戏谑。年家,科举时代同年登榜者互称年家。才地,才能与地位。

〔14〕"愁眉"二句:写自己受到王大淮乐观性格的感染,愁锁之眉舒展,郁闷之怀开豁。暂,犹猝然,一下子。窘抱,困滞的怀抱。

〔15〕"琅琊(láng yá郎牙)"二句:写王大淮先人为东晋琅琊郡贵族。琅琊,东晋侨置郡名,分江乘县地为实土,治所在金城(今江苏句容县北)。高门,高门大族。下句以龙豹比喻宗族的优劣贵贱,是说出身高门,宗族高贵,才显出庶族的低下。

〔16〕"读我"二句:写王大淮诗作意境笔法均奇。奇梦,指诗的意境奇妙。肖,相似。

〔17〕"令叔"二句:写王子梅叔父王大堉诗效韩愈,文字险奇。王

大埉,字秋坨,王大淮之弟。有《苍茫独立轩诗集》。《己亥杂诗》其二九一首写及此人:"诗格摹唐字有稜,梅花官阁夜镂冰。一门鼎盛亲风雅,不似苍茫杜少陵。"诗末自注:"王秋坨大埉《苍茫独立图》。"韩,韩愈(768—824),字退之,河南河阳(今河南孟县西)人。自谓郡望昌黎,世称韩昌黎。与柳宗元一起倡导古文运动,散文成就很高,被归列为"唐宋八大家"之首。其诗力求新奇,素有险怪之称。扪,摸。这里是触及之意。崋崒(lù zú 律卒),同"崒崋",山高峻的样子。这里形容高超的境界。

〔18〕"我欲"二句:是说自己亦想像王大埉那样攀登韩诗的高超境界,但勇气不足,语言恐怕要窒碍难通。

〔19〕"君才"二句:写王子梅才大,诗歌各体兼长。槃(pán 盘)槃,大的样子。体制,指诗体。胪列,陈列齐备之意。

〔20〕"君状"二句:写王子梅气质刚强。觥(gōng 工)觥:刚直的样子。语出《后汉书·郭宪传》:"帝曰:'常闻关东觥觥郭子横,帝不虚也。'"啖(dàn 淡),吃。

〔21〕名山心:著述撰文以成名的理想。《史记·太史公自序》:"藏之名山,副在京师。"

〔22〕瑮锦:指诗文。瑮,当作"瑮"。《说文解字》:"瑮,玉英华罗列秩秩。"即美玉罗列之状。锦,五彩丝织品。

〔23〕"愧予"二句:是说惭愧自己是散漫不加检束的人,至老亦不自行搜集整理自己的诗文。汗漫,无检束。

〔24〕"壮岁"四句:写王子梅著作之丰富珍奇。壮岁,三十岁。《礼记·曲礼》:"三十曰壮。"充栋必,一定会充栋。充栋,指书籍之多。柳宗元《陆文通墓表》:"其为书,处则充栋宇,出则汗牛马。"奇宝,指珍贵之书。光怪,光影怪异,奇丽之意。纡(yú 淤)郁,心志曲屈郁结。

〔25〕客岁:他年。

〔26〕资斧:语出《周易·旅》:"旅于处,得其资斧。"资为费用;斧,王弼注:"斧所以斫除荆棘以安其舍者也。"后用为行旅赀费之通称。

〔27〕"祸乃"句:是说劫祸连及他的诗作。墨,墨迹,手稿。这里指诗稿。

〔28〕"今所"二句:是说现补存的诗,仅是被劫走的十分之七。

〔29〕"吊贺"句:是说吊与贺意义相等,意思是如不遭贼劫,亦必触文网,详下文。埒(liè 列),同等。

〔30〕"若辈"二句:是说那些嫉恨害人之辈遍及朝廷市井,何必都是窃贼。若辈,彼辈,指那些嫉恨别人,有意加害的人。朝市,朝廷与市井,亦即官方与民间。胠箧(qū qiè 区怯),打开箱子偷窃,泛指偷窃。《庄子》有《胠箧》篇。这里指窃贼。

〔31〕忌语言:怕人讲话,猜忌人语。句末自注:"贼吓君语。"

〔32〕明目:明目张胆的略称,无所畏惧之意。

〔33〕"语言"二句:是说语言写出来就是文章,文章果真应藏而不露。韬匿,隐藏。

〔34〕"贼语"二句:是说由上述贼人恐吓之语可悟出真理,又可用来增加阅历,以避文网。抵,当。

〔35〕攻人短:批评别人的缺点。

〔36〕宥(yòu 又):宽恕。

〔37〕"从来"二句:是说从来富有才华之人,博而不专,易流于芜杂。

〔38〕"菁(jīng 精)英"八句:通过对王子梅诗作的批评(参见注〔9〕),写出自己的文学主张,论及内容及文字。菁英,精华。翦,同"剪"。蕉,芭蕉,多年生草木,叶柄互相抱合如茎,故云"剥蕉层层空"。

〔39〕商量:斟酌,讨论。

〔40〕"我贫"二句:是说自己无钱买酒留你寄居。啜(chuò 辍),饮。

〔41〕"鹿鸣"句:写作乐饮宴。《诗经·小雅·鹿鸣》:"呦呦鹿鸣,食野之苹,我有嘉宾,鼓瑟吹笙。"燕,同"宴"。

〔42〕迟:等待,期望。菊花大:菊花盛开之时。

〔43〕粗定:稍稍安定。

〔44〕"笔研"句:是说笔砚之惊魄已苏醒过来,指文思已复。

〔45〕漻沇(liáo xuè 辽穴):当同"沇寥"。《楚辞·九辩》:"沇寥兮天高而气清。"王逸注:"沇寥,旷荡而空虚。"

这是一首题画诗,作于道光十七年(1837)。时在北京,正送诗人王子梅归东南。诗中写了与王氏的交往以及王氏的才华、艺术。并由王氏被盗,祸及诗作一事,联想到当时的思想禁锢政策,对此深为不满。诗中还吐露了自己关于去芜存精、避空就实的文学主张。王子梅,名鸿,又名鹄,字子梅。江苏吴县人(原籍天津),官山东聊城县丞。著有《子梅诗稿》。作者《己亥杂诗》其二九〇亦写及此人:"盗诗补诗还祭诗,子梅诗史还恢奇。"诗末自注:"王子梅鸿《祭诗图》。"又道光二十年(1840)所写词《贺新凉》小序曰:"侨寓吴下(苏州)沧浪亭,与王子梅诸君谈艺。"(龚橙手抄本此序作:"侨寓吴下沧浪亭,与王子梅诸君谈艺,即送子梅游江左,时庚子八月也。")

退朝偶成

夕月隆宗下[1],朝霞景运升[2]。天高容婷直,官简易趋承[3]。口鷇渐如炙[4],心轮莫是冰[5]。屠龙吾已矣,羞把老蛟罾[6]。

〔1〕"夕月"句:写清晨时夜月西下。夕月,夜月。隆宗,隆宗门,在清宫乾清门外西面。

〔2〕"朝霞"句:写朝霞在东方升起。景运,景运门,在乾清门外东面。

〔3〕"天高"二句:是说皇帝在上,宽容我这心直口快之人,官微职闲,易于奔走奉事。两句皆为反语,其实耿直招致祸患,官简无所作为,才是真情实况,作者的许多诗文可证。婞(xìng 杏)直,倔强耿直。语出《离骚》:"鲧婞直以亡身。"简,指官位低微,职事简略。趋,奔走。承,奉上。

〔4〕"口毂(gǔ 谷)"句:是说自己口如炙毂,流脂不尽,比喻好发言论,滔滔无穷。毂,轮辐中心贯轴的部件,为加油脂滑润车轮之处。炙(zhì 质),烤。《史记·孟子荀卿列传》:"故齐人颂曰:谈天衍(邹衍)、雕龙奭(邹奭)、炙(毂)过髡(淳于髡)。"裴骃《集解》引刘向《别录》曰:"过字作輠(据此知今本"过"上之"毂"字为衍文),輠者,车之盛膏器也。炙之虽尽,犹有馀流者,言淳于髡智不尽,如炙輠也。"

〔5〕"心轮"句:是说自己的心不是冰轮,冷酷无情,而是满腔热忱,忧国忧民。冰轮,传统用以比喻月亮。以上二句对仗甚为工巧。

〔6〕"屠龙"二句:是说屠龙我不得实现,但又以捕捉老蛟为耻。比喻高超的才能无所施展,决不降格以求满足。屠龙,《庄子·列御寇》:"朱泙漫学屠龙于支离益,单(殚)千金之家,三年技成,而无所用其巧。"后因称高超而没有用场的技能为屠龙之技。这里指高超的才能。老蛟,老而无能之蛟。罾(zēng 增),鱼网,这里用作动词,即用网捕捉之意。

这首诗作于道光十八年(1838),时作者任礼部主客司主事,兼祠祭司行走。此诗为夜值后清晨退朝时偶有所感写成。诗中对自己耿直而招祸、官微而无为作了委婉的陈述,对抱负不得实现发了含蓄的感慨。

作者于本年正月所写《在礼曹日与堂上官论事书》有云："向来司员,名为坐办司事,至于掌印,尤系一司之雅望,岂以趋跄奔走为才?嘉庆初,司员有于宫门风露中持稿乞画者,使少年新科为之,谓之观政,资格稍旧,则不为之矣。或笔帖式为之,主事不为之矣。近日专以赶宫中说稿为才,自掌印以下,有六七辈齐声说一事者,有六七辈合奉一稿者,辇祚实羞为之。……夫部中多一趋跄奔走乞面见长之人,则少一端坐商榷朴实任事之人。且司官日赴宫门见堂官,则堂官因之不必日至署,司官为无益之忙,堂官偷有辞之懒,所系岂浅鲜哉!"可与本诗互参。

乞籴保阳(四首选二)

其一

〔长安有一士,方壮鬓先老。〕[1]读书一万卷,不博侏儒饱[2]。掌故二百年,身先执戟老[3]。苦不合时宜,身名坐枯槁[4]。今年夺俸钱,造物簸弄巧[5]。相彼蚴蟉梅,风雪压敧倒[6]。剥啄讨屋租[7],诟厉杂僮媪[8]。笔砚欲相吊,藏书恐不保[9]。妻子忽献计,宾朋佥谓好[10]:"故人有大贤,盍乞救援早[11]?如臧孙乞籴,素王予上考[12]。"西行三百里,遂抵保阳道[13]。

〔1〕"长安"二句:旧校以为乃龚橙所增,是,"先"字、"老"字与下文重复。

〔2〕"读书"二句：是说自己虽然学识博富，待遇却连供皇帝玩弄的侏儒也不如，难以得到温饱。博，通"捕"，取得。侏儒，身材特别矮小，以供取乐之人。后句用典故，《汉书·东方朔传》："侏儒长三尺，奉（俸）一囊粟，臣朔长九尺，亦一囊粟。侏儒饱欲死，臣朔饥欲死。"

〔3〕"掌故"二句：是说自己熟悉本朝历史，胸怀经世之志，但抱负尚无着落，身体久困微职已先衰老。掌故，前代故实典制。二百年，清朝开国至此时共一百九十五年，举成数言二百年。《己亥杂诗》其五四自注："八岁得旧登科录读之，是搜辑二百年科名掌故之始。"执戟，秦汉时郎官中有中郎、侍郎、郎中，皆掌值更执戟宿卫殿门之职。多用以泛指职位低下的小官。《史记·淮阴侯列传》载韩信不满项羽给自己的待遇，曾说："臣事项王，官不过郎中，位不过执戟，言不听，画不用，故倍（背）楚而归汉。"

〔4〕"苦不"二句：写自己的思想行为对封建正统思想有所叛逆，不容于当世，身名因而皆不得荣显。参见《杂诗，己卯自春徂夏在京师作，得十有四首》注〔1〕。坐，因。枯槁（gǎo 稿），枯干。这里指衰败而不荣显。

〔5〕"今年"二句：是说今年又遭停俸之罚，上天对自己命运的耍弄无巧不有。夺俸钱，削除官俸，是一种对官吏的处罚。又称罚俸，见《明良论四》。此事作者语焉不详，本年正月作者上礼部堂上官书，论四司政体宜改革者三万言，或因此事得罪。张祖廉《定盦先生年谱》道光十九年注云："汤鹏《海秋诗后集·赠朱丹木》结句云：'苦忆龚仪部，筵前赋白头'。自注：'往时丹木入都，值定盦舍人忤其长官，赋归去来，今舍人已下世矣。'"可以为证。造物，即造物者，人类万物的主宰。作者诗中屡用此称，有时亦称"玉皇"、"紫皇"，多隐喻最高统治者。簸弄，犹播弄，玩弄之意。巧，奇妙。

〔6〕"相彼"二句：是说看那枝干弯曲之梅，乃是风吹雪压而成歪

斜。比喻自己深遭迫害的不幸身世。作者认为曲斜之梅是受到戕害不得自然生长而形成的病态,参见《病梅馆记》。又作者《后游》诗中说:"疏梅最淡冶,今朝似愁绝。……寸寸蚴蟉枝,几枝扪手历?"相,视。蚴蟉(yǒu liǔ 有柳),语出《汉书·司马相如传》所载《上林赋》:"青龙蚴蟉于东箱(厢)。"本为龙行之貌,这里引申为弯曲之状。敧(qī 欺),歪斜。

〔7〕"剥啄"句:写欠下房租,房主一再催讨。剥啄,敲门声。韩愈《剥啄行》:"剥剥啄啄,有客至门。"

〔8〕"诟(gòu 够)厉"句:紧承上句,是说讨房租的敲门声,交杂着奴仆们的互相怒骂声,里外不得安宁。极写家境困厄。作者认为家境之安危与家风之盛衰攸关,其在《与人笺八》中说:"今有家于此……入其门奴仆鹄立,登其庭子姓秩然,奴仆无不畏其家长者,子姓无不畏其父兄者,然则外来者举无足虑,而其家必不遽亡。又有家于此……入其门则奴仆箕踞(放肆的姿态)而嬉,家长过之,无起立者,登其堂,有孙攘臂欲筆笞其祖父,祖父欲怨于宾客,面发頳而不得语,此家宁可支长久耶?"可与此句互参。诟厉,怒骂。僮媪(ǎo 袄),概指男女奴仆。僮,仆役。媪,老妇,指老年的女佣人。

〔9〕"笔砚"二句:用拟人化手法写自己身边文具、书籍等物的心理、情态。相吊,对自己遭难进行慰问。恐不保,唯恐自身不保,被主人卖掉,以济饥困。

〔10〕"妻子"二句:是说妻子儿女突然献出计谋,宾客朋友也都说此计很好。佥(qiān 签),皆。

〔11〕"故人"二句:为妻子儿女所献计谋的内容,是说故交中有大贤之人,何不早去请求救援。大贤,即其二、其三两首中所提到的托公。托公即托浑布(1799—1843),蒙古正兰旗人,姓博尔济吉特氏,名托浑布,字安敦,号爱山。与作者于嘉庆二十三年(1818)同中式举人。道光十七年(1837)任直隶按察使,十八年任直隶布政使,十九年任山东巡

抚,二十三年卒。著有《瑞柳堂诗稿》。事迹详见宗稷辰《兵部侍郎巡抚山东兼提督托公墓表》)。

〔12〕"如臧"二句:是说这样做就如同臧文仲求籴于齐,会受到孔子称赞一样。臧孙,即臧孙辰(?—前617),春秋鲁国大夫,谥文仲。乞籴(dí狄),请求买谷,这里是请求资助饥困之意。《春秋·庄公二十八年》:"大无麦、禾,臧孙辰告籴于齐。"同年《左传》:"冬,饥,臧孙辰告籴于齐,礼也。"素王,用以称有王者之道而无王者之位的人。这里指孔子。《孔子家语·本姓解》:"齐太史子与见孔子,退曰:'或者天将欲与素王乎?夫何其盛也!'"予,赐与。上考,古代考察官吏政绩分为上、中、下数等,考绩最上一等称上考。后句是说修《春秋》的孔子对臧文仲告籴于齐的事评为上考,正与《左传》"礼也"的说法相符。

〔13〕"西行"二句:是说离北京西行三百里抵达保阳道。按,当时托浑布任直隶布政使,治所亦在保定,与保阳道相同。

这组诗共四首,旧本编于道光十八年(1838)。据其四云"昨日林尚书,衔命下海滨",知写于林则徐赴广东禁烟之后。又据《林则徐日记》,其离京赴广的时间为道光十八年十一月二十三日,故确知此诗写于道光十八年末。当时作者任礼部主客司主事,兼祠祭司行走。诗中写了因故被夺俸钱,造成经济拮据,不得不乞求友人资助,并对自己屡遭迫害的原因作了分析,对友人的热情接待表示了感激。更为可贵的是,身居困境,仍不忘忧国忧民,所谓"贱士方奇穷,乃复有所陈",向友人建议在直隶发展蚕桑,富民强国,抵制洋货。这里选了其一、其四两首。这第一首着重写了自己学富志高,坚持理想情操,不阿上随俗,以致屡遭迫害,从根本上说明了受到夺俸之罚的原因,表示了深深的愤慨和不平。旧本诗题或作《过保阳四首》,乃为作者之子龚橙所改,今据题下注复为原题。保阳,道名。道为明清时在省、府之间所设置的监察区。当时保阳道驻直隶省保定府(今河北省保定市),故保阳又成为保定的别名。

其四

嫠不恤其纬[1],忧天如杞人[2]。贱士方奇穷[3],乃复有所陈:冀州古桑土[4],张堪往事新[5]。我观畿辅间[6],民贫非土贫,何不课以桑[7],治织纤组纫[8]?昨日林尚书,衔命下海滨[9],方当杜海物[10],酛毳拒其珍[11]。中国如富桑,夷物何足捃[12]?我不谈水利,我非剿迂闻[13]。无稻尚有秋,无桑实负春[14]。妇女不懒惰,畿辅可一淳[15]。我以此报公,谢公谢斯民[16]。

〔1〕"嫠(lí厘)不"句:见《左传·昭公二十四年》:"嫠不恤其纬,而忧宗周之陨。"是说寡妇不爱惜其织物而忧念国家。详参《自春徂秋,偶有所触,拉杂书之,漫不诠次,得十五首》其二注〔7〕。这里自比忧国之平民。

〔2〕"忧天"句:是说自己像忧天的杞人那样忧虑国难。参见《自春徂秋,偶有所触,拉杂书之,漫不诠次,得十五首》其二注〔10〕。

〔3〕贱士:作者自称。奇穷:异常穷困。

〔4〕"冀州"句:是说冀州自古为宜桑之地。冀州,古"九州"之一。又为汉以后不少朝代所置州名,清雍正二年(1724)升冀州为直隶州,辖今冀县、衡水、武邑、枣强、南宫、新河等县地。桑土,语出《尚书·禹贡》:"桑土既蚕。"

〔5〕张堪:字君游,东汉南阳宛人。曾任渔阳郡(辖境相当今河北滦平以南、蓟运河以西、天津市以北,北京市怀柔、通县以东地区)太守,

曾抵挡匈奴入侵,"劝民耕种,以致殷富。百姓歌曰:'桑无附枝,麦穗两歧。张君为政,乐不可支。'视事八年,匈奴不敢犯塞。"(《后汉书·张堪传》)往事新:是说张堪在冀地奖励农桑,使民致富,抵御外侮的往事记忆犹新。

〔6〕畿辅:京都附近由其管辖的地区。

〔7〕课:督察推行。

〔8〕织纴(rèn任)组绌(xùn训):纺织编制。《礼记·内则》:"女子十年不出,姆教婉娩听从,执麻枲,治丝茧,织纴组绌,学女事,以共(供)衣服。"织纴为纺织布帛之意;组绌均解为绦,编丝带之意。

〔9〕"昨日"二句:写林则徐于道光十八年十一月十五日(1838年12月31日)被清政府任命为钦差大臣赴广东查禁鸦片,当月二十三日(1839年1月8日)即离京前往。林尚书,林则徐当时被任为钦差大臣,并加领兵部尚书衔,故称。参见《送钦差大臣侯官林公序》。衔命,奉命。海滨,指面临南海的广东省。

〔10〕杜海物:杜绝从海上入口的洋货,包括毒品鸦片及一切不急之物。

〔11〕毸毣(rǒng cuì冗脆):鸟兽的细绒毛。这里指毛织物。珍:珍贵之物,泛指一切奢侈品。

〔12〕夷物:洋货。捃(jùn俊):拾取。这里为取之意。

〔13〕"我不"二句:是说我不侈谈在畿辅兴水田之事,我不抄袭迂腐的见解与听闻。剿,抄袭。

〔14〕"无稻"二句:紧承上两句,是说不种水稻尚有其他秋天作物的收成,不种桑养蚕实在是违失春天的大好时节。

〔15〕"妇女"二句:是说连妇女也可以从事采桑养蚕,缫丝织绸,人人勤劳,京都直辖区的民风便可淳朴起来。颜之推《颜氏家训·风操》曾指出:"河北妇人,织纴组绌之事,黼黻锦绣罗绮之工,大优于江

东也。"

〔16〕"我以"二句:是说我以此策奉献与你,作为对你、对这里人民的答谢。斯,此,指直隶省。

这一首写向托浑布陈在直隶发展蚕桑之策,认为这样做一可富民,以济贫困;二可富国,抵制洋货。但这一建议并未被采纳,参见《已亥杂诗》其二一。

已亥杂诗(三一五首选六三首)

其一

著书何似观心贤,不奈卮言夜涌泉[1]。百卷书成南渡岁[2],先生续集再编年[3]。

〔1〕"著书"二句:是说出言招祸,著书写文哪比静默观心为好,但无可奈何,滔滔不尽之言难以遏制,每当夜深人静之时,喷涌如泉,著于纸端。观心,见《观心》说明。贤,强、好。卮(zhī)言,语出《庄子·寓言》:"卮言日出。"成玄英疏云:"卮(盛酒之器)满则倾,卮空则仰,空满任物,倾仰随人,无心之言,即卮言也。又解:卮,支也,支离其言,言无的当,故谓之卮言耳。"《经典释文》引司马云:"谓支离无首尾言也。"与第二解同。作者这里亦用其第二解。《庄子》谓"日出",是说天天溢出,从不间断。这里将"日"改为"夜",不仅表明夜间写作,同时暗示在思想禁锢的高压政策下,发言不能不有所顾忌。

〔2〕百卷书成:旧校云:一本作"全集写成"。百卷,指文集百卷,见其四自注。南渡:渡长江向南。这里指辞官归江南故乡。

〔3〕先生:旧校云:一本作"定盦"。续集再编年:是说组成续集的作品将不断写出,再系年编集。即《与吴虹生书(十二)》所说"忽破诗戒"继续写作之意。

这组诗共三百十五首,全是绝句,作于道光十九年(1839)。本年作者辞官南归,于四月二十三日(阳历6月4日)离开北京,七月九日抵杭州家中。后又往苏州府昆山县料理羽琌山馆。九月十五日由昆山出发北上迎接眷属,至河北省固安县等候妻子儿女出都。十一月二十二日与妻何吉云、子橙(昌匏)、陶(念匏)、女阿辛等南归,至十二月二十六日(1840年1月30日)抵羽琌山馆,将眷属安顿于此。这组诗即作于此次南北往返大半年时间里。关于这组诗的写作经过及内容,作者在道光二十年所写《与吴虹生书(十二)》中曾经谈及:"弟去年出都日,忽破诗戒,每作诗一首,以逆旅鸡毛笔书于帐簿纸,投一破簏中,往返九千里,至腊月二十六日抵海西别墅(按,即羽琌山馆),发簏数之,得纸团三百十五枚,盖作诗三百十五首也。中有留别京国之诗,有关津乞食之诗,有忆虹生之诗,有过袁浦纪奇遇之诗。刻无抄胥,然必欲抄一全分寄君读之,则别来十阅月之心迹,乃至一坐卧、一饮食,历历如绘。"这里所说的"心迹",既包括现时的观感,又包括往事的回忆;既包括对个人身世、事业、理想的感慨,又包括对国家安危、民生疾苦、时政得失的关切,从而构成一组内容丰富的自述诗。确如吴昌绶《定盦先生年谱》所说:"途中杂记行程,兼述旧事,得绝句三百十五首,题曰《己亥杂诗》,平生出处、著述、交游,借以考见。"

这组诗原无事先拟定的写作计划,只是随感写成,积累成篇,最后由作者亲自编定刊行。编次亦大体按写作时间的先后,并无深意,但是竟表现出这样的完整性与深刻性。事非偶然,究其原因,主要在于它是在作者一生的关键时刻和特定遭遇中写成的。作者本年辞官,是他"动触时忌"(吴昌绶《定盦先生年谱》语)、屡遭迫害发展的顶点,也是他不容于上层社会而誓与统治者决绝这一决心的最终实现。此时此刻,抚今追昔,思绪翩翻,感慨万端,诗如泉涌,汇流成河,自然地映现出作者前半生的缩影。

这组诗体裁多样,记事、抒情、言志、题赠、酬答无所不包。思想内容亦较为复杂,积极、健康者居多,有的仍不减既往的斗争锋芒;但也有表现消极思想、行为的,主要在"选色谈空"(其一○二首语)两方面,这是作者早已立下的宿愿:"何日冥鸿踪迹遂,美人经卷葬年华"(《逆旅题壁,次周伯恬原韵》),是政治理想不得实现时无可奈何的一种表示。由于思想内容的复杂性所决定,《己亥杂诗》的艺术风格也是多样的,大体说来,像他的其他诗作一样,雄奇与哀艳两种风格并存。

这里共选了六十三首,占全部的五分之一。每首之前按原诗编次标以数字。原诗诗末自注,用括号括起。这第一首,实为整组诗的序诗,说明自己虽遭迫害,仍不甘寂寞,不平之气,难以抑制,愤懑之言,不吐不快。开宗明义,表现了百折不挠的战斗精神。

其三

罡风力大簸春魂[1],虎豹沉沉卧九阍[2]。终是落花心绪好,平生默感玉皇恩[3]。

〔1〕罡风:高天强劲的风。罡,同刚。《抱朴子·杂感》:"上升四十里,名为太清。太清之中,其气甚刚,能胜(承担)人也。"《朱子全书·理气》谓天"只是个旋风,上软下坚,道家谓之刚风"。簸:颠簸、荡覆。春

魂:指落花,并喻遭摧残而衰落的自身。

〔2〕"虎豹"句:比喻凶恶腐朽势力盘踞朝廷,把持要津,使自己不得进身,以实现抱负。沉沉,深邃的样子。九阍(hūn 昏),深宫道道门关,指朝廷。阍,宫门。句意本《楚辞·招魂》:"魂兮归来,君无上天些!虎豹九关,啄害下人些!"

〔3〕"终是"二句:是说既然已是落花身世,但心情很好,无所怨恨,平生默默感戴皇上的恩惠。落花,作者常以落花自喻沦落身世。参见《西郊落花歌》说明。玉皇,道家所尊奉的天帝,俗称玉皇大帝。作者诗中屡用玉皇作双关语,既指主宰天地万物的上帝,又喻人间至高无上的皇帝,此同。按,《己亥杂诗》中屡有感恩之辞,如其一一云"君恩够向渔樵说",其一二云"掌故罗胸是国恩",多像贬臣上表谢恩一样地言不由衷。这两句更为反语,暗含讽意,表面说无所怨恨,感恩不尽,实为奚落之词。参见《寒月吟》"皇天误矜宠,付汝忧患物"二句及《乞籴保阳》"今年夺俸钱,造物簸弄巧"二句。

这首诗慨叹自己受到当权腐朽势力的排挤与摧残,以落花比喻飘零凋萎的身世。

其四

此去东山又北山〔1〕,镜中强半尚红颜〔2〕。白云出处从无例,独往人间竟独还〔3〕。(予不携眷属僚从〔4〕,雇两车,以一车自载,一车载文集百卷出都。)

〔1〕"此去"句:写离京归隐。东山,东晋谢安曾携妓隐居会稽东山(在今浙江上虞县西南)。又临安、金陵均有东山,相传也是谢安游憩之

地。均见《晋书》本传。后遂以东山泛指隐居之地。北山,指南京紫金山,又称钟山。南齐时,周颙曾隐居钟山,后应诏出仕,孔稚珪写了《北山移文》,借北山口吻讽刺他"身在江湖之上,心居魏阙之下"。按《己亥杂诗》别首亦曾提到东山、北山,如其一二六首以谢安自况,为谢安和自己携妓而隐辩解说:"别有狂言谢时望,东山妓即是苍生。"其二三四首写料理羽琌山馆别墅完毕,启程北上迎眷时,又将自己的隐居之地比作北山:"又被北山猿鹤笑(按,《北山移文》:"蕙帐空兮夜鹤怨,山人去兮晓猿惊。"),五更浓挂一帆霜。"又,作者归隐后,往来于吴越间,或直以东山指家乡杭州之隐地,以北山指苏州昆山县羽琌山馆别墅之隐地。其道光十年《与吴虹生书(十二)》云:"别吾虹生十阅月……而弟颓放无似,往来吴越间,舟中之日居多。在家则老人且不得萧闲如先辈林下之乐,况弟乎?出门则干求诸侯,不与笔砚亲。幸老人有别业在苏州府属昆山县城,距杭州可三日程,弟月必一至。内子亦暂顿于是。弟至其地,则花竹蔚然深秀,有一小楼,面山,委中置笔砚,弟偷闲暂坐卧于是。"

〔2〕"镜中"句:写自己壮盛之年尚未消逝。时作者四十八岁。强半,大半。红颜,青春少年。这里当指壮盛之年。

〔3〕"白云"二句:是说愿仕则仕,愿隐则隐,本无定例,自己一人入仕,最终还是孤零零一人归还。慨叹冒然入仕,一无所成,志愿未遂,独自归隐。白云,隐士多用以自喻。陶渊明《归去来辞》:"云无心以出岫,鸟倦飞而知还。"作者《杂诗,己卯自春徂夏,在京师作,得十有四首》其一有云:"白云一笑懒如此,忽遇天风吹便行。"写自己二十八岁时赴京应进士考试,亦属偶然。出处,出仕和退隐。《周易·系辞》:"君子之道,或出或处。"无例,没有定则。独还,表面指一人离京,实为一无所获的感慨。

〔4〕傔从(qiàn zòng 欠纵):侍从。

这首诗写独自离京南归,料理归隐之事。不甘同流合污,与官场决绝,算是可幸;但济世之志终不得实现,又不能不感到可哀。诗中感慨深沉,情绪复杂。

其五

浩荡离愁白日斜[1],吟鞭东指即天涯[2]。落红不是无情物,化作春泥更护花[3]。

[1] 浩荡离愁:弥漫无际的离愁。杜甫《秦州杂诗》有"浩荡及关愁"句。

[2] 吟鞭:相伴吟诗的马鞭。其一七八首有"赖是摇鞭吟好诗"句。又其二九九首云:"偶落吟鞭便驻车";词《百字令·江郎未老》云:"吟鞭醉失归路"。东指:指离京东行。按,作者当时从北京东面的广渠门出城。即天涯:便是天涯,指远离京师。刘禹锡《和令狐相公别牡丹》诗:"莫道两京非远别,春明门外即天涯。"

[3] "落红"二句:以落花自比沦落的身世,并愿继续有所贡献,去护惜新生力量。落红,落花。作者常以落花自喻。参见《西郊落花歌》说明及注[17]。

这首诗又以落花比喻自己被遗弃的身世。但落花有情,决不颓唐,甘愿贡献自身,去维护新生力量,表现了对政治理想的执着。

其七

廉锷非关上帝才[1],百年淬厉电光开[2]。先生宦后雄谈减〔3〕,悄向龙泉祝一回〔4〕。

〔1〕廉锷(è 饿):刀剑的棱刃锋芒。比喻锐利的词锋。《文心雕龙·封禅》:"乂吐光芒,辞成廉锷。"上帝才:天帝所赋之才。

〔2〕百年:一生。淬(cuì):锻铸时的淬火。厉:同砺,磨砺。电光:形容锋芒闪烁。亦比喻词锋,扬雄《解嘲》有"舌如电光"之句。

〔3〕先生:自谓。雄谈:宏伟的谈论,指议论国事、讥切时政,及有关的诗文。参见《十月廿夜,大风不寐,起而书怀》"我方九流百氏谈宴罢"数句及《己亥杂诗》其三〇三首"俭腹高谈我用忧"句。

〔4〕龙泉:古代宝剑名。《抱朴子·博喻》:"韬锋而不击,则龙泉与铅刀均矣。"《晋书·张华传》载:晋惠帝时,广武侯张华见北斗、牵牛星之间有紫气,召问雷焕,雷焕认为是"丰城宝剑之气上彻于天",便命雷焕任丰城县令。焕到县,掘狱屋基,得一石函,中有双剑,并刻题,一曰龙泉,一曰太阿。这里比喻自己富有锋芒的才气和文章。祝:祈祷。

这首诗写自己言谈、文章锋芒毕露,并非天生,全靠长期磨练而成。但入官之后,在思想禁锢的高压下和因循守旧的风气中,不得不有所藏敛;为避免日久销磨殆尽,只能有时暗自借祝祷以求保持。

其一〇

进退雍容史上难〔1〕,忽收古泪出长安〔2〕。百年袤辙低徊遍,忍作空桑三宿看〔3〕?(先大父宦京师〔4〕,家大人宦京师〔5〕,至小子,三世百年矣!以己亥岁四月二十三日出都。)

〔1〕"进退"句:是说能做到仕宦与退隐都从容坦然,有史以来便是

难事。写自己进退两难的处境和心情。进,进用,出仕。退,退隐。雍容,坦然大方、从容不迫的样子。

〔2〕"忽收"句:是说强止住眼泪离开北京。古泪,深沉悲痛的眼泪。古,高古,不同于时俗、寻常、浅薄的意思,并与上句"史上"相应。作者《歌哭》诗有云:"歌哭前贤较有情。"可参。长安,我国古都之一,故址在今陕西省西安市。西汉、隋、唐皆建都于此,唐以后常用为国都的通称。这里指北京。

〔3〕"百年"二句:是说对三代人百年间仕宦京师留下的旧迹依依难舍,反复看遍,怎忍把这当作违犯佛家爱恋多情之戒看待。百年,即自注所谓祖孙宦京师"三世百年"。綦(qí其)辙,泛指旧迹。綦,足迹。作者《礼部题名记序》写其祖父、父亲皆曾在礼部诸司任职,"自珍入司门,顾瞻楣题,下上阶,思履綦,步弗敢迈越"。辙,车轮轧过的痕迹。低徊,徘徊。忍,怎忍。空桑三宿,多情、爱恋之意。《后汉书·襄楷传》:"浮屠不三宿桑下,不欲久生恩爱,精之至也。"李贤注:"言浮屠之人(修行佛道之人)寄桑下者,不经三宿,便即移去,示无爱恋之心也。"

〔4〕先大父:已故的祖父。按,作者祖父敬身(号匏伯),曾仕宦京师,历任内阁中书、宗人府主事、吏部稽勋司员外郎,兼考功司事,礼部精膳司郎中,兼祠祭司事、记名御史。本生祖褆身(号吟膄),亦曾仕宦京师,官至内阁中书军机处行走。

〔5〕家大人:父亲。按,作者父亲丽正(号暗斋)曾仕宦京师,由进士除礼部,补仪制司,改祠祭司,兼仪制司,又兼精膳司。又曾任军机章京。

这首诗着重表现了被迫辞官、理想无着、留恋京师的踯躅悲哀之情。

其一四

颓波难挽挽颓心[1],壮岁曾为九牧箴[2]。钟虡苍凉行色晚[3],狂言重起廿年喑[4]。

〔1〕"颓波"句:是说危难的政治形势、败坏的社会风气既难改变,誓愿振奋因受压抑而已颓唐之心。刘禹锡《咏史》诗:"世道剧颓波,我心如砥柱。"为此句所本。

〔2〕壮岁:三十岁。参见《夜坐》其二注〔2〕。九牧箴:即九州箴。牧为州郡长官之称。箴,规戒劝谏的文章,形成专门的文体。《文心雕龙·箴铭》:"夫箴诵于官,铭题于器,名目虽异,而警戒实同。箴全御过,故文资确切,铭兼褒赞,故体贵弘润。其取事也必核以辨,其摘文也必简而深,此其大要也。"《汉书·扬雄传赞》:"箴莫善于《虞箴》,作州箴。"晋灼注曰:"九州之箴也。"《后汉书·胡广传》:"初扬雄依《虞箴》作十二州二十五官箴。"这里指作者三十岁左右所写讥切时政的一些文章。

〔3〕"钟虡(jù 具)"句:既写当时离京时的景色,又暗喻清王朝的衰落形势。钟虡,钟为乐器之一种。虡为悬钟磬等乐器架子的柱子。钟虡为封建王朝所用重要礼器,是国家最高权力的象征。苏轼《诸宫》诗写楚国灭亡,有"秦兵西来取钟虡,故宫禾黍秋离离"句。苍凉,苍茫凄凉。行色,行役时的状况。此句与首句"颓波"相应,并可参见《尊隐》一文所写京师的没落形势。

〔4〕狂言:指自己倡言改革、痛斥时弊的言论。按作者不落世俗,离经叛道,被正统派、保守派目为狂人。作者傲岸不群,也甘愿以"狂"字自诩,诗中屡见"狂士"、"狂生"、"狂客"、"狂直"、"狂名"、"狂言"等称。

其深交挚友对他亦以"狂"字相称,如孔宪彝《对岳楼诗续录》卷二《寄怀吴虹生舍人》诗有云:"入座尽容佳客至,论交能与古狂同(自注:君与龚定盦最相契)。"廿年喑(yīn音):指入仕二十年,迫于环境,沉默寡言所患的"哑病"。按,其一三首云:"出事公卿溯戊寅。"作者于嘉庆二十三年(戊寅,1818)应浙江乡试,中式第四名举人,至此已二十二年。若从嘉庆二十五年(1820)初仕内阁中书算起,至本年整二十年。

这首诗慨叹力挽颓波的政治理想难以实现,但决心要振作精神,一扫入仕后受拘束所造成的沉默,重新大声疾呼,倡言改革,讥切时政。

其一五

许身何必定夔皋,简要清通已足豪〔1〕。读到嬴刘伤骨事〔2〕,误渠毕竟是锥刀〔3〕。

〔1〕"许身"二句:是说许身于国,何必一定像古代有名的贤臣夔和皋陶那样做出丰功伟绩,能做到为政简要不烦、清静通达已足夸耀。夔(kuí葵),帝舜的名臣,任主管音乐教化的乐正。皋,皋陶(yáo遥),亦为帝舜的名臣,相传曾制定律令法制。简要清通,《世说新语·赏誉》:"吏部郎阙,文帝问其人于锺会。会曰:'裴楷清通,王戎简要,皆其选也。'于是用裴。"按,作者并非不主张许身夔、皋,在《对策》一文中明云:"皇上圣神如尧舜,亦藉群策群力,士亦许身皋、夔、稷、契而已矣。"这里是说降格求之亦较残酷之政为优。

〔2〕嬴:嬴政,秦始皇。这里指秦朝。刘:刘邦,汉高帝,这里指汉朝。伤骨:损伤至骨。比喻苛刻之政。按,其二七五首云:"少年虽亦薄汤武,不薄秦皇与武皇。"作者跟正统派唱反调,不尊儒反法,但又不赞同

法家所主张的严酷统治。

〔3〕渠：他。锥刀：比喻严刑峻法。《后汉书·樊宏传》载：樊宏之族曾孙樊准于汉和帝时曾上疏曰："文吏则去法律而学诋欺，锐锥刀之锋，断刑辟之重，德陋俗薄，以致苛刻。"

这首诗反映了作者主张行宽简之政，反对严刑峻法的政治思想。并借秦汉之治，暗讽清王朝的高压统治和残酷吏治。

其二一

满拟新桑遍冀州，重来不见绿云稠〔1〕。书生挟策成何济〔2〕？付与维南织女愁〔3〕。（曩陈北直种桑之策于畿辅大吏〔4〕。）

〔1〕"满拟"二句：是说满以为新桑已种遍冀州，重来之时并不见桑树成林，绿叶稠密如云。冀州，见《乞籴保阳》其四注〔4〕。绿云，语本鲍照《代陈思王京洛篇》："扬芬紫烟上，垂彩绿云中。"

〔2〕书生：自称。挟策：本为手持简册之意。《庄子·骈拇》："挟荚（同策）读书。"这里一语双关，又指持有建陈之策。成何济：能成就什么事情。

〔3〕"付与"句：是说只能全依赖江南妇女提供织品，这等于给她们强加愁苦。维南，南方。语出《诗经·小雅·大东》："维南有箕。"维，句首虚词。

〔4〕曩（nǎng 囊上声）：从前。北直：北方直隶省。畿辅大吏：指直隶布政使托浑布。参见《乞籴保阳》。

作者于道光十八年末（1839 年初）曾向直隶布政使托浑布建议于冀

州植桑养蚕(见《乞籴保阳》其四)。时隔几月,出都重经冀州,看到自己所陈之策并未被采纳,从而感慨书生不能有所作为,济世之志难酬。

其二四

谁肯栽培木一章〔1〕?黄泥亭子白茅堂〔2〕。新蒲新柳三年大,便与儿孙作屋梁〔3〕!(道旁风景如此。)

〔1〕木:树。章:大材。《汉书·百官表》:"东园主章。"如淳注:"章,谓大材也。"

〔2〕"黄泥"句:是说一路所见都是用黄泥和茅草造的亭子和房屋。此句紧承上句以申其意:既然只造泥亭草屋,不存宏伟之愿,自然也就用不着培育大材。

〔3〕"新蒲"二句:是说仅仅生长三年的杨柳,便取材为后代盖房作梁。写应付一时,不图长远。新蒲,幼蒲。蒲,蒲柳,又名水杨。《尔雅·释木》:"杨,蒲柳。"杨柳皆容易生长,但木质松脆。三年,指时间短促。常言道:"十年树木,百年树人。"这里以三年写其草率、应付。

这是一首触景生情、咏物寓意的诗,借道旁所见以稚嫩松软之材作梁的泥亭茅屋,讽刺不图宏大长远,不重视培养栋梁之材的当权者,及其所推行的扼杀人材的腐朽科举、官僚制度。作者在《对策》中说:"夫皋、夔、稷、契,皆大圣人之材,而终身治一官,自恐不足;后之人才不如古,而教之、使之,又非其道,疲精神耗日力于无用之学。……古者学而入政,后世皆学于政,此唐、宋、元、明之人才所以难语夫古初也。"可与此诗互参。

其二八

不是逢人苦誉君[1],亦狂亦侠亦温文[2]。照人胆似秦时月[3],送我情如岭上云[4]。(别黄蓉石比部玉阶[5]。蓉石,番禺人。)

[1] 苦誉:极力赞扬。

[2] 狂:耿介豪放。侠:慷慨尚义。温文:温和文雅。《礼记·文王世子》:"恭敬而温文。"孔颖达疏:"恭敬而温文,谓内外有礼。貌恭心敬,而温润文章,故云恭敬而温文也。"梁绍壬《两般秋雨庵随笔》卷五称黄玉阶"弱冠即有声庠序,四方名士多与之游","貌温雅"。按,"狂"、"侠"两者相近,而"温文"与之相对,然黄氏能将此对立的品格集于一身。

[3] "照人"句:写黄氏光明磊落,对人肝胆相照。秦时月,语出王昌龄《出塞》诗"秦时明月汉时关",借以写其古朴的光明磊落的品格。

[4] "送我"句:写黄氏送别自己的崇高之情。此句效李白《赠汪伦》"桃花潭水深千尺,不及汪伦送我情"诗意,而有所变化。

[5] 黄蓉石:名玉阶,字季升,一字蓉石,广东番禺人,道光十六年进士,官刑部主事。有《韵陀山房诗文集》。黄氏为作者至交,在其一五五首中,将黄与另一挚友吴虹生相提并论:"除却虹生忆黄子,曝衣忽见黄罗衫。文章风谊细评度,岭南何减江之南。(谓蓉石比部。)"比部:官名。魏、晋、南北朝尚书有比部曹,南朝宋时掌法制,北齐时掌诏书律令句检等事。隋初为比部侍郎,唐改为郎中,皆属刑部。唐肃宗至德初年复旧,掌内外诸司公廨,以及公私债负徒役公程赃物帐及句用度物。金元废。明、清以比部为刑部司官的通称。黄氏任刑部主事,故以比部相称。

这首诗写友人黄玉阶的高尚品格以及对自己的深情厚意,反映了作者对诚挚人生的追求。

其二九

觥觥益阳风骨奇[1],壮年自定千首诗[2]。勇于自信故英绝[3],胜彼优孟俯仰为[4]。(别汤海秋户部鹏[5]。)

[1]"觥(gōng 公)觥"句:写汤鹏刚直不凡的人格。觥觥,刚直的样子。益阳,称汤鹏。按汤氏为湖南益阳人。风骨,论人时指气质、品格,如《宋书·武帝纪》评刘裕,有"风骨奇特","风骨不恒(常),盖人杰也"之语;论文时指情思文辞,如《文心雕龙·风骨》所言。这里兼指二者。

[2]"壮年"句:是说三十来岁就自己删定数以千计的诗。壮年,三十岁,见《夜坐》其二注[2]。这里为虚指。千首,亦虚指。作者《书汤海秋诗集后》云:"益阳汤鹏,海秋其字,有诗三千馀篇,芟而存之二千馀篇。"

[3]英绝:俊美超群。亦兼指人格、诗风。张融《诫子文》:"吾文体英绝,变而屡奇。"符葆森《寄心庵诗话》:"海秋农部,天才盘郁,英持爽达。其最奇者四言诗二百馀首;悼亡之作,连篇累牍,古人无是也。"

[4]优孟:春秋时楚国的艺人,多智善辩,滑稽诙谐,常以谈笑讽谏。楚相孙叔敖死后,其子穷困。优孟用计救助:先穿戴孙叔敖衣冠,模仿其言谈举止,然后装扮成孙叔敖见楚庄王,言楚相不可为,持廉至死,妻子穷困。楚庄王被打动,遂召孙叔敖子,封其于寝丘。见《史记·滑稽列传》。后世遂称一味模仿为"优孟衣冠"或"优孟"。清吴乔《围炉诗话》

卷一："宋人惟变不复,唐人之诗意尽亡;明人惟复不变,遂为叔敖之优孟。"俯仰为:俯仰效人。

〔5〕汤鹏(1801—1844):字海秋,湖南益阳人。道光三年进士,授礼部主事,充军机章京,升山东道监察御史。道光十五年上章,言朝廷对嵩曜、载铨二人相争事处置不当,奏请将宗室尚书载铨交宗人府量加议处,而将嵩曜处分加以宽减。道光皇帝下谕怒斥云:"汤鹏此奏,率意渎陈,实属不知事体轻重,不胜御史之任,著仍回原衙门行走。"(见《东华续录》)降官户部员外郎。由此足见其刚正耿直。著有《浮丘子》、《海秋诗文集》、《七经补录》等。《清史稿》有传。他留心国事,主张经世致用,解放人材。王拯《户部江南司郎中汤君行状》云:"君以数年海疆连兵,英吉利甫就抚,宜善驭之,上善后事宜三十条,由本部堂上官以闻。大抵言羁縻之中宜思预防,如召募练勇,修船造炮,缉奸设险诸务,皆指陈畅切,而尤以破陈规、开特科为用人之要,往复致意焉。"又云:"其读书求大义,不屑屑章句,尤自雄于文词,而对天下学者多为训诂考订,或为文严矩法,君一皆厌之。又言:为天下者,贵能通万物之情,以定天下之务,若徒治天下事以吏胥之才,而待天下士以妾妇之道,恶在其为治也!"另姚莹《汤海秋传》叙汤鹏与龚魏志同道合颇详:"道光初,余至京师,交邵阳魏默深(源)、建宁张亨甫(际亮)、仁和龚定盦及君。……是四人者,皆慷慨激厉,其志业才气,欲凌轹一时矣。世乃习委靡文饰,正坐气苶耳,得诸子者,大声振之,不亦可乎?"

这首诗写友人汤鹏,赞其为人刚正不阿,诗风亦自成一格,不随人俯仰,一味模仿。诗中语多双关,既写其人,又写其诗,构思巧妙。

其四四

霜豪掷罢倚天寒[1],任作淋漓淡墨看[2]。何敢自矜医国手,药方只贩古时丹〔3〕。(己丑殿试〔4〕,大指祖王荆公《上仁宗皇帝书》〔5〕。)

〔1〕"霜豪"句:是说《对策》写就,语言锋利,报国心切,像倚天长剑一样发出凛凛寒光。霜豪,威严有如冰霜的笔。豪,同"毫"。掷,投。霜豪掷罢,同掷笔,写罢、写就之意。参见《梦中作》注〔1〕。倚天,倚天剑。宋玉《大言赋》:"长剑耿耿,倚天之外。"这句诗参用杜牧《长安杂题长句》诗"四海一家无一事,将军携剑泣霜毫"及李峤《剑》诗"倚天持报国,画地取雄名"句意。

〔2〕"任作"句:紧承上句,是说任凭你们把我这威严郑重、呕心沥血的《对策》,当作等闲的科举文字看待好了。淡墨,唐、宋时礼部录取进士,放榜时用淡墨书写。其初登第人名字全用淡墨书写,后仅以黄纸淡墨前书"礼部贡院"四字,馀皆浓墨。因称进士榜为淡墨榜。参见五代王定保《唐摭言·杂文》、宋张洎《贾氏谭录》等。清李调元撰《淡墨录》,记清初至乾隆间科举轶事及有关官员言行,则淡墨成为科举的代称。这里淡墨指科举文章。

〔3〕"何敢"二句:是说哪敢自夸为医国救弊的能手,只是转贩古代药方制成的丹药罢了。即自注所云此次对策大旨本王安石的《上仁宗皇帝书》。医国,补弊救偏,治理国家。《国语·晋语》:"上医医国,其次救人。"作者在《对策》中云:"若此者,经史之言,譬方书也;施诸后世之孰缓、孰亟,譬用药也。宋臣苏轼不云乎:药虽呈于医手,方多传于古人。若已经效于世间,不必皆从于己出。"

〔4〕己丑:道光九年(1829)。殿试:皇帝亲自主持的考试,始于唐武则天天授元年(690)。清朝会试放榜后,皇帝召中者于保和殿对策再试,亲定甲等:一甲三名(进士),二甲若干名(进士出身),三甲若干名(同进士出身)。作者《干禄新书自序》所记殿试程序甚为具体,可参见。

按,本年四月二十一日作者参加殿试,列三甲第十九名,赐同进士出身。由本诗第二句,可知作者对这种评判颇含不满。

〔5〕大指:大旨。祖:本,仿效。王荆公:王安石(1021—1086),字介甫,江西临川人,曾封荆国公,后人称王荆公。北宋时期,宋王朝积贫积弱,面临内忧外患。为了打击官僚大地主的土地兼并,缓和阶级矛盾,发展农业生产,抵抗辽和西夏的侵扰,王安石于宋仁宗嘉祐三年(1058),向仁宗上万言书(即《上仁宗皇帝言事书》),倡言变法,系统地提出了改革政治经济的主张。后被宋神宗任为宰相,于熙宁二年(1069)至熙宁九年大力推行新法。最终虽因保守势力的反对而失败,但取得了一定的成效。作者对王安石变法非常景仰,对其万言书尤其佩服,颇受影响。张祖廉《定盦先生年谱外纪》载:"少好读王介甫《上宋仁宗皇帝书》,手录凡八通,慨然有经世之志。撰《西域置行省议》、《东南罢番舶议》,凡数万言。"又:"论王安石《上宋仁宗皇帝书》今士之所宜学者一段曰:自珍读之二十年,每一读,则浮一大白。又其书曰:'窃惟在位之人才不足,而无以称朝廷任使之意;朝廷所以任使天下之士者,或非其理,而士不得尽其才。'先生曰:万言书实二言而已。"由此可知,除经世内容外,作者尤其重视万言书中选用人才之论。

这首诗回忆道光九年(1829)第二次参加会试中式后,参加殿试对策的情况。清代科举制度规定:殿试考时务策,内容涉及国家大政。先由阅卷大臣拟定题目八条,再呈皇帝圈定四条,由贡士撰文对答。作者这次应对的四条是:第一关于民生教化,第二关于河患,第三关于培养、任用人材,第四关于边防,皆能结合实际,考古鉴今,倡言改革(详见《对策》一文)。

其四五

眼前二万里风雷,飞出胸中不费才[1]。枉破期门佽飞胆,至今骇道遇仙回[2]。(记己丑四月二十八日事[3]。)

[1]"眼前"二句:是说二万里边疆犹在眼前,有如风雷震撼人心的谋划之词,飞出胸中轻而易举。写自己边情之熟、策略之高。二万里,指当时西、北边疆。作者在《御试安边绥远疏》云:"国朝边情、边势与前史异,拓地二万里而不得以为凿空。"又云:"夫三省(东三省)居舆图极东北,回城居极西南,入中国(中原),出中国,真二万里。"风雷,比喻翻腾的思想感情和雄壮的文词。《三别好诗》其二:"高吟肺腑走风雷。"《己亥杂诗》其六一:"著书不为丹铅误,中有风雷老将心。"可与此二句互参。不费才,不费才智。因作者一向留意边事,深思熟虑,胸有成竹,并且早已写了《西域置行省议》等文章,故云。

[2]"枉破"二句:是说即使自己的奇异之才当时把皇帝的左右侍从吓破胆,至今他们还惊道遇仙而回也是枉然。言外之意自己并未受到重用,得以施展政治抱负。期门,官名,汉武帝建元中置,为扈从武官,其长曰仆射。平帝元始元年更名虎贲郎。佽(cì 次)飞,亦汉武官名,掌弋射。《汉书·宣帝纪》:"及应募佽飞射士。"这里以期门、佽飞泛指皇帝左右大臣及侍从。阮葵生《茶馀客话》卷九:"张南华詹事(即张鹏翀),今之谪仙也,天才敏捷,于韵语具宿慧,兴到成篇,脱口而出,妥帖停当。……南郊视坛,家叔父姜村先生同以讲官侍班,于斋宫铺棕处候驾,因指棕字为韵。南华冲口吟数十韵……如河悬澜翻,不能自休。六曹九卿羽林期门之士,环绕耸听,诧为异人。"这两句当用此典。据载,作者之疏曾使阅卷大臣大为惊异,详下注。

〔3〕"记己丑"句：按，作者此次参加朝考事，吴昌绶《定盦先生年谱》载："（道光九年）四月二十八日朝考，奉旨以知县用，呈请仍归中书原班。先生廷试对策，大致祖王荆公《上仁宗皇帝书》。及朝考，钦命题'安边绥远疏'，时张格尔甫平，方议新疆善后，先生胪举时事，洒洒千馀言，直陈无隐，阅卷诸公皆大惊。卒以楷法不中程，不列优等。"张祖廉《定盦先生年谱外纪》载："己丑朝考，先生于《定边绥远疏》中，陈南路北路利弊，及所以安之之策，娓娓千言。读卷大臣故刑部尚书戴敦元大惊，欲置第一。同官不韪其言，竟摈之。"

这首诗回忆道光九年（1829）四月二十八日参加朝考的情况。朝考为"殿上三试"的最后一道关，亦在保和殿举行。作者《干禄新书自序》载："先殿试旬日为复试，……殿试后五日，或六日、七日为朝考，……三试皆高列，乃授翰林院官。"作者这次参加朝考，按道光皇帝命题作了《安边绥远疏》，现存集中。当时新疆天山北路张格尔叛乱平定不久，清廷正在谋划新疆善后事宜。作者一向留心边策，并谙熟西北舆地，得心应手，洋洋数千言，提出了切实可行的建议，主要观点是："今欲合南路、北路而胥（皆）安之，果何如？曰：以边安边。以边安边何如？曰：常（平时）则不仰饷于内地十七省，变（变故、动乱）则不仰兵于东三省。何以能之？曰：足食足兵。足之之道何如？曰：开垦则责成南路，训练则责成北路。"但遭到某些阅卷大臣故意刁难，"卒以楷法不中程（按，不合馆阁体），不列优等"（详注〔3〕），未得入翰林院，以塞升迁之路。而作者在诗中对此疏则颇感自负，并奚落、嘲笑了那些压抑他的庸官。

其四七

终贾华年气不平[1]，官书许读兴纵横[2]。荷衣便识西华路〔3〕,至竟虫鱼了一生〔4〕!(嘉庆壬申岁〔5〕,校书武英殿〔6〕,是平生为校雠之学之始〔7〕。)

〔1〕"终贾"句:是说自己像终军、贾谊那样年轻有志,气质非凡。其二八六首"少年奇气称才华"句,虽写他人,其意可参。终,终军,西汉时济南人。年十八,上书武帝,授为谒者给事中,后升为谏议大夫。奉使说南越王内属,终军请受长缨,谓必羁南越王颈,致之阙下。后在南越遇害,时仅二十馀岁。世称之终童。贾,贾谊,西汉洛阳人,博学善文,年十八知名于郡中。后汉文帝召为博士,超迁至太中大夫,并欲任为公卿,时仅二十馀岁。曾上《治安策》,在政治、经济、思想、外文等方面多所建议,对巩固汉王朝的中央集权制起过一定作用。后遭毁被贬,死时仅三十三岁。终军、贾谊皆早达知名,后世并称终贾。《晋书·潘岳传》:"乡邑号为奇童,谓终、贾之俦也。"

〔2〕官书:国家藏书。兴:意兴,感触。纵横:奔放无拘。杜甫《戏为六绝句》:"庾信文章老更成,凌云笔健意纵横。"这里是千头万绪无所约束之意。兴纵横,既包含喜,又包含悲,喜的是有幸阅读国家的丰富藏书,悲的是职位受限,抱负难展。

〔3〕"荷衣"句:是说自己尚为年轻士子之时便校书武英殿,有机会经常由西华门出入皇宫。荷衣,语出屈原《离骚》"制芰荷以为衣兮,集芙蓉以为裳"及《九歌·大司令》"荷衣兮蕙带",指用荷叶制成的上衣,以喻香洁。后用以指隐者或平民之服,与"朝衣"相对。《唐摭言》卷十载:李贺七岁,以诗名震京城。当时韩愈与皇甫湜奇之,登门造访,李贺"总角荷衣而出"。作者在《己亥杂诗》诗中亦屡以"荷衣"指少年未仕之人,如其二八五:"白头相见山东路,谁惜荷衣两少年。"西华,即西华门,为紫禁城西门。武英殿即在西华门内。

〔4〕"至竟"句:紧承上句,是说尽管年少未仕,已能出入西华门在

武英殿校书,但恐怕毕竟只能以此"虫鱼"之学了此一生。至竟,毕竟。虫鱼,即虫鱼之学,见《杂诗,己卯自春徂夏在京师作,得十有四首》其六注〔3〕。校订古书文字亦包括在此学之内。

〔5〕嘉庆壬申岁:即嘉庆十七年,公元1812年。本年作者由副榜贡生(乡试举人定额之外副榜录取之生员)考充武英殿校录,时二十一岁。

〔6〕武英殿:清皇宫殿名,在太和门西侧。乾隆时校刻《十三经》、《二十二史》等书于此。

〔7〕校雠:亦称校勘,根据一书的不同版本比较文字篇章的异同,订正讹误。语出刘向《别录》:"雠校,一人读书,校其上下,得谬误为校;一人持本,一人读书,若怨家相对,故曰雠也。"(《文选·魏都赋注》、《太平御览》卷六一八等引)

这首诗回忆二十一岁时任武英殿校录的往事。引汉代终军、贾谊自喻,以为正当华年,气质非凡,抱负远大,但未得到重用,意恐以微末之职、琐屑之务了此一生。

其五〇

千言只作卑之论,敢以虚怀测上公〔1〕?若问汉朝诸配享,少牢乞祔叔孙通〔2〕。(在礼部上书堂上官〔3〕,论四司政体宜沿宜革者三千言〔4〕。)

〔1〕"千言"二句:是说自己的三千字上书只被看成卑下而无高见之论,哪敢再以虚怀若谷来衡量长官大人。嘲讽礼部长官不能礼贤下士,听取建议。千言,成千字,指三千来字的上书。卑之论,见解不高的言论。《史记·张释之冯唐列传》载:张释之为骑郎,事汉文帝十馀年,

不得升调,欲辞官。中郎将袁盎知其有才,请求将其徙官谒者。"释之既朝毕,因前言便宜事。文帝曰:'卑之,毋(无)甚高论,令今可施行也。'"上公,本是对公爵的尊称,是说位在诸爵之上。这里用以称自己所在礼部的长官。

〔2〕"若问"二句:是说如果问到汉朝哪些人应配享太庙,我就请求让因时变化,制定礼仪的叔孙通去接受太牢之祭。意思是朝廷应该重视像叔孙通那样因时定礼改制的人。配享,又称从祀或祔(fù付)祭。旧时祠庙,正殿当中的神位称为元祀,两旁廊庑陪从受祭的神位称为配享。祭祀时,向元祀献帛叫正献,向配享献帛叫分献。古代封建王朝的异姓功臣,死后亦可配享太庙。少牢,古时祭祀宗庙,用牛羊猪三牲叫太牢,用羊猪二牲叫少牢。叔孙通,原为秦博士,降汉后,被汉王刘邦拜为博士。刘邦做皇帝后,叔孙通依据时世人情,采古礼,杂秦仪,与弟子共起朝仪,后被任为太常。汉惠帝时,复任太常。《史记·刘敬叔孙通列传》说:"定宗庙仪法,及稍定汉诸仪法,皆叔孙生为太常所论著也。"又说:"叔孙通希世度务,制礼进退,与时变化,卒为汉家儒宗。"这里以叔孙通随时因革为汉朝制定礼仪,与自己上言礼部改革体制相比。

〔3〕堂上官:即长官,因长官判事于堂上而得称。这里指礼部尚书、侍郎。

〔4〕四司:指礼部的仪制司、祠祭司、主客司、精膳司。

这首诗回忆道光十八年(1838)正月,作者任礼部主客司主事时,上书礼部堂上官(长官)的往事。此上书所陈条目有四:第一,"则例宜急修也"。主张根据已经变化的实际情况,并遵照各部之则例十年一修的定制,急行修纂自嘉庆二十一年重修后,积达二十三年未修的礼部各司则例。第二,"风气宜力挽也"。此条着重陈述礼部堂上官不日日至署办公,遇事须各司官员趁其上朝时奔走宫门而见请示,形成重弊:"夫部中多一趋跄奔走乞面见长之人,则少一端坐商榷朴实任事之人。且司官日赴宫门见堂官,则堂官因之不必日至署,司官为无益之忙,堂官偷有辞之懒,所系岂浅鲜哉!"内容言辞尤为尖锐激烈。世传作者于次年辞官,因"忤其长官"(见汤鹏《海秋诗后集·赠朱丹木诗》自注),盖与此条上书有关。第三,"祠祭司宜分股办公也"。指责祠祭司"除掌印以外,并无专责,人人可问"之弊,主张分股办公,认为这样不仅可免掌印"专嫉","此亦造就人材之一道"。第四,"主客司宜亟加整顿也"。认为:"主客司者,为天朝柔远人,使外夷尊中国,地綦重也。近日至于大败坏不可收拾,为四夷姗笑,原其故,由百务一诿之四译馆监督,而本司无权也。"主张恢复主客司的外交实权,并"宜急定章程,四译馆监督用三司郎中为之,在主客司者回避,永为定例",保证两者职权分清。详见集中《在礼曹日与堂上官论事书》。

其五八

张杜西京说外家[1],斯文吾述段金沙[2]。导河积石归东海,一字源流奠万哗[3]。(年十有二,外王父金坛段先生授以许氏部目[4],是平生以经说字、以字说经之始[5]。)

[1]"张杜"句:是说西汉时凡是论及跟外祖家的学术渊源总提张杜两家。张,指张敞家世。杜,指杜邺家世。《汉书·杜邺传》:"邺少孤,其母张敞女。邺壮,从敞子吉学问,得其家书,以孝廉为郎。"《后汉书·杜林传》:"杜林,字伯山。少好学深沉,家既多书,又外氏张竦父子喜文采,林从竦受学,博洽多闻,时称通儒。"《汉书·艺文志·小学序》:"《苍颉》多古字,俗时失其读。宣帝时征齐人能正读者,张敞从受之,传至外孙之子杜林,为作训。"按,杜邺是张敞的外孙,受业于张敞之子张

吉。杜邺之子杜林又从张敞之孙张竦受业。杜邺父子两代在经学和小学方面都祖述外家。这里引张杜两家以喻自己与外祖父段玉裁在小学方面的授受关系。西京,西汉都于长安,长安称西京。后世直以西京称西汉。

〔2〕"斯文"句:是说在此诗中我要祖述跟外家段氏的学术渊源。《己亥杂诗》其三〇四对其子说:"而(尔)翁学本段金沙。"可参。斯文,语出《论语·子罕》:"(孔子)曰:'文王既没,文不在兹乎?天之将丧斯文也,后死者不得与于斯文也;天之未丧斯文也,匡人其如予何?'"斯即指示代词"此",文指文化传统。作者诗中屡用"斯文"一词,文指文章,包括诗文,如"不是斯文掷笔骄,牵连姓氏本寥寥"(《梦中作》),"绝忆中唐狂杜牧,高楼风雨定斯文"(《程秋樵江楼听雨卷,周保绪画》),"吉金打本千行在,敬拓斯文冠所遭"(《己亥杂诗》其二八〇)等。段金沙,即段玉裁(1735—1815),字若膺,号茂堂,江苏金坛人。金坛县因境内句曲山金坛仙洞而得名。梁陶弘景《真诰·稽神枢》:"句曲山,秦时名为句金之坛,以洞天内有金坛百丈,因以致名也。"注:"今大茅山南犹有数深坑大坎,相传呼之为金井,当是孙权时所凿掘也。今此近东诸处碎石,往往皆有金沙。"这里以"金沙"代"金坛",本此。古时称籍贯冠以姓氏,是对人的尊称。

〔3〕"导河"二句:是说段玉裁注《说文解字》,考证文字,像大禹治水时疏导黄河一样,溯源畅流,把每个字的来龙去脉都考察得一清二楚,以得其"本义"、"本字",致使自古以来,万口喧哗、争论不休的问题有了定论。"导河"句:《尚书·禹贡》:"导河积石,至于龙门……入于海。"积石,山名。《禹贡》孔颖达疏:"河源不始于此,记其施工处耳。"顾祖禹《读史方舆纪要》:"积石山在西宁卫(今青海省西宁市)西南七十里,《禹贡》'导河自积石'是也。"按,积石山虽不是黄河之源,但近于源头,故可举以代表其源。东海,东边的海,非今之东海海域。古时有四海之说,作

者《西域置行省议》云:"天下有大物,浑员曰海,四边见之曰四海。四海之国无算数,莫大于我大清。大清国,尧以来所谓中国也。其实居地之东,东、南临海,西、北不临海。"按,历史上黄河下游多次改道,入海口亦随之多变,最北经由今大清河、海河入渤海;最南经由颖水、涡水夺淮河入黄海。无论渤海、黄海,皆属古四海中的东海。奠,定,这里是平定、平息之意。作者有《最录段先生定本许氏说文》一文,对段玉裁的《说文解字注》评价甚高,认为其功远远超出整理、注解许慎《说文解字》本书之外:"段先生借许氏之书,以明仓颉、史籀(传说所谓造字者),乃仓颉、史籀之功臣,岂其功在许而已乎?又使段先生生东汉之年为《说文》,其精与博与其获本义,又岂许书之比而已乎?"

〔4〕外王父:即外祖父。《尔雅·释亲》:"母之考为外王父。"许氏部目:即许慎的《说文解字》。许书本文十四卷,叙目一卷,将九千三百五十三个篆文,归纳为五百四十部,"据形系联",始"一"终"亥","分别部居,不相杂厕",逐个加以解释,故称"部目"。

〔5〕以经说字,以字说经:引据经书解释文字,根据字义解说经书。这本是段玉裁从其师戴震那里学来的方法,段氏弟子陈焕在《说文解字注跋》中说:"焕闻诸先生(玉裁)曰:昔东原(戴震字)师之言:'仆之学不外以字考经,以经考字。'余之注《说文解字》也,盖窃取此二语而已。经之与字未有不相合者;经之与字有不相谋者,则转注、假借为之枢也。"

这首诗回忆十二岁时从其外祖父段玉裁学习《说文解字》的事。作者从此受到传统文字训诂之学的严格教育,对本人学术上的发展产生过重要影响。虽然作者二十八岁时又从刘逢禄受《公羊春秋》,接受了今文经学,思想上获得很大解放,甚至表示"从君烧尽虫鱼学,甘做东京卖饼家"(《杂诗,己卯自春徂夏在京师作,得十有四首》其六),但后来写的许多诗文证明,他在学术上始终没有放弃重视文字训诂的古文经学,而是学兼"今""古",不存狭隘的门户之见。故这首诗对他的传统小学的启蒙之师充满无限怀念感激之情。

其六〇

华年心力九分殚,泪渍蟫鱼死不干[1]。此事千秋无我席[2],毅然一炬为归安[3]!(抱功令文二千篇[4],见归安姚先生学塽。先生初奖借之[5],忽正色曰:"我文著墨不著笔,汝文笔墨兼用[6]。"乃自烧功令文[7]。)

〔1〕"华年"二句:是说致力于科举考试,自己青春时期的心力已耗尽九分,辛酸懊悔无已,泪滴经书不断,浸透着死去的蠹鱼,永不干枯。殚(dān单),尽。渍(zì自),浸。蟫(yín银)鱼,一种咬食衣物书籍的小虫,又称衣鱼、蠹鱼。《尔雅·释虫》:"蟫,白鱼。"体细长,皮着银粉物,尾分三叉,形同小鱼,故称。

〔2〕"此事"句:写自己从事举业,久久未中进士。此事,指科举仕进。按,作者一生共参加乡试三次,第一次仅中副榜,第二次未中,第三次始中式第四名举人,然时已二十七岁;共参加会试六次,前五次未第,直到三十八岁时才中式第九十五名,殿试仅得三甲同进士出身。此诗所写往事,当在会试连连不第之时,详注〔7〕。

〔3〕"毅然"句:是说因为听了姚学塽(shuǎng爽)的评语,毅然一炬烧毁平生所写八股文。归安,指姚学塽,这里称其籍贯,不直呼其名,以示尊敬。姚学塽(1767—1827),字晋堂,一字镜堂,浙江归安(今吴兴县)人,嘉庆元年进士(为作者父亲同年),官至兵部郎中。著有《姚兵部诗文集》《竹素轩制义》。作者诗《柬陈硕甫(奂),并约其偕访归安姚先生》写姚氏:"枯庵有一士,长贫颜色好";《柬王徵君(蘐龄),并约其偕访

归安姚先生》写姚氏:"归安醰醰百怪宗,心夷貌惠难可双","归安一身四气有,举世但睹为秋冬。"又《古史钩沉论三》:"内阁先正姚先生语自珍曰:曷不写定《易》、《书》、《诗》、《春秋》?"亦指姚学塽。魏源《归安姚先生传》云:"文章尤工制义,规矩先民,高古渊粹,而语皆心得,使人感发兴起。有先生而制义始有功于经,当与宋五子书并垂百世,远出守溪、安溪之上。盖有制义以来,一人而已。"又云:"官京师数十年,未尝有宅,皆僦居僧寺中,纸窗布幕,破屋风号,霜华盈席,危坐不动,暇则向邻寺寻花看竹。……道光七年十一月戊戌病笃,神明湛然,拱坐而殁,年六十有一。"

〔4〕功令文:即八股文。明清时朝廷所规定的科举考试的一种文体,又称制义、时文、四书文、科举文。其前身即唐之帖经墨义,宋之经义。经义废,根据四书内容及宋代理学家的注命题作文的四书文随之而起。元仁宗延祐中,定科举考试法,王充耘始造八比一法,名《书义矜式》。明初又重定体式,至明宪宗成化以后,更以功令(国家考核选举学人的法令)规定文章字数,文中结构有所谓破题、承题、起讲、提比(又称提股)、虚比(又称虚股)、中比(又称中股)、后比、大结诸名称,体制更加完备,因称功令文或八股文。八股文不仅束缚思想,且使士人一味揣摩文章作法,以至废书不读,所以屡遭进步思想家的反对。作者并不一概反对八股文,他主张八股文也应言之有物,反映真实思想感情及时代精神,详其文《四先生功令文序》及诗《吴市得旧本制举之文,忽然有感,书其端》。他所反对的只是空洞教条,言不及义,以及形式主义的种种清规戒律。

〔5〕奖借:奖励提携。借,助。

〔6〕"我文"二句:是说我的功令文只着墨意,不露笔锋,你的功令文笔锋与墨意兼而有之。笔墨,本指文章、文字,这里将笔墨对举,笔与墨有别。参魏源《归安姚先生传》对姚学塽功令文的评论(见注〔3〕引),

知姚氏之文"规矩先民,高古渊粹,而语皆心得,使人感发兴起",但仅限"有功于经",总不离对经书本身的领会与解释,不参个人政见。又参作者存于《龚氏科名录》中的一篇嘉庆二十三年应浙江乡试中举的试文,观其所言"士气之关乎天下国家","民心之系乎天下国家"之理,所申"忠信重禄,所以劝士也;时使薄敛,所以劝百姓"之义,特别是所持"未富而讳言利,是谓迂图"、"未富而耻言财,允为过计"之论,与作者抨击世俗、讥切时政的议论文毫无二致。此次考官还算开明有识,评其文曰:"规锲六籍,笼罩百家,入之寂而出之沸,科举文有此,海内睹祥麟威凤矣!"(详吴昌绶所著《年谱》)由此可知,议论时政为"笔",阐发经义为"墨"。作者功令文不同于姚文的"着笔"处,正是文中表露个人犀利的思想政见之处。正是这一方面不为正统思想所容,不为昏庸考官所取,以致仕途坎坷,华年蹉跎,愤愤不平,而自焚其文。

〔7〕"乃自"句,说明作者自烧其文,紧接抱功令文见姚氏之后。按,姚氏卒于道光七年,在此之前,自嘉庆二十四年至道光六年,作者五次参加会试,皆未第。作者毅然自烧功令文当在此连连失意之时。吴昌绶《定盦先生年谱》于道光六年云:"会试不第。是科刘申受(逢禄)礼部与分校(按,身为分阅房官),邻房有浙江、湖南二卷,经策奥博,曰:此必仁和龚君自珍、邵阳魏君源也。亟劝力荐,不售,于是有伤浙江湖南二遗卷之诗。"此次落第,对作者震动尤大,其不平不满之情可想而知,访姚烧文之事或即发生于此时。

作者在科举道路上倍遭坎坷,原因之一是平生所写八股文依然颇露锋芒。这首诗通过回忆此事,又一次对禁锢思想、扼杀人才的科举制度表示了极大的愤慨和鄙弃。

其六二

古人制字鬼夜泣，后人识字百忧集[1]。我不畏鬼复不忧，灵文夜补秋灯碧[2]。（尝恨许叔重见古文少[3]。据商周彝器秘文[4]，说其形义，补《说文》一百四十七字。戊戌四月书成。）

[1]"古人"二句：借两个典故说明文字令鬼蜮生畏，给自己招来忧患。"古人"句：典出《淮南子·本经训》："昔者仓颉作书（创造文字），而天雨粟，鬼夜哭。"高诱注："鬼恐为书文所劾，故夜哭也。""后人"句：典出苏轼《石苍舒醉墨堂》诗："人生识字忧患始，姓名粗记可以休。"按，作者平生屡犯达官贵人，频遭文祸，这两句通过用典，表达了切身体会。参见《自春徂秋，偶有所触，拉杂书之，漫不诠次，得十五首》其十四、《戒诗五章》其五等。

[2]"我不"二句：表面写打破传统说法，跟文字打交道无所忧惧，连夜撰写用古文字补《说文》之作；实际表示不畏文网，连续写作战斗的诗文。灵文，奇异的文字，指形状奇特的古文字，即注中所谓"商周彝器秘文"。秋灯，秋夜的灯。据此并参注文"戊戌（道光十八年）四月书成"句，知作者此书之写作始于道光十七年秋。碧，青绿之色。这里形容灯焰透着青绿的光。

[3]许叔重：许慎，字叔重，东汉汝南召陵人，博通经籍，时人称道："五经无双许叔重。"撰有《五经异义》及《说文解字》。古文：指小篆以前的古文字，《说文解字》载录的"古文"，实为战国时东方六国的文字。段玉裁《薛尚功历代钟鼎彝器款识法帖二十卷写本书后》云："许叔重之为《说文解字》也，以小篆为主，而以其所知之古文大篆附见。当许氏时，孔壁中《书》、《礼》（按，即古文经书）未得立于学官，鼎彝之出于世者亦

少,许氏所见有限,偶载一二,亦其慎也。"

〔4〕彝器:古代青铜礼器,如钟鼎尊俎等。秘文:指铜器上的铭文。

这首诗回顾道光十七年(1838)秋至次年四月据商周铜器铭文补《说文解字》的往事,并借题发挥,对清王朝大兴文字狱的高压统治表示无所畏惧。

其六五

文侯端冕听高歌,少作精严故不磨〔1〕。诗渐凡庸人可想〔2〕,侧身天地我蹉跎〔3〕。(诗编年始嘉庆丙寅〔4〕,终道光戊戌〔5〕,勒成二十七卷〔6〕。)

〔1〕"文侯"二句:是说自己少时写作的诗歌古朴庄重,构思精严,成就不会磨灭。"文侯"句:以魏文侯穿着礼服听古乐之事,比喻自己少作高古典雅而不为世俗所重。《礼记·乐记》:"魏文侯问于子夏曰:'吾端冕而听古乐,则唯恐卧。听郑卫之音,则不知倦。敢问古乐之如彼,何也?新乐之如此,何也?'"端冕,祭祀时穿的礼服。戴震《记冕服》:"凡朝、祭之服,上衣下裳,幅正裁,故冕服曰端冕,朝服曰委端。"这里作动词用。

〔2〕"诗渐"句:是说文如其人,既然染于世俗,诗格逐渐平庸起来,人也就可想而知了。《杂诗,己卯自春徂夏在京师作,得十有四首》其二有"文格渐卑庸福近"句,可与此互参。

〔3〕侧身天地:置身人间,参见《十月廿夜,大风不寐,起而书怀》注〔11〕。蹉跎(cuō tuó 搓驼):虚度光阴。

〔4〕嘉庆丙寅:即嘉庆十一年(1806),时作者十五岁。

〔5〕道光戊戌:即道光十八年(1838),时作者四十七岁。

〔6〕勒:刻。按,作者自刻编年诗已佚,传世集中所存道光十八年以前写的诗,除自编的《破戒草》、《破戒草之馀》外,还有后人所辑集外未刻诗,合计不足三百首,且编年始于嘉庆二十四年(1819年,时二十八岁),较嘉庆十一年晚十三年,可知作者早期的诗已全部散佚。

这首诗自评其少年诗作,认为高古纯真,构思精严,可以不朽。慨叹入世之后,磨去锋芒棱角,诗凡人俗,年华蹉跎。可与其一七○首"少年哀乐过于人,歌泣无端字字真。既壮周旋杂痴黠,童心来复梦中身"互参。

其七三

奇气一纵不可阖〔1〕,此是借琐耗奇法〔2〕。奇则耗矣琐未休,眼前胪列成五岳〔3〕。(为《镜苑》一卷,《瓦韵》一卷,辑官印九十方,为《汉官拾遗》一卷,《泉文记》一卷〔4〕。)

〔1〕奇气:指不同凡俗的思想气质和变法革新的政治抱负。《己亥杂诗》其九六首"少年击剑更吹箫,剑气箫心一例消"句、其一○七首"少年揽辔澄清意"句、其一四二首"少年哀艳杂雄奇"句、其二八六"少年奇气称才华"句等,可参。阖(hé 何):关闭。这里是收拢、收拾之意。

〔2〕此:指辑考古文字一类的烦琐事情。按,由此句可知作者借琐耗奇不过是一种权宜之计。

〔3〕五岳:五座大山,《尔雅·释山》:"泰山为东岳,华山为西岳,霍山为南岳,恒山为北岳,嵩山为中岳。"这里比喻作者自注中提到的五部著作。

〔4〕《镜苑》：著录古镜文字的书。《瓦韵》：著录瓦当文字的书。辑官印九十方：指辑录汉代官印的印谱之书。《汉官拾遗》：据所辑汉代官印关于汉代官名考遗的书。《泉文记》：著录古货币文字的书。以上五种书皆佚。按，作者素喜收藏古代文物，吴昌绶《定盦先生年谱》、张祖廉《定盦先生年谱外纪》均有记载。

这首诗说明，作者的雄心壮志是经世济民，在政治上实行变法革新；而学术上的考证搜集，在他看来不过是琐屑细行，仅是在政治上失意时的一种韬光俟奋和排忧遣愁的手段而已。作者《铭座诗》说："借琐耗奇，嗜好托兮；浮湛不返，狗流俗兮。"透辟地表露了这种无可奈何的愤慨心情。

其七四

登乙科则亡姓氏，官七品则亡姓氏〔1〕。夜奠三十九布衣〔2〕，秋灯忽吐苍虹气〔3〕。（撰《布衣传》一卷，起康熙迄嘉庆，凡三十九人。）

〔1〕"登乙"二句：是说本身无才，仅靠科举仕宦难以传名后世。乙科，明、清时俗称进士为甲科，举人为乙科。亡姓氏，姓名佚亡。《己亥杂诗》其二三首："荒村有客抱虫鱼，万一谈经引到渠。终胜秋燐亡姓氏，沙涡门外五尚书。"（逆旅夜闻读书声，戏赠。沙涡门即广渠门，门外五里许，有地名五尚书坟。五尚书，不知皆何许人也。）其五四首："科以人重科益重，人以科传人可知。"是说某科录取了人才，此科名声更重，某人无才而仅靠登科录传名，此人便可想而知。其一一四首"如此高材胜高弟"等，皆可与此互参。七品，我国古代官的品级，自魏始制为九品，后魏

九品各分正从,共十八品,宋、元、明、清沿袭之。七品包括正七品、从七品。

〔2〕奠:祭。三十九布衣:即《布衣传》所收康熙至嘉庆已故的三十九人,因《布衣传》已佚,其详已不可考。布衣,没有身份的平民。《盐铁论·散不足》:"古者庶人耄老而后衣丝,其馀则麻枲而已,故命曰布衣。"

〔3〕"秋灯"句:是说在秋夜灯下撰写《布衣传》,炯炯灯焰仿佛一下子喷吐出直贯苍虹的英气。写《布衣传》所记诸人虽无官职,但才气横溢,英名长在,他们在仕途上的沦落,恰恰说明科举、官僚制度的腐败。

这首诗通过回顾撰《布衣传》,表现了对科举、仕宦的蔑视。

其七六

文章合有老波澜,莫作鄱阳夹漈看〔1〕。五十年中言定验,苍茫六合此微官〔2〕!(庚辰岁〔3〕,为《西域置行省议》、《东南罢番舶议》两篇〔4〕,有谋合刊之者。)

〔1〕"文章"二句:是说自己的《西域置行省议》、《东南罢番舶议》两篇著作是深谋远略、波澜壮阔的经世之作,切莫看成像《文献通考》和《通志》那样的辑考历史掌故典制之书。合,当。老波澜,即波澜老成,语出杜甫《敬赠郑谏议十韵》:"毫发无遗憾,波澜独老成。"鄱阳,指马端临。马氏生于南宋,后入元,为饶州乐平县人,饶州又称鄱阳郡,著有《文献通考》三百四十八卷。夹漈(jì祭),指郑樵。郑氏为南宋莆田人,曾居夹漈山(在福建省莆田县西北)读书著书,世称夹漈先生,著有《通志》二百卷。

〔2〕"五十"二句:是说自己这两部著作说的话五十年内必定会应验,被采纳而变成现实,可是眼前自己不过是苍茫天地间的一个无足轻重的小官而已。六合,天地四方称六合。

〔3〕庚辰岁:即嘉庆二十五年,时作者二十九岁。本年第二次参加会试,仍下第,以举人入仕,得内阁中书。

〔4〕《西域置行省议》:此文现存集中。作者主张于西域建置行省,由内地移民,发展耕牧,并将屯田分配给屯丁,"作为世业,公田变为私田,客丁变为编户,戍边变为土著",同时建全军事组织,加强防卫。其旨有二:一是防止少数民族某些上层首领的分裂阴谋,一是抵御沙俄的蚕食、侵略。《东南罢番舶议》:此文已佚。窥其题意,并参证其他诗文中的有关思想(如《送钦差大臣侯官林公序》等),主旨当是制止资本主义列强通过不平等的海上贸易,包括罪恶的鸦片贸易,进行经济侵略和精神腐蚀。按,这两篇疏议,表现了作者强烈的济世志向和爱国主义思想。清朝于光绪九年(1883)终于在新疆置行省,这等于作者前议的实施,时距此议提出之日已有六十三年。至于《东南罢番舶议》,道光十八年末清王朝派林则徐前往广州禁鸦片烟,便可视作实施之一举,时距此议提出之日仅十八年。但是,因为清政府的腐败和投降派的破坏,最终不但没有"罢番舶",反而被资本主义的炮舰打开了大门。

这首诗自评其所著《西域置行省议》、《东南罢番舶议》两篇文章,认为是经世致用、巩固国防、终将实践的雄韬大略,深深慨叹因为自己人微言轻,当今不被重视和采纳。

其八〇

夜思师友泪滂沱,光影犹存急网罗〔1〕。言行较详官阀略[2],报恩如此疚心多[3]。(近撰《平生师友小记》百六十一则。)

[1]"光影"句:是说他们的声音容貌尚存留在记忆里,急忙加以捕捉搜罗,记载下来。光影,指恍惚的印象。语出《华严经·入法品之十五》:"知诸世间如梦所见,一切色相犹如光影。"网罗,搜罗。司马迁《报任安书》:"网罗天下放失旧闻。"

[2]"言行"句:是说善言美行记载较详,而官职门阀只能记载得很略。言外之意,众师友多是出身贱微、怀才不遇之人,官职门阀本无甚可记。

[3]"报恩"句:是说平生受到师友们许多帮助,只能以写区区小记来报恩,感到十分内疚。

这首诗回忆《平生师友小记》的撰写,表达了对平生师友的深切怀念之情以及对他们怀才不遇的愤愤不平。

其八三

只筹一缆十夫多,细算千艘渡此河[1]。我亦曾糜太仓粟[2],夜闻邪许泪滂沱[3]。(五月十二日抵淮浦作[4]。)

[1]"只筹"二句:写运河漕运纤夫拉船过闸的情况。筹,计数的竹牌,这里用为动词,计算之意。一缆,每船一条用于拉纤的主缆绳。缆,系船的绳索。十夫多,十多个纤夫。按,清朝咸丰五年(1855)以前的黄河下游,出徐州由泗夺淮河水道入海。清朝东南各省的漕粮,主要通过运河北运。运河在进入黄河前,因水位差,在附近一段设置水闸多座,由纤夫拉船过闸,每船需用纤夫十人以上,摊派民役充当,增加了老百姓的

负担和苦难。时人邹在衡在《观船艘过闸》诗中所写甚详:"漕船造作异,高大过屋脊。一船万斛重,百夫不得拽。上闸登岭难,下闸流矢急。头工与水平,十人有定额,到此更不动,乃役民夫力。鸣钲集酋豪,纷纷按部立,短绳齐挽臂,绕向缴轮密。邪许万口呼,共拽一绳直。死力各挣前,前起或后跌。设或一触时,倒若退飞鹢。再拽愈难动,势拗水更逆。大官传令来,催償有限刻。闸吏奉令行,鞭棒乱敲击。可怜此民苦,力尽骨复折。"(见清张应昌编《国朝诗铎》卷三)

〔2〕"我亦"句:是说自己也曾白白吃过朝廷官俸,在经世济民方面没有什么作为。糜,消耗。太仓,京师的粮仓。这句用了一个"糜"字,使人极自然地联想起《诗经·魏风·硕鼠》的诗句:"硕鼠硕鼠,无食我粟。"《毛诗小序》云:"《硕鼠》,刺重敛也。国人刺其君重敛蚕食于民,不修其政,贪而畏人,若大鼠也。"作者这里的现身说法深有寓意,旨在讽刺寄生贪婪的整个官僚集团。

〔3〕"夜闻"句:是说听到纤夫的号子至夜不息,不禁泪水滂沱而下。邪许,劳动号子。《淮南子·道应》:"今夫举大木者,前呼邪许,后亦应之,此举动劝力之歌也。"

〔4〕淮浦:即清江浦,今江苏省清江市。清代居淮安府城西,临运河,为南北往来行人水陆交通转换之地。

这首诗写南归抵淮浦时,目击漕运纤夫的辛苦劳动所发的感慨。其中饱含忧国忧民之情,不仅因自己曾经消耗人民的血汗粮而感到内疚和自愧,同时对整个素餐尸位的官僚集团也作了愤怒的谴责。

其八五

津梁条约遍南东[1],谁遣藏春深坞逢[2]?不枉人呼莲幕客,碧纱幮护阿芙蓉〔3〕。(阿,读如人痾之痾〔4〕。出《续本草》〔5〕。)

〔1〕津梁条约:指中外通商条约。其中包括严防鸦片进口的禁约。清政府曾对此三令五申,如《清实录》:"道光十二年二月上谕:嗣后洋人来粤贸易,该督等剀切出示晓谕洋人,并严饬洋商向洋人开导,勿将烟土夹带货舱。倘经查出,不准该商开舱卖货,立即逐回。并著直隶、闽、浙等省各督抚严饬海口各地方官,凡出洋贩贸船只,逐一给与牌票,查验出入货物,毋许仍前偷贩情弊。"但一直未能制止鸦片走私,以致后来有派林则徐前往广东禁烟之举。津梁,渡口桥梁。遍南东:遍谕东南海口。按,清康熙二十四年,重开海禁,开放广东澳门、福建漳州、浙江宁波、江苏云台山四地,准许外国轮船停泊。雍正时又增浙江定海。乾隆时又严海禁,二十二年(1757)仅开广州一地。二十四年还颁布"防范夷商规条",加强对洋商的限制。以后禁令逐渐弛缓,闽、浙各港照例与外商进行半公开的贸易。

〔2〕"谁遣"句:是说禁止贩烟、吸毒皆有明文,谁让人们仍旧在幽僻的鸦片烟馆里纷纷聚逢?写鸦片走私不断,吸毒亦未禁止。坞(wù务),堡障。一曰库城,即小围城。藏春深坞,北宋人刁约,字景纯,润州丹阳人,晚年筑花坞于家乡,号藏春坞,日日游览其中。苏轼《赠张刁二老》诗"藏春坞里莺花闹",即咏其事。《江南通志》:"藏春坞在镇江府丹徒县清风桥东,中有逸老堂。"这里指隐僻的鸦片烟馆。鸦片又名丽春,与"藏春"相应;鸦片又名罂粟,与"莺花"谐音。

〔3〕"不枉"二句:是说幕僚们没有白白被人称作莲幕客,他们躲在碧纱床帐里偷吸鸦片,使阿芙蓉得到庇护,真可谓名副其实了。莲幕客,即幕客。齐王俭任卫将军时,"乃用杲之为卫将军长史。安陆侯萧缅与俭书曰:'盛府元僚,实难其选。庾景行(杲之字)泛渌水,依芙蓉,何其丽也!'时人以入俭府为莲花池,故缅书美之。"(《南史·庾杲之传》)莲

花即荷花，又称芙蓉。后世遂称幕府为莲幕，幕客为莲幕客。这里泛指官僚及幕客。碧纱㡡，帏障之类，以木为间架，顶及四周蒙罩碧纱，可摺折，用以防蚊蝇。这里指床帐。阿芙蓉，李圭《鸦片事略》："泰西人记载之书，罂粟初产埃及国。周烈王时，希腊人以其汁取入药品食之，能安神止痛，多眠忘忧。隋唐之世，阿剌伯人自立为天方国，重希人医学。希人名罂粟汁曰阿扁，阿人遂变扁音为芙蓉。波斯人又音变为片，故有阿芙蓉、阿片之名。明人《医学入门》云：'鸦片一名阿芙蓉。'始见鸦片二字。盖自印度、南洋辗转传至中国，复变阿音为鸦也。"蒋湘南与黄爵滋《论禁烟书》称："今之食鸦片者，京官不过十之一二，外官不过十之二三，刑名钱谷之幕友则有十之五六。"可与此二句互参。

〔4〕瘱（ē婀）：病。

〔5〕续本草：当指明李时珍《本草纲目》。按，自汉以来，历代著《本草》者多家，《本草纲目》系荟萃众说，考订谬误，增补而成。

这首诗揭露东南海口地方官吏包庇、勾结洋商进行鸦片走私，并对他们偷吸鸦片作了辛辣的讽刺。参见《送钦差大臣侯官林公序》。

其八六

鬼灯队队散秋萤〔1〕，落魄参军泪眼荧〔2〕。何不专城花县去？春眠寒食未曾醒〔3〕。

〔1〕鬼灯：指鸦片烟灯。俗称吸鸦片者为烟鬼。队队：簇簇，形容灯盏之多。

〔2〕落魄：《史记·郦生陆贾列传》写郦食其"家贫落魄，无以为衣食"。裴骃《集解》引应劭曰："落魄，志行衰恶之貌。"此用其意。参军：

官名,历代职务不同。东汉末有参军事之名,即参谋军务,简称参军,地位权力较重。晋以后为军府及王国的官员。沿至隋唐,兼为州郡佐吏,至宋,县亦有参军。明清称掌管出纳文书的经历为参军。这里泛用为官吏幕客的蔑称。南宋胡仔《苕溪渔隐丛话后集》卷十六引《复斋漫录》:"本朝张景,斥为房州参军。景为《屋壁记》,略曰:近置州县参军,无员数,无职守,悉以旷官败事、违戾政教者为之。外人一见之,必指曰:'参军也,尝为某罪矣。'至于倡优为戏(按,指参军戏),亦假而为之,以资戏玩,况为真者乎! 宜为人之轻视。"泪眼荧:泪眼闪烁,描写鸦片烟鬼上瘾时眼泪汪汪的丑态。

〔3〕"何不"二句:是说为什么不到广东花县去做长官,那里是鸦片进口地,可以贪食不起,大过烟瘾,连禁烟火的寒食节亦在所不顾。专城,一城之主,用以称州县长官。古乐府《陌上桑》:"三十任中郎,四十专城居。"花县,县名,清代属广州府,即今广东省花县,在广州市北。广州及其附近地区,为当时鸦片走私的集中进口地,故这里特举花县。眠,指卧榻吸鸦片烟。寒食,节令名,禁火冷食之意。在农历清明前一或二日。南朝梁宗懔《荆楚岁时记》:"冬至后一百五日谓之寒食,禁火三日。"旧说多以为春秋时晋文公为哀念其功臣介之推隐居山中不出,不幸被围逼之火烧死而兴此俗。但具体说法及时日各有不同。未曾醒,指未曾起床。

这首诗通过讽刺嗜吸鸦片的官吏幕客,揭露了官僚集团的卖国和腐败。

其八七

故人横海拜将军[1],侧立南天未葳勋[2]。我有阴符三百字〔3〕,蜡丸难寄惜雄文〔4〕。

〔1〕故人:指林则徐。横海拜将军:汉武帝时以韩说为横海将军,出句(gōu勾)章,浮海往击东越,见《史记·东越列传》。这里指林则徐受命以钦差大臣身份远去南海之滨广东省禁烟,并握有节制水师之权。《送钦差大臣侯官林公序》:"此行宜以重兵自随,此正皇上颁关防使节制水师意也。"

〔2〕"侧立"句:写林则徐大功未成,忧惧谨慎从事。侧立,侧足而立,有所畏惧不敢正立之意。《后汉书·吴汉传》:"汉性强力,每从征伐,帝未安,恒侧足立。"未巉(chán产)勋,未完成的功业。巉,完成。

〔3〕阴符三百字:宋张君房《云笈七签》卷一百《轩辕本纪》:"玄女教帝(指轩辕氏黄帝)三官秘略、五音权谋、阴阳之术。玄女传《阴符经》三百言。帝观之十旬,讨伏蚩尤。"阴符为传说中的古兵书名,这里泛指军事谋略。

〔4〕蜡丸:古代传递秘密文书,为防泄密,封藏于蜡丸之内,又称蜡弹。宋赵升《朝野类要》四:"蜡弹,以帛写机密事,外用蜡固,陷于股肱皮膜之间,所以防止在路之浮沉漏泄也。"雄文:指雄奇的计谋文稿。按,以武备作为禁烟的后盾,是作者的一贯思想。参见《送钦差大臣侯官林公序》。

这首诗写对南去广东禁烟的挚友林则徐的关切和怀念。林则徐离京时作者曾积极出谋献策,见《送钦差大臣侯官林公序》。这首诗再一次强调了加强武备以防侵略的重要。作者想贡献军事谋略,终因怕泄密难以遥寄而无限惋惜。挚友之情与爱国之情交融一起,深沉感人。

其八八

河干劳问又江干〔1〕,恩怨他时邸报看〔2〕。怪道乌台牙放早,几人怒马出长安〔3〕。

〔1〕"河干"句:是说御史们出京南下,在黄河岸边受到慰劳,在长江岸边又受到慰劳。既写出御史们的作威作福,又写出地方官的奉承贿赂。河,古称黄河为河。江,古称长江为江。干,边涯。《诗经·魏风·伐檀》:"坎坎伐檀兮,置之河之干兮。"

〔2〕"恩怨"句:紧承上句,申明原因,是说御史们对谁施恩,对谁报怨,不久后即可从邸报上奖罚、升降的消息中看出。邸报,古代传抄诏令章奏及政事消息的一种官报。初由郡国、藩镇设置在京师的邸舍传抄而得称。又称邸抄。明清时的阁抄、科抄亦属此类,其中多有官员升降迁徙的消息。

〔3〕"怪道"二句:是说难怪传说都察院今夕放衙早,又有几个御史耀武扬威策马出京城巡按弹劾去了。乌台,即御史台,为纠察官吏的官署。西汉时称御史府,又称宪台,掌图籍秘书,兼司纠察。《汉书·朱博传》:"御史府中列柏树,常有野乌数千,栖宿其上,晨去暮来,号曰朝夕乌。"后遂有乌台之称。自东汉始改称御史台,专任弹劾,乌台之称仍之。明改御史台为都察院,设都御史、副都御史等,清因之。牙放,即放衙,办公结束。怒马,烈马。这里用以写御史耀武扬威之势。《后汉书·桓荣传》:"桓典为侍御史,执政无所回避,常乘骢马,京师畏惮,为之语曰:行行且止,避骢马御史。"长安,京都的通称。

这首诗讽刺外出按察的都察院官员气扬跋扈,骄横自恣,往往绳之个人恩怨,而不秉公论断,其结果必然是地方官正邪不明。此诗从一个侧面揭露了当时官僚制度的腐朽。

其九六

少年击剑更吹箫,剑气箫心一例消[1]。谁分苍凉归棹后[2],万千哀乐集今朝[3]!

〔1〕"少年"二句:通过今昔对比,写少年时的气质消磨殆尽,抱负也已落空。剑气,指壮志侠骨。箫心,指怨愤深情。两者既体现了作者的气质,又代表了作者志兼文武的抱负。参见《又忏心一首》注〔4〕。

〔2〕谁分:谁料。此语唐诗中屡见,如杜甫《大历三年春白帝放船出瞿唐峡久居夔府将适江陵漂泊有诗凡四十韵》:"此生遭圣代,谁分哭穷途。"作者《己亥杂诗》其二五〇又用此语:"谁分江湖摇落后,小屏红烛话冬心。"归棹(zhào 罩):归舟。这里写归途;亦指归隐。棹,船桨,常用以代指船。

〔3〕万千哀乐:泛指各种复杂的感情。

这首诗写少年时的怀抱一无着落,辞官归隐之后,心潮起伏,万感交集。不平之情可见。

其一〇二

网罗文献吾倦矣[1],选色谈空结习存[2]。江淮狂生知我者,绿笺百字铭其言[3]。(读某生与友人书,即书其后。)

附录:某生与友人书:

> 某祠部辨若悬河[4],可抵之隙甚多[5],勿为所慑[6]。其人新倦仕宦,牢落归[7],恐非复有网罗文献、搜辑人才之盛心也。所至通都大邑,杂宾满户,则依然渠二十年前承平公子故态。其客导之出游,不为花月冶游[8],即访僧耳。不访某辈,某亦断断不继见。某顿首。

〔1〕网罗文献:搜辑文献。按,作者在《己亥六月重过扬州记》一文中说:"抑予赋侧艳则老矣;甄综人物,搜辑文献,仍以自任,固未老也。"知当时确有此志。其实网罗文献亦不过是作者政治上失志后的一种"借琐耗奇法",参见《己亥杂诗》其七三首。

〔2〕选色:寻求艳侣,即某生信中所谓的"花月冶游"。谈空:谈论佛理。即某生信中所谓的"访僧"。黄庭坚《谢胡藏之送栗鼠尾画维摩》诗有"他日听我谈空"句。结习:佛家语,本指世俗之情。《维摩诘所说经》:"天女即以天花散诸菩萨、大弟子上,花至诸菩萨,即皆堕落;至大弟子,便著不堕。天女曰:'结习未尽,花著身耳;结习尽者,花不著也。'"这里用为积习之意。按,美人、佛理素存作者志向之中,参见《能令公少年行》注〔13〕。

〔3〕"江淮"二句:是说江淮之地那个狂直的某生算是一个了解我的人,我特用绿笺把他的百字书信记下来。铭,记。

〔4〕某祠部:指作者,因曾在祠祭司做官,故称。辨:善辨,口才好。

〔5〕抵:攻击。隙:缝隙,漏洞。

〔6〕慑(shè摄):惊。

〔7〕牢落:心境慌乱不定。陆机《文赋》:"心牢落而无偶。"

〔8〕冶游:野游,语出《乐府诗集》卷四十四晋《子夜四时歌·春

歌》:"冶游步春露,艳觅同心郎。"后世多指挟妓为冶游。

这首诗作于扬州,针对江淮某生在其给友人的信中对自己的议论而写。作者平生怀有经世之志,但又不乏风流韵事,并且崇尚佛理,当政治抱负受挫之后,更以后二者为慰藉,正如《逆旅题壁,次周伯恬原韵》诗所说:"何日冥鸿踪迹遂,美人经卷葬年华。"这次辞官南归,在袁浦(即清江浦)遇到妓女灵箫,在扬州又遇到妓女小云,她们或"耻为娇喘与轻颦"(其二五三,写灵箫),或"非将此骨媚公卿"(其一〇一,写小云),颇有才华和骨气,为作者所赞赏,引为知音、同调。至于访僧谈佛,一路更是多见。某生的信,正是抓住这两点进行攻击的。但作者经世之心始终未冷,既未沉醉于"温柔"之乡,又未超然于净土佛国,《己亥杂诗》本身就可找到许多例证,这是某生出于偏见所不愿看到的。作者心胸坦荡,对某生的偏激毫不介意,而是肯定他说中自己的某一侧面,录其信,并跋之以诗。

其一〇四

河汾房杜有人疑[1],名位千秋处士卑[2]。一事平生无龉龃,但开风气不为师[3]。(予生平不蓄门弟子。)

〔1〕"河汾"句:是说王通与房玄龄、杜如晦等是师生关系历来有人怀疑。河汾,指王通,隋末山西龙门人,博学而有济世之才,曾隐居河(黄河)汾(汾水)之间,授徒讲学自给,门人达千数。据说唐代的许多开国功臣如房玄龄、杜如晦、魏徵、李靖等皆出其门,被称为河汾门下。著有《中说》,一称《文中子》。详见杜淹《文中子世家》。房杜,房指房玄龄,杜指杜如晦,二人皆为唐太宗的名相,同理朝政,世称"房杜"。有人疑,指自宋司马光以来历代对王通本人、弟子及著作的怀疑。司马光《文中

子补传》:"其所称朋友门人,皆隋唐之际将相名臣……考及旧史,无一人语及通名者。隋史,唐初为也,亦未尝载其名于儒林、隐逸之间,岂诸公皆忘师弃旧之人乎?何独其家以为名世之圣人,而外人皆莫知之也?"后来的郑獬、洪迈、晁公武、宋咸、朱熹等更加发展了这种怀疑,以致连《中说》其书的真伪,王通其人的有无都成了问题。详见余嘉锡《四库提要辨证》卷一〇。

〔2〕"名位"句:是说人只要有了名位,便可千载流传不废,没有身份的学者贤士,却总是被人瞧不起。名位千秋,指房杜。处士,隐居不仕的文士,指王通。卑,低下。按,这句话不是单纯评论史实,也是作者饱尝世态炎凉的切肤之感。

〔3〕"一事"二句:是说有一事算是可幸,平生未招来毁伤,就是只开创风气,决不招收学生当老师。龁齕(yǐ hé 以何),咬啮,引申为毁伤。但,只,仅。

这首诗针对后人对王通事迹的怀疑,感慨世人只重名位,不重真才实学,流露出对清统治者猜忌、迫害正直知识分子的不满。

其一〇七

少年揽辔澄清意[1],倦矣应怜缩手时[2]。今日不挥闲涕泪,渡江只怨别娥眉[3]。

〔1〕"少年"句:写自己以往改革图治的雄心壮志。揽辔澄清,《后汉书·范滂传》:"时冀州饥荒,盗贼群起,乃以滂为清诏使按察之。滂登车揽辔,慨然有澄清天下之志。"

〔2〕"倦矣"句:是说几经挫折,已心厌意懒,应珍惜这袖手闲适之

时。怜,爱惜。缩手,犹袖手,指弃官退隐。韩愈《祭柳子厚文》:"不善为斫,血指汗颜。巧匠旁观,缩手袖间。"

〔3〕"今日"二句:紧承上句,是说现在不再挥洒无济于事的忧国忧民的眼泪了,渡江时的哀怨,只因为要离别眷恋的美人。闲,无关紧要。蛾眉,美女,指灵箫和小云。这两句实为不为世用的愤激之话。作者历来有深沉的忧国忧民之心。张祖廉《定盦先生年谱外纪》载:嘉庆二十二年赠送王芑孙诗文各一册,文集名为《竡泣亭文》。王芑孙在回信中说:"此'泣'字碍目,宁不知之?足下年甚少,才甚高,方当在侍具庆之年,行且排金门,上玉堂,和其声以鸣国家之盛,天下之字多矣,又奚取于至不祥者而以名之哉?"作者身当衰世,故多泣。而如王氏所说"和其声以鸣国家之盛"则是盲目歌功颂德,粉饰太平。即以辞官后而论,作者虽然表面说"不挥闲涕泪",但实际并非心冷如冰,"夜闻邪许涕泪多"(其八三),"独倚东南涕泪多"(其一二三),在南归途中不知洒下多少忧世伤时的眼泪。正如吴昌绶评《己亥杂诗》其一四〇首说:"民物之怀,固无时不睠睠也。"

这首诗回顾以往改革图治的雄心壮志,抒发了理想受挫的激愤之情。

其一一七

姬姜古妆不如市〔1〕,赵女轻盈蹑锐屣〔2〕。侯王宗庙求元妃,徽音岂在纤厥趾〔3〕?(偶感。)

〔1〕"姬姜"句:是说落落大方、妆束古雅的女子反不如当众卖弄的轻佻女人被人看重。直接把讽刺的矛头指向陈腐的世俗。姬姜,《左

传·成公九年》:"虽有姬姜,无弃蕉萃。"杜预注:"姬姜,大国之女也。"周为姬姓,齐为姜姓。春秋时,周为天下之共主,齐为诸侯中的大国。大国之女,言其文雅开化。不如市,不如倚市门卖弄姿色的女子。《史记·货殖列传》:"刺绣文不如倚市门。"

〔2〕"赵女"句:是说史载妖冶的赵国女子为显得体态轻盈才穿尖头鞋子。借以讽刺世俗以缠足为尚。《史记·货殖列传》:"今夫赵女郑姬,设形容,揳(jiá,抚)鸣琴,揄(yú,拖引)长袂,蹑利屣,目挑心招,出不远千里、不择老少者,奔富厚也。"蹑(niè聂),蹈,这里穿着之意。锐屣(xǐ洗),同利屣,尖头鞋子。

〔3〕"侯王"二句:是说侯王之家选择配偶重在美德名声,难道意在缠小足吗?宗庙求元妃,为事奉宗庙而求妻室。《礼记·昏义》:"昏(婚)礼者,将合二姓之好,上以事宗庙,而下以继后世也。"元妃,嫡妻。妃音配,即配之借字。徽音,美好的德音。《诗经·大雅·思齐》:"大姒嗣徽音。"纤,细小,这里指缠小。厥,其。趾(zhǐ止),足。

这首诗辛辣地讽刺了让妇女缠足的旧规陋习,在一定程度上触动了压迫、束缚妇女的封建礼教。反对这种落后腐朽的旧习俗,是作者一贯的思想,他在诗中曾屡屡称赞大脚妇女,《婆罗门谣》诗说:"娶妻幸得阴山种,玉颜大脚其仙乎!"《菩萨坟》诗说:"大脚鸾文鞠,明妆豹尾车。"

其一一八

麟趾褭蹄式可寻,何须番舶献其琛[1]?汉家《平准书》难续,且仿齐梁铸饼金[2]。(近世行用番钱,以为携挟便也。不知中国自有饼金,见《南史·褚彦回传》[3],又见唐韩偓诗[4]。)

〔1〕"麟趾"二句：是说若造银币，中国古代的麟足、马蹄金锭一类的样式自可考求，何须由外国商船提供其银元使用？麟趾裹（niǎo 鸟）蹄，汉武帝时所造金锭的形制。《汉书·武帝纪》：太始二年三月"诏曰：有司议曰，往者朕郊见上帝，西登陇首，获白麟，以馈宗庙，渥洼水出天马，泰山见（现）黄金，宜改故名。今更黄金为麟趾裹蹄，以协瑞焉。"颜师古注："应劭曰：获白麟有马瑞，故改铸黄金如麟趾裹蹄，以协嘉祉也。古有骏马名要裹，赤喙黑身，一日行万五千里也。师古曰：……武帝欲表祥瑞，故普改铸为麟足马蹄之形以易旧法耳。今人往往于地中得马蹄金，金甚精好，而形制巧妙。"宋沈括《梦溪笔谈》卷二一亦有地下出土的记载。解放后又陆续有所发现。马蹄金形如马蹄，中空，底面呈椭圆形，后壁左侧有孔。麟趾金形体较小，底面呈圆形，后壁右侧有孔。铭文有"斤六铢"、"十五两廿二铢"等。重量由 245.6 克至 261.9 克不等，含金量为百分之七十七及百分之九十七。后世的元宝即仿其形。番舶，指外国商船。琛（chēn 沉平声），珍宝。这里指外国银元。献琛，语出《诗经·鲁颂·泮水》："憬彼淮夷，来献其琛。"

〔2〕"汉家"二句：是说如果认为汉代《平准书》记载的办法难以承续，姑且仿照齐梁铸造饼金的办法自铸银元吧。平准书，《史记》篇名，《太史公自序》云："维币之行，以通农商。其极则玩巧，并兼兹殖，争于机利，去本趋末。作《平准书》以观事变。"按，《平准书》的主要思想就是平准物价，调节农商，崇本抑末。如所载汉武帝元封元年（前 110），桑弘羊为治粟都尉兼领大农时，曾提出建议："置平准于京师，都受天下委输。召工官治车诸器，皆仰给大农。大农之诸官，尽笼天下之货物，贵即卖之，贱则买之，如此，富商大贾无所牟大利，则反本，而万物不得腾跃，故抑天下物，名曰平准。天子（武帝）以为然，许之。"饼金，扁圆形的硬币。

〔3〕褚彦回：名彦，南朝齐人。《南史·褚彦回传》："有人求官，密袖中将一饼金，因求请间（营私舞弊），出金示人曰：'人无知者。'"

〔4〕韩偓(wò握):晚唐诗人。他的《咏浴》诗中有"不知侍女帘帏外,剩取君王几饼金"句。

这首诗反映了作者反对外国银元在中国市场流通以扰乱中国金融的主张。按,清代货币流通,大宗交易用银两,小宗交易用制钱。康熙四十一年(1702)规定制钱一千抵银一两,但银价时有涨落。嘉庆九年(1804)曾出现钱贵银贱的问题。道光八年(1828)又出现银贵钱贱的问题,造成财政混乱。清政府当时曾力图恢复康熙时的钱银比价,但无法维持。当时银贵钱贱,主要因为鸦片烟大量进口,使中国对外贸易由原来的出超变成入超,致使白银外流,形成银荒。白银大量外流,还由于外国商人用银元套取中国的白银。外国银元一个只重七钱二分,当时作价却在八钱,其中纯银仅六钱四分,而中国流通的白银是纹银铸锭,称为元宝、宝银或马蹄银,成色极高。由于重量、成色的差别及比价的不合理,使外国商人在用银元套取白银时,可以牟取暴利,从而助长了白银外流,加重了银荒和金融混乱。到咸丰四年(1854),已发展到制钱一千六百文抵银一两的严重情况。作者主张顺应世间携带方便的要求,仿照古代的传统,铸造中国自己的银元,以抵制外国银币的流通,表现了可贵的爱国思想。

其一二三

不论盐铁不筹河,独倚东南涕泪多〔1〕。国赋三升民一斗,屠牛那不胜栽禾〔2〕!

〔1〕"不论"二句:是说朝廷不讲求盐铁生产和税收,不筹划黄河水利,一味依赖东南漕运,致使江南人民苦难深重,忧伤不已。盐铁,我国

历代封建王朝多以盐铁为专利,设盐官、铁官掌管盐铁的生产和税收。清代盐务实行官督商销,将产盐地分为十一区,国家规定一定的产盐区在固定的地区行销,固定的行销地区范围称为"盐岸",不得互相超越。凡承销盐都由户部发给凭照,无凭照不准私卖。这种凭照叫"引",一包盐一个,每"引"二百斤至二百五十斤。无凭照或凭照数以外的盐,称为私盐。卖私盐违法,于是有公私矛盾。有的地区官盐不足,经户部许可,地方盐务机关可发贩盐凭照,这种凭照叫"票"。票盐无固定行销范围,不受盐岸限制,于是与引盐发生矛盾。嘉庆以前"引"多于"票",嘉庆之后"票"多于"引"。道光十一年(1831)更全改成票盐,停止"引""岸",反映了中央权限的削弱,致使国家财政收入减少。河,指黄河水利。清代康熙时注意治理黄河,长久未发生水患。雍正以后,河工渐弛,乃至治河机关竟变成上下官吏中饱肥私的最大贪污场所,致使黄河水患日重,终于酿成咸丰五年(1855)决口改道的大灾害。

〔2〕"国赋"二句:是说国家虽然规定田赋每田三升,而加上浮捐杂税,人民实际要缴纳一斗,这样一来,屠牛弃农,怎不比种田强呢!按《清经世文编》卷三十一所收冯桂芬《请减苏松太浮粮疏》(代作)云:"伏查大清户律载:官田起科每亩五升三合五勺,民田每亩三升三合五勺,重租田每亩八升五合五勺,没官田每亩一斗二升。是官田亦有通额。独江苏则不然……今苏州府长洲等县,每亩科平粮三斗七升以次不等,折实粳米,多者几及二斗,少者一斗五六升,远过乎律载官田之数。"并指出:"至道光癸未(道光三年,1823)大水,元气顿耗,商利减而农利从之,于是民渐自富而至贫。然犹勉强支吾者十年。追癸巳(道光十三年)大水,而后始无岁不荒,无县不援,以国家蠲减旷典,遂为年例。"

这首诗批评清王朝不注意筹划关系国计民生的生产、税收和水利,一味依赖东南漕运,加重搜刮江南人民,致使农业生产凋敝,人民生活困苦,国家经济危急。张祖廉《定盦先生年谱外纪》有一则载:"明徐贞明撰《潞水客谈》,论西北水利事实,其一条云:'东南转输,每以数石而致一石,民力竭矣,而国计因之以蹙。惟西北有一石之入,则东南省数石之输,所入渐富,所省渐多。先则改折之法可行,久则蠲租之诏可下,东南民力,庶几获苏,其利一也。'先生议曰:东南之漕运,国家设漕务各官兵役胥吏,及一切转输之费、浚河道之费,国家亦以数石而致一石也。畿辅稻熟,则取之也近,国帑减省,亦一利也。"可与此诗互参。

其一二五

九州生气恃风雷〔1〕,万马齐喑究可哀〔2〕。我劝天公重抖擞,不拘一格降人材〔3〕!(过镇江,见赛玉皇及风神、雷神者〔4〕,祷词万数。道士乞撰青词〔5〕。)

〔1〕 九州:指中国,参见《能令公少年行》注〔22〕。风雷:作者诗中屡言风雷,取其气势磅礴、震撼宇宙之意。这里的风雷,表面上指所祭的风神、雷神,实际指雷厉风行的政治革新。

〔2〕 "万马"句:悲叹在专制统治下,思想被禁锢,言论被钳制,人材被扼杀,一片沉寂窒息的现实情况。万马齐喑(yīn音),万马齐哑。语本苏轼《三马图赞引》:"时(宋元祐初)西域贡马,首高八尺,龙颅而凤膺,虎脊而豹章,出东华门,入天驷监,振鬣长鸣,万马皆喑。父老纵观,以为未始见也。"

〔3〕 "我劝"二句:是说我劝老天爷重新振作精神,不要按限定的模式降生人材。天公,表面指所祭的玉皇,实际指最高统治者。不拘一格,指打破束缚人材的框框,包括庸碌、唯诺的标准以及按腐朽的科举制度选用人材、单凭资格提拔人材的办法等。参见《明良论三》,中云:"一限

以资格,此士大夫所以尽奄然而无有生气者也。"又,作者把改革政治的理想,寄托在封建阶级内部的人材解放之上,其《上大学士书》说:"自珍少读历史书及国朝掌故,自古及今,法无不改,势无不积,事例无不变迁,风气无不移易;所恃者,人材必不绝于世而已。"

〔4〕赛:以祭祀酬报神之福佑。

〔5〕青词:道教斋醮(设坛祈祷)用的祝文。李肇《翰林志》:"凡太清宫道观荐告词文,用青藤纸朱字,谓之青词。"

在这首诗中,作者呼唤风雷般的变革,以期开辟生气勃勃的新天地。并且明确指出:要实现这种变革,所恃在解放人材,否则,继续实行专制统治,扼杀人材,只能照旧是万马齐瘖、死气沉沉的可悲局面。这首诗表现了作者思想的最高境界,唱出了当时时代的最强音,以新人耳目之效、雷霆万钧之势,产生了深远的历史影响。

其一二九

陶潜诗喜说荆轲〔1〕,想见《停云》发浩歌〔2〕。吟到恩仇心事涌,江湖侠骨恐无多〔3〕。(舟中读陶诗三首。)

〔1〕陶潜:东晋大诗人,一名渊明,字元亮,私谥靖节,浔阳柴桑(今江西九江)人。曾任江州祭酒、镇军参军、彭泽令等职,因不满当时士族地主把持政权的黑暗现实,耻于事奉官长权贵,弃官归隐。长于诗文,有《陶渊明集》。说荆轲:陶潜有《咏荆轲》诗,歌颂荆轲为燕太子丹行刺秦王的侠义行为,以喻己志,中有"君子死知己,提剑出燕京","雄发指危冠,猛气冲长缨","心知去不归,且有后世名","惜哉剑术疏,奇功遂不成!其人虽已殁,千载有馀情"等豪壮之语。荆轲,战国时卫国人,卫人

称之庆卿。后至燕,燕人称之荆卿。荆轲好读书击剑,受到燕太子重用,曾为解燕国之患,亲赴强秦刺杀秦王,因匕首未击中,被杀。详见《战国策·燕策》及《史记·刺客列传》。

〔2〕"想见"句:是说又可想见陶潜作《停云》诗时纵情放歌的情景。停云,陶诗篇名,共四章。自序云:"停云,思亲友也。罇湛新醪,园列初荣,愿言不从,叹息弥襟。"

〔3〕"吟到"二句:是说陶潜吟到恩仇之事心潮汹涌,江湖间如此侠义之士恐怕没有多少。恩仇,思亲友属恩,荆轲刺秦王属仇。侠士仗义,勇于为人排患解难,恩仇之情鲜明强烈。作者《尊任》一文说:"侠尚意气,恩怨太明,儒者或不肯为。"

作者在归途舟中读陶潜诗,写了三首有感之作。这第一首写陶潜富有爱憎之情、豪侠之气,并不是一个超然物外、感情淡漠的飘逸之人。当时作者虽辞官归隐,亦未忘却世情,故引以自况。

其一三〇

陶潜酷似卧龙豪(语意本辛弃疾)〔1〕,万古浔阳松菊高〔2〕。莫信诗人竟平淡,二分《梁甫》一分《骚》〔3〕。

〔1〕酷似:非常相似。卧龙豪:指出山用世以前怀有雄才壮志的诸葛亮。《三国志·蜀志·诸葛亮传》:"徐庶谓先主(刘备)曰:'诸葛孔明,卧龙也。'"作者自注:"语意本辛弃疾。"按,南宋爱国词人辛弃疾在《贺新郎》词中有云:"把酒长亭说,看渊明风流,酷似卧龙诸葛。"

〔2〕"万古"句:写陶潜高洁坚强的品格万世流芳。浔阳,晋郡名,陶潜为浔阳郡柴桑县人,此以籍贯代称其人。松菊,陶潜《归去来兮

辞》:"三径就荒,松菊犹存。携幼入室,有酒盈罇。引壶觞以自酌,眄庭柯以怡颜(写庭园之松);倚南窗以寄傲(写窗下之菊),审容膝之易安。"传统以傲霜耐寒的松菊比喻高洁坚强的品格、节操。

〔3〕"莫信"二句:是说不要相信陶诗平淡之说,他的诗三分之二像诸葛亮的《梁甫吟》,寓有豪情壮志,三分之一像屈原的《离骚》,深怀愤怨不平。平淡,思想感情平静飘逸。按,自梁代锺嵘在《诗品》中称陶潜为"古今隐逸诗人之宗",后世多沿此说,谓陶诗平淡。南宋朱熹曾立异意,他说:"陶渊明诗,人皆说是平淡,据某看,他自豪放,但豪放来得不觉耳。其露出本相者,是《咏荆轲》一篇,平淡底人,如何说得这样语言出来。"(见《朱子语类》)作者亦主此见。后来鲁迅进一步发挥了这一观点,他在《且介亭杂文二集·"题未定"草六》中说:"被论客赞赏着'采菊东篱下,悠然见南山'的陶潜先生,在后人的心目中,实在飘逸得太久了。"认为陶诗中"除论客所佩服的'悠然见南山'之外,也还有'精卫衔微木,将以填沧海,形天(同刑天)舞干戚,猛志固常在'之类的'金刚怒目'式,在证明着他并非整天整夜的飘飘然。这'猛志固常在'和'悠然见南山'的是一个人,倘有取舍,即非全人,再加抑扬,更离真实。"梁甫,即梁甫吟,古乐府楚调曲名,梁甫,山名,在泰山下。《三国志·蜀志·诸葛亮传》:"亮躬耕陇亩,好为《梁父吟》(父同甫)。"故此以《梁甫吟》指寄托豪情壮志之作。骚,即《离骚》,《史记·屈原贾生列传》谓屈原曾受到楚怀王重用,上官大夫嫉贤妒能而谗毁之,因而又被楚怀王疏远。"屈平(屈原之名)疾王听之不聪也,谗谄之蔽明也,邪曲之害公也,方正之不容也,故忧愁幽思而作《离骚》。离骚者,犹离(遭)忧也。"

这是舟中读陶诗有感而作的第二首。长久以来,陶潜被人们披上一件仙衣,打扮成不食人间烟火、与世无争的高士。而作者却能透过平淡看到其悲愤不平和豪情壮志。作者当时的处境和志向与归隐后的陶潜颇为相似,故能心心相印,道出隐衷。这首诗也是引陶潜自况。

其一三一

陶潜磊落性情温[1],冥报因他一饭恩[2]。颇觉少陵诗吻薄,但言朝叩富儿门[3]。

[1] 磊落:飘洒豪放。庾信《长孙俭碑》:"风神磊落。"
[2] "冥报"句:为前一句的例证,是说念念不忘人助一饭之恩,永思报答。陶潜有《乞食》诗云:"饥来驱我去,不知竟何之;行行至斯里,叩门拙言辞。主人解余意,遗赠岂虚来。谈谐终日夕,觞至辄倾杯。情欣新知欢,言咏遂赋诗。感子漂母惠,愧我非韩才。衔戢(收藏心底)知何谢,冥报以相贻。"诗末用韩信事,《史记·淮阴侯列传》载:淮阴侯韩信为布衣时,贫穷而不能治生业,常从人寄食,人多厌之。有一次,"信钓于城下,诸母漂(以水击絮洗濯)。有一母见信饥,饭信,竟漂数十日。信喜,谓漂母曰:'吾必有以重报母。'母怒曰:'大丈夫不能自食,吾哀王孙而进食,岂望报乎!'"后信为楚王,召所从漂母,赐予金。冥报,死后相报。
[3] "颇觉"二句:是说对比之下颇感杜甫诗口吻刻薄,向人乞食,只说"朝叩富儿门",不但不提报答,反带讽刺、不满之意。按,杜甫《奉赠韦左丞丈二十二韵》诗云:"朝叩富儿门,暮随肥马尘。残杯与冷炙,到处潜悲辛。"

这是读陶诗有感而作的第三首,写陶潜飘洒豪放而又性情温厚。

其一三五

偶赋凌云偶倦飞[1]，偶然闲慕遂初衣[2]，偶逢锦瑟佳人问，便说寻春为汝归[3]。

〔1〕赋凌云:《史记·司马相如列传》:"天子(汉武帝)既美《子虚》之事,相如见上好仙道,因曰:'上林之事,未足美也,尚有靡者,臣尝为《大人赋》,未就,请具而奏之。'相如以为列仙之传居山泽间,形容甚臞,此非帝王之仙意也,遂就《大人赋》。……相如既奏《大人》之颂,天子大悦,飘飘有凌云之气,似游天地之间意。"这里指自己于道光九年(1829)参加殿试对策献赋,被赐同进士出身。倦飞:陶潜《归去来分辞》:"鸟倦飞而知还。"这里指自己对做官已感厌倦。

〔2〕"偶然"句:是说偶然又欣慕闲适生活而终成事实。遂,成。初衣,指入仕前所穿普通人的服装。屈原《离骚》:"退将复修吾初服。"李白《送贺监归四明应制》:"久辞荣禄遂初衣。"

〔3〕"偶逢"二句:是说偶然遇到奏瑟佳人的询问,便说是正是寻求爱情为你而归。锦瑟佳人,杜甫《曲江对雨》诗:"何时诏此金钱会,暂醉佳人锦瑟旁。"按,这两句反映了作者失意时的一种理想,参见其一〇二首及说明。

这首诗回顾了从出仕到归隐的平生经历,一连用了四个"偶"字,仿佛一切都出于偶然,又好似随心所欲、玩世不恭,但这只是表面现象;透过轻松闲适的字面,不难看出作者命不由己,饱尝人间辛酸,难言的深衷。作者如此自我解嘲,正反映他心底愁绪何等难排。

其一四〇

太湖七十溇为墟,三泖圆斜各有初〔1〕。耻与蛟龙竞升斗,一编聊献郏侨书〔2〕。(陈吴中水利策于同年裕鲁山布政〔3〕。郏侨,郏亶之子,南宋人〔4〕,父子皆著三吴水利书。)

〔1〕"太湖"二句:写吴中水系多淤积破坏,失去旧貌。太湖,在江苏吴县西南,跨江苏、浙江两省。溇(lǒu 篓),河沟。七十溇,举七十二溇之成数。清王同祖《太湖考》:"又以荆溪不能当西来众流奔注之势……又于乌程、长兴之间开七十二溇(按,或作七十三溇,见明伍馀福《三吴水利论》)。在乌程者三十有八,在长兴者三十有四,皆自七十二溇通经递脉,以杀其奔冲之势而归于太湖也。"为墟,指水道淤湮反成陆丘。三泖(mǎo 卯),湖名,亦称泖湖。原在江苏省松江县西、金山县西北,分上、中、下三泖,北为上泖,亦称圆泖,中曰大泖,南曰下泖,亦曰长泖,皆源出太湖,上承淀山湖,下流合黄埔江入海。各有初,是说各有旧貌,然淤湮已不复见。

〔2〕"耻与"二句:是说不屑与蛟龙争升斗之水利,姑且献吴中水利策,以求根治水患。蛟龙,古称蛟龙能发水。升斗,升斗之水。《庄子·外物》:鲋鱼曰:"我东海之波臣也,君岂有斗升之水而活我哉?"郏(jiá 夹)侨书,郏侨所著三吴水利书,借指自己的吴中水利策。郏侨,字子高,北宋昆山人,郏亶(dǎn 胆)之子,曾受到王安石器重。继其父撰辑三吴水利书,有所发明。见《尚友录》卷二三。其父郏亶,字正夫,仁宗嘉祐年间进士,神宗熙宁初,为广东安抚使机宜,上书论吴中水利六得六失,任司农丞,兴修水利,遭吕惠卿弹劾措置失当,解官归家,在昆山整治西水田,成效显著,于是上书说明前法可用,复任司农丞。见《宋史翼》卷

二。按,明归有光《三吴水利书》收录郏亶书二篇,郏侨书一篇。

〔3〕裕鲁山:即裕谦(1793—1841),姓博罗忒氏,名裕泰,字鲁山,蒙古镶黄旗人,嘉庆二十二年(1817)进士,道光十九年(1839)任江苏布政使,后升两江总督。道光二十年鸦片战争爆发,英侵略军攻陷浙江定海,裕谦劾琦善误国五罪。道光二十一年(1841),英侵略军攻陷镇江,裕谦投水自尽。

〔4〕南宋人:郏侨实为北宋人,此处作者误记。

这首诗写向江苏布政使裕谦献治理吴中水利之策。其具体主张由《乙丙之际塾议第二十》(或题第八)一文可见,中云:"汉臣治水,必遗地让水;乃后世言:乌有弃上腴出租税之土,以德鱼鼋者乎?今之言水利者,譬盗贼大至,而始议塞窦阖门也。兴水利莫如杀水势,杀水势莫如复水道。今问水之故道,皆已为田。问田之为官为私?则历任州县升科,以达于户部矣。问徙此田如何?则非具疏请不可。大吏惮其入告,州县恶其少漕,细民益盘踞而不肯见夺。夫可以悍然夺之、徙之,不听则诛之,而民无乱者,必私田也。今田主争于官曰:'我之入赋,自高曾而然,赋且上上,夺而徙之,两不便。'湖州(府名,今浙江吴兴)七十二溇之亡,松江长泖、斜泖之亡,咎坐此等。"指明根治水患的主要方法是"遗(弃)地让水",以"复水道",而此举的主要障碍又在霸占田地的世族豪强。这首诗说明,作者虽已辞官,但济世之心始终未灭,正如吴昌绶所说:"先生曩在北,陈北直种桑之策于畿辅大吏(见《乞籴保阳》及《己亥杂诗》其二一首),过苏州,则陈吴中水利策于同年鲁山布政(裕谦),民物之怀,固无时不眷眷也。"(见所著《定盦先生年谱·道光十九年》)

其一四九

祗将愧汗湿莱衣,悔极堂堂岁月违[1]。世事沧桑心事定,此生一跌莫全非〔2〕。(于七月初九日到杭州。家大人时年七十有三〔3〕,倚门望久矣〔4〕。)

〔1〕"祇将"二句:是说见到父亲时羞愧冒汗,沾湿了衣服,非常后悔事业无成,把一生中的大好岁月错过。莱衣,老莱子的衣服。刘向《列女传》载:春秋时,楚国有老莱子,以孝著称,为取悦双亲,七十岁还身穿五彩衣服,打扮成儿童模样。这里指自己的衣服,对父亲而言,故称莱衣。堂堂,壮盛的样子。

〔2〕"世事"二句:是说世事沧海桑田变化莫测,而自己归隐之心已定,这一次在仕途上跌跟头莫不是一无是处吧。沧桑,沧海桑田。《神仙传》:"麻姑谓王方平曰:'接待以来,已见东海三为桑田。'"指沧海变成了田野,后用以比喻世间巨大的变迁。跌,失足。《后汉书·崔骃传》:"子苟欲勉我以世路,不知其跌而失吾之度也。"

〔3〕家大人:家父。作者父亲名丽正,字旸谷,号暗斋,乾隆六十年(1795)举人,嘉庆元年(1796)进士,历官内阁中书、军机章京、江南苏松太兵备道,署江苏按察使。道光七年(1827)称疾辞官,回杭州主讲紫阳书院。著有《国语注补》、《三礼图考》、《两汉书质疑》、《楚辞名物考》等书。

〔4〕倚门望:指父母在家盼望儿子归来。《战国策·齐策》:"王孙贾年十五,事闵王,王出走,失王之处。其母曰:'女朝出而晚来,则吾倚门而望;女暮出而不还,则吾倚闾而望。女今事王,王出走,女不知其处,女尚何归?'"

这首诗写回到家中时的复杂心情:羞愧与悔恨交并,但又庆幸终于摆脱了变幻莫测的世事的纠缠。

其一五三

亲朋岁月各萧闲,情话缠绵礼数删[1]。洗尽东华尘土否?一秋十日九湖山[2]。

　　[1]"亲朋"二句:是说回到家乡,生活在亲朋当中,日子各自清闲,互相来往,情话缠绵,亲切而不拘礼数。与混乱虚伪的官场成鲜明对比。萧闲,安静清闲,与嘈杂凌乱相对。删,削减。按作者一贯反对烦琐礼数,其《与吴虹生书(十二)》谈及为女儿订婚时,曾说:"繁文缛礼,弟皆不知。"
　　[2]"洗尽"二句:为亲朋对己关怀寒暄之辞,询问自己归家后一秋间尽情流连湖光山色,是否已洗尽仕途奔波的尘土。东华,紫禁城的东华门。按作者归隐前,在内阁和礼部做官,内阁在东华门内,礼部在紫禁城东面,故举东华以指官场。又,苏轼《次韵蒋颖叔钱穆父从驾景灵宫》诗:"软红犹恋属车尘。"自注:"前辈戏语有西湖风月不如东华软红香土。"这两句暗用此典而反其意,表示对东华尘土的鄙弃。十日九湖山,十日中有九日游赏湖光山色。

　　这首诗写归家后与亲朋不拘礼节亲切交往,并尽情流连家乡美丽的湖光山色,一洗官场的风尘和俗气。

其一七〇

少年哀乐过于人,歌泣无端字字真[1]。既壮周旋杂痴黠,童心来复梦中身[2]。

〔1〕"少年"二句:是说少年时代哀乐之情强烈过人,形之于文,或歌或泣,不假做作,自然流露,字字都是真情。无端,没有来由。这里是自然、率意的意思。《琴歌》:"之美一人,乐亦过人,哀亦过人。"《寒月吟》:"我生受之天,哀乐恒过人。"《歌哭》:"歌哭前贤较有情。"可参。

〔2〕"既壮"二句:是说成年之后周旋于社会、官场,时而装傻,时而卖乖,难以真情相见,率真的童心只能在梦中出现。壮,《礼记·曲礼》:"三十曰壮。"痴,呆傻。黠(xiá 狭),机灵狡猾。童心,见《梦中作四截句》其二注〔2〕。

这是一首愤世嫉俗之作。作者追求纯真的心灵、真诚的人生,鄙弃现实社会、特别是官场的虚伪狡诈。参见《呜呜硿硿》、《歌哭》。

其一七八

儿谈梵夹婢谈兵,消息都防父老惊[1]。赖是摇鞭吟好句,流传乡里只诗名[2]。(到家之日,早有传诵予出都留别诗者[3],时有"诗先人到"之谣。)

〔1〕"儿谈"二句:是说儿女好谈论佛经,使婢好谈论兵书,这种异端家风总防传到乡里使父老惊讶。梵夹,佛经。《资治通鉴·唐纪·懿宗咸通三年》:"上奉佛太过……又于禁中设讲席,自唱经,手录梵夹。"胡三省注:"梵夹者,贝叶经也,以板夹之。"兵,指兵书。兵为九流百家之一。按,作者好佛,又好九流百家,而不尊儒,影响及于家风。

〔2〕"赖是"二句:紧承上二句,是说幸亏启程离都时吟咏了一些好

诗,在乡里只流传自己的诗名。赖是,所依恃。这里有所幸之意。摇鞭,扬鞭。

〔3〕出都留别诗:即本年辞官离都南归时所赋留别之诗,收在《己亥杂诗》开头四十馀首中。

作者的思想学术颇有突破封建正统的地方,这也影响到自己的家风。他不像一般封建士大夫"科名几辈到儿孙,道学宗风毕竟尊"(《荐主周编修贻徽属题尊甫小像,献一诗》),而是"儿谈梵夹婢谈兵",一派异端气象。因此他怕这种情况传到家乡,惊世骇俗,震动父老。参见其三〇三首。

其一八〇

科名掌故百年知,海岛畴人奉大师〔1〕。如此奇材终一令〔2〕!蠹鱼零落我归时〔3〕。(吊黎见山同年应南〔4〕。见山顺德人,官平阳令,卒于杭州。)

〔1〕"科名"二句:是说友人黎应南熟悉本朝科举题名故实,又是算学大师。科名,科举题名。科举时代,凡乡试、会试放榜后,皆有题名录,又称登科录。清代规定每科有两种题名录,一是御览题名录,专呈皇帝过目,一是普通题名录,无"御览"字样,抄发分送有关官署备案。后者规定于完场后五日内,将该届监临、提调、监试、主考、同考各官的籍贯、姓名、三场考题以及中式士子姓名、等第等,缮写成册,盖上官印,分送吏部及礼部存查。搜辑科名掌故是一门学问,作者《己亥杂诗》其五四首说:"科以人重科益重,人以科传人可知。本朝七十九科矣(按,指会试),搜辑科名意在斯。"自注:"八岁得旧登科录读之,是搜辑二百年科

名掌故之始。"百年,清朝开国以来一百馀年或近二百年的概称。海岛,即《海岛算经》,古代测量算法著作。《四库全书总目》卷一〇七:"《海岛算经》一卷,晋刘徽撰,唐李淳风等奉诏注。据刘徽序《九章算术》有云:'徽寻九数有重差之名,凡望极高,测绝深,而兼知其远者,必用重差,辄造《重差》,并为注解,以究古人之意,缀于勾股之下。度高者重表,测深者累矩,孤离者三望,离而旁求者四望。'据此,则徽之书本名《重差》,初无海岛之目;亦但附于勾股之下,不别为书。……不过后人因卷首以海岛之表设问,而改斯名。……其书世无传本,惟散见《永乐大典》中,今裒而辑之,仍为一卷,篇帙无多,而古法具在。"这里泛指算学。畴人,《史记·历书》:"幽厉之后,周室微,陪臣执政,史不记时,君不告朔,故畴人子弟分散。"后世遂专称历算家为畴人。

〔2〕"如此"句:是说如此具有非凡才能的人最终不过做到知县(县令)这样的小官。对摧残人材的制度充满愤慨之情。

〔3〕"蠹鱼"句:是说当自己回到家时,黎氏的著作已经虫蚀、散落。阮元《畴人传》卷五十载黎应南"生平著述,秘不示人,亦不编辑。殁后,其子无咎甫七龄,更不知其稿之散佚与否。所传者唯《开方说后跋》。"蠹鱼,咬书的虫子。

〔4〕黎见山:黎应南,字见山,号斗一,广东顺德人,侨居苏州。嘉庆二十三年(1818)举人,官浙江丽水、平阳知县。精于算学,是算学家李锐(四香)的高足弟子,续成李锐《开方说》一书,又创立求勾股率捷法。《平阳县志·名宦》:"黎应南精畴人术。道光十二年知(平阳县),有惠政。秩满宜迁,而簿书不谙,平时为家丁牟蚀,行李萧然,淹留任所,以待上官之命。作《临江仙》词云:'薄宦读书知已晚,那堪两鬓蓬飞?酒痕如泪旧衣时,凄凉埋剑气,哀怨写琴丝。　博得一官犹故我,中年更欲何之?青山有约订归期。薜萝新鬼哭,车笠旧盟稀。'后数月,遂病于试院,殡在杭西湖丛葬中十年,邑人杨配篯筑墓树碑表之,与瑶圃查公合

祀试院旁。(祝尧之《牖窥诗话》、《续畴人》、《逊学斋文钞》、《杨府君墓志》)定盦诗注云：'卒于杭州。'此从尧之诗话。"

这是一首悼友诗，对自己的朋友负有奇材而遭埋没表示了深切的惋惜，同时对摧残人材的制度表示了不满和抗议。

其二一〇

缱绻依人慧有馀[1]，长安俊物最推渠[2]。故侯门第歌钟歇，犹办晨餐二寸鱼[3]。(忆北方狮子猫。)[4]

〔1〕缱绻(qiǎn quǎn 迁犬)：亲密不相离。《左传·昭公二十五年》："缱绻从公。"杜预注："不离散也。"慧有馀：聪明过度，狡猾乖巧。

〔2〕长安：泛指京城，此指北京。俊物：出众之物。旧说才德超过千人者为俊，这里俊是特出之意，写受到宠幸，身价高贵。渠：它，指狮子猫。

〔3〕"故侯"二句：是说世代显贵之家歌舞夜宴刚刚结束，还专为所养狮子猫置办二寸鲜鱼的早餐。描写其已爬到高等奴才、二等贵族的地位。歌钟，能奏乐曲的编钟，古代贵族的礼器。《左传·襄公十一年》："郑人赂晋侯以师悝、师触、师蠲(皆为乐师)……歌钟二肆。"《周礼·小胥》："凡县(悬)钟磬，半为堵，全为肆。"肆，陈列，指一整套。据文献记载及考古实物，古代一套编钟，数量多寡不一，以1978年5月、6月在湖北随县战国曾侯乙墓出土的编钟最为完整可观。这里以歌钟泛指歌舞饮宴。

〔4〕狮子猫：一种供玩赏的猫，又称波斯猫，相传明末由波斯传入。头圆、体肥、腿短，通身披长毛，毛色以纯白为贵。黄汉《猫苑》："张孟仙

曰:狮猫产西洋诸国,毛长身大,不善捕鼠。一种如兔,眼红耳长,尾短如刷,身高体肥,虽驯而笨。张心田云:狮猫眼有一金一银者。"徐珂《清稗类钞》:"历朝宫禁卿相家多蓄狮猫。咸丰辛亥五月,太监白三喜使其犹子曰大者,进宫取狮猫,遂获咎。"可见清朝宫廷及达官贵人竞养狮子猫的侈靡风尚。

这是一首咏物诗,借狮子猫揭露达官贵人奢侈腐化的生活,并给那些摇尾乞怜、依附权贵的高等奴才画像。笔笔写猫,同时笔笔写人,比喻贴切,讽刺辛辣,揭露痛快淋漓。

其二一一

万绿无人嘒一蝉[1],三层阁子俯秋烟[2]。安排写集三千卷[3],料理看山五十年[4]。(欲写全集清本数十分,分贮友朋家。)

[1] "万绿"句:是说万丛绿树,幽静无人,只有一蝉孤鸣。嘒(huì会),蝉鸣声。《诗经·小雅·小弁》:"鸣蜩(tiáo音条,即蝉)嘒嘒。"此句写景,嘒一蝉更反衬出万绿无人的寂静。又,或以蝉自喻,嘒一蝉与下文写集相呼应,谓于死气沉沉的局面之中,洁身自高,独鸣无傅。骆宾王《在狱咏蝉》曾引蝉自喻,自序云:"故洁其身也,禀君子达人之高行;蜕其皮也,有仙都羽化之灵姿。候时而来,顺阴阳之数;应节为变,审藏用之机。有目斯开,不以道昏而昧其视;有翼自薄,不以俗厚而易其真。吟乔树之微风,韵姿天纵;饮高秋之坠露,清畏人知。仆失路艰虞,遭时徽纆,不哀伤而自怨,未摇落而先衰。闻蟪蛄之流声,悟平反之已奏,见螳螂之抱影,怯危机之未安。感而缀诗,贻诸知己。庶情沿物应,哀弱羽之飘零;道寄人知,悯馀声之寂寞。非谓文墨,取代幽忧云尔。"诗云:"露

重飞难进,风多响易沉。无人信高洁,谁为表予心。"可参。

〔2〕"三层"句:是说三层楼阁高出烟雾之上。三层阁子,《续修昆新合志》载:龚家"得昆山徐尚书(按,即徐秉义,时做侍郎,称尚书误,详见吴昌绶《定盦先生年谱·道光五年》)园亭,园筑峻楼三层。"作者《与吴虹生书(十二)》云:"幸老人有别业在苏州府属昆山县城……弟至其地,则花竹蔚然深秀,有一小楼,面山,楼中置笔砚,弟偷闲暂坐卧于是。"这里特写楼阁极高,含与世隔绝之意。《梁书·陶弘景传》:"永元初,更筑三层楼。弘景处其上,弟子居其中,宾客至其下,与物遂绝,惟一家僮得侍于旁。特爱松风,每闻其响,欣然为乐。"《己亥杂诗》其二一二首云:"海西别墅吾息壤,羽琌三重拾级上。明年俯看千树梅,飘飘亦是天际想。"

〔3〕三千卷:虚指,形容数量之多。按,作者出都时自称有文集百卷(详《己亥杂诗》其四自注)。张祖廉《定盦先生年谱外纪》云:"撰《定盦文集》百卷,子宣编校之,省为三十卷。"自写本未完成,著作诗文散佚甚多,王佩净校本《龚自珍全集》后附有《龚自珍佚著待访目》,仅稽考出部分佚著篇目,尚不包括诗词在内。

〔4〕五十年:虚指馀生之年。虚拟数字之多,以示不再出山的决心。

这首诗作于江苏昆山,当时正在料理隐居之所羽琌山馆。诗中表示要整理写定自己的全集,安心隐居到底。

其二二一

西墙枯树态纵横,奇古全凭一臂撑[1]。烈士暮年宜学道[2],江关词赋笑兰成[3]。(羽琌之西[4],有枯枣一株,不忍斧去。)

〔1〕"西墙"二句:写枣树虽枯,而纵横不拘之态犹存,奇古挺拔之势不减。

〔2〕"烈士"句:是说英烈之士时值暮年,更宜学习人生之道,保持壮心不已。烈士,抱负雄伟、重义轻生之士。曹操《龟虽寿》诗:"烈士暮年,壮心不已。"

〔3〕"江关"句:是说庾信暮年虽然诗赋写得感人,但过于悲切,难免被乐观有志之士嗤笑。江关词赋,杜甫《咏怀古迹五首》其一:"庾信生平最萧瑟,暮年诗赋动江关。"此诗大历元年作于夔州,引庾信自况。江关,古关名,相传战国时巴、楚相争,于四川奉节东长江北岸赤甲山上置关,故名,又名扞关。后移于长江南岸,为瞿塘峡南面屏障,又名瞿塘关。杜甫时在夔州,故云。又这两句用庾信赋语。庾信在周,虽地位名望通显,常有乡关之思,乃作《哀江南赋》,其辞云:"将军一去,大树飘零;壮士不还,寒风萧瑟。提挈老幼,关河累年。"又《伤心赋》云:"对玉关而羁旅,坐长河而暮年。"兰成,庾信的小字。陆龟蒙《小名录》:"庾信幼而俊迈,聪敏绝伦,有天竺僧呼信为兰成,因以为小字。"庾信,南北朝时文学家,字子山,南阳新野(今属河南省)人。初仕梁,后出使西魏,值西魏灭梁,被留。历仕西魏、北周,官至骠骑大将军、开府仪同三司,世称庾开府。善诗赋、骈文。在梁时作品绮艳轻靡。暮年所作,如《哀江南赋》《枯树赋》等,思念故乡,感伤遭遇,风格转为萧瑟苍凉。后人辑有《庾子山集》。

〔4〕羽琌(líng灵):即羽琌山馆,作者晚年隐居的别墅,在江苏昆山县。羽琌本山名,见于《穆天子传》:"天子三月舍于旷原囗,天子大享正公诸侯王勤七萃之士于羽琌之上。"郭璞注云:"下有羽陵,疑亦同。"洪颐煊补注云:"《太平御览》八百三十二引作羽陵。"知羽琌即羽陵。作者诗中亦混用这两种写法,如《己亥杂诗》其一九八云:"草创江东署羽陵,异书奇石小崚嶒。十年松竹谁留守?南渡飞扬是中兴。"(复墅。)

作者歌颂枯树纵横不拘的雄伟姿态和奇古挺拔的刚毅气质,并领悟到英烈之士,时值暮年,更应学好关于宇宙、人生的哲理,保持雄心壮志。此诗一反庾信《枯树赋》的萧瑟苍凉情调,正是作者受挫不屈,壮心未灭的标志。

其二三一

九流触手绪纵横[1],极动当筵炳烛情[2]。若使鲁戈真在手,斜阳只乞照书城[3]。

[1]"九流"句:是说每接触九流百家,总觉思想博大精深,头绪纷繁纵横。九流,见《十月廿夜,大风不寐,起而书怀》注[7]。

[2]"极动"句:是说极大地激起了我老而好学,追求真理的热情。当筵,坐在几席之前。古人席地而坐,故云。筵,席子。炳烛,点亮的蜡烛。比喻老而好学,保持明智。《说苑·建本》:"老而好学,如炳烛之明。"《颜氏家训·勉学》:"老而学者,如秉烛夜行,犹贤乎瞑目而无见者也。"

[3]"若使"二句:是说假若有鲁阳挥日之戈在手,只求斜阳不落,永远照耀我藏书阅读的地方。鲁戈,即鲁阳之戈,《淮南子·览冥训》:"鲁阳公与韩构难(交战),战酣日暮,援戈而挥之,日为之反三舍(三十里为一舍)。"书城,谓储藏书籍,环列如城。明陈继儒《太平清话》卷二:"宋政和时,都下李德茂环积坟籍,名曰书城。"

这首诗反映出作者对九流百家的极大兴趣和钻研热情。而泛览九流百家,表现了作者反对独尊儒术的异端思想。参见《自春徂秋,偶有所触,拉杂书之,漫不诠次,得十五首》其一〇及《己亥杂诗》其三〇三。

其二三二

诗谶吾生信有之,预怜夜雨闭门时[1]。三更忽轸哀鸿思[2],九月无襦淮水湄[3]。(出都时,有"空山夜雨"之句,今果应。今秋自淮以南,千里苦雨[4]。)

〔1〕"诗谶(chèn 趁)"二句:是说诗句竟成为应验的预言,我平生中确实有过,像眼下困于久霖、夜雨闭门的情况,就应验了以前所写夜雨的诗句,仿佛预有忧怜似的。诗谶,诗语成为预言、预兆,属迷信说法。谶,事后应验的预言、预兆,为古代迷信占验术语。《南史·侯景传》:"初,简文(萧纲)《寒食》诗云:'雪花无有蒂,冰镜不安台。'又《咏月》云:'飞轮了无辙,明镜不安台。'后人以为诗谶。"夜雨闭门,指离京时所写"来叩空山夜雨门"句,见《己亥杂诗》其十二首。

〔2〕"三更"句:是说三更半夜忽然勾起悲悯流民的思念。轸(zhěn 诊),悲痛。哀鸿,悲鸣的大雁。《诗经·小雅·鸿雁》:"鸿雁于飞,哀鸣嗷嗷。"《毛诗·小序》谓比喻"万民离散,不安其居",后世遂以哀鸿比喻遭难的流民。

〔3〕"九月"句:是说流落淮河两岸的灾民,九月尚无御寒之衣。《诗经·豳风·七月》:"七月流火,九月授衣。……无衣无褐,何以卒岁?"襦(rú 儒),短袄。湄,水边。

〔4〕苦雨:久雨成灾。

这首诗表明作者虽已退隐,但对民生疾苦仍十分关切。当然所谓"诗谶"的迷信说法,又表现了作者的思想局限。

其二三九

阿咸从我十日游[1],遇管城子于虎丘[2]。有笔可橐不可投,簪笔致身公与侯[3]。(剑塘买笔筒,乞铭之。)

[1] 阿咸:作者侄子龚剑塘的乳名。从:陪从。十日游:指北上出发之前在苏州一带的逗留游览。其二三六首云:"阻风无酒倍消魂,况是残秋岸柳髡。赖有阿咸情话好,一帆冷雨过娄门。"自注:"从子(即侄)剑塘送我于苏州。"

[2] 管城子:毛笔的别称。韩愈《毛颖传》:"聚其族而加束缚焉,秦始皇使恬(蒙恬)赐之(指毛颖)汤沐(按,指汤沐邑,用以斋戒自洁之地),而封诸管城,号管城子。"毛颖即毛笔,旧时有一种传说,认为竹管毛笔是秦始皇大将蒙恬创造的,故此传提及蒙恬。虎丘:苏州名胜,在西北郊。相传春秋时吴王阖闾葬于此,葬三日而有白虎踞其上,故名虎丘。

[3] "有笔"二句:是说有笔可以保存起来千万不可抛弃,如能做皇帝的近侍文臣,肯定能进身公侯,取得高位。暗讽清王朝重文才而轻视实际本领。有笔可橐,《汉书·赵充国传》:"安世本持橐簪笔。"颜师古注:"张晏曰:'橐,契囊也。近臣负橐簪笔,从备顾问,或有所纪也。'师古曰:'橐,盛书。簪笔,插笔于首以纪事。'"后遂以橐笔指文人之职事,以簪笔指近侍笔墨文臣。投笔,指弃文。《后汉书·班超传》:"(超)家贫,常为官傭书(按,为官抄写文书)以供养,久劳苦。尝辍业投笔叹曰:'大丈夫无他志略,犹当效傅介子、张骞,立功异域,以取封侯,安能久事笔研间乎?'"后果从戎,出使西域,因功封为定远侯。

这首诗借为其侄子在笔筒上题铭一事而发,感慨清王朝选拔人材重文墨轻才干的偏向。

其二四一

少年尊隐有高文,猿鹤真堪张一军[1]。难向史家搜比例[2],商量出处到红裙[3]。

〔1〕"少年"二句:是说自己少作《尊隐》一文是一篇高妙文章,被弃置的有才之士确实能建立一支队伍,形成对抗力量。猿鹤,指被弃隐于山中的才德之士。《艺文类聚》卷九〇引《抱朴子》:"周穆王南征,一军尽化,君子为猿为鹤,小人为虫为沙。"张一军,部署一支军队。《管子·七法》:"是故张军而不能战,围邑而不能攻,得地而不能实,三者见一焉,则可破毁也。"《韩非子·初见秦》:"悉其士民,张军数十百万。"

〔2〕"难向"句:是说难以向史家记载搜寻指导自己行动的先例。比例,比附的例子。

〔3〕出处:用世和退隐。《周易·系辞》:"子曰:君子之道,或出或处,或默或语。"红裙:指女郎。这里具体指作者在扬州交往的妓女小云。按,作者辞官南归时,曾在扬州遇见一个妓女名叫小云,《己亥杂诗》其九九首至其一〇一首皆写初次在扬州与小云的交往。如其九九首云:"能令公愠公复喜,扬州女儿名小云。初弦相见上弦别,不曾题满杏黄裙。"其二四〇至二四三首,自注云"重过扬州有纪",写北上迎眷重过扬州与小云相遇,本诗正其第二首。

这首诗作于北上迎眷,重过扬州之时。写自己辞官归隐之后,回想起少作《尊隐》一文,那里面曾把变革现实、挽救危机的理想,寄托于被朝廷排斥在野的贤能志士,可是当自己也被弃置之后,竟不知应该如何作为,只有向知心的女子商量进退、出处了。充分表现了作者政治理想中犀利与飘渺互相对立的两方面。

其二五二

风云材略已消磨,甘隶妆台伺眼波〔1〕。为恐刘郎英气尽,卷帘梳洗望黄河〔2〕。

〔1〕"风云"二句:是说自己干一番大事业的材略已消磨殆尽,甘愿供美人驱使,伺候于妆台之侧。暗含对被弃置的愤慨。风云材略,叱咤风云的雄才大略。《三国志·魏志·贾诩传》裴松之注引《九州春秋》:阎忠称皇甫嵩曰:"将军权重于淮阴,指挥可以振风云,叱咤足以兴雷电。"伺眼波,看眼色行事,侍候之意。作者《春日有怀山中桃花因有寄》诗有"安能生此愁阳春,不如归侍妆台侧"句。

〔2〕"为恐"二句:是说灵箫为怕作者英气消尽,故意卷帘梳洗,远望黄河,以期引导作者关心大事,激起他的雄心壮志。刘郎,指刘禹锡,白居易《醉中重留梦得》诗有云:"刘郎刘郎莫先起,苏台苏台隔云水(苏台为吴王阖庐之台名,苏州之别称)。"刘禹锡,字梦得,洛阳人,中唐著名的文学家,工诗文,并有政治理想,曾与柳宗元一起参加以王叔文为首的政治改革集团,反对宦官和藩镇割据势力,与白居易交谊亦深,唱和甚多。刘禹锡少负志气,至老壮心不已,他有《学阮公体三首》,中云:"少年负志气,信道不从时","朔风悲老骥,秋霜动鸷禽。……不因感节衰,安能激壮心?"这里借以自指。英气,英豪之气。姜夔《翠楼吟》词:"仗酒祓清愁,花销英气。"张祖廉《定盦先生年谱外纪》载:钱塘陈元禄谓龚自珍所藏奇物中有丁龙泓刻"酒祓清愁花销英气"印。望黄河,黄河自金明昌五年决口后,分南北两支入海。至明万历初,屡经治理,尽断旁出

诸道,全部南流,经江苏夺淮河故道入海。至清咸丰五年决口,再度北徙,南河道又淤。此时尚未北徙,流经清江浦之北,与运河交会,故在清江浦居高处可以看到黄河。按,黄河水患向为作者所关切,如《自春徂秋,偶有所触,拉杂书之,漫不诠次,得十五首》其二云:"看花忆黄河,对月思西秦。贵官勿三思,以我为杞人!"《己亥杂诗》其一二三首云:"不论盐铁不筹河,独倚东南涕泪多。"

作者离都南归时,于本年五月十二日抵清江浦(即淮浦,又称袁浦),逗留期间,遇妓女灵箫(见《己亥杂诗》其九七、九八两首)。此次北上迎眷,重过清江浦,与灵箫相晤,逗留十日,写了二十七首诗(起其二四五首,讫其二七一首),如其二四五首自注云:"九月二十五日,重到袁浦,十月六日,渡河去。留浦十日,大抵醉梦时多,醒时少也,统名之曰《寱(同呓)词》。"此首即在《寱词》之中。从这首诗中,可知作者在失意后眷恋美色的苦衷;亦可知灵箫是一个有才有志的女子,她唯恐作者英气耗尽,而不时设法加以激励、启示。参见《己亥杂诗》其一〇二首及说明。

其二七六

少年虽亦薄汤武,不薄秦皇与武皇[1]。设想英雄垂暮日,温柔不住住何乡[2]?

[1] "少年"二句:是说自己少年时鄙薄商汤和周武王,而不鄙薄秦始皇和汉武帝。汤,商汤,曾灭夏桀,为商朝开国之君。武,指周武王,名发,曾灭商纣王,为周朝开国之君。商汤、周武皆为儒家所尊崇的仁君圣王。薄,鄙薄。历史上反对儒家礼法之士,每薄汤、武。嵇康《与山巨源

绝交书》：" 又每非汤武而薄周孔。"秦皇，秦始皇，姓嬴，名政。他统一六国，废除分封制，实行郡县制，建立了我国历史上第一个专制主义中央集权的封建国家，并进而下令统一全国文字、货币、车轨、度量衡等，在历史上起过进步作用。秦始皇实行法治，遭到儒家的鄙薄，西汉贾谊在《过秦论》中既肯定秦始皇统一天下之功，但又认为他"废王道而立私爱，焚文书而酷刑法，先诈力而后仁义，以暴虐为天下始"。后代儒家多片面将秦始皇目为暴君，而与实行仁政的圣王相对立。武皇，指汉武帝刘彻。他承文帝、景帝之业，对内实行政治经济改革，尊儒术，倡仁义，而罢黜百家，建太学，置五经博士。对外用兵，开拓疆土。其在位的五十四年为西汉文治武功极盛时期。但也有迷信神仙、大兴土木、急征敛、重刑诛、轻于用兵、奢侈腐化的一面。《汉书·武帝纪》："赞曰：……如武帝之雄材大略，不改文、景之恭俭，以济斯民，虽《诗》《书》所称，何有加焉？"这里肯定其雄材大略，而非薄其不知恭俭。作者不薄始皇、汉武，亦皆就其雄材大略而言。

〔2〕"设想"二句：是说试想英雄到了晚年，不追求"温柔乡"又追求什么呢？这是既含有壮志未酬而产生的颓唐情绪，又含有不为世用的愤慨不平。温柔，指温柔乡。《飞燕外传》："后（汉成帝皇后赵飞燕）是夜进合德（飞燕之妹），帝（成帝）大悦，以辅属体，无所不靡，谓为温柔乡。谓樊嫕曰：'吾老是乡矣，不能效武帝求白云乡也。'"南宋抗金志士、爱国词人辛弃疾《江神子·宝钗飞凤鬓惊鸾》词云"个里温柔，容我老其间"，即为此二句所本，并引以自况。按王文濡本于此组诗（共三首）眉注曰："真迹本下注：'作此诗之期月（一年后的同月），实庚子（道光二十年）九月也，偶游秣陵（今南京）小住，青溪一曲，萧寺中荒寒特甚，客心无可比似。子坚以素纸索书，书竟，忽觉春回肺腑，掷笔拏舟回吴门矣。仁和龚自珍并记。'"所谓"回吴门"，即回苏州与灵箫相处，作者《上清真人碑书后》一文末有"姑苏女士阿箭（同箫）侍"，阿箭即灵箫，盖其时已

纳灵箫为妾,实现了"灵箫合贮此灵山"(其二〇〇)、"携箫(灵箫)飞上羽琌阁"的宿愿。

作者离清江浦北上,仍眷恋着灵箫,在《寱词》之后,一连有七首诗(其二七二至其二七八),或思念或寄赠,皆与灵箫有关,此首即在其中,为"顺河集又题壁三首"其二。这首诗回顾自己少年之时,鄙薄儒家道统,却不鄙薄秦始皇、汉武帝的雄才武功,立志建功创业,但蹉跎失志,无可奈何,只有流连声色,以作慰藉。这无疑是消极思想,但亦含愤世之情。参见其一〇二首及说明。

其二七九

此身已作在山泉,涓滴无由补大川[1]。急报东方两星使,灵山吐溜为粮船[2]。(时东河总督檄问泉源之可以济运者[3],吾友汪孟慈户部董其事[4]。铜山县北五十里曰柳泉[5],泉涌出[6];滕县西南百里曰大泉[7],泉悬出[8],吾所目见也。诗寄孟慈,并寄徐镜溪工部[9]。)

〔1〕"此身"二句:以山泉比己身,以大川比国事。是说自己已辞官在野,如同山泉涓滴细流无济于大河一样,无补于国家大事。在山泉,语出杜甫《佳人诗》:"在山泉水清,出山泉水浊。"无由,无以,没有办法,没有途径。

〔2〕"急报"二句:写自己仍关切国事,积极献计。两星使,指自注中所称被朝廷派出勘查水源、督办河工的汪、徐二人。星使,古天文星象迷信之说,认为天上有使星,主人间朝廷的使臣,因称皇帝使者为星使。《后汉书·李郃传》载:李郃为汉中南郑人,被本县用为幕门候吏(主招待之事),和帝即位,分遣使者秘密赴各州县体察民情,有二使者准备到

益州地区,投宿李郃主管的候舍。时值夏夜,露天而坐,李郃仰观于天,问二人曰:"二君发京师时,宁知朝廷遣二使邪?"二人默然,惊相视曰:"不闻也。"问何以知之,李郃指星给他们看,曰:"有二使星向益州分野,故知之也。"灵山,指自注中铜山县及滕县出泉之山。吐溜,《文选》潘岳《射雉赋》:"泉涓涓而吐溜。"溜,水流。为粮船,为漕运提供便利。

〔3〕东河总督:清置河东河道总督,掌理治河之事,驻山东济宁州(今济宁市)。所属山东之运河、卫河、洳河、通惠河、黄河,称为东河。当时东河总督为栗毓美,字朴园,山西浑源县人,道光十五年(1835)始任此职。按《清史稿·河渠志》,道光十八年运河淤浅,水运受阻,栗毓美建议暂闭临清闸,在闸外筑坝,使上游各泉及运河南注之水皆拦入微山湖,并制定《收潴济运章程》六条。檄问:发令询问征求。檄,古代用以征召、晓谕、申讨的文书。

〔4〕汪孟慈:名喜荀,原名喜孙,字孟慈,江苏甘泉(今江苏江都县)人,著名学者汪中的长子。嘉庆十二年举人,官户部员外郎,怀庆知府等。著有《大戴礼记补》、《国朝名臣言行录》、《且住庵诗文稿》等。王翼凤《河南怀庆府知府汪公墓表》云:"(道光)十九年经部保送河工,奉旨发往东河差遣使用。公到工,于堤工、泉源、漕运、振(同赈)务靡不悉心讲究,作《河流曲直分合说》、《治河说》、《沁河考》。"

〔5〕铜山县:清代县名,今江苏徐州市。

〔6〕涌出:自下而上喷涌而出。

〔7〕滕县:即今山东滕县。

〔8〕悬出:自上而下流出,形成瀑布。

〔9〕徐镜溪:名启山,安徽六安州人,道光九年进士,官工部主事。

这首诗作于北上赴春途中,借答有司询问泉源水利之事,感慨自己被弃置的身世。此诗说明,当时作者济世之心并未冷寂,归隐完全是出于被迫和无奈。

其二九一

诗格摹唐字有棱[1],梅花官阁夜镂冰[2]。一门鼎盛亲风雅,不似苍茫杜少陵[3]。(王秋坨大埙《苍茫独立图》[4]。)

[1]"诗格"句:就诗歌形式风格而言。是说王大埙之诗模仿唐人,文字颇具锋芒棱角,鲜明酷肖。诗格摹唐,为沈德潜"格调说"的主张,详见本首〔说明〕。按,王大埙的诗仿效韩愈,参见前《题王子梅盗诗图》"令叔诗效韩,字字扪筆举"二句及注。

[2]"梅花"句:就诗歌内容而言。是说官衙的梅花引起诗兴,连夜雕章琢句。梅花官阁,杜甫《和裴迪登蜀州东亭送客逢早梅相忆见寄》诗:"东阁官梅动诗兴,还如何逊在扬州。"镂(sōu 搜)冰,比喻雕琢字句,写作诗文。黄庭坚《送王郎》诗:"镂冰文章费工巧。"镂,镂刻。

[3]"一门"二句:是说王氏家族正当富盛显贵之时,族人多能写诗,以风雅为宗,温柔敦厚,多盛世之音,不像杜甫身世那样苍茫无依,杜诗风格那样沉郁悲凉。一门,一家、一族。按,《己亥杂诗》其二八四首自注云:"时曲阜令王君大淮,其弟大埙,其子鸿,皆工诗。"参见《题王子梅盗诗图》。鼎盛,方盛。《汉书·贾谊传》:"天子春秋鼎盛。"颜师古注引应劭曰:"鼎,方也。"风雅,本为《诗经》的国风和大雅、小雅,后用以指儒家的诗教传统。《毛诗序》云:"风,风也,教也。风以动之,教以化之。"又云:"雅者,正也。言王政之所由废兴也。政有小大,故有小雅焉,有大雅焉。"亲风雅,为当时正统的诗歌主张,参见本首〔说明〕。杜少陵,即杜甫。杜甫曾居长安杜陵,自称杜陵布衣,又称少陵野老。杜陵为古地名,又称乐游原,在今陕西省长安县东南。秦时为杜县,汉宣帝筑

陵葬此,因称杜陵,并改杜县为杜陵县。杜陵东南又有一较小的陵,称为少陵。杜甫《乐游园歌》末两句云:"此身饮罢无归处,独立苍茫自咏诗。"故这里称"苍茫杜少陵"。

〔4〕王秋垞大堉:王大堉,字秋垞,王大淮之弟,王鸿(子梅)之叔,有《苍茫独立轩诗集》。

这首诗为题王大堉《苍茫独立图》之作,写于北上迎眷经山东曲阜之时,参见本诗注〔3〕引其二八四首自注,又其二九二首自注云:"王海门及弟秋垞、嗣君子梅、孔经阁(名宪庚,孔子后代)、郑子斌五君饯之于夔相圃。"王大堉作此图,引杜甫凄凉苍茫的身世和诗风以自况。作者认为王氏引喻不当,他的诗刻意模拟唐人,极为精巧,且温柔敦厚,多盛世之音,与杜甫的身世和诗风绝不相类。此诗反映了作者与正统诗坛针锋相对的诗歌主张。当时沈德潜的"格调说"被奉为正宗。沈氏主张诗歌格调须模拟发展到"极盛"时期的唐诗,而又"将求诗教之本原"(《唐诗别裁序》),认为"今虽不能竟越三唐之格,然必优柔渐渍,仰溯风雅,诗道始尊。"(《说诗晬语》)就是说诗歌形式可以模拟唐人,而思想内容必上宗风雅,符合儒家"温柔敦厚"的诗教。这是一种形式主义的、要求诗歌为统治者歌功颂德、粉饰太平的诗论。而作者则主张诗歌应揭露矛盾,批判现实,抒发不平和感慨,具有杜诗那种反映世上疮痍、民间疾苦的凄凉苍茫的风格。

其二九八

九边烂熟等雕虫,远志真看小草同〔1〕!枉说健儿身手在,青灯夜雪阻山东〔2〕。

〔1〕"九边"二句:写自己的才略、志向皆受到轻视。九边,明代曾把北部边疆分为九区,令大将统兵镇守,称作九边,即辽东、蓟州、宣府、大同、山西、延绥、宁夏、固原、甘肃九镇。这里泛指边疆。九边烂熟,指谙熟边疆舆地,胸有安边之计。按,作者长于西北舆地之学,在《西域置行省议》、《御试安边绥远疏》、《对策》中提出很好的安边之策。参见《漫感》〔说明〕及《己亥杂诗》其七六首注〔4〕。等雕虫,等于雕虫小技,受轻视之意。雕虫,即雕虫小技。《北史·李浑传》:"尝谓魏收曰:'雕虫小技,我不如卿;国朝典章,卿不如我。'"远志,野生常绿草木植物,根可供药用,一名小草。《世说新语·排调》:"谢公始有东山之志,严命(指征官的诏令)累臻(至),势不获已,始就桓公司马。时人有饷桓公草药,中有远志。公取以问谢:'此药又名小草,何一物而有二称?'谢未即答。时郝隆在坐,应声答曰:'此甚易解,处(隐居)则为远志,出(用世)则为小草。'谢甚有愧色。"诗用此典,远志语意双关,既为草药名,又指高远之志。

〔2〕"枉说"二句:是说妄说健儿身手尚存,硬是受到阻拦,又怎能施展呢!健儿身手,既指武艺娴熟,又指年富力强,才能超绝。作者屡以健儿身手自许,其四六首云:"健儿身手此文官。"作者又素有"绝域从军"之志,见《漫感》诗。他的朋友洪子骏有《金缕曲》词为其写照:"结客从军双绝技,不在古人之下,更生小会骑飞马。如此燕邯轻侠子,岂吴头楚尾行吟者!"

这首诗由北上途中因雪受阻,联想到世路坎坷多艰,感慨自己的雄才大略和高远之志受到当权者的轻视与束缚,始终不得施展。

其三〇〇

房山一角露崚嶒〔1〕,十二连桥夜有冰〔2〕。渐近城南天尺五,回灯不敢梦觚棱[3]。(儿子书来[4],乞稍稍北,乃进次于雄县[5],又请,乃又进次于固安县[6]。)

〔1〕"房山"句:是说已经可以看到房山一角高峻的山峰。房山,即大房山,在北京西南房山县西十五里。顾祖禹《读史方舆纪要》卷十一《直隶·顺天府·涿州房山县》称:"境内诸山,此山最为雄秀。古碑云,幽燕之奥室也。"峻嶒(léng céng 棱层),形容山高。

〔2〕十二连桥:在河北省雄县城南十里铺南面。光绪《雄县志》载:(十二连)桥南北相接,纵贯淀中,桥东为大港淀,桥西为莲花淀。

〔3〕"渐近"二句:是说离京城越来越近,想到盘踞朝廷的达官贵人,竟迟迟不敢入睡,怕梦起自己在朝廷的遭遇。城,指京城。天尺五,即去天尺五,《辛氏三秦记》:"城南韦、杜,去天尺五。"(见清王谟《汉唐地理书钞》辑本)按,唐陕西韦氏、杜氏,世为贵族,时称韦杜;去天尺五,言其地位高贵,接近帝居。这里以城南天尺五指接近皇室的贵族豪门的聚居之地。回灯,重新点亮灯盏。白居易《琵琶行》:"移船相近邀相见,添酒回灯重开宴。"这里是不想入睡之意。觚(gū 孤)棱,宫阙上转角处的瓦脊。王观国《学林》:"屋角瓦脊,成方角棱瓣之形,故谓之觚棱。"古时多借指皇宫、朝廷。梦觚棱,陆游《蒙恩奉祠桐柏》诗:"回首觚棱渺何处,从今常寄梦魂间。"按,作者临近京师惶恐急归的心情,在其二九九首中亦有表现:"任丘马首有筝琶,偶落吟鞭便驻车。北望觚棱南望雁,七行狂草达京华。"

〔4〕儿子:指长子龚橙,字昌匏,更名公襄,字孝拱。

〔5〕雄县:今河北雄县,北距北京城区约二百馀里。清代属直隶保定府。

〔6〕固安县:今河北固安县,东北距北京城区一百二十里。清代属直隶顺天府。

这首诗作于北上迎春最后留处之地固安县。作者本驻任邱县等待，其二九九首自注云："遣一仆入都迎眷属，自驻任邱县待之。"经其子龚橙(昌匏)一再请求北进，最后驻固安县(见本首自注)。作者不仅不直接至北京接眷，并且越近北京越迟疑难进，主要出于对窃位朝廷的达官贵人的既畏又厌的心理，《己亥杂诗》其三首"罡风力大簸春魂，虎豹沈沈卧九阍"可证；其次对皇帝来说，自己则有一种"弃妇"的畏惮情绪，《己亥杂诗》其一六首"弃妇叮咛嘱小姑，姑恩莫负百年劬；米盐种种家常话，泪湿红裙未绝裾"可证；至于对社会舆论，则怕引起误解而招致嗤笑，北上出发时所写《己亥杂诗》其二三四首"又被北山猿鹤(隐居不出之士)笑，五更浓挂一帆霜"可证；对理想的受挫，又有无限怅惘之情，所以作者在北上之前，就对此行有所疑虑而经过周密筹划。如《己亥杂诗》其一八一首："惠逆同门复同薮，谋臧不臧视朋友。我兹怦然谋乃心，君已喜然脱诸口。"自注："陈硕甫秀才奂，为予规画北行事，明白犀利，足征良友之爱。"王文濡校本此诗有眉批曰："定公出都，或谓别有不可言者。观其渐近国门而惮于前进，人言殆非尽诬欤？"盖指作者与顾太清恋爱的传闻一事，如曾朴《孽海花》曾隐约写及。又冒广生(鹤亭)有《记太清遗事诗》六首，其六云："太平湖畔太平街(原注：邱西为太平湖，邱东为太平街)，南谷春深葬夜来(原注：南谷，大房山东，贝勒与太清葬处)。人是倾城姓倾国(按，倾国隐指'顾'字)，丁香花发一低徊(按，此句暗点龚自珍《己亥杂诗》其二〇九'忆宣武门内太平湖之丁香花'一诗)。"按，孟森《心史丛刊》三集有一文辨及此事，曰："高宗(弘历)曾孙绘贝勒，名奕绘，号太素道人，著有《明善堂集》。生于嘉庆四年己未，卒于道光十八年戊戌，年四十。有侧室曰顾太清，名春，字子春，号太清，世常称之曰太清春。工词翰，篇什为世所宝。太清不但丰于才，貌尤极美。"又曰："丁香花公案者，龚定盦先生己亥出都，是年有《己亥杂诗》三百十五首,中一首(按其二〇九)云:'空山徙倚倦游身,梦见城西阆苑春。一骑传笺朱邸晚,临风递与缟衣人。'(忆宣武门内太平湖之丁香花一首。)世传定公出都,以与太清有瓜李之嫌,为贝勒所仇,将不利焉,狼狈南下。又据是年《杂诗》,至冬再北上迎眷,乃不敢入国门,若有甚不愿过阙下者(按,即本首),说者以此益附会其词,谓有仇家足惮。至道光二十一年,定公掌教丹阳,以暴疾卒于丹阳县署,或者谓即仇家毒之。所谓丁香花公案,始末如此。"又曰:"定公集最隐约不明者,为《无著词》一卷,又有《游仙》十五首等诗。说者以其为绮语,皆疑及太平湖。此事宜逐一辨之。《无著词》选于壬午,刻于癸未,则作词必在壬午以前。《游仙》之作在辛巳,自注为考军机不得而作,当可信。要之作此者在道光初元,至十九年己亥出都。安有此等魔障,亘二十年不败,而至己亥则一朝翻覆者?定公集所有绮语,除踪迹本不在都门者不计,《无著词》、《游仙诗》按其年月,皆不当与太平湖有关。惟丁香花一诗,非惟明指为太平湖,且明指为朱邸,自是贝勒府之花。其曰缟衣人者,《诗》:'缟衣綦巾,聊乐我员。'谓贫家之妇(按,朱熹《诗集传》云:缟衣綦巾,女服中之贫陋者),与朱邸之嫔相对照而言。盖必太清曾以此花折赠定公之妇,花为异种,故忆之也。太清与当时朝士眷属多有往还,于杭州人尤密,尝为许滇生尚书母夫人之义女……定公亦杭人,内眷往来,事无足怪。一骑传笺,公然投赠,无可嫌疑。贝勒卒于戊戌七夕,见集中,时太清已四十岁,盖与太素齐年。己亥为戊戌之明年,贝勒已死,何谓为寻仇?太清已老而寡,定公年已四十八,俱非清狂荡检之时。循其岁月求之,真相如此。"可知世间所传,系附会之词。即本诗亦可为证:如有畏仇家加害之事,其子当不会不顾及其危而一再请求北进。又据《己亥杂诗》,作者辞官离京时,朋友送行者甚多,并非狼狈南下。至于何以先只身南归,乃如其二二八首自注所云:"料理别墅,稍露厓略,将自往北方,迎眷属归以实之。"实为先归"料理别墅"。

其三○三

俭腹高谈我用忧[1],肯肩朴学胜封侯[2]。五经烂熟家常饭[3],莫似而翁啜九流[4]。

〔1〕"俭腹"句:是说自己不埋头钻故纸堆,高谈经世致用、变法改革,因而陷入忧困之境。俭腹,腹中东西很少,比喻学问贫乏。高谈,指讥切时政,倡言变法。张祖廉《定盦先生年谱外纪》王芑孙复作者书云:"唯愿足下循循为庸言之谨,抑其志于东方尚同之学(按,指儒学),则养德养身养福之源,皆在乎此。……况读书力行,原不在乎高谈。海内高谈之士,如仲瞿(王昙)、子居(恽敬),皆颠沛以死。仆素卑近,未至如仲瞿、子居之惊世骇俗,已不为一世所取,坐老荒江老屋中。足下不可不鉴戒,而又纵其心以驾于仲瞿、子居之上乎。"用,因。

〔2〕"肯肩"句:是说若肯钻研朴学,得到的富贵利禄将超过封侯。肩,担任,从事。朴学,清人称训诂考据之学为朴学,又称汉学,以别于义理之学和文学。语出《汉书·儒林传》:"(倪)宽有俊才,初见武帝,语经学。上曰:'吾始以《尚书》为朴学,弗好。'"《咏史》:"避席畏闻文字狱,著书都为稻粱谋。"可参。

〔3〕"五经"句:与第二句相应,是说熟读经书,应举求仕,不愁没有饭吃。《吴市得旧本制举之文,忽然有感,书其端》诗其一云:"家家饭熟书还熟,羡杀承平好秀才。"可参。五经,儒家的五部经典:《周易》、《尚书》、《诗经》、《礼》(汉时指《仪礼》、后世指《礼记》)、《春秋》。

〔4〕"莫似"句,与第一句相应,是说不要像你父我一样博涉诸子百家。而,同"尔",你、你的。翁,父。啜(chuò 辍)九流,指泛览吸收诸子百家学说。啜,喝。九流,见《十月廿夜,大风不寐,起而书怀》注〔7〕。

《己亥杂诗》其三〇一首自注云:"儿子昌匏书来,以四诗答之。"这首诗即为四诗之三。诗中告诫自己的长子龚橙,要顺世随俗,攻治统治者出于禁锢思想目的所提倡的训诂考据之学,而不要像自己一样突破儒术道学,博涉诸子百家,立志经世致用,倡言变法改革,致使不断招至忧患。这种告诫实出于对子孙后代继续遭遇迫害的豫虑,毫无对自己叛逆思想的忏悔之意。参见《杂诗,己卯自春徂夏在京师作,得十有四首》其二、《咏史》、《自春徂秋,偶有所触,拉杂书之,漫不诠次,得十五首》其六、其十等。

其三一二

古愁莽莽不可说,化作飞仙忽奇阔[1]。江天如墨我飞还[2],折梅不畏蛟龙夺[3]。(十二月十九日,携女辛游焦山[4],归舟大雪。)

〔1〕"古愁"二句:是说自己亘古难销之愁,无边无际,无从说起,一旦化为飞仙,如同眼前飘起的漫天大雪,又顿觉奇伟壮阔。古愁,积郁已久的愁绪。李白《将进酒》诗:"与尔同销万古愁。"化作飞仙,是说漫天大雪,仿佛是自己深沉无边的愁绪升化而成的飞仙。既写出愁绪欲排的强烈愿望,又写出愁绪所寄的理想境界。

〔2〕"江天"句:是说阴云沉沉,江天一色,如同浓墨,归舟如飞而返。江天如墨,实写自然景色,隐喻险恶的社会环境。飞还,实写游焦山而归,虚指迎春归隐。"飞"字不仅写出舟速之快,也写出急切的愿望和快慰的心境。

〔3〕折梅:被折之梅,自喻。蛟龙:喻凶恶之人。杜甫《梦李白》诗:

"水深波浪阔,无使蛟龙得。"

〔4〕辛:龚阿辛,作者长女,好文学,尤喜姜夔、冯延巳词,《己亥杂诗》其一八首自注云:"吾女阿辛,书冯延巳词三阕,日日诵之,自言能识此词之恉,我竟不知也。"又其二一四首云:"女儿好读姜夔词。"后嫁给作者同年江西南丰刘良驹(星舫)之子。焦山:在江苏镇江市东北,屹立江中,与金山对峙,并称金、焦,自古以来为江防要塞。古名樵山,相传汉末处士焦先隐此,因名焦山。

这首诗写于迎春而归,途经镇江之时。诗中表现了作者归隐后济世之志未灭,故感到理想无着,愁绪难排;同时表现了自己百折不挠,坚持节操,不畏凶恶势力的勇敢精神。

其三一五

吟罢江山气不灵,万千种话一灯青〔1〕。忽然搁笔无言说,重礼天台七卷经〔2〕。

〔1〕"吟罢"二句:是说吟完这组杂诗,江山仍无生气,写下千言万语,空对一灯青荧。意思是纵有感慨,无济于事,改变不了客观现实。

〔2〕"忽然"二句:是说忽然搁下笔,欲达无言之境界,重新拜读天台宗的七卷佛经。无言说,《维摩诘所说经》:"文殊师利问维摩诘:'何等是菩萨不二法门?'时摩诘默无言。文殊师利叹曰:'善哉!善哉!乃至无有文字语言,是真入不二法门也。'"《华严经·如来出现品》:"无有言说,而转法轮,知一切法不可说故。"苏轼《去年秋偶游宝山上方》诗:"我初无言说,师亦无对酬。"天台,即天台宗,佛教的一派,北齐慧文禅师以龙树《中观论》宗旨,授南岳慧思,传于隋智者大师智𫖮。智𫖮居天

台山,因称他的流派为天台宗。七卷经,即《妙法莲华经》(《法华经》),佛教主要经典之一,以后秦鸠摩罗什译的七卷本为最通行。作者集中有《正译第一》,注云:"正《法华经》秦译。"又有《妙法莲华经四十二问》等。

这是《己亥杂诗》的最后一首。从第一首感慨万端,"不奈卮言夜涌泉",到这一首"忽然搁笔无言说",表明作者虽执著于理想,但终无可奈何,只有皈依佛教,以求解脱。这固然是一种消极情绪,反映了作者历史和阶级的局限性,但其中亦不无愤激之意。

文 选

明良论二

士皆知有耻，则国家永无耻矣；士不知耻，为国之大耻。历览近代之士，自其敷奏之日[1]，始进之年[2]，而耻已存者寡矣！官益久，则气愈媮[3]；望愈崇，则谄愈固[4]；地益近，则媚亦益工[5]。至身为三公，为六卿[6]，非不崇高也，而其于古者大臣巍然岸然师傅自处之风[7]，匪但目未睹，耳未闻，梦寐亦未之及[8]。臣节之盛，扫地尽矣[9]。非由他，由于无以作朝廷之气故也[10]。

何以作之气？曰：以教之耻为先。《礼·中庸》篇曰："敬大臣则不眩[11]。"郭隗说燕王曰[12]："帝者与师处，王者与友处，伯者与臣处，亡者与役处[13]。凭几其杖，顾盼指使，则徒隶之人至[14]。恣睢奋击，呴籍叱咄，则厮役之人至[15]。"贾谊谏汉文帝曰[16]："主上之遇大臣，如遇犬马，彼将犬马自为也；如遇官徒，彼将官徒自为也[17]。"凡兹三训，炳若日星[18]，皆圣哲之危言[19]，古今之至诫也。尝见明初逸史[20]，明太祖训臣之语曰[21]："汝曹辄称'尧舜主'，主苟非圣，何敢谀为圣[22]？主已圣矣，臣愿已遂矣，当加之以吁咈，自居皋、契之义[23]。朝见而'尧舜'之，夕见而'尧舜'之，为尧舜者，岂不亦厌于听闻乎？"又曰："幸而朕非尧舜耳，朕为尧舜，乌有汝曹之皋、夔、稷、契哉？其不为共工、驩兜，为尧舜之所流放者几希[24]！"此真英主之言也。坐而论道,谓之三公[25]。唐宋盛时,大臣讲官[26],不辍赐坐赐茶之举[27],从容乎便殿之下[28],因得讲论古道,儒硕兴起[29]。及捃季也[30],朝见长跪、夕见长跪之馀,无此事矣。不知此制何为而辍,而殿陛之仪渐相悬以相绝也[31]?

农工之人、肩荷背负之子则无耻[32],则辱其身而已;富而无耻者,辱其家而已;士无耻,则名之曰辱国;卿大夫无耻,名之曰辱社稷[33]。由庶人贵而为士,由士贵而为小官,为大官,则由始辱其身家,以延及于辱社稷也,厥灾下达上,象似火。大臣无耻,凡百士大夫法则之,以及士庶人法则之,则是有三数辱社稷者[34],而令合天下之人,举辱国以辱其家[35],辱其身,混混沄沄[36],而无所底[37],厥咎上达下,象似水。上若下胥水火之中也,则何以国[38]?

窃窥今政要之官[39],知车马服饰、言词捷给而已[40],外此非所知也;清暇之官,知作书法赓诗而已[41],外此非所问也。堂陛之言,探喜怒以为之节[42],蒙色笑,获燕闲之赏[43],则扬扬然以喜,出夸其门生妻子;小不霁,则头抢地而出,别求夫可以受眷之法[44]。彼其心岂真敬畏哉?问以"大臣应如是乎?"则其可耻之言曰:"我辈只能如是而已[45]!"至其居心又可得而言[46]:务车马捷给者[47],不甚读书,曰:"我早晚直公所,已贤矣,已劳矣[48]。"作书赋诗者,稍读书,莫知大义[49],以为苟安其一日[50],则一日荣;疾病归田里,又以科名长其子孙,志愿毕矣[51],且愿其子孙世世以退缩为老成[52],国事我家何知焉?嗟乎哉!如是而封疆万万之一有缓急,则纷纷鸠燕逝而已,伏栋下求俱压焉者趁矣[53]！昨者,上谕至引卧薪尝胆事自况比[54],其闻之而肃然动于中欤？抑弗敢知；其竟憺然无所动于中欤？抑更弗敢知[55]。然尝遍览人臣之家,有缓急之举,主人忧之,至戚忧之[56],仆妾之不可去者忧之；至其家求寄食焉之寓公[57],旅进而旅豢焉之仆从[58],伺主人喜怒之狎客[59],试召而诘之,则岂有为主人分一夕之愁苦者哉？

故曰：厉之以礼出乎上[60],报之以节出乎下。非礼无以劝节,非礼非节无以全耻。古名世才起,不易吾言矣[61]。

〔1〕敷奏：上书陈言。这里具体指殿试的对策及朝考的奏疏,参见《干禄新书自序》。语出《尚书·舜典》："敷奏以言,明试以功,车服以庸。"是说根据奏陈之言,进而考核其功,然后赐予车服以示能为所用。

〔2〕始进：初入仕途,开始做官。

〔3〕气：气节。媮：同偷,薄。

〔4〕"望愈"二句：是说声望愈高,则对上谄佞愈深固。

〔5〕"地益"二句：是说职位离皇帝愈近,则谄媚之法愈精巧。

〔6〕三公：清同周制,以太师、太傅、太保为三公,为皇帝身边最高的辅弼之官。六卿：周朝称冢宰、司徒、宗伯、司马、司寇、司空为卿,分掌吏、民、礼、兵、刑、工庶政。清朝称吏、户、礼、兵、刑、工六部尚书（尚书即各部长官）为六卿。六卿为朝廷最高的分职执政官。

〔7〕岸然：崇高的样子,形容仪态、风度。师傅自处：是说既居辅弼皇帝的三公之高位,就要真正起到皇帝师傅的作用,而不失其威仪。师傅,太师、太傅。自处,自居。

〔8〕匪：同非。"匪但"三句讽刺辛辣。

〔9〕"臣节"二句:是说为臣节操的美盛丧失已尽。按,封建时代人臣之节的主要内容是忠君。联系上下文,作者在这里强调的是大臣独立的人格及其对君主的诲善、谏恶的真正辅佐作用。

〔10〕"非由"二句:是说不是由于别的原因,是由于没有一种力量使他们振作身为朝廷高官应有的精神的缘故。作,振奋。朝廷之气,朝廷官员应有的精神和气节。

〔11〕《礼·中庸》:即《礼记·中庸》。眩(xuàn 渲):执迷。按,《礼记·中庸》此文为述孔子的话:"凡为(治)天下国家有九经:曰修身也,尊贤也,亲亲也,敬大臣也,体群臣也,子庶民也,来百工也,柔远人也,怀诸侯也。修身则道立,尊贤则不惑,亲亲则诸父昆弟不怨,敬大臣则不眩,体群臣则士之报礼重,子庶民则百姓劝,来百工则财用足,柔远人则四方归之,怀诸侯则天下畏之。"

〔12〕郭隗(wěi 委):战国燕人。燕昭王(前311—前279在位)欲招贤士,使国家强盛,以报齐破国之仇,往见郭隗。郭隗以求千里马为喻,让燕昭王高价招贤,并先以身自荐,燕昭王于是以师事之。后乐毅、邹衍、剧辛等各国文武名士闻风而至。燕昭王又与民休养生息,致使燕国富强,最终破齐。下面的话即郭隗答燕昭王问时所谈"古服道致士之法"的内容,引文略有节删,详见《战国策·燕策》。说(shuì 税):劝说。

〔13〕"帝者"四句:是说称帝者与自己的老师共事,称王者与跟自己德才相当的朋友共事,成就霸业者与臣下共事,亡国者与仆役共事。意思是政治上依靠的人不同,招致的结果也不同。伯,同"霸"。

〔14〕"凭几"三句:《战国策·燕策》此前有"诎指(折节)而事之,北面(尊其位)而受学,则百己(百倍于己)者至;先趋而后息,先问而后嘿(默),则十己者至;人己趋,则若己者至"八句。凭几其杖,《战国策·燕策》作"凭几据杖",依着几,拄着杖,安身不动、养尊处优之意。顾盼,回视。《战国策·燕策》作"眄(miàn 面)视"。皆指以目使人。徒隶,囚

徒服役之人。《战国策·燕策》作"厮役"。

〔15〕"恣睢"三句:是说骄横暴戾就只有供役使之人前来。恣睢(zì suī 字虽),任意妄为。呴籍,《战国策·燕策》作"呴藉",吴师道注云:"下言叱咄,上有呴字为复,呴籍义亦不类,当是跔(jū 拘)藉,见《韩策》,释为跳跃。此谓跳跃蹈藉也。"叱咄(chì duō 斥多),大声呵斥。厮役,服役供使唤之人。《战国策·燕策》作"徒隶"。

〔16〕贾谊:前200—前168,西汉政论家、文学家。洛阳(今河南洛阳东)人,世称贾生。汉文帝初,召为博士。不久超迁太中大夫。后谪为长沙王太傅,又为梁怀王太傅。他曾多次上疏,评论时政,表现出削弱诸侯王、圣君贤佐、民为邦本、重农积粟、抗击匈奴贵族侵掠等思想。有《新书》十卷,政论文章收在其中。另有赋七篇,传下来的以《吊屈原赋》、《鵩鸟赋》较著名。传见《史记·屈原贾生列传》及《汉书·贾谊传》。汉文帝,刘恒,刘邦之子,前179至前157年在位。下面的话见《新书·阶级》及《汉书·贾谊传》。

〔17〕"主上"五句:《新书·阶级》作"人主遇其大臣,如遇犬马,彼将犬马自为也;如遇官徒,彼将官徒自为也。"遇,对待。彼,指大臣。犬马自为,以犬马自视,不知廉耻之意。官徒,在官府服役之徒。又贾谊的话本《孟子·离娄下》:"孟子告齐宣王曰:'君之视臣如手足,则臣视君如腹心;君之视臣如犬马,则臣视君如国人;君之视臣如土芥,则臣视君如寇雠。'"

〔18〕炳:光明。

〔19〕危言:正言。《论语·宪问》:"邦有道,危言危行。"

〔20〕尝:曾经。逸史:正史以外的历史记载。

〔21〕明太祖:朱元璋,明代开国皇帝,1368至1398年在位。

〔22〕"汝曹"三句:是说你们臣下总是称君主为尧舜主,君主如果不圣明,怎敢谀为圣明?汝曹,你们。辄(zhé 折),总是。尧舜主,尧、舜

一样的君主。尧、舜为历史传说中的圣明帝王。

〔23〕"主已"四句:是说君主已经圣明,你们为臣的愿望已经实现,应当多提不同的意见规戒君主,以舜时皋陶和契那样正直的大臣自处。吁咈(xū fú 虚伏),表示否定之意。《尚书·尧典》:"帝曰:'吁,咈哉!'"伪孔传:"凡言吁者,皆非帝意。咈,戾也。"皋,皋陶(yáo 尧),相传为舜时管刑狱的大臣。契(xiè 谢),相传舜时官司徒,佐禹治水有功,封于商,为商始祖。二人在历史传说中被推为贤臣。见《尚书·舜典》。

〔24〕"幸而"五句:是说幸亏我不是你们所说的尧舜那样的圣君,如果我是尧舜那样的圣君,哪会有你们这班"皋陶"、"夔"、"后稷"、"契"?你们根本不配!你们当中不成为共工、驩兜之流而被尧舜所流放的,将是很少的。朕(zhèn 振),古时皇帝自称。乌有,哪里有。夔(kuí 葵),舜时的乐官。稷,后稷,舜时的农官,周的始祖。此二人亦为贤臣,见《尚书·舜典》。共工、驩(huān 欢)兜,相传皆为尧臣,与三苗、鲧并称四凶,舜继位后被流放。《尚书·尧典》:"流共工于幽洲,放驩兜于崇山,窜三苗于三危,殛鲧于羽山,四罪而天下咸服。"

〔25〕"坐而"二句:出《周礼·考工记》,作"坐而论道,谓之王公。"郑玄释王公为"天子诸侯"。阮元校勘记云:"近人或疑作'谓之三公',误。"又伪古文《尚书·周官》:"立太师、太傅、太保,兹惟三公,论道经邦,燮理阴阳。"改为三公即据此。论道,议论治国大道。这二句强调大臣职高任重,不可轻视。

〔26〕讲官:给皇帝讲解经史的官。

〔27〕辍:停废。赐坐、赐茶之举:为皇帝尊敬大臣的举动。

〔28〕"从容"句:写接近皇帝无所拘束。便殿,对正殿而言,等于说别殿,皇帝休息之处。

〔29〕儒硕:知识、学问渊博的大儒。

〔30〕据:旧校云:"一本据作其。"季:末。这里指末世。

〔31〕殿陛之仪:君臣之间的礼节。《新书·阶级》:"天子如堂(按,殿即堂),群臣如陛(堂阶),众庶如地。"悬:隔离。绝:断绝。

〔32〕肩荷背负:肩挑背驮,指出苦力的劳动人民。则:如果。

〔33〕社稷:社为土神,稷为谷神,古时天子、诸侯祭社稷,故常用为天子、诸侯政权的代称。

〔34〕三数:三次。

〔35〕举:全。

〔36〕混混沄(yún 云)沄:水流汹涌的样子。

〔37〕底:止、滞。

〔38〕"上若"二句:是说从上到下皆无耻,如处水火之中,那还靠什么维持国家。若,及。胥,皆。

〔39〕窃:私,谦指自己。政要之官:执掌大政、身居要势之官。

〔40〕车马服饰:古代官僚贵族所用的车服为皇帝所赐,且有品级之别,这里泛指待遇、地位。参见注〔1〕。又《仪礼·觐礼》:"天子赐侯氏以车服。"《逸周书·谥法解》:"车服,位之章也。"言词捷给:言词敏捷,应对不穷。这里指对上逢迎。

〔41〕赓(gēng 庚)诗:唱和诗。

〔42〕"堂陛"二句:是说朝见时讲话,观察皇帝的喜怒行事。

〔43〕"蒙色"二句:是说取悦于皇帝,得到休闲之赏赐。色笑,指悦色笑颜。燕闲,休闲。《福惠全书·庶政部·总论》:"私寝燕闲之居。"

〔44〕"小不"三句:是说如果稍稍遇到难看的脸色,就诚惶诚恐,连连磕头而出,另谋可以受宠之法。不霁(jì 济),喻脸色阴沉。霁,晴朗。头抢地,即磕头。抢地,触地。《战国策·魏策》:"布衣之怒(指逢布衣之怒),亦免冠徒跣以头抢地耳。"眷,关心,宠爱。

〔45〕"则其"二句:是说他们用无耻之言为自己开脱。

〔46〕"至其"句:是说至于他们的真正用心也能讲得出来。下文即

分别揭示他们的实际用心。

〔47〕"务车"句:即指上述知车马服饰、言词捷给的政要之官。务,致力于。

〔48〕"我早"三句:即揭示其心理的话。直公所,在官府办公。直,同值。贤,指秉公有德。劳,指劳累尽职。

〔49〕大义:要义。这里指忧国忧民,以天下为己任。

〔50〕苟安:苟且偷安,指居位混日。

〔51〕"疾病"三句:是说一旦有病辞官归乡,又按科举仕进的旧例培育其子孙,一生志愿至此了结。

〔52〕老成:老练成熟,稳当持重。语出《诗经·大雅·荡》:"虽无老成人,尚有典刑(常事故法)。"

〔53〕"如是"三句:是说既如此,万一国家遇有紧急情况,那他们就会纷纷作鸟雀散,而与国家共患难的人很少很少。封疆,疆界。这里指国家。缓急,偏义复词,指危急情况。鸠燕,安集的燕子。鸠,安集。见《左传·定公四年》"若鸠楚竟"杜预注。逝,离散。伏栋下求俱压,仍以燕子为喻,燕子筑窝屋梁,故云。这里指与国家共患难。尠(xiǎn险),同鲜,少。

〔54〕"昨者"二句:是说前不久皇帝的文告以至引卧薪尝胆事自相比况。上谕,皇帝告谕臣民之文。这里实有所指,《清实录·仁宗实录》卷二百七十五嘉庆十八年(1813)九月二十四日:"谕诸工大臣:逆匪(指京郊以林清为首的天理教起义农民)突入禁城,实非常之大变。今虽首逆伏诛,馀党就戮,闾阎安辑,城市如常,此正我君臣卧薪尝胆之日,永怀安不忘危之念,励精图治,夙夜在公,庶几补救前非,仰承天眷……"卧薪尝胆,指越王勾践励志苦志,以图报仇复国事。春秋时,越国被吴国灭亡,越王勾践被赦返国,卧柴薪,尝苦胆,苦身劳心,励志报仇,后终遂愿。见《史记·越王勾践世家》、《吴越春秋·勾践归国外传》(细节微异)。

按,由此下数句可知,在对待农民起义的态度上,作者与清王朝是一致的。

〔55〕"其闻"四句:是说诸王大臣对如此深切之上谕能否由衷感动,不敢妄加推测。

〔56〕至戚:非常亲近的亲戚。

〔57〕至:至于。寓公:寄寓之人,指门客。

〔58〕旅进而旅豢:随众进用并被豢养。指主仆间无恩情可言者。旅,俱。

〔59〕狎客:见《咏史》注〔3〕。

〔60〕厉:同励,劝勉。

〔61〕"古名"二句:是说即使古时杰出之材重新出现,也不会改变我这话。意思是自己的话是颠扑不破的至理。名世,名高一世。《孟子·公孙丑下》:"五百年必有王者兴,其间必有名世者。"

《明良论》共有四篇,写于嘉庆十九年(1814)。这是作者早期的一组政论文章,中心内容论待士用人之道,对清王朝的专制统治和腐朽官僚制度颇多讥评,吹响了呼唤人材解放的号角。文末录有其外祖父段玉裁的评语及本人自记各一则:"外祖金坛段公评曰:四论皆古方也,而中今病,岂必别制一新方哉?耄(按,当作耄)矣,犹见此才而死,吾不恨矣。甲戌秋日。""四论,乃弱岁后所作,文气亦何能清妥?弃置故簏中久矣。检视,见第二篇后外王父段先生加墨矜宠(按,《定盦文拾遗》无"第二篇后"四字,王佩诤校本据自刻本《定盦文集》补。自刻本段评正在第二篇后,《拾遗》移居四篇之末),泫然存之。自记。"所谓"而中今病","文气亦何能清妥"云云,正说明了这组文章的批判性和战斗性。这里选了二、三、四凡三篇,篇篇才气横溢,锋芒毕露。

这第二篇专讲君臣关系,维护士人的独立人格,强调要臣下知耻,君主必须礼贤尊士,所谓"厉之以礼出乎上,报之以节出乎下,非礼无以劝节,非礼非节无以全耻"。作者反对清王朝对下实行的专制淫威,批判了他们提倡的下对上绝对服从的愚忠愚诚和奴颜卑膝。

明良论三

敷奏而明试,吾闻之乎唐、虞[1];书贤而计廉,吾闻之乎成周[2];累日以为劳[3],计岁以为阶,前史谓之停年之格[4],吾不知其始萌芽何帝之世,大都三代以后可知也[5]。

今之士进身之日[6],或年二十至四十不等,依中计之,以三十为断。翰林至荣之选也[7],然自庶吉士至尚书[8],大抵须三十年或三十五年,至大学士又十年而弱[9]。非翰林出身,例不得至大学士[10]。而凡满洲、汉人之仕宦者[11],大抵由其始宦之日,凡三十五年而至一品[12],极速亦三十年。贤智者终不得越,而愚不肖者亦得以驯而到[13]。此今日用人论资格之大略也。

夫自三十进身,以至于为宰辅、为一品大臣[14],其齿发固已老矣,精神固已惫矣,虽有耆寿之德,老成之典型,亦足以示新进[15];然而因阅历而审顾[16],因审顾而退葸[17],因退葸而尸玩[18],仕久而恋其籍[19],年高而顾其子孙,傺然终日,不肯自请去[20]。或有故而去矣,而英奇未尽之士,亦卒不得起而相代[21]。此办事者所以日不足之根原也。

城东谚曰:"新官忙碌石骏子,旧官快活石师子[22]。"盖言夫资格未深之人,虽勤苦甚至,岂能冀甄拔[23]?而具形相向坐者数百年[24],莫如柱外石师子,论资当最高也。如是而欲勇往者知劝,玩恋者知惩,中材绝侥倖之心,智勇甦束缚之怨,岂不难矣[25]!至于建大猷[26],白大事[27],则宜乎更绝无人也。其资浅者曰:"我积俸以俟时[28],安静以守格[29],虽有迟疾,苟过中寿,亦冀终得尚书、侍郎[30];奈何资格未至,哓哓然以自丧其官为[31]?"其资深者曰:"我既积俸以俟之,安静以守之,久久而危致乎是[32];奈何忘其积累之苦,而哓哓然以自负其岁月为?"其始也,犹稍稍感慨激昂,思自表见[33];一限以资格,此士大夫所以尽奄然而无有生气者也[34]。当今之弊,亦或出于此,此不可不为变通者也。

[1]"敷奏"二句:是说根据奏陈考核功绩,决定任用,我从尧舜之世听到过。"敷奏而明试"意出《尚书·舜典》,见《明良论二》注[1]。唐、虞,尧舜之世。古史以唐为尧有天下之号,虞为舜有天下之号,实为我国原始社会末期的两个部落联盟。

[2]"书贤"二句:是说根据关于士人德才方面的实际记载来选拔官吏,我从周朝听到过。书贤,地方官记录贤者能者入文书,以供天子考核选拔。《周礼·地官·乡大夫》:"国中贵者、贤者、能者、服公事者、老者、疾者皆舍(免征徭役),以岁时入其书。三年则大比,考其德行道艺,而兴贤者能者,乡老及乡大夫帅其吏,与其众寡,以礼礼宾之。厥明(其明日),乡老及乡大夫群吏,献贤能之书于王,王再拜受之,登于天府,内史贰之。"计廉,考察以清廉为根本的六项标准。《周礼·天官·小宰》:"以听官府之六计,弊(断)群吏之治:一曰廉善,二曰廉能,三曰廉敬,四曰廉正,五曰廉法(守法不失),六曰廉辨(明辨不惑)。"成周,古城名,即

西周之东都洛邑,传说故址在今河南洛阳市白马寺之东。周成王时周公所筑,迁殷民居此。平王东迁,居王城。周敬王避王子朝之乱,由王城迁都于此。战国时改名洛阳。后世多用以代指周朝。

〔3〕累日:积日。劳:功劳。

〔4〕停年之格:专以年资长短为标准的选官制度,创于北魏。《魏书·崔亮传》:"亮奏创停年格,不问士之贤愚,专以停解(入仕)日月为断。其甥刘景安书规之曰:'取士之途不溥,沙汰之理未精,而舅属当铨衡,宜须改张易调,如之何反为停年格以限之?天下士子谁复修厉名行哉?'"

〔5〕大都:大概。三代:夏、商、周三朝。

〔6〕进身:入仕。

〔7〕翰林:明朝改学士院为翰林院,掌秘书著作,清因之,有掌院学士(侍读学士、侍讲学士)、侍读、侍讲、修撰、编修、检讨、庶吉士(亦称庶常)等官。清代凡进士朝考得庶吉士者,皆称翰林,为科举最清贵之途,故这里称至荣之选。庶吉士居庶常馆,三年一试,易获升迁。

〔8〕尚书:清朝中央行政机构吏、户、礼、兵、刑、工六部的长官叫尚书。

〔9〕大学士:明初置诸殿阁大学士,备顾问,秩仅五品。其后委任渐重,列于六部之上,等于相职。清因之,于内阁置大学士四人,满人、汉人各二。雍正八年谕,向来大学士、尚书俱系正二品,今大学士着授为正一品,尚书授为从一品。十年而弱:略不足于十年。

〔10〕例:常例、通则。按汉人除少数例外,皆受此例约束,而满人实际不受此限制。

〔11〕满洲:族名,简称满。

〔12〕一品:清代官秩,共分九品,一品为最高等级。每品又各有正、从之分。

〔13〕不肖:无德之人。驯:循序渐进。《周易·坤卦》:"履霜坚冰,阴始凝也;驯致其道,至坚冰也。"

〔14〕宰辅:宰相,即大学士。

〔15〕"虽有"三句:是说虽然有年高之德望,老成持重之典范,也还足以给新进后生作榜样。耆寿,老寿,年高。耆,老,《礼记·曲礼》:"六十曰耆。"老成之典型,语出《诗经·大雅·荡》,见《明良论二》注〔52〕。典型,同"典刑",原指常事故法,这里是典范、楷模之意。

〔16〕审顾:谨慎小心,瞻前顾后。

〔17〕退葸(xǐ 洗):退缩畏惧。

〔18〕尸玩:空占官位,玩忽职守。

〔19〕籍:仕籍。借指官位。

〔20〕"儽(léi 雷)然"二句:是说懒散终日,无所用心,不肯自动请求离职。儽然,懒散懈怠。

〔21〕"或有"三句:是说有的因故而离职,而沦落下位、未尽其才之士,由于限于资格,也终不能提升以代其职。英奇未尽之士,指职位低尚未足以充分发挥其才能的人。

〔22〕"新官"二句:是说新官忙碌不堪像石碌子,旧官安闲快活像石狮子。石碌(ɑi 挨)子,农村打场碾轧谷物用的石碌子。师子,即狮子。

〔23〕冀:希望。甄拔:选拔。

〔24〕具形:徒具形体,没有灵魂。相向:相对。按门两旁的石狮子,头各内侧倾顾,故称相向。

〔25〕"如是"五句:是说像这样而想使勇于上进的人晓得劝勉,玩忽职守、贪恋禄位的人晓得警戒,中等才能而随大流的人去掉侥幸取巧的心理,智慧勇敢的人摆脱被束缚的怨恨,难道不是很难的吗!劝,自我勉励。惩,警戒,禁止。甦,同苏,死而复生,苏醒。这里是开脱之意。

〔26〕建大猷(yóu尤):建议治国大计。猷,谋。

〔27〕白大事:陈言国家大事。

〔28〕俸:秩禄。这里指任一种官职的年资。按,官吏任职满一定期限叫俸满,又称秩满。《清会典》:"凡论俸推升者,京官外官各自计算,京官以历俸二年为俸满,外官以历俸三年为俸满。"

〔29〕格:指资格。

〔30〕"虽有"三句:是说升迁虽有快慢之分,如过六十岁,也可望得到尚书、侍郎之位。疾,快,速。苟,如果。中寿,古时把人的寿命分为上中下三等,具体岁数说法不一,据上文所言资历,这里当指六十岁。《吕氏春秋·安死》:"中寿不过六十。"侍郎,六部的副长官,职位仅次于尚书。

〔31〕哓(xiāo嚣)哓:争辩声。为:疑问语气词。

〔32〕危致乎是:高升到这样的职位。危,高。王文濡本作"驯"。

〔33〕"其始"三句:是说开始不甚论资格之时,那些怀才而居下位的人,尚有些感慨不平,思欲自我表现。见,同现。

〔34〕奄然:即奄奄然,没有生气的样子。

这篇文章着力批判清王朝选用人材的资格论,触及到封建官僚制度腐朽的本质方面。作者指出,由于"今日用人论资格",致使"齿发固已老矣,精神固已惫矣"的衰朽之辈占据势要,他们"退葸尸玩",贻误国事,而"英才未尽之士","卒不得起而相代"。作者还进一步指出,这一弊端不仅影响到官僚机构的职能和效率,使办事者日不足;更重要的在于扼杀人材,压制新进,使整个士大夫阶层"奄然而无有生气","至于建大猷,白大事,则宜乎更绝无人",造成思想、政治危机。作者最后大声疾呼:"当今之弊,亦或出于此,此不可不为变通者也。"由此可知作者变革理想的立足点在于封建社会内部的人材解放,反映了他思想上的局限。

此文在《明良论》四篇当中,乃至在作者全部政论讽刺散文中,都是比较出色的一篇。论辩犀利,刻画鲜明。心理剖析,活灵活现,入木三分。引民谚入文,活泼清新,讽刺辛辣。

明良论四

庖丁之解牛[1],伯牙之操琴[2],羿之发羽[3],僚之弄丸[4],古之所谓神技也。戒庖丁之刀曰:"多一割亦笞汝[5],少一割亦笞汝!"韧伯牙之弦曰[6]:"汝今日必志于山,而勿水之思也!"矫羿之弓[7],捉僚之丸曰:"东顾勿西逐,西顾勿东逐[8]!"则四子者皆病[9]。人有疥癣之疾,则终日抑搔之,其疮痏[10],则日夜抚摩之,犹惧未艾,手欲勿动不可得[11];而乃卧之以独木,缚之以长绳,俾四肢不可以屈伸[12],则虽甚痒且甚痛,而亦冥心息虑以置之耳[13]。何也?无所措术故也[14]。

律令者,吏胥之所守也[15];政道者,天子与百官之所图也[16]。守律令而不敢变,吏胥之所以侍立而体卑也[17];行政道而惟吾意所欲为,天子百官之所以南面而权尊也[18]。为天子者,训迪其百官[19],使之共治吾天下,但责之以治天下之效,不必问其若之何而以为治[20],故唐、虞、三代之天下无不治[21]。治天下之书,莫尚于六经[22]。六经所言,皆举其理、明其意,而一切琐屑牵制之术,无一字之存,可数端瞭也[23]。约束之,羁縻之[24],朝廷一二品之大臣,朝见而免冠[25],夕见而免冠,议处、察议之谕不绝于邸抄[26]。部臣工于综核[27],吏部之议群臣,都察院之议吏部也[28],靡月不有。府州县官,左顾则罚俸至[29],右顾则降级至,左右顾则革职至,大抵逆亿于所未然,而又绝不斠画其所已然[30]。其不罚不议者,例之所得行者,虽亦自有体要,然行之无大损大益[31]。盛世所以期诸臣之意,果尽于是乎[32]?恐后之有识者,谓率天下之大臣群臣,而责之以吏胥之行也[33]。一越乎是[34],则议处之,察议之,官司之命,且倒悬于吏胥之手[35]。彼上下其手,以处夫群臣之不合乎吏胥者,以为例如是,则虽天子之尊,不能与易,而群臣果相戒以勿为官司之所为矣[36]。夫聚大臣群臣而为吏,又使吏得以操切大臣群臣,虽圣如仲尼,才如管夷吾,直如史鱼,忠如诸葛亮,犹不能以一日善其所为,而况以本无性情、本无学术之侪辈邪[37]?伏见今督、抚、司、道[38],虽无大贤之才,然奉公守法畏罪,亦云至矣,蔑以加矣[39]!使奉公守法畏罪而遽可为治,何以今之天下尚有几微之未及于古也[40]?天下无巨细,一束之于不可破之例[41],则虽以总督之尊,而实不能以行一谋,专一事。夫乾纲贵裁断,不贵端拱无为,亦论之似者也,然圣天子亦总其大端而已矣[42]。至于内外大臣之权,殆亦不可以不重。权不重则气不振,气不振则偷,偷则敝[43]。权不重则民不畏,不畏则狎,狎则变[44]。待其敝且变,而急思所以救之,恐异日之破坏条例,将有甚焉者矣[45]。

古之时,守令皆得以专戮,不告大官,大官得以自除辟吏[46];此其流弊,虽不可胜言,然而圣智在上,今日虽略仿古法而行之,未至擅威福也[47]。仿古法以行之,正救今日束缚之病。矫之而不过,且无病[48],奈之何不思更法,琐琐焉,屑屑焉,惟此之是行而不虞其陊也[49]?圣天子赫然有意千载一时之治[50],删弃文法,捐弃科条,裁捐吏议[51],亲总其大纲大纪,以进退一世,而又命大臣以所当为,端群臣之所当从[52]。内外臣工有大罪[53],则以乾断诛之[54],其小故则宥之,而勿苛细以绳其身。将见堂廉之地[55],所图者大,所议者远,所望者深,使天下后世,谓此盛世君臣之所有为,乃莫非盛德大业[56],而必非吏胥之私智所得而仰窥[57],则万万世屹立不败之谋,实定于此。

〔1〕庖(páo 袍)丁:传说战国时的一个厨师膳夫。解牛:分割牛。解,指解剖,即析骨剔肉。传说庖丁为文惠君(梁惠王)解牛,技术神异。文惠君问其故,庖丁答以从钻研道(即牛的肌体结构)入手,练出了纯熟的技巧,做到解牛时,"以神遇,而不以目视","依乎天理",运刀自如。所用之刀,历时十九年,解牛数千头,刀刃还像新磨出来的一样锋利。见《庄子·养生主》。

〔2〕伯牙:春秋时一个善弹琴的人,与锺子期交谊很深。相传伯牙弹琴,锺子期听之,伯牙琴声意在太山,锺子期马上说"巍巍";意在流水,又说"汤汤"。锺子期死后,伯牙断弦再不操琴,痛恨世上已无知音。见《吕氏春秋·本味》、《列子·汤问》等。

〔3〕羿(yì 艺):古代传说中有三个叫羿的人,都是射箭能手。一是帝喾的射师,见《说文》;二是唐尧的射官,相传当时天上有十个太阳,炎

热不堪,羿射落九个,使人民万物得益,见《淮南子·本经训》;三是夏代有穷国的君主,篡夏相之位而自立,不修民事,为寒浞所杀。羽:本指箭尾部的羽毛,后代指箭。

〔4〕僚:熊宜僚。弄丸:杂技名,取数丸投空,以手传接不断,使不坠地。《庄子·徐无鬼》:"市南宜僚弄丸。"《经典释文》引司马(子綦)云:"宜僚,楚之勇士也,善弄丸。"

〔5〕笞(chī吃):杖打或鞭打叫笞。

〔6〕韧:柔软而坚固,这里是强行规定之意。

〔7〕矫:本为正曲为直,这里是强制之意。

〔8〕"东顾"二句:是说只能朝东看,不要向西追逐目标,或者只能朝西看,不要向东追逐目标。

〔9〕四子:指庖丁、伯牙、羿、宜僚四人。病:困。

〔10〕瘢疳(wěi伪):有瘢痕的疮。这里作动词用,患疮之意。

〔11〕"犹惧"二句:是说还怕不能止其痒痛,手想停下来歇歇而不可能。艾,止。

〔12〕"而乃"三句:是说如果用一根木头让他躺在上面,然后用长绳把他捆住,使四肢不能屈伸。俾(bǐ比),使。

〔13〕冥心息虑:潜下心事,平息思虑,即抑制情感,无动于衷之意。

〔14〕"何也"二句:是说这是什么原因呢?是因为已经没有施展任何办法之可能的缘故。措,施加。术,办法。

〔15〕吏胥:办理具体事务的小官吏。

〔16〕百官:众官,指内外大臣。图:谋划。

〔17〕侍立:居侍从之位。体卑:身体低下。

〔18〕"行政"二句:是说掌握大政方针只按己意从事,这正是皇帝和内外大臣位尊权大的表现。惟吾意所欲为,指行使个人主宰之权。南面,面朝南。古时以面向南为尊位,皇帝坐朝,大官坐堂,皆面朝南,故南

面又泛指统治之位。

〔19〕训:教诫。迪:引导。

〔20〕"但责"二句:是说只用治理国家的实际效果来责求他们,不必过问他们用什么具体方法来治理国家。效,效验,效果。若之何,如之何,怎么样。

〔21〕唐、虞:尧舜之时,参见《明良论》注〔1〕。三代:指夏、商、周。唐、虞、三代,传统称为圣人统治的盛世。

〔22〕"治天"二句:是说指导治天下之书,没有比六经再高明的了。六经,指被儒家奉为经典的《易》《诗》《书》《礼》《乐》《春秋》。

〔23〕"六经"六句:是说六经所讲的,都是称举大道,阐明要意,而种种琐碎的牵制众官的具体方法,没有一字谈及,故可从几个根本方面着眼,即可一目了然。

〔24〕羁縻(mí迷):羁本为马笼头,縻本为牛缰绳,用为动词,为拴系、笼络、控制之意。

〔25〕见:指拜见皇帝。免冠:摘下帽子以示谢罪之意。

〔26〕议处、察议:皆为议定处分之语。清朝制度,官吏有罪过交吏部处决,轻的叫察议,重的叫议处,更重的叫严加议处,见《清会典》。谕:谕旨。邸抄:即邸报,古代地方政权如郡国、藩镇设在京师的官邸所传抄的诏令、章奏之类,以供回报之用,称为邸报。实为近世报刊的雏形。

〔27〕部臣:据下文这里当指吏部大臣。工于:善于,精于。综核:综合考核。

〔28〕吏部:六部之一,掌管朝廷及外省文职官员的考核、升降、去留。都察院:负责监察的中央官署。明置,即前代的御史台,专管察劾。清因明制,长官为都御史,下属副都御史、监察御史等。

〔29〕罚俸:停减俸银的处分。按清代官员俸禄包括俸银和俸米,罚

俸只停减俸银。详见《清会典事例·户部·俸饷》。《乞籴保阳》诗有所谓"夺俸钱",可参。

〔30〕"大抵"二句:是说大都在构成罪过之前就凭主观推断、臆测来处罚,而在犯下罪过之后,又绝不衡量其轻重就乱加处置。亿,同臆。斠(jiào 较),古时平斗斛的器具,用为动词,为衡量之意。

〔31〕"其不"四句:是说那些不在罚议之列的事,那些按条例群臣及府州县官得以自行其职权的事,即使也自有其切实简要之处,但是执行得好坏也无关痛痒,不会有大损大益。无大损大益,指办坏无大损,办好无大益。

〔32〕"盛世"二句:是说太平盛世,对于大臣的期望与要求,果真仅限于此吗?尽于是,止于此,指上述动辄得咎,自主权限很小的情况。

〔33〕"恐后"三句:是说恐怕后来有见识的人,会议论率领大臣群臣共治国家,却以办事小吏的职务、作为来责求他们。

〔34〕越乎是:超过此,指超过吏胥之职务、作为。

〔35〕"官司"二句:是说颠倒上下关系,百官的命运反操纵于吏胥之手。官司,百官。《左传》定公七年:"备物典策,官司彝器。"杜预注:"官司,百官也。"

〔36〕"彼上"六句:是说吏胥们玩弄权术,颠倒轻重,以处罚大臣中超越吏胥作为的人,并且以为条例固当如此;那么,虽有皇帝的权威,也不能改变这种情况,而大臣们也果真互相提醒,不要做百官应当应分的职事了。彼,指吏胥们。上下其手,语出《左传》襄公二十六年,上其手以示尊贵,下其手以示卑下,后用为玩法作弊以颠倒轻重。不合乎吏胥者,指不合乎(超越)吏胥之行的人。参见上文"责之以吏胥之行"及下文"相戒以勿为官司之所为"。与易,加以改变。

〔37〕"夫聚"八句:是说皇帝把大臣、群臣聚集起来当小吏使用,并且又使小吏能够操纵掌握大臣群臣,即使其中具有孔子之圣、管仲之才、

史鱼之直、诸葛亮之忠的人,尚不能有一天充分发挥他们的作用,更何况那些本来就没有独立品格,没有学识本领之凡夫庸人呢?仲尼,孔子,名丘,字仲尼,儒家的祖师和圣人。管夷吾,管仲,名夷吾,字仲,春秋齐国人,做齐桓公的相,实行通货积财、富国强兵之策,终使齐国称霸诸侯。史鱼,史鳝(qiū秋),字子鱼。春秋卫国大夫。卫灵公不用贤者蘧伯玉,而任奸人弥子瑕,史鱼死以尸谏。孔子曾称赞他:"直哉史鱼!"(《论语·卫灵公》)诸葛亮,字孔明,三国琅琊人,佐刘备建立蜀国,拜为丞相。刘备死后,辅后主刘禅,和吴攻魏,立志恢复中原,重兴汉室。后卒于军中,谥忠武。善其所为,做好本职事务。侪(chái柴)辈,同辈,同类的人,犹云这般人。

〔38〕伏:以卑承尊的自称谦辞。督、抚、司、道:见《乙丙之际塾议三》注〔35〕、〔36〕。

〔39〕"亦云"二句:是说可谓达到极点,无以复加了。蔑,无。

〔40〕"使奉"二句:是说假如只要大臣们做到奉公守法,担心犯罪,很快就可达到天下大治,为什么当今天下还有些细微之处未赶上古代呢?实为客气说法,程度远非如此。遽(jù巨),急速。几(jī机)微,细微。

〔41〕"天下"二句:是说天下之事不分巨细大小,一律用不可变通的条例加以约束。

〔42〕"夫乾"四句:是说有一种说法,认为皇帝的职能贵在亲自裁断众事,不贵在无为而治,这也似乎是一种有道理的言论,但是圣明的皇帝即使有所执掌,也只不过是总掌大政罢了。乾纲,指皇帝的职能。乾为八卦之首,喻天,喻皇帝。纲为统系网的大绳,喻皇帝总掌万事之权限职责。语出范宁《谷梁传序》:"昔周衰微,乾纲绝纽。"端拱,指王者无为而治。《魏书·辛雄传》:"端拱而四方安。"端指端居正位,拱指拱手,即敛手。无为,无所作为,指不亲自动手。总其大端,总掌国政的根本。

《礼记·礼器》："居天下之大端。"

〔43〕偷：苟且，马虎。敝：败坏。既指志气，又指职责。

〔44〕狎（xiá匣）：态度轻慢。变：指犯上作乱，制造事变。

〔45〕"待其"四句：是说等到官风颓败，人民造反之时，再急急忙忙设法补救，恐怕那时对于条例的破坏，将比预先改革要严重得多。异日，他日。

〔46〕"古之"四句：是说古时郡守县令可以独操杀戮之权，不必上报大官，大官也可以自行委任、征选官吏。专戮，专有判处死刑之权。除，授官叫除。辟（bì壁），征召。

〔47〕"此其"五句：是说这样做即使会产生流弊，并且可能多得不可胜言，但是有英明的皇帝在上，今天虽然仿效古代的一些做法加重百官之权，还不至于使他们滥用职权作威作福。

〔48〕"矫之"二句：是说矫枉而不过正，将无害。且，将。病，危害。

〔49〕"奈之"四句：是说为什么不考虑变革旧法，仍以琐屑束缚之条例为是，推行不已，而不预虑情势的颓败呢？虞，事先忧虑。陊，同堕，颓坏。

〔50〕赫然：显盛的样子。这里形容立志雄伟。有意千载一时之治：抱有取得千载难逢的一代治世的意图。

〔51〕"删弃"三句：写改革束缚百官的苛细的制度和条文。文法、科条，指约束众官的法令条文。吏议，指控制、处分众官的察议、议处制度。

〔52〕"亲总"四句：写皇帝亲掌朝纲大政，授大臣群臣以应有之权限。进退一世，掌握、左右整个时世。端，正。这里是确定之义。所当从，无权作主，应该服从的事。

〔53〕臣工：大臣百官。语出《诗经·周颂·臣工》。

〔54〕乾断：皇帝的裁断。

〔55〕将见:进见。堂廉之地:指朝廷。堂廉,堂指殿堂,廉指阶上堂外四侧边地。

〔56〕盛德大业:美盛的德行,雄伟的事业。

〔57〕私智:个人孤陋的才智。仰窥:含有企及、高攀之意。

这篇文章反对皇帝实行专制,用"一切琐屑牵制之术",诸如通过众多监督的吏胥及不可破的条例等等,以束缚百官的手脚。主张让内外大臣有职有权,充分发挥他们的聪明才智和主动性,而不能以消极地"奉公守法畏罪"为满足。作者认为内外大臣"权不重则气不振",反映了他对君主极权的不满;同时认为"权不重则民不畏",又暴露了他主张统治压服人民,防止他们造反的立场,这充分表明了作者思想的改良主义实质。尽管有这样的局限,但此文仍不失为反对君主专制、呼唤人材解放的一篇佳作。篇中比喻形象生动,揭露淋漓尽致,纵论古今,开阖起伏,富有气势。

乙丙之际塾议三

客问龚自珍曰:"子之南也,奚所睹[1]?"曰:"异哉!睹书狱者[2]。""狱如何?"曰:"古之书狱者以狱,今之书狱者不以狱[3]。微独南,邸抄之狱,狱之衅皆同也[4],始狡不服皆同也,比其服皆同也[5],东西南北,男女之口吻神态皆同也[6],狱者之家,户牖床几器物之位皆同也[7]。吾睹一[8]。

"或释褐而得令[9],视狱自书狱,则府必驳之,府从则司必驳之,司从则部必驳之[10]。视狱不自书狱,府虽驳,司将从,司虽驳,部将从[11]。吾睹二[12]。

"视狱自书狱,书狱者之言将不同[13],曰:'臣所学之不同',曰:'臣所聪之不同[14]',曰:'臣所思虑之不同'。学异术,心异脏也[15]。或亢或逊,或简或缛,或成文章,语中律令,或不成文章,语不中律令[16]。曰:'臣所业于父兄之弗同[17]',部有所考,以甄核外,上有所察,以甄核下,将在是矣[18]。今十八行省之挂仕籍者[19],语言文字毕同。吾睹三[20]。

曰:"是有书之者[21],其人语科目京官来者曰[22]:'京秩官未知外省事宜[23],宜听我书!'则唯唯[24]。语入赀来者曰[25]:'汝未知仕宦,宜听我书!'又唯唯。语门荫来者曰[26]:'汝父兄且慑我[27]!'又唯唯。尤力持以文学名之官曰[28]:'汝之学术文义,憃不中当世用[29],尤宜听我书!'又唯唯。今天下官之种类,尽此数者,既尽驱而师之矣[30]。强之乎?曰:否,既甘之矣[31]。吾睹四[32]。

"佐杂书小狱者,必交于州县,佐杂畏此人矣[33]。州县之书狱者,必交于府,州县畏此人矣。府之书狱者,必交于司道[34],府畏此人矣。司道之书狱者,必交于督抚[35],司道畏此人矣。督抚之上客,必纳交于部之吏[36],督抚畏此人矣。吾睹五[37]。

"其乡之籍同;亦有师,其教同;亦有弟子,其尊师同;其约齐号令同[38]:十八行省皆有之,豺踞而鸮视,蔓引而蝇孳[39]。亦有爱憎恩仇,其相朋相攻[40],声音状貌同。官去弗与迁也,吏满弗与徙也[41],各行省又大抵同。吾睹六[42]。

"狎富久,亦自富也。狎贵久,亦自贵也[43]。农夫织女之出,于是乎共之[44],宫室车马衣服仆妾备。吾睹七[45]。

"七者之睹,非忧非剧,非醒非疟,非鞭非箠,非符非约;析四民而五,附九流而十,挟百执事而颠倒上下,哀哉[46]!谁为之而壹至此极哉[47]?"

〔1〕"子之"二句:是说你去南方,看到什么?之,往。奚,何。

〔2〕"异哉"二句:为惊叹语气,是说所见办案人的情况让人奇怪。异,怪异,不寻常。书狱者,写刑狱判牍的人。这里指官署中专管刑狱判牍的幕客,俗称刑名师爷。《清经世文编》收有何桂芳《请查禁谋荐幕友片》,所言甚详:"各省州县到任,院司幕友必荐其门生故旧,代办刑名、钱谷。该州县不问其人例案精熟与否,情愿厚出束脩,延请入幕,只因上下通声气,申文免驳诘起见。而合省幕友从此结党营私,把持公事,弊端百出,不可枚举。"

〔3〕"古之"二句:是说古时写判牍的人,根据案子的实际情况,当今写判牍的人,不根据案子的实际情况。言外之意,是受人操纵,为人所用。以,依。

〔4〕"微独"三句:是说非但南方如此,京报上登载的判案公文及狱讼的争端,也都相同。意思是京报所依据的也是言非其实、千篇一律的判牍。邸抄,即邸报,见《明良论四》注〔26〕。衅,争端。

〔5〕"始狡"二句:是说案情中被告开始一律狡赖不服罪,情况都相同,等到他们服罪时,情况也都相同。比(bì 必),及。

〔6〕"东西"二句:是说不分地域,打官司的人语言神态都相同。男

女,指诉讼的人。

〔7〕"狱者"二句:是说诉讼人家里的门窗、家具、器物安装摆设的位置也都相同。当指案件发生的现场。

〔8〕吾睹一:是说这是我所见到的第一种现象。按作者揭露这一点,旨在说明各个案情本是复杂多样的,而在办案幕僚笔下,却写成千事一态,千人一面,抽象教条,这是因为他们一切以权势者的意志为转移,不惜歪曲事实真相。

〔9〕释褐:又称解褐,指脱掉平民所穿的粗布衣服,换上官服,故用为入仕之称。令:指县令,一县的长官。

〔10〕"视狱"四句:以县令为例,概指其他,是说如果地方官亲自审察案件并亲自如实书写判案公文,必然会遭到上级官府幕僚的层层驳难。府,知府。司,指按察使司(或称按察司),省一级的司法机关,长官为按察使。部,指刑部,中央一级的司法机关,六部之一。

〔11〕"视狱"五句:亦以县令为例,概指其他,写相反的情况,是说如果地方官亲自审察案件而不亲自书写判案公文,让办案幕客去办理,那么最终总会行得通。

〔12〕吾睹二:这第二种现象表明,办案幕客神通广大,一可歪曲真相,二可买通上司,使诉讼有利于地方权贵,而地方官员只能做傀儡。

〔13〕"视狱"二句:是说审察案件的地方官如果亲自书写判案公文,那么书狱者的言词将各不相同。

〔14〕聪:听闻。

〔15〕"学异"二句:是归结言词不同的原因的话。学异术,所学的本事各有不同。心异脏,思考的器官各有不同。古人通常把心脏视作思维器官。

〔16〕"或亢"六句:就所写判案公文而言。亢,高。指对下言词高傲。逊,指对上言词谦逊。缛,繁缛。律令,法律条令。

〔17〕业:受业。

〔18〕"部有"五句:是说这种种不同,正是刑部对外省官、上级对下级进行考核的依据。部,指刑部。甄核,察考核实。外,对朝廷而言,指外省之官。是,此。指代以上种种不同的情况。

〔19〕十八行省:清代分长城以南行政区域为十八省,即直隶、江苏、安徽、山东、山西、河南、浙江、湖北、湖南、江西、陕西、甘肃、四川、福建、广东、广西、贵州、云南。挂仕籍:登记于官员名册,指在官。

〔20〕吾睹三:这第三种情况表明,由于受幕客控制,地方官已经被模式化,变成了木偶,失去了个性。

〔21〕书之者:指书写判案公文的幕僚。

〔22〕科目京官来者:中科举被授京官,又被外放做地方官来就任的人。

〔23〕京秩官:京职官。秩,职。

〔24〕则唯唯:是说于是唯唯诺诺,听之任之。唯唯,应诺之词。

〔25〕入赀(zī资)来者:拿钱买官来就任的人。

〔26〕门荫来者:承袭家族官位来就任的人。

〔27〕"汝父"句:是说你父兄在位时尚且怕我,更何况你!慑(shè设),害怕。

〔28〕力持:以力挟制。以文学名之官:以文章学术著名的官。

〔29〕"懞(měng蒙)不"句:是说一塌糊涂不切合现实之用。懞,糊涂,道理不清。

〔30〕"今天"三句:是说当今天下做官人的类型,只有上述这几种,已经统统趋附办案幕客以其为师。驱,趋向,投奔。

〔31〕甘之:甘心情愿如此。

〔32〕吾睹四:这第四种现象表明,幕客们用种种手段挟制地方官吏,使他们甘居己下,俯首听命。

〔33〕"佐杂"三句：是说为县以下杂职佐吏办小案的幕客，一定勾通州县长官，这样杂职佐吏也就怕此种人了。

〔34〕司道：司指省布政司（或称布政使司，督抚僚属布政使的官署，布政使专管一省的财赋和民政）、按察司（已见注〔10〕）。道为在省和州府之间所设置的监察区，其长官道员起初由布政司、按察司佐官兼领。

〔35〕督抚：总督、巡抚。总督，为外省最高长官。位在巡抚以上，主管一省或数省，总揽文武庶政。巡抚，位在总督以下，总揽全省民政、军政。

〔36〕"督抚"二句：是说总督、巡抚的幕客行贿勾结刑部官吏。上客，身份高的幕客。纳交，以送礼行贿结交勾通。

〔37〕吾睹五：这第五种现象表明，各级官府的办案幕客，都勾结上一层官府长官，致使本府长官生畏，受其控制。

〔38〕"其乡"六句：写办案幕客之间有同乡、师徒、契约、指令等关系，盘根错节，形同行会。约齐，即约剂，本为契券，这里指契约、合同之类。语出《周礼·春官·大史》："凡邦国都鄙及万民之有约剂者藏焉。"郑玄注："约剂，要盟（约盟）之载辞及卷书也。"号令，发号施令，即指挥、指令之意。

〔39〕"十八"三句：写全国各地办案幕客的专横凶残及其势力的扩张蔓延。豺踞，谓像凶兽蹲踞在那里有所伺捕的样子。豺，野兽，形似狼、犬而稍瘦，性残猛贪婪，捕羊猪为食。鸮（xiāo 消）视，谓像猫头鹰瞪着凶残的眼睛有所伺捕的样子。鸮，猫头鹰。孳，滋生、繁殖。

〔40〕朋：勾结。攻：攻击。

〔41〕"官去"二句：是说办案幕客不随所附官吏迁徙，是盘踞一处的地头蛇。去，指离职。满，指任职满期。

〔42〕吾睹六：这第六种现象表明，办案幕客已形成盘根错节的凶恶

势力。

〔43〕"狎富"四句：是说办案幕客依靠豪富、权贵日久，自己也随着富贵起来。狎(xiá匣)，亲近。这里是巴结、依附之意。

〔44〕"农夫"二句：是说劳动人民所生产的财富，办案幕僚们与豪富权贵共享之。出，生产出的东西。

〔45〕吾睹七：这第七种现象表明，办案幕客依附豪强权贵形成新的特权寄生势力。

〔46〕"七者"九句：是说以上所见的七种现象，不是忧患艰难所酿就，不是如同喝醉酒患疟疾一样发作于一时，不是鞭打强迫所致，不是由契约约束而成；是办案幕客自发地形成一股势力，使士农工商四民分化而为五，附加于九流而成十种行当，他们挟持各级官吏，颠倒了正常的上下关系，实在可悲！剧，艰难。酲(chéng呈)，喝醉酒神志不清。疟，疟疾，这里用为动词，患疟疾之意。箠，鞭子。这里鞭箠皆用为动词，鞭打之意。符、约，合同、契约，这里用为动词，订合同、立契约之意。四民，古称士农工商为四民。九流，本指儒、道、阴阳、法、名、墨、纵横、杂、农九家，与三教(儒教、佛教、道教)合称三教九流，泛指社会上的各种行业。

〔47〕"谁为"句：为质问语气，是说谁干的这种事，并且竟达到如此无以复加的严重地步呢？壹，表示程度加深的副词，犹竟。

《乙丙之际著议》是作者在乙亥(嘉庆二十年，1815)、丙子(嘉庆二十一年，1816)两年间写的一系列政论文章。综合龚集各本，现共存十一篇。题名各本不同，龚氏自刻《定盦文集》及吴煦刻《定盦续集》均作《乙丙之际著议》，朱之榛刻《定盦文集补编》"著议"作"塾议"。《清经世文编》仅题"著议"，无"乙丙之际"四字。篇第数字各本亦有不同。有些篇，有的本子标作与内容相关的二字题名。在这一系列文章中，作者评古论今，揭露弊政，倡言改革，富有批判锋芒。因此受到保守派的嫉恨，也受到自己友人的担心,正如作者所写的诗说:"常州庄四能怜我,劝我狂删乙丙书。"(《杂诗,己卯自春徂夏,在京师作,得十有四首》)。这里共选了三篇,各篇标题,依所出之本所题原名。

这一篇出自《定盦文集补编》,有的本子题作《治狱》,即办理狱讼的意思。作者通过自己回南方所见,以办狱讼、写判牍为例,列举七种现象,揭露地方吏治的腐败。地方各级官署中,有一些主办刑事判牍的幕客,他们是地方豪强的代理人,上通高官,"豺踞而鸮视,蔓引而蝇孳",广泛地控制着地方司法权,使地方官员成为傀儡。他们唯权势是从,飞扬跋扈,操纵刀笔,草菅人命,结党营私,榨取百姓,形成一个特权阶层。最后作者提出疑问,追根究底,表面不解其惑,实则已把矛头指向上层统治者,批判了他们为加强专制统治,一方面逐层加强钳制,束缚下级官员的手脚;一方面扶植、操纵地方各级官府的幕僚,由他们分散或专擅官员的权力。可参见《明良论四》。通篇刻画鲜明,揭露深刻,讽刺辛辣,语言尖锐。采用问答体,形式生动活泼。

乙丙之际著议第七

夏之既夷,豫假夫商所以兴,夏不假六百年矣乎[1]?商之既夷,豫假夫周所以兴,商不假八百年矣乎[2]?无八百年不夷之天下,天下有万亿年不夷之道[3]。然而十年而夷,五十年而夷,则以拘一祖之法,惮千夫之议,听其自陊,以俟踵兴者之改图尔[4]。

一祖之法无不敝,千夫之议无不靡[5],与其赠来者以勍改革,孰若自改革[6]?抑思我祖所以兴,岂非革前代之败耶[7]？前代所以兴,又非革前代之败耶？何莽然其不一姓也[8]？天何必不乐一姓耶？鬼何必不享一姓耶[9]？奋之[10]！奋之！将败则豫师来姓[11],又将败则豫师来姓。《易》曰:"穷则变,变则通,通则久[12]。"非为黄帝以来六七姓括言之也,为一姓劝豫也[13]。

[1]"夏之"三句:是说夏朝的灭亡,预先给商朝提供了赖以兴盛的借鉴,难道夏不是让商一直借鉴了六百年吗？夷,灭亡。豫,预先。假,借。夫,指示代词,复指"商所以兴"这件事。商,商朝,约公元前16世纪至11世纪,自汤至纣,传三十一王,享国约六百年。

[2]"商之"三句:句子结构与前三句全同。八百年,指西周东周历时的年代约数。

[3]"无八"二句:是说没有超过八百年不灭的朝代,天下却有万亿年不灭的法则。前一句的"天下"指一朝的统治,后一句的"天下"指普天之下。

[4]"则以"四句:是说则因为拘守祖宗的成法,害怕众官的议政,听任祖法的自行败落,而等待继起者的改革图治。惮(dàn淡),怕。议,指改革之议。隋,同堕。踵兴者,继踵而起的人。

[5]靡:偃息。指被压制或自生自灭。

[6]"与其"二句:是说与其让给后来人强行改革,何如自动改革？勍(qíng情),强,这里是强行之意。勍,王佩诤本作"劲",不知何据,此从扶轮社本。前句是改朝换代的委婉说法。

[7]"抑思"二句:是说试想一下,我清朝始祖之所以兴起而得天下,难道不是因为革除了前代的败政吗？抑,发语词。

[8]"何莽"句:紧承前四句,是说各代革败迭兴,接连不已,为什么不能一姓统治到底呢？莽然,草木盛多的样子。这里形容朝代更迭之

频繁。

〔9〕"天何"二句:是说上天为什么就一定不喜欢一姓而不保他的天下呢?鬼神为什么就一定不接受一姓延续不断的祭祀呢?意思是天和鬼未必不愿佑助一姓统治到底。享,鬼神飨用人的祭祀叫享。按古人迷信,祭鬼神旨在求福,鬼神享祭表示愿意佑助。

〔10〕奋之:奋发有所作为。

〔11〕"将败"句:是说将要衰败之时,就应预先效法即将代己而兴的异姓王朝自行改革图治。

〔12〕易:《周易》,又称《易经》。旧说古有三易,夏曰《连山》,商曰《归藏》,周曰《周易》。《周易》是一部含有丰富哲学思想的占筮书。内容包括经传两部分:六十四卦,三百八十四爻,附卦辞、爻辞为经;上彖、下彖、上象、下象、系辞上、系辞下、文言、说卦、序卦、杂卦合称十翼,为传。旧说伏羲制卦,文王作卦辞、爻辞,孔子作十翼,并不可靠。这里的引文见《周易·系辞下》,原文是:"《易》穷则变,变则通,通则久。"意谓《易》的原理是遇到困阨就变革,变革就会顺利,顺利就会长远立于不败之地。

〔13〕"非为"二句:是说上引《周易》这话并不是为黄帝以下至周六七姓朝代概括而言的,而是为一姓王朝劝戒预知后患早加改革的。黄帝,传说中的古帝。《史记·五帝本纪》:"黄帝者,少典之子,姓公孙,名曰轩辕。"六七姓,指黄帝以下的颛顼(zhuān xū 专须)、帝喾(kù 库)、唐尧、虞舜和夏、商、周。这里的姓指朝代、国号。《史记·五帝本纪》:"自黄帝至舜禹,皆同姓,而异其国号,以章明德,故黄帝为有熊,帝颛顼为高阳,帝喾为高辛,帝尧为陶唐,帝舜为有虞,帝禹为夏后而别氏姓姒氏,契(商始祖)为商姓子氏,弃(周始祖)为周姓姬氏。"

这一篇出自《定盦文集》,朱之榛刻《定盦文集补编》题作《劝豫》。

文中集中宣扬了改革变通的思想。作者认为只要善于借鉴前代，敢于听取众议，不拘一祖之法，勇于改革败政，就能保持长治久安。这一思想在当时顽固派专权、天下"万马齐瘖"的情势下，确有发聋震聩之效。但是，作者相信自上而下的改革可以彻底解决社会矛盾，这又是历史唯心主义的幻想，反映了他的阶级局限和历史局限。本文既引证史实，又引据古书，但丝毫不落烦琐呆板，观点鲜明，言简意赅。先后两处连用反问句子，流露出作者改革图治的急切心情，并起到令人警觉、发人深思的作用。

乙丙之际著议第九

吾闻深于《春秋》者[1]，其论史也，曰：书契以降，世有三等[2]；三等之世，皆观其才[3]；才之差[4]，治世为一等，乱世为一等，衰世别为一等。

衰世者，文类治世，名类治世，声音笑貌类治世[5]。黑白杂而五色可废也，似治世之太素[6]；宫羽淆而五声可铄也，似治世之希声[7]；道路荒而畔岸隳也，似治世之荡荡便便[8]；人心混混而无口过也，似治世之不议[9]。左无才相，右无才史[10]，阃无才将[11]，庠序无才士[12]，陇无才民[13]，廛无才工[14]，衢无才商[15]；抑巷无才偷，市无才驵，薮泽无才盗[16]：则非但尟君子也，抑小人甚尟[17]。

当彼其世也，而才士与才民出，则百不才督之，缚之，以至于戮之[18]。戮之非刀，非锯，非水火；文亦戮之，名亦戮之,声音笑貌亦戮之[19]。戮之权不告于君[20],不告于大夫[21],不宣于司市[22],君大夫亦不任受[23]。其法亦不及要领,徒戮其心[24],戮其能忧心,能愤心,能思虑心,能作为心,能有廉耻心,能无渣滓心[25]。又非一日而戮之,乃以渐[26],或三岁而戮之,十年而戮之,百年而戮之。才者自度将见戮,则夙夜号以求治[27];求治而不得,悻悻者则夙夜号以求乱[28]。夫悻且悍,且睊然眮然以思世之一便己,才不可问矣,罗之伦惡有辞矣[29]。然而起视其世,乱亦竟不远矣[30]。

是故智者受三千年史氏之书,则能以良史之忧忧天下[31],忧不才而庸,如其忧才而悻[32];忧不才而众怜,如其忧才而众畏。履霜之屦,寒于坚冰[33],未雨之鸟,戚于飘摇[34],瘅瘘之疾,殆于痈疽[35],将萎之华,惨于槁木[36]。三代神圣,不忍薄谲士勇夫而厚豢驽羸,探世变也,圣之至也[37]。

〔1〕深于《春秋》:对《春秋》深有了解和研究。《春秋》,编年体史书,相传孔子据鲁史修订而成。记事起鲁隐公元年,迄鲁哀公十四年,凡十二公,二百四十二年。叙事极简括,有以用字为褒贬之说。最早解释《春秋》的有三家:左氏、公羊、谷梁,其书合称三传。《左传》详事实,《公羊传》、《谷梁传》重义例。

〔2〕"书契"二句:是说自有文字记载以来,人世有三等之分。书契,指文字。《尚书序》:"古者伏羲氏之王天下也,始画八卦,造书契,以代结绳之政,由是文籍生焉。"契,刻。早期文字多用刀刻,故称书契。世

有三等,公羊学派解释《春秋》有所谓三世说:《公羊传》隐公元年以"所见"、"所闻"、"所传闻"为三世。何休注进一步发挥,根据治乱情况把世道分为三等,而与此三世对应,如说"于所传闻之世见治起于衰乱之中","于所闻之世见治升平","至所见之世著治太平",于是又有"衰乱"、"升平"、"太平"之分。作者下文分为治世、乱世、衰世,又与何休注稍异。

〔3〕"三等"二句:是说三等世之别,皆观其人材而知。按,把人材的优劣作为区分三世的标准,这又是作者的发挥。在这里作者把《公羊》三世说与自己的人材解放主张结合起来,由此可见人材解放的主张在其变法图治思想中所占据的地位。

〔4〕差:差别。

〔5〕"衰世"四句:是说衰世之人文辞、名声、言谈容态都跟治世之人相似。类,类似。声音,口音,泛指言谈。笑貌,泛指容态。按,这里指形似神异。

〔6〕"黑白"二句:是说衰世昏暗无色,易与治世的朴实无华相混。五色,青、黄、赤、白、黑,见《尚书·益稷》。太素,质朴无华。《列子·天瑞》:"太初者,气之始也;太始者,形之始也;太素者,质之始也。"

〔7〕"宫羽"二句:是说衰世的沉寂无声,易与治世的和平静谧相混。宫、羽,概指古代音乐中的宫、商、角、徵(zhǐ纸)、羽五音。铄,销熔金属。这里是消失之意。希,同稀。

〔8〕"道路"二句:是说道路荒废河岸毁坏,一片平坦,易与治世的坦荡平展相混。畔岸,边际,这里指河岸。隳(huī),毁坏。便便,旧校云:一本"便便"作"平平"。按便通平,《史记·五帝本纪》:"九族既睦,便章百姓"。《古文尚书·尧典》"便"原作"平",司马迁改为训诂字作"便"。这里便便即平平。

〔9〕"人心"二句:是说人心混混不明,无所思虑,从而根本不可能

275

有言论上的过失,易与治世一切完美而无所议论相混。口过,言语失当。《孝经》:"言满天下无口过。"

〔10〕"左无"二句:就君主而言,是说身边没有有才的辅相和史官。相,宰相,协助皇帝处理庶务大政。史,史官。《礼记·玉藻》:"天子元端而居,动则左史书之,言则右史书之。"对皇帝起一定的规谏作用。

〔11〕阃(kǔn捆):门限。这里指阃外(郭门之外),犹言军中。《史记·张释之冯唐列传》:"唐对曰:'臣闻上古王者之遣将也,跪而推毂曰:阃以内者,寡人制之;阃以外者,将军制之。'"

〔12〕庠(xiáng详)序:古代乡学之名。

〔13〕陇:陇亩,这里指农村。

〔14〕廛(chán缠):邑中一户的宅居叫廛。这里指市廛,犹言市肆。按古时市肆与手工作坊往往合在一起,《论语·子张》:"百工居肆以成其事"。故这里说廛无才工。

〔15〕衢(qú渠):大路。这里指繁华的街市。

〔16〕"抑巷"三句:是说甚至里巷没有有才能的小偷,街市没有有才的市侩,丛林沼泽没有有才的盗贼。抑,转折连词。驵(zǎng脏上声),驵侩,本为马匹交易的经纪人,这里泛指经纪人。

〔17〕"则非"二句:是说那么衰世不但君子很少,就是有才的小人也很少。尠(xiǎn显),同鲜,少。抑,则。按以上所说,才不论君子小人,皆可具备,可见在作者心目中,才是一种天赋之性。他推崇才,鼓吹个性解放,带有反封建的意义。

〔18〕"当彼"四句:是说衰世并不是没有人材,人材一出就受到压抑、摧残。彼其世,承前指衰世。督,察视。这里是监视之意。缚,束缚。戮,杀。

〔19〕"文亦"三句:是说在文辞、名声、言谈容态诸方面亦加以诋毁。

〔20〕告:谒请,乞求。

〔21〕大夫:职官等级名,西周、春秋时,天子及诸侯官分卿、大夫、士三等。清代文官阶自正一品至从五品亦称大夫。这里泛指高官。

〔22〕司:官署。市:市井。

〔23〕任受:即任授,指付与戮才之权。以上四句为摆脱祸患的庾词,实际已把矛头指向最高统治者。

〔24〕"其法"二句:是说他们杀戮的方法也用不到腰斩砍头,专门戕害其心。要,同腰。领,即颈。《礼记·檀弓》:"是全要领,以从先大夫于九京。"郑玄注:"全要领者,免于刑诛也。"孔颖达疏:"领,颈也。古者罪重要斩,罪轻颈刑也。"同是死罪,亦分轻重,腰斩重于砍头。按,害心之法,即软刀子杀人,留其躯壳,而灭其灵魂,更为狠毒。这是对清王朝思想禁锢政策的揭露。

〔25〕"戮其"六句:具体写戮心的内容。如果此种种心被灭尽,势必成为行尸走肉,稳稳当当地做统治者的驯服奴才。

〔26〕渐:徐进,慢慢。按,软刀子已够狠毒,又慢慢来,企图使人不觉察,更为阴险。

〔27〕"才者"二句:是说有才的人自估计将被戮,就日夜呼号而求治。度(duó夺),推测。蚤,同早。

〔28〕"求治"二句:是说求治世而不能实现,悖逆勇悍的人就日夜呼号而求乱。悖(bèi倍),相反、违反。这里是违抗、叛逆之意。

〔29〕"夫悖"四句:是说才士才民中悖逆勇悍的人将窥视图谋不轨,旨在改变世情以求便己,那么他们的才也就不可再过问了,于是刚才说到的那班不才之辈善自为用便振振有词了。睊(juān娟)然,斜视的样子。眮(tóng同)然,环视的样子。曏(xiǎng响),从前、旧时,这里是刚才的意思。伦,辈。辞,说辞,借口。慁,疑当作惥(guó国),《说文》:"惥,善自用之意也,从心䇞声,《商书》曰:'今女惥惥'。"

〔30〕"然而"二句:是说尽管不才者托辞当权,然而观察一下他们的世道,离动乱终究不远了。

〔31〕"是故"二句:是说因此智者研究了三千年的史书,就能以良史的清醒头脑忧虑天下。史氏之书,即史书。良史,敢于直书、善于记事的史官。《左传》昭公十二年:"左史倚相趋过,王曰:'是良史也。'"《汉书·司马迁传赞》:"迁有良史之才。"作者认为良史的标准是"善入""善出",即深入了解现实,并能冷静分析现实,参见《尊史》一文。

〔32〕"忧不"二句:是说担忧无才之人用世,如同担忧有才之人叛逆作乱。

〔33〕"履霜"二句:是说踩着霜地的足,理应感到比踩着坚冰还寒冷。意思是要察微知著,防微杜渐。下六句意同。屩(qiāo桥),鞋,代指穿着鞋的脚。《周易·坤卦》:"履霜坚冰至。"

〔34〕"未雨"二句:是说下雨之前的鸟,理应感到比风雨飘摇之时更为忧戚。《诗经·豳风·鸱鸮》:"迨天之未阴雨,彻彼桑土,绸缪牖户。今女下民,或敢侮予。"(二章)"予羽谯谯,予尾翛翛,予室翘翘,风雨所漂摇,予维音哓哓。"(四章)

〔35〕"痺痨"二句:是说一般的慢性病应该看作比不治之急症还要危险。痺,当作痹(bì必),二字易混。《说文》:"痹,湿病也。"即风湿病。痨,痨病。今所谓结核。殆,危。痈疽(yōng jū拥居),毒疮。

〔36〕"将萎"二句:是说即将凋萎的花,其惨痛甚于干枯之树。

〔37〕"三代"四句:是说三代圣君不忍轻慢谲谏之士、勇直之人而厚待不才庸人,是因为他们深窥世变,预先防范,他们真可谓圣明之至了。谲(jué决)士,谲谏之士,即意主谏净,而不直言其过失的人。驽(nú奴)羸,喻无才软弱之人。驽,劣马。羸,瘦弱。探,窥探,远察。

作者主张通过变法挽救封建社会的危机,并且认为封建社会的人材解放，是实行变法的前提。他在《上大学士书》中说："自珍少读历代史书及国朝掌故，自古至今，法无不改，势无不移，事例无不变迁，风气无不移易；所恃者，人材不绝于世而已。"本文集中论述了人材的优劣与世之兴衰的相互关系，对于腐朽没落的清王朝用思想禁锢扼杀人材的阴险、毒辣手段作了无情地揭露和批判。他虽然不可能从封建制度本身寻求封建社会没落的原因，从而冲决封建藩篱找到真正的出路，但是他在呼唤人材解放时，由重才到尊心，却是与当时反封建的个性解放思潮相通的。可参见《宥情》、《论私》等篇。本篇采用政治讽刺小品的体裁，揭露深刻，形象生动，词锋犀利，意味隽永。出自《定盦文集》，朱之榛刻《定盦文集补编》题作《乙丙之际塾议二》。

尊隐

将与汝枕高林，藉丰草[1]，去沮洳[2]，即莘确[3]，第四时之荣木[4]，瞩九州之神皋[5]，而从我嬉其间[6]，则可谓山中之傲民也已矣[7]。仁心为干，古义为根，九流为华实，百氏为柂藩，枝叶昌洋，不可殚论[8]，而从我嬉其间，则可谓山中之悴民也已矣[9]。

闻之古史氏矣，君子所大者生也，所大乎其生者时也[10]。是故岁有三时：一曰发时，二曰怒时，三曰威时[11]；日有三时：一曰蚤时[12]，二曰午时，三曰昏时。

夫日胎于溟滓[13]，浴于东海，徘徊于华林[14]，轩辕于高闳[15]，照曜人之新沐濯，沧沧凉凉，不炎其光，吸引清气[16]，宜君宜王[17]；丁此也以有国[18]，而君子适生

279

之[19],入境而问之,天下法宗礼,族归心,鬼归祀,大川归道[20],百宝万货,人功精英[21],不翼而飞,府于京师[22]。山林冥冥,但有鄙夫皂隶所家[23],虎豹食之,曾不足悲。

日之亭午[24],乃炎炎其光,五色文明[25],吸饮和气,宜君宜王;丁此也以有国,而君子适生之,入境而问之,天下法宗礼,族修心,鬼修祀,大川修道[26],百宝万货,奔命涌塞[27],喘车牛如京师[28]。山林冥冥,但有窒士[29],天命不犹,与草木死[30]。

日之将夕,悲风骤至[31],人思灯烛,惨惨目光,吸饮莫气[32],与梦为邻,未即于床[33];丁此也以有国,而君子适生之,不生王家,不生其元妃嫔嫱之家,不生所世世豢之家[34],从山川来,止于郊[35]。而问之曰:何哉[36]?古先册书,圣智心肝[37],人功精英,百工魁杰所成[38],如京师,京师弗受也,非但不受,又裂而磔之[39]。丑类窳呰,诈伪不材,是辇是任,是以为生资[40],则百宝咸怨,怨则反其野矣[41]。贵人故家蒸尝之宗,不乐守先人之所予重器[42];不乐守先人之所予重器,则婪人子篡之[43],则京师之气泄;京师之气泄,则府于野矣。如是则京师贫;京师贫,则四山实矣[44]。古先册书,圣智心肝,不留京师,蒸尝之宗之子孙[45],见闻嫭婴[46],则京师贱;贱则山中之民,有自公侯者矣。如是则豪杰轻量京师;轻量京师,则山中之势重矣。如是则京师如鼠壤[47];如鼠壤,则山中之壁垒坚矣。京师之日苦短[48],山中之日长矣。风恶,水泉恶,尘霾恶[49],山中泊然而和,洌然而清矣[50]。人攘臂失度,啾啾如蝇虻[51],则山中戒而相与修娴靡矣[52]。朝士寡助失亲,则山中之民,一啸百吟,一呻百问疾矣。朝士儳焉偷息,简焉偷活,侧焉徨徨商去留[53],则山中之岁月定矣。多暴侯者,过山中者,生钟簴之思矣[54]。童孙叫呼,过山中者,祝寿耇之毋遽死矣[55]。其祖宗曰:"我无馀荣焉,我以汝为殿矣[56]。"其山林之神曰:"我无馀怒焉,我以汝为殿矣[57]。"俄焉寂然[58],灯烛无光,不闻馀言,但闻鼾声,夜之漫漫,鹖旦不鸣[59],则山中之民,有大音声起,天地为之钟鼓,神人为之波涛矣[60]。

是故民之丑生[61],一纵一横:旦暮为纵,居处为横,百世为纵,一世为横,横收其实,纵收其名[62]。之民也[63],壑者欤?邱者欤?垤者欤?避其实者欤[64]?能大其生以察三时,以宠灵史氏,将不谓之横天地之隐欤[65]?闻之史氏矣,曰:"百媚夫[66],不如一狷夫也[67];百酣民[68],不如一瘁民也[69];百瘁民,不如一之民也。"则又问曰:"之民也,有待者耶?无待者耶?"应之曰:"有待。""孰待?""待后史氏。""孰为无待?"应之曰:"其声无声,其行无名,大忧无蹊辙[70],大患无畔涯,大傲若折[71],大瘁若息[72],居之无形,光景煜爚[73],捕之杳冥[74],后史氏欲求之,七反而无所睹也[75]。"悲夫!悲夫!夫是以又谓之纵之隐[76]。

〔1〕藉丰草:铺着茂盛的草地。
〔2〕去:离开。沮洳(jù rù 聚入):低湿之地。

〔3〕即:到。荦(luò 落)确:山石多而大的样子,这里指山石奇伟的山。

〔4〕第:次第,这里是依次观看之意,犹云历观。四时:春夏秋冬四季。荣木:根深叶茂的树。

〔5〕九州:古时分天下为九州,各书所称不一,据《尚书·禹贡》,九州为冀、兖、青、徐、扬、荆、豫、梁、雍。后用为中国的代称。神皋:胜美的水边之地。上句写山林,此句写水滨,泛指美丽的山河。《庄子·知北游》:"山林与,皋壤与,使我欣欣然而乐与!"

〔6〕嬉:嬉戏,玩耍。

〔7〕山中:据下文与京师对举,指山野。傲民:指与自然为友,自由自在,傲视世俗之人。

〔8〕"仁心"六句:以树木为喻,写修养学问。是说嗜古好学,以仁义为根本,九流为花果,百家为藩篱,延引涉猎,不可尽数。九流、百氏,见《十月廿夜,大风不寐,起而书怀》注〔7〕。柢(zhǐ 志)藩,藩篱。昌洋,茂盛。殚,尽。

〔9〕悴民:忧民。指博古通今,忧国忧民,不得志于当世之人。按托古改制,引古鉴今,是作者思想、文章的鲜明特色。

〔10〕"闻之"三句:是说从古代史书上听说过,君子所重视的在于生存,而尤其重视生世的时势。古史氏,古代记载历史的史官。君子,有德有才之人。

〔11〕岁有三时:指春、夏、秋。《左传》桓公六年:"谓其三时不害,而民和年丰也。"杜预注:"三时,春夏秋。"发时:指阳气初生、草木萌发的春季。怒时:指阳气笃盛,草木郁勃的夏季。威时:指阴气肃杀、草木凋落的秋季。参见《臣里》注〔15〕。

〔12〕蚤:同早。下文正以一天之早晨、中午、黄昏三时为喻。

〔13〕胎:孕育。溟涬(xìng 幸):云气混茫的样子。《论衡·谈天》:

"溟涬濛澒(hòng讧),气未分之貌也。"

〔14〕"徘徊"句:写太阳于东方丛林之后冉冉上升。又按,古代神话传说,日出之处有大树扶桑。《山海经·海外东经》:"汤谷上有扶桑,十日所浴。"《十洲记》:"扶桑在碧海中,树长数千丈,一千馀围,两干同根,更相依倚,日所出处。"

〔15〕轩辕:车前驾马的部位,左右两直木者叫辕,中间一曲木者叫辀。这里作动词用,驾车而行之意。闳(hóng 宏):巷门。古代神话传说,太阳神由羲和驾车而行。《楚辞·离骚》:"吾令羲和弭节兮。"王逸注:"羲和,日御也。弭,按也。按节,徐步也。"

〔16〕吸引:下文两处皆作"吸饮",当从。清气:清新之气。

〔17〕宜君宜王:宜为君,宜为王。是说对君王统治有利。君,指诸侯;王,指天子,即《农宗》所谓"后王君公"。

〔18〕"丁此"句:是说当此时而得国。丁,当。

〔19〕君子适生之:有德有才之人正生于此时。参见前"君子所大者生也,所大乎其生者时也"二句。

〔20〕"天下"四句:写社会秩序井然,宗族齐心,鬼神佑助,河水驯服。法,指刑法。礼,指礼乐。《农宗》中将"礼乐刑法"并称。法宗礼,指以礼乐治国,刑法以礼乐为依据。《论语·为政》:"道之以政,齐之以刑,民免而无耻;道之以德,齐之以礼,有耻且格。"又同书《子路》:"礼乐不兴,则刑罚不中(适当);刑罚不中,则民无所措手足。"族,家族。族归心,指每个家族都能维系宗法关系,这是作者的重要思想之一。《农宗》:"言必称祖宗,宗能收族,族能敬宗。"同一家族称族,同一祖先称宗。鬼归祀,见《乙丙之际著议第七》注〔9〕。归道,畅流于河道而不泛滥。

〔21〕人功精英:人工创造出的精奇珍贵之物。

〔22〕府:聚藏钱财之库,这里是聚集的意思。

〔23〕鄙夫：鄙陋贫贱之人。皂隶：贱役之人。所家：家居之处。

〔24〕亭午：正午，当午。

〔25〕文明：纷错鲜明。

〔26〕"族修"三句：言"修心"、"修祀"、"修道"，比上文"归心"、"归祀""归道"自然维系已略逊一筹，是说需要修饬才能维系。

〔27〕奔命：奔赴成命。指被征用，始奔赴。涌塞：写数量虽多而流通不畅。

〔28〕"喘车"句：是说靠气喘吁吁的老牛拉着车载往京师。如，往。亦与上文"不翼而飞"相差颇远。

〔29〕但：只。窒士：愚塞困陋之士。他们的困顿，纯由个人才能所限，而与时势无关。

〔30〕"天命"二句：是说命中注定不如别人，随同草木老死山野。犹，同。《诗经·召南·小星》："寔命不犹。"

〔31〕悲风：凄凉的风。骤：突然。

〔32〕莫：同暮。

〔33〕"与梦"二句：是说已困倦思睡，但尚未就床安歇。邻，近。即，就。

〔34〕"不生"三句：是说才士不生在王公贵族之家。王，君王。元妃，嫡妻。嫔嫱（pín qiáng 频墙），宫内的女侍官，即正妃以外的众妃。《左传》哀公元年："（夫差）宿有妃嫱嫔御焉。"世豢，世世代代做官靠朝廷秩禄供养的人，犹云世宦。

〔35〕"从山"二句：是说才士出生在山野民间，欲至京师而不得，只能居住在城郊。止，居。《诗经·商颂·玄鸟》："邦畿千里，维民所止。"郊，邑外谓之郊，见《尔雅·释地》。

〔36〕而问之曰：为设问之词。而，如。何哉：为什么？问何以止于郊而不得至京师。下文即作答之语。

〔37〕"古先"二句：是说古代文献典籍，是圣人智士呕心沥血之作，肝胆肺腑之言。古先，古代先世。册书，文献典籍。

〔38〕"人功"二句：是说人工创造出的精奇珍贵之物，是众多巧工巨匠制成。魁杰，为首杰出之人，这里指百工中的巨匠。

〔39〕裂：破坏。磔（zhé哲）：分裂肢解躯体叫磔，这里是弄碎之意。

〔40〕"丑类"四句：是说对丑恶怠惰、欺诈无能之人，授以厚禄，委以重任，用为终生依靠。窳呰（yǔ zǐ羽紫），懒惰。本作"呰窳"，《史记·货殖列传》："楚、越之地，地势饶食，无饥馑之患，以故呰窳偷生，无积聚而多贫。"裴骃《集解》引徐广曰："呰窳，苟且堕（同惰）懒之谓也。"不材，凡庸无能。是，实。辇（niǎn捻），古代贵族所乘之车，先秦士大夫以上皆可乘辇，秦汉以来专为皇帝所乘。这里以乘辇泛指所授尊贵的爵禄。生资，生存的凭借。

〔41〕"则百"二句：是说于是百宝英才都怨恨不已，因为怨恨，于是都返回郊野。百宝，据上下文当包括宝贵的物品和人才。反，同"返"。

〔42〕"贵人"二句：世袭贵族之家不愿守祖传之业。故家，世代做官继统久远之家。蒸尝，冬祭叫蒸，字又作烝。秋祭叫尝。《诗经·小雅·天保》："禴祠烝尝。"这里泛指祭祀。蒸尝之宗，主祭的嫡系宗族。重器，宝器，指传世之鼎，藏于宗庙，其上铭载祖宗功德及赏赐，为权力的象征。《孟子·梁惠王下》："毁其宗庙，迁其重器。"此句及下句《龚定盦集外文》稿本作"则不暇问先之所予重器"，与诸本不同。

〔43〕寠（jù巨）人子：贫陋之人。《汉书·霍光传》："诸儒生多寠人子，远客饥寒，喜妄说狂言，不避忌讳。"

〔44〕四山：周围山中。实：充实。

〔45〕子：诸本无此字，王佩诤校本据《龚定盦集外文》稿本补，此从之。

〔46〕"见闻"句：无主见之意。媕婀（ān ē安阿），不决的样子。

〔47〕鼠壤：鼠作穴掏出的松土。比喻松散。

〔48〕苦：诸本无此字，王佩诤校本据《龚定盦集外文》稿本补，此从之。王文濡本此句作"京师苦日短"。

〔49〕"风恶"三句：写京师自然环境。尘霾（mái埋），漫天飞扬的尘土。

〔50〕"山中"二句：写山中自然环境。泊然，温和舒静的样子。泊然而和，写风。洌然，水清的样子。

〔51〕"人攘"二句：写京师秩序动乱。攘臂，挽起袖子，露出胳臂，为动武斗殴的架式。失度，没有礼仪，不讲秩序。啾啾（jiū究），本为形容小鸟乱叫之声，这里是形容蝇虻飞鸣之声。虻（méng蒙），野蝇，雌的吮吸人和动物之血。

〔52〕戒：谨饬。修：修养。娴：文雅。靡：美好。娴靡包括品德和礼貌等方面。

〔53〕"朝士"三句：写朝中之士憔悴不振，苟且偷生，彷徨不安。儳（chán缠），憔悴。简，怠慢。侧，偏，不安。商去留，商量出走还是留下。

〔54〕"多暴"三句：是说一向称赞效忠君主之人，凡是路过山中的，就看到新的希望，产生改朝换代之念。多，称赞。暴侯，即暴昭和侯泰。他们先后任明惠帝朱允炆（年号建文，在位四年，1399—1402）的刑部尚书。朱允炆为明太祖之孙，继太祖即位，召用方孝孺等，标榜复古，改革政治。因诸王不法，谋削除之。燕王朱棣举兵陷京师，逐惠帝，夺取皇位。暴昭和侯泰皆因效忠惠帝而被害。生钟簴之思，生制礼作乐之念。钟簴，见《己亥杂诗》其十四注〔3〕。

〔55〕"童孙"三句：是说儿孙满堂的老者，凡是路过山中的，就看到生活的前景，祝愿长寿而不想很快离开人间。耇（gǒu苟），寿。

〔56〕"其祖"三句：写王者之祖宗，对当权者无望，发出继统将绝的哀叹。荣，荣禄。殿，最后。

〔57〕"其山"三句：写护佑山民之神，对当权者示威，警告要把他作为最后一个迁怒加害的对象。

〔58〕俄焉寂然：是说顷刻之间便寂静无声。

〔59〕鹖(hé何)旦：又叫寒号虫，哺乳类，蝙蝠的一种。古人认为是夜鸣求旦之鸟。《礼记·月令》："鹖旦不鸣。"郑玄注："鹖冠，求旦之鸟。"

〔60〕"天地"二句：写受到天地、神人的支持与赞助。钟鼓，这里作动词用，敲钟擂鼓。波涛，这里作动词用，掀起波涛，推波助澜。

〔61〕丑生：共同的生存特点。丑，同，类。

〔62〕"横收"二句：是说横生得其实体，纵生得其名声。收，得到。

〔63〕之民：即山中之民。

〔64〕"壑者"四句：提出疑问，是说山中之民，是隐于沟壑的吗？隐于小山的吗？隐于小土丘的吗？是隐身逃世的吗？壑(hè贺)，山谷，山沟。邱，同丘，小山。垤(dié谍)，小土堆，这里指小土丘。所问之事，皆从小处着眼，平淡无奇，为下文非凡的回答作铺垫。

〔65〕"能大"三句：以反问就上文作答，是说能长生以观三时之变，并受到当世神明史官的宠爱褒扬，难道不可称之为横贯天地、赫然一世的大隐者吗？宠，宠于，使……宠爱。灵史氏，神明的史官。将，其，在疑问句中同"岂"。

〔66〕媚夫：阿谀谄媚之人。

〔67〕狷夫：狂夫，即前文所谓傲民，见本文注〔7〕。

〔68〕酣民：醉生梦死之人。

〔69〕瘁民：瘁同"悴"，即前文所谓悴民，见本文注〔9〕。

〔70〕蹊辙：蹊径车辙，这里泛指痕迹、迹象。

〔71〕折：屈。

〔72〕息：安宁无事。

〔73〕光景:光影。煜爚(yù yuè 育越):闪烁。

〔74〕捕:捕捉。杳(yǎo 咬)冥:幽暗不明。

〔75〕七反:多次回顾、回溯。

〔76〕"悲夫"三句:为痛惜之词,感叹山中之民未传实功,徒留虚名。是以,因此。纵之隐,即上文"纵收其名"(徒传虚名)的隐者。

这篇文章写作的具体时间不详,作者《己亥杂诗》其二四一云:"少年《尊隐》有高文,猿鹤真堪张一军。"据此当为早期之作,与《明良论》大致同时。出《定盦续集》。《明良论》表现出人材解放及变革的思想,但还是就具体问题而论;此作却上升到通观三时,鸟瞰一世的高度,是一篇寓意深长的奇文。作者用锐利的目光,洞察清王朝正处在危机四伏的昏时、衰世;用饱满的热情,抒发变革现实的理想。作者所尊之隐,不是一种抽象的社会力量,也不是起来造反的人民,而是被清王朝排斥在野的有才能、有理想的地主阶级知识分子中的革新志士。上引《己亥杂诗》"猿鹤真堪张一军"一句,用了《抱朴子》"君子为猿为鹤,小人为虫为沙"的典故,就是最明确的注脚;作者其他许多诗文中呼唤人材解放的思想,也清楚说明了这一点。作者指出,由于朝廷(所谓京师)不容才士,因而朝中变得腐朽没落,气息奄奄;由于才士沦落在野,于是山中出现了生气勃勃的另一种景象。作者驰骋想象,用浪漫主义手法,把两番天地写得绘声绘色,构成明与暗、美与丑、重与轻、兴与亡的强烈对比,富有诗的意境。语言骈散间杂,音节铿锵。文势亦跌宕、雄浑。

松江两京官

御史某与侍郎某相悖也[1]。御史公得大学士和珅阴事[2],欲劾之[3],谋于侍郎。侍郎曰:"大善[4]!比日上不怿,事不成,徒沽直名,诚恤国体者,迟十日可乎[5]?"御史诺:"缓急待子而行。"

上幸木兰热河[6]。留京王大臣晨入直[7],有急报自行在至[8],发之,和珅答侍郎书,大略云:"和珅顿首谢,种种有处置矣[9]。"月馀报至,亦和珅与侍郎书,辞甚啤[10],谓:"君绐我[11]。"侍郎惭,急诣御史曰:"可矣[12]。"御史方饮酒,劾竟上[13]。是月,以弊典罢官,亦无祸[14]。

浙后进曰[15]:"御史颇放人也[16],安虑天下有穽己者哉[17]?欲明不欺,成其狱,虽易地以计,乌可已?乌可已[18]?顾负伉直之意,侦主喜愠,乃一发声,留隙俟处置以败,信道可不笃耶[19]?设少年悍者击之,中矣[20]。"

〔1〕王佩诤校订本注云:"江标手批本注:'御史某为曹锡宝。'按曹字鸣书,上海人。官陕西道御史。劾和珅家人,坐不实,革职留任。珅败,赠副都御史。江标手批本注:'侍郎某为吴省兰。'按吴字泉之,南汇人。官工部侍郎,侍读学士。与和珅连结,出卖其友曹锡宝,卒坐败。"御史:指监察御史,分道行使纠察。侍郎:各部尚书的副职,正二品。相惇(dūn敦):交情深厚。惇,笃厚。

〔2〕和珅(shēn申):1750—1799年,清满洲正红旗人,钮祜禄氏,字致斋。生员出身,袭世职。乾隆时由侍卫擢户部侍郎兼军机大臣,执政二十馀年,累官至文华殿大学士,封一等公。乾隆晚年,对他尤为倚重。他任职期间,植党营私,擅权弄势,贪污纳贿,穷奢极欲。嘉庆登位前恨其专横,待乾隆一死,即宣布其罪状二十款,责令自杀,抄没家产,为数惊人,时有"和珅跌倒,嘉庆吃饱"之语。阴事:秘密之事。

〔3〕劾(hé核):揭发罪状。

〔4〕大善:太好了。

〔5〕"比日"五句:是说近日皇上不大高兴,事不成功,只能捞得一个耿直的名声而已,既然你真的为国家重臣感到忧虑,晚十日再揭发可以吗?表面上为朋友着想,实为通风报信,讨好主子,出卖朋友,争取时机。比,近。上,指乾隆。怿(yì译),高兴。沽,买,这里是捞取之意。恤,忧。国体,国家股肱之臣。《谷梁传·庄公二十四年》:"大夫,国体也。"范宁集解:"国体,谓为君股肱。"者,语助词。

〔6〕幸:旧时皇帝有所至叫幸。木兰:地名,即今河北省围场县,在承德市北,临近内蒙古自治区。木兰,满语为"哨鹿"之意,即围猎时吹哨把鹿招来。清康熙至咸丰,每年八月皇帝与王公等围猎于此,为木兰秋猎,并称其地曰木兰围场。热河:指承德避暑山庄。康熙四十二年(1703)建避暑山庄于热河(河名)西岸,此后皇帝经常至此避暑。五十二年(1713)筑城。雍正元年(1723)置厅。治所在今河北承德市。雍正十一年(1733)改为承德州,乾隆七年(1742)复为热河厅,四十三年(1778)改置承德府。

〔7〕"留京"句:是说未跟随皇帝外出巡幸的亲王及大臣某晨上朝之时。入直,臣下上朝侍主叫入直。如遇皇帝巡幸,除朝期(元旦、冬至、万寿三大朝及每月逢五的常朝)外,官员每日于午门外分翼坐班,见《清会典·礼部》。

〔8〕行在:皇帝巡幸所在之地叫行在。

〔9〕"种种"句:是说为对付某御史的弹劾已有周详安排。种种,物物、事事。

〔10〕啴(chǎn产):舒缓的样子。《礼记·乐记》:"其乐心感者,其声啴以缓。"按,此字为传神之笔,写出和珅一块石头落了地的舒缓心情,有力地反衬着前封信的紧张情绪。

〔11〕绐(dài怠):欺。

〔12〕"侍郎"三句:是说侍郎某因受到和珅的责怪而惭愧,急忙到御史跟前说:"可以揭发了。"陷害朋友,旨在证明其告密属实,以便得到主子垂赏。

〔13〕竟:终。

〔14〕"是月"三句:是说御史某在弹劾和珅的当月,因败坏法典章制的罪名而被罢官,也未遭大祸。意思是和珅自己有短,仅寻衅罢御史某之官,以夺其权,而不敢加害过甚。

〔15〕浙后进:浙地后辈之人。此为假托,实作者自谓。

〔16〕颓放:浪荡大意,不精细。旧校云:一本"史"下有"公"字。

〔17〕穽(jǐng井):同"阱",捕野兽用的陷坑,这里用作动词,陷害。旧校云:一本"哉"下有"侍郎"二字。按,此校是,连下读。

〔18〕"欲明"五句:是说侍郎某欲证明自己对和珅不欺,而促使其友上书弹劾以致受害下狱,即使是站在不同立场上考虑、谋划吧,又怎可以做出这样丧天害理的事呢。易地,变更所居之地位。

〔19〕"顾负"五句:是说然而御史某违背慷慨耿直的初衷,瞻前顾后,察颜观色,窥视皇帝喜怒,相机发言,结果留下空子待人处置而失败,信守道义不笃实坚定行吗?忼,同"慷"。愠(yùn运),怒。笃,忠实。

〔20〕"设少"二句:是说假若由年轻勇猛之人来揭发和珅,那就会成功了。

这篇文章写作时间不详,又题《书松江两京官》,出《定盦续集》。文中揭露了一个为巴结权贵,伤天害理,阴险出卖朋友的京官,寥寥数笔,绘声绘色,活灵活现地勾画出官场中钻营陷害、腐朽可怖的景象。松江,府名,因吴淞江古名松江而得称。治所在华亭(今上海市松江),辖境相当今上海市吴淞江以南地区。

捕蜮第一

龚自珍既庐墓塈居[1],于彼郊野,魂飞飞以朝征,魄悽悽而夕处[2]。百虫谋之曰:予可攻侮。厥族有大有小[3],布满人宇[4]。予告诉无所[5],发书占之[6],曰:"可以术捕;禁制百虫,非网非罟[7]。"予尝题夫猎者之弹,亦起于古之行孝者[8],魑魅山林,则职畏禹[9]。予禁制汝虫,皆法则上古[10]。叩山川邱坟,而天神来下[11]。

山川之祇问曰[12]:"今者有蜮,蜮一名射工,是性善忌,人衣裳略有文采者辄忌,不忌缞经[13]。能含沙射人影,人不能见,必反书之名字而后噬之[14]。捕之如何?"法用彰影草七茎[15],自障蔽,则蜮不见人影。又用方诸[16],取月中水洗眼,著纯墨衣[17],则人反见蜮,可趋入蜮群;趋入蜮群,则蜮眩瞀[18]。乃祝曰[19]:"射工!射工!汝反吾名,以害吾躬[20],吾名甚正,汝不得反攻。射工!射工!速入吾胃中。"如是四遍,蜮死,烹其肝。大吉。述《捕蜮第一》。

〔1〕庐墓:在墓旁建庐居之以守丧,古人对师及父母多用此礼。塈(jì即)居:以土砖为庐而居。塈,烧土为砖。

〔2〕"魂飞"二句:是说自己神志恍惚,灵魂飘荡自朝出行,体魄悲凉至夕独处。魂、魄,作者《释魂魄》云:"有浑言之义,有析言之义。浑言之,人死曰鬼,鬼谓之魂魄;析言之,魂有知者也,魄无知者也。质言

之,犹曰神形矣。"这里即以魂指神,以魄指形。

〔3〕厥:其,指百虫。

〔4〕人宇:人间。

〔5〕告诉:告状。

〔6〕发书:打开占卜之书。

〔7〕"可以"三句:为占辞。以术捕,用一定的方术捕捉。非网非罟（gǔ古）,不能用网捕捉,也不能用罟捕捉。罟,专指捕鱼的网。

〔8〕"予尝"二句:是说我曾认定猎者发弹之法,也起源于古代孝子为保护其亲尸体不被鸟食而射弹击鸟之举。娓（wěi伟）,是。这里是认以为是之义。弹,弹射,用弓发弹。

〔9〕"魑魅（chī mèi吃媚）"二句:是说神怪处山林中,就专怕禹。魑魅,传说中山林里能害人的神怪。职,专。畏禹,传说禹使人民备知百物,识别神怪,故魑魅畏禹。《左传》宣公三年:"昔夏之方有德也（指禹之世）,远方图物（远域异方画山川奇异之物而献之）,贡金九牧（使九州之长贡铜）,铸鼎象物（照所画奇异之物铸在鼎上）,百物而为之备,使民知神奸（识别神怪）。故民入川泽山林,不逢不若（顺）,螭（同魑）魅罔两（水神）,莫能逢之。"

〔10〕"予禁"二句:是说我禁绝制服你们这些害人虫,皆仿效上古之法,像大禹一样给你画像,昭示人民。

〔11〕"叩山"二句:是说叩拜山川丘陵神灵,于是天神下凡人间。坟,土丘。

〔12〕祇:神。

〔13〕缞绖（cuī dié崔谍）:用麻布做的孝服,缞在胸前,绖在头和腰。这里指穿孝服的人,与上文"人衣裳略有文采者"相对,分别比喻困阨与通达之人。

〔14〕反书之名字:反着写别人的名字。比喻颠倒是非进行诬陷。

噬(shì适):咬。这里指吞噬。

〔15〕七茎:七根,七株。

〔16〕方诸:古时于月下取水的方铜镜。《周礼·秋官·司烜氏》:"以鉴取明水于月。"郑玄注:"鉴,镜属,取水者,世谓之方诸。"孙诒让《正义》:"窃意取明水,止是用鉴承露。湿润烝腾,遇冷成露,月夜澄朗,更无风云,露下尤多,因谓取水于月。"

〔17〕纯墨衣:纯黑色的衣服。

〔18〕眩瞀(mào冒):眼睛迷蒙看不清。

〔19〕祝:念咒。

〔20〕躬:身。

《捕蜮第一》、《捕熊黑鸱鸮豺狼第二》、《捕狗蝇蚂蚁蚤蟹蚊虻第三》是作者同时写的一组寓言,出《定盦续集》,写作时间未注明。按吴昌绶《定盦先生年谱》:道光三年"七月,母段恭人卒于苏松道署(龚父官署),先生解职奔丧,奉梓还杭州,殡于花园埂,在鲍伯先生(龚自珍祖父)茔侧,植梅五十本于墓上。"又据《捕蜮第一》开头:"龚自珍既庐墓堲居"云云,则此组寓言或作于道光三年(1823)七月居母丧之时。作者在奔丧之前,仍在北京任内阁中书,本年春第四次参加会试,又未第,仕途几经坎坷,对上层社会的人情世态颇有领略,认识到权势小人,专乘人之危,加害于人。于是即眼前之景而有所感触,写了这组寓言,以寄揭露、影射之意。三《捕》每篇皆以捕杀之法作结,表现了作者嫉恶如仇,决心消灭害人虫的强烈愿望和鲜明感情。又张祖廉《定盦先生年谱外纪》:"尝告益阳汤(鹏)郎中欲撰《捕龙蛇虎豹文》。"今集中未见。

这一篇开头一段相当于三篇文章的总序,然后集中揭露忌贤妒能,惯于耍弄诬陷诡计,暗中害人者。此种人最危险,故作者首列以挞之。蜮(yù玉),传说中的虫类怪物。《汉书·五行志》:"蜮生南越,在水旁,能射人,南方谓之短弧。"蜮,一名射工,一名射影,一名祝影虫。相传背有甲,头有角,有翼能飞,口中有横物如角弩,闻人声以气为矢,用水射人,或曰含沙射人,中人即发疮,中影者亦病。见王筠《说文句读》。

捕熊罴鸥鹞豺狼第二

邱坟之祇问曰:"今者有熊罴、鸥鹞、豺狼,是性善愎[1],必噬有恩者及仁柔者,捕之如何?"法用败絮牛皮[2],伪为人形,手执饲具,以示人恩,中实以炽铁[3]。咆哮来吞,絮韦吞已[4],炽铁火起,糜灼其心肝[5]。祝曰:"豺狼[6]!豺狼!予恩汝不祥[7],亦勿战汝以刚,色柔内刚[8],诛汝肝肠[9],汝卒咆哮以亡。"如是四遍,则其种类皆殄灭[10]。吉。述《捕熊罴鸥鹞豺狼第二》。

[1] 罴(pí 皮):棕熊,也叫马熊,通称人熊。愎(bì 必):凶狠,乖戾。
[2] 败絮:破棉絮。
[3] 实:装满。炽铁:烧红之铁。
[4] 韦:皮革,指前面说的牛皮。吞已:吞完。
[5] 糜(mí 迷):通糜,糜烂。灼(zhuó 酌):火烧。
[6] 豺狼:兼指熊罴、鸥鹞。
[7] 不祥:不善。
[8] 色柔:容色柔顺。
[9] 诛:伤。
[10] 殄(tiǎn 忝):灭绝。

这篇以熊黑、鸱鸦、豺狼为喻,集中揭露以怨报德,以暴凌柔的凶残之人。

捕狗蝇蚂蚁蚤蜚蚊虻第三

沮洳垤之祇问曰[1]:"今有狗蝇、蚂蚁、蚤蜚、蚊虻,是皆无性[2],聚散皆适然也[3],而朋嘈人[4],使人愦耗[5]。治之如何?"法不得殄灭,但用冰一柈[6],置高屋上,则蝇去。又炼猛火自烧田,则乱草不生;乱草不生,则无所依;无所依,则一切虫去。祝曰:"蚊虻!蚊虻!汝非欲来而朋来[7],汝非欲往而朋往,吾悲汝无肺肠[8],速去!吾终不汝殄伤。"如是四遍,则不复至。述《捕狗蝇蚂蚁蚤蜚蚊虻第三》。

[1] 沮洳:见《尊隐》注[2]。垤:见《尊隐》注[64]。
[2] 蜚(féi肥):臭虫。无性:无个性,亦即下文"无肺肠"。
[3] 适然:偶然。
[4] 朋:结群。嘈(cǎn惨):咬。《庄子·天运》:"蚊虻嘈肤。"
[5] 愦耗(kuì mào 溃帽):昏乱。愦,心乱。耗,通"眊",眼睛不明。
[6] 柈:同"盘"。
[7] "汝非"句:是说你们本不想来而随群来。
[8] 无肺肠:徒具外表,没有意识。肺肠,兼指心肝内脏。

这篇以狗蝇蚂蚁蚤蜚蚊虻为喻,揭露嗜血成性的害人者。

宥情

甲、乙、丙、丁、戊相与言[1]。甲曰:"有士于此,其于哀乐也,沉沉然[2],言之而不厌,是何若[3]?"乙曰:"是媟嫚之民也[4]。许慎曰:'情,人之阴气有欲者也[5]。'圣人不然,清明而强毅[6],无畔援[7],无歆羡[8],以其旦阳之气,上达于天[9]。阴气有欲,岂美谈耶?"丙请辨之:"西方之志曰:欲有三种,情欲为上[10]。西方圣人不以情为鄙夷[11],子言非是。"丁曰:"乙以情隶欲,无以处夫哀乐之正而非欲者[12],且人之所以异于铁牛、土狗、木寓龙者安在[13]?乙非是。丙以欲隶情,将使万物有欲,毕诡于情,而情且为秽墟,为罪薮[14]。丙又非是。是以不如析言之也[15],西方之志,盖善乎其析言之矣。"戊请辨之,曰:"西方之志又有之:纯想即飞,纯情即坠[16],若是乎其概而诃之也,不得言情或贬或无贬[17],汝言皆非是。"

龚子闲居[18],阴气沉沉而来袭心,不知何病,以审江沅[19]。江沅曰:"我尝闲居,阴气沉沉而来袭心,不知何病。"龚子则自求病于其心,心有脉,脉有见童年。见童年侍母侧,见母,见一灯荧然,见一砚、一几,见一仆妪,见一猫,见如是,见已[20],而吾病得矣。龚子又尝取钱枚长短言一卷[21],使江沅读。沅曰:"异哉!其心朗朗乎无滓,可以逸尘埃而登青天[22];惜其声音浏然[23],如击秋玉,予始魂魄近之而哀,远之而益哀,莫或沉之,若或坠之[24]。"龚子又内自鞠也[25],状何如?曰:予童时逃塾就母时,一灯荧然、一砚、一几时,依一妪、抱一猫时,一切境未起时,一切哀乐未中时[26],一切语言未造时,当彼之时,亦尝阴气沉沉而来袭心,如今闲居时。如是鞠已,则不知此方圣人所诃欤[27]?西方圣人所诃欤?甲、乙、丙、丁、戊五者,孰党我欤[28]?孰诟我欤[29]?姑自宥之,以待夫复鞠之者,作《宥情》。

〔1〕相与言:互相谈论。

〔2〕沉沉然:深沉的样子。

〔3〕是:此。何若:即若何,如何,将作宾语的疑问代词提前,成疑问结构。意思是像什么,是什么。

〔4〕媟嫚(xiè màn 泄慢):放荡而不庄重。

〔5〕许慎:东汉经学家、文字学家,字叔重,汝南召陵(今河南郾城)人。曾任太尉南阁祭酒、洨长等职。著有《五经异义》(已佚,有辑本)、《说文解字》。引语见《说文解字·心部》。这是汉代人关于情欲的一种观点。段玉裁注:"董仲舒曰:'情者,人之欲也。人欲之谓情,情非制度不节。'《礼记》曰:'何谓人情? 喜、怒、哀、惧、爱、恶、欲,七者不学而能。'《左传》曰:'民有好、恶、喜、怒、哀、乐,生于六气。'《孝经授神契》:'性生于阳以理执,情生于阴以系念。'"

〔6〕强毅:刚毅。

〔7〕畔援:语出《诗经·大雅·皇矣》:"无然畔援。"毛传:"无是畔道,无是援取。"郑笺:"畔援,犹拔(亦作跋)扈也。"朱骏声《说文通训定声》谓畔援与跋扈、横暴同义。郑、朱说是。

〔8〕歆羡:欣慕。

〔9〕"以其"二句：反映了理学家"存天理，去人欲"的观点，如朱熹曾说：理的"源头便是那天之明命"（《朱子语类·孟子七》）；"理也者，形而上之道也，生物之本也；气也者，形而下之器也，生物之具也"（《朱文公文集》卷五十八《答黄道夫》）；"气须是随那道义，如云地配天，地须在天后，随而合之"（《朱子语类·孟子一》）。旦阳之气，清新的平旦之气，与有欲之阴气相对，指按正统思想修养成的所谓堂堂正气。作者认为这样的气已失却自然、纯真之本质。

〔10〕"西方"句：西方之志：即佛经。西方，旧校云："一作天竺。"下同。欲有三种，佛教所谓三种欲指饮食欲、睡眠欲、淫欲。淫欲即情欲。

〔11〕西方圣人：指佛。鄙夷：鄙俚粗野。

〔12〕"乙以"二句：是说乙把情隶属于欲，则无类别来归纳属于恰当的哀乐而不是不恰当的欲望的感情。无以处，没有位置安放，这里指没有类别归纳。

〔13〕所以异于：用来区别于。铁牛：古人铸铁为牛，投入河中，以镇水患。土狗：《抱朴子·勖学》："讯土狗而识坟羊。"指《国语·鲁语》所载："季桓子穿井，获如土缶，其中有羊，使问之仲尼曰：'吾穿井而获狗，何也？'对曰：'以丘之所闻，羊也。丘闻之：木石之怪曰夔、蝄蜽，水之怪曰龙、罔象，土之怪曰坟羊。'"这里用其字面意思，指土制之狗。木寓龙：木造之龙，古时祭上帝时用之。《汉书·郊祀志》："木寓龙一驷。"王先谦补注引顾炎武曰："古文偶寓通用，木寓，木偶也。"按，牛、狗、龙为动物，已不具人情，更何况铁、土、木所制之假物、死物。

〔14〕"将使"四句：是说将会使万物凡是有欲的皆诡称为情，从而情将成为秽行、罪恶的渊薮。诡，欺谩、伪称。且，将。

〔15〕析言之：分别言之。指将情与欲区别而论。

〔16〕"纯想"二句：是说思想纯真则可到达佛国，若有纯一之情则要坠入下界。纯想，对三恶想而言。《无量寿经》上："不起欲想、瞋想、

害想。"即,则。纯情,单纯之情。佛教凡情皆禁,无所谓好坏高下。佛教称眼、耳、鼻、舌、身、意为六根,六根有情识,又称六情。《金光明经》曰:"心处六情,如鸟投网。"《普贤观经》曰:"忏悔六情根。"《止观》四之二曰:"十住毗婆沙云:禁六情如系狗鹿鱼蛇猿鸟。"又,佛教有"非情成佛"之说。飞、坠、上、下,就佛教十法界而言,如《法华经》立地狱、饿鬼、畜生、阿修罗、人、天、声闻、缘觉、菩萨、佛为十法界。佛教有"九界情执"之说,认为前九界之人虽有浅深之别,而皆不免无明之情执,离情执而全知见者,独有佛界。

〔17〕"若是"二句:是说像此话所言,佛典是将情统统加以诃责,不得讲于情有的贬斥,有的不贬斥。诃(hē呵),斥责。

〔18〕闲居:避人独居叫闲居。《礼记·孔子闲居》题下郑玄注:"退燕(安息)避人曰闲居。"

〔19〕审:知悉。这里是告知之意。江沅:字子兰,一字铁君,江苏吴县人,江声之孙,嘉庆十二年优贡生,出入段玉裁之门数十年,精于《说文解字》。著有《说文释例》、《入佛问答》、《染香阁词钞》等。作者《己亥杂诗》其一四一首自注云:"江铁君沅是予学佛第一导师,先予归一年逝矣。"

〔20〕见已:见到以后。按,以上皆童年时偶然所见,由此触动童心,流露纯真之情,而这正是作者所追求、所宽纵的感情。《己亥杂诗》其一七〇首:"少年哀乐过于人,歌泣无端字字真。既状周旋杂痴黠,童心来复梦中身。"可参。

〔21〕钱枚:字枚叔,一字实庭,号谢盦,浙江仁和(今杭州市)人,嘉庆进士,官至吏部文选司主事。工词,以清丽见称。著有《心斋草堂集》、《微波词》。详见《文献徵存录》卷七。

〔22〕逸尘埃:超脱污浊的世俗。《楚辞·渔父》:"安能以皓皓之白而蒙世俗之尘埃乎?"

〔23〕浏(liú 流)然:风速很快的声音。《楚辞·九叹·逢纷》:"秋风浏浏(《经典释文》曰:一本浏字不重)以萧萧。"

〔24〕"莫或"二句:是说没有深沉的感受,像有坠落的感受。

〔25〕鞫(jū 鞠):审问、探问。

〔26〕中(zhòng 重):得。《周礼·师氏》:"掌国中失之事以教国子弟。"郑玄注:"故书'中'为'得',杜子春云:'当为得,记君得失,若《春秋》是也。'"阮元《十三经注疏校勘记》:"《九经古文》云:'《三苍》:中,得也。《封禅书》:康后与王不相中;《周勃传》:勃子胜之尚公主不相中,皆训为得。……'然则中失犹得失。"

〔27〕此方圣人:指儒家圣人。

〔28〕党:赞助,赞同。

〔29〕诟(gòu 够):斥责。

这篇文章旧未系年,据《长短言自序》"且惟其尊之(指情),是以为《宥情》之书一通;且惟其宥之,是以十五年锄之而卒不克"云云,此文当作于《长短言自序》前十五年;而《长短言自序》为作者词作的总序,当写于道光二十年编定最后一部词集《庚子雅词》之后不久。以此推之,此文当作于道光五年左右。距前四部词集《无著词选》、《怀人馆词选》、《影事词选》、《小奢摩词选》刊定之道光三年(见《年谱》),时日甚近。出《定盦续集》。文中假设五人进行论辩,并参己见,以申明关于情的观点。作者认为情贵在纯真自然,不假造作矫饰,这对理学的禁欲主义,对虚伪的人情世态,均是有力地冲击,可视作作者关于个性解放的宣言。宥,宽容,包含既不禁抑,又不矫饰两层意思。作者在《长短言自序》中说:"情之为物也,亦尝有意乎锄之矣;锄之不能,而反宥之;宥之不已,而反尊之。龚子之为长短言何为者耶,其殆尊情者耶?情孰为尊?无住为尊,无寄为尊,无境而有境为尊,无指而有指为尊,无哀乐而有哀乐为尊。

情孰为畅？畅于声音。"可与此互参。

尊史

史之尊，非其职语言、司谤誉之谓[1]，尊其心也[2]。心何如而尊？善入。何者善入？天下山川形势，人心风气，土所宜[3]，姓所贵[4]，皆知之；国之祖宗之令[5]，下逮吏胥之所守[6]，皆知之。其于言礼、言兵、言政、言狱、言掌故、言文体、言人贤否，如其言家事[7]，可谓入矣。又如何而尊[8]？善出。何者善出？天下山川形势，人心风气，土所宜，姓所贵，国之祖宗之令，下逮吏胥之所守，皆有联事焉，皆非所专官[9]。其于言礼、言兵、言政、言狱、言掌故、言文体、言人贤否，如优人在堂下，号咷舞歌，哀乐万千，堂上观者，肃然踞坐，眄睐而指点焉[10]，可谓出矣。

不善入者，非实录，垣外之耳，乌能治堂中之优也耶[11]？则史之言，必有馀寱[12]。不善出者，必无高情至论，优人哀乐万千，手口沸羹[13]，彼岂复能自言其哀乐也耶？则史之言，必有馀喘[14]。

是故欲为史，若为史之别子也者[15]，毋寱毋喘，自尊其心。心尊，则其官尊矣；心尊，则其言尊矣。官尊言尊，则其人亦尊矣。

尊之之所归宿如何[16]？曰：乃又有所大出入焉。何者大出入？曰：出乎史，入乎道[17]；欲知大道，必先为史。此非我所闻,乃刘向、班固之所闻[18]。向、固有徵乎[19]？我徵之曰:古有柱下史老聃,卒为道家大宗[20]。我无徵也欤哉？

[1] 职语言:掌管记载语言。古有右史记言之说,《礼记·玉藻》:"天子玄端而居,动则左史书之,言则右史书之。"司谤誉:主掌褒贬人物。杜预《春秋序》谓孔子因鲁史修《春秋》,"指行事以正褒贬"。作者《古史钩沉论二》:"龚自珍曰:周之世官大者史;史之外无有语言焉,史之外无有文字焉,史之外无人伦品目焉。"

[2] 心:指观察、判断等独立的认识能力。

[3] 土所宜:土地适宜种植的作物、树木。

[4] 姓所贵:地位显赫的世族大姓。

[5] 祖宗之令:开国始祖所定、世代相传的法令。

[6] 吏胥之所守:指法律条令。《明良论四》:"律令者,吏胥之所守。"诸本"所"字下、"守"字上空一字。按,据下文"下逮吏胥之所守",及上引《明良论四》文,此处不当有缺字。

[7]"其于"二句:是说对于讲论国家大事,如同数落自家之事一样熟悉。礼,礼仪制度。兵,军事。政,政令、政事。狱,诉讼,兼指刑法。掌故,人物、典章等故实。文体,文章体裁风貌。按,文关时势,《隋书·经籍志》:"世有浇淳,时移治乱,文体迁变,邪正或殊。"

[8]"又如"句:与上文"心何如而尊"并列,是说心又怎样才能尊。

[9]"皆有"二句:是说史官有权过问、干涉上述各事,而又不具体掌管其事,处于超然地位。联事,关心、干涉的职责。专官,专门执掌。扶轮社本"焉"字下有校语:"一本'焉'下有'而'字。"有助于了解此二句意。又《古史钩沉论二》:"周之初,始为是官(按,指史官)者,佚(史佚)是也。周公、召公、太公既劳周室,改质家跻于文家(按,《论语·雍

也》"质胜文则野,文胜质则史"),置太史。史于百官,莫不有联事,三宅(按,指周公、召公、太公)之事,佚贰之,谓之四圣。盖微夫上圣睿美,其孰任治是官也?"可参。

〔10〕"如优"六句:以高居堂上观堂下优人演戏为喻,说明史官应居高临下,清醒地观察、评论复杂多变的客观现实。优人,戏剧艺人。号咷(háo táo 豪桃),放声。踞坐,凭椅凳垂足而坐。眄睐(miàn lài 面赖),斜视,这里是随便看着的意思。指点,指画评论。

〔11〕"垣外"二句:是说隔墙而听,怎能掌握堂中的表演者呢?垣,墙。乌,何。治,治理,主宰。这里是掌握之意。

〔12〕馀寱:多馀无用的梦话。指不实之词。寱,同"呓",梦话。

〔13〕沸羹:滚开的汤。这里比喻手舞口唱热烈、忙碌之状。

〔14〕"则史"二句:是说"不善出"之史官,其言如同艺人自演自评,必无暇顾及而喘息无力。馀喘,残喘,指有气无力、无关紧要的话。

〔15〕若:或。别子:别派、支流。

〔16〕归宿:指至高境界。

〔17〕道:指理论,学说,治国之道。

〔18〕"此非"二句:是说这种见解不是我所听到的,是刘向、班固早已听到过的。刘向,西汉楚元王交四世孙,字子政。仕宣帝、元帝、成帝三朝,历任谏大夫、给事中、郎中、光禄大夫、中垒校尉等官。学问渊博,著有《洪范五行传》、《列女传》、《列仙传》、《新序》、《说苑》等。尤长目录、校勘之学,成帝时,受诏主持并参加校理群书,撰成重要目录著作《别录》。其子刘歆,承袭父业,继《别录》而成《七略》。班固,字孟坚,东汉史学家。明帝时为郎,典校朝廷藏书,继父班彪之业,写成《汉书》。后任玄武司马,撰集《白虎通义》。班固的《汉书·艺文志》,系删取《七略》之要而成,其中关于史与道的关系,有如下论述:"道家者流,盖出于史官。历记成败、存亡、祸福、古今之道,然后知秉要执本,清虚以自守,卑

弱以自持,此君人南面之术也。"

〔19〕徵:证据。下句"徵"作动词用,指验证。

〔20〕"古有"二句:是说古代有管藏书的史官老聃(dān 丹),最终成为道家学派的始祖。《史记·老庄申韩列传》:"老子者,楚苦县厉乡曲仁里人也,姓李氏,名耳,字伯阳,谥曰聃。周守藏室之史也。"《索隐》:"按藏室史,乃周藏书室之史也。又《张汤传》:'老子为柱下史。'即藏室之柱下,因以为官名。"

作者抱经世之志,非常重视史的作用。《逆旅题壁次周伯恬原韵》诗有"心史纵横自一家"句。张南山《〈国朝诗徵〉序》说:"龚自珍年三十四(道光五年,1825),著《古史钩沉论》七千言,于周以前家法,有意宣究之矣。"在《古史钩沉论二》中,作者认为史关国家兴亡:"史存而周存,史亡而周亡"。"灭人之国,必先去其史;隳(毁)人之枋(同柄),败人之纲纪,必先去其史;绝人之材,湮塞人之教,必先去其史;夷人之祖宗,必先去其史"。还求本溯源把史放在经之上:"六经者,周史之宗子也";"五经者,周史之大宗也";"诸子也者,周史之小宗也"。并认为:"号为治经则道尊,号为学史则道诎(屈),此失其名也。"作者的这些言论,与当时统治者引导知识分子脱离现实的意图背道而驰。

本文写作时间未详,约与《古史钩沉论》写作时间相先后。出《定盦续集》。作者认为史之尊在于尊其心,即史家要有独立的见解,敢于写实。这是针对清王朝的思想禁锢政策而发的。至于心怎样才能尊,作者提出"善入"和"善出"两点。"善入"就是深入观察实际,"善出"就是清醒进行识断,这又与掩盖矛盾,粉饰现实的阿世者及唯官方言论是从的应声虫,形成鲜明的对立。作者最后提出了"出乎史,入乎道;欲知大道,必先知史"所谓"大出入"的更高境界,把史与论、史与治有机结合起来,富有启发性。本文反映了有关作者政治思想、史学思想及文学思想多方面的内容,论述简明形象,比喻贴切生动,设问作答,环环紧扣,颇具艺术性,是一篇优秀的议论杂文。

干禄新书自序

序曰:凡贡士中礼部试[1],乃殿试[2]。殿试,皇帝亲策之,简八重臣[3],读其言。皇帝制曰:"无隐直言,朕将采择[4]。"又曰:"朕将亲览焉。"八人者则朝服北面三跪九叩头[5],率贡士亦三拜九叩头,就位有虔[6]。既试,八人者则恭遴其颂扬平仄如式[7],楷法尤光致者十卷[8],呈皇帝览,皇帝宣十人见[9]。翼日[10],銮仪卫陈法驾[11],和声署设乐[12],皇帝升太和殿[13],贡士毕见。前三人赐进士及第冠服,由午门中道出[14],乃出自端门、天安门,皆当驰道[15],赐宴礼部如故事[16]。先殿试旬日为覆试,遴楷法如之[17]。殿试后五日,或六日、七日,为朝考,遴楷法如之。三试皆高列[18],乃授翰林院官[19]。本朝宰辅[20],必由翰林院官。卿贰及封圻大臣[21],由翰林者大半。其非翰林官,以值军机处为荣选[22]。军机处之职,有军事则佐上运筹决胜,尤事则备顾问祖宗掌故,以出内命者也[23]。保送军机处,有考试,其遴楷法如之。京朝官由进士者,例得考差[24],考差入选,则乘轺车衡天下之文章[25]。考差有阅卷大臣,遴楷法亦如之。部院官例许保送御史[26],御史主言朝廷是非[27],百姓疾苦,及天下所不便事者也。保送后有考试,考试有阅卷大臣,其遴楷法亦如之。

龚自珍中礼部试,殿上三试,三不及格,不入翰林,考军机处不入直,考差未尝乘轺车。乃退自讼[28],著书自纠[29],凡论选颖之法十有二[30],论磨墨膏笔之法五[31],论器具五,论点画波磔之病百有二十[32],论架构之病二十有二[33],论行间之病二十有四,论神势三,论气禀七。既成,命之曰《干禄新书》,以私子孙[34]。时道光十有四年,内阁中书龚自珍谨序。

〔1〕礼部试:即会试。唐以来科举之制,会试由礼部主之,谓之礼部试。

〔2〕殿试:科举时代,皇帝亲试贡举之士于殿廷,谓之殿试。汉时各地举贤良文学士,皇帝亲加策诏,此为后世殿试之始。唐武则天时策试贡人于洛城殿。宋开宝五年,礼部试进士诸科三十八人,太祖召对讲武殿,始放榜,得进士二十二人,皆赐及第。自此省试之后行殿试,遂为常例。元时无殿试,省试之后,再试于翰林院国史馆。明清两代,省试之后集中京师会试,会试中式后再行殿试,以定甲第。一甲三名,进士及第;二甲若干名,进士出身;三甲若干名,同进士出身。

〔3〕简:选。重臣:居重要职位的大臣。

〔4〕"无隐"二句:是说不要隐瞒对策中直言不讳的言词,我将有所采纳。

〔5〕朝服:上朝时穿的礼服。北面:面朝北。北面为人臣之位,与帝王南面相反。

〔6〕虔:敬。

〔7〕遴(lín 邻):谨慎选择。颂扬:指试文的称颂笔法。平仄:指赋

诗的声律。如式:合乎规则。

〔8〕楷法:指试卷的正楷书法。光致:明洁精致。十卷:十份卷子。

〔9〕宣:宣谕,帝王下达命令。

〔10〕翼日:第二天。

〔11〕銮仪卫:官署名。清初因明制,置锦衣卫,不久改为銮仪卫。长官曰专掌卫事内大臣,其下置銮仪使。《清会典·銮仪卫·官制》:"专掌卫事内大臣一员,满銮仪使二员,汉銮仪使一员"。又《职掌》:"凡万寿节、正旦、冬至三大朝会,并宴享、诸大祀等项,车驾出入,应设卤簿(车驾侍卫次第)仪仗,并旗手卫旗帜金鼓,俱本卫堂官督率所属官校,依次陈列。……凡文武进士传胪,该衙门先期知会,銮仪卫陈卤簿大驾,并委官校捧黄榜云盘伞盖。"法驾:皇帝的乘舆。《后汉书·舆服志》:"乘舆法驾,公卿不在卤簿中,河南尹、执金吾、雒阳令奉引,奉车侍御,侍中参乘,属车三十六乘。前驱有九斿云罕,凤凰阖戟,皮轩鸾旗,皆大夫载……后有金钲黄钺,黄门鼓车。"

〔12〕和声署:清代礼部附属之官署,专掌协调朝会乐律诸队舞仪之节。《清会典·礼部》:"和声署,署正满汉各一人,署丞满汉各一人。"又皇帝升太和殿时"设中和韶乐于太和殿檐下之东西,设丹陛乐于太和门内北向"。

〔13〕太和殿:清宫三殿之一,俗称金銮殿,在北京紫禁城太和门内。每逢元旦、冬至、庆寿受贺及大朝会宴飨、命将出师、临轩策士、百僚除授谢恩等事,皆在此殿举行。

〔14〕午门中道:午门正中间的御道。赐准由中道行乃是一种荣赏。《清会典·礼部》:"康熙二十三年题准,大内中路系銮舆经行的御道,不许官民行走。"

〔15〕驰道:正居中间,皇帝乘辇所行的辇道。

〔16〕"赐宴"句:是说中进士者出宫后,礼部以皇帝名义赐宴招待,

如同旧例。

〔17〕"遴楷"句：是说覆试时，按书法工整选卷，如同上述殿试之情况。

〔18〕高列：名列高等。

〔19〕翰林院官：翰林院属官，有掌院学士、侍读、侍讲、修撰、编修、检讨、庶吉士等。

〔20〕宰辅：宰相。清于内阁置大学士四人，协办大学士二人，即为相职。

〔21〕卿贰：卿指六部尚书，贰指六部侍郎。按周代有六官：冢宰、司徒、宗伯、司马、司寇、司空，称为六卿。《尚书·周官》："六卿分职，各率其属，以倡九牧（九州长官），阜成兆民。"后世六部尚书相当于古六卿之职，侍郎为尚书之贰，有贰卿之称。贰，副职。封圻（qí齐）：同封疆，本谓居封疆之将帅，明清以来称总督、巡抚为封疆。

〔22〕军机处：见《小游仙词十五首》其一〔说明〕。

〔23〕出内命：根据皇帝的意图起草和发出命令。

〔24〕"京朝"二句：是说京中朝官由进士选拔者，按通例须经过考差。由此可知，考差为从进士中选拔朝官的一种考核。

〔25〕轺（yáo遥）车：一种轻便的车。衡：权衡，铨选。

〔26〕部：指吏、户、礼、兵、刑、工六部。院：指翰林院。

〔27〕主：主掌。

〔28〕自讼（sòng颂）：自责。

〔29〕自纠：自我督察、检举。

〔30〕选颖：选择毛笔。

〔31〕舐笔：即舔（tiàn天去声）笔，用毛笔蘸墨后斜着在砚台上理顺笔毛或除去多馀的墨汁。

〔32〕波磔（zhé折）：即捺（nà纳）。因右下捺笔如波，故称。

〔33〕架构:笔画的结构。

〔34〕私:家传而不公开。

此序作于道光十四年(1834),出《定盦续集》。吴昌绶《定盦先生年谱》于道光九年云:"会试中式第九十五名。……殿试三甲第十九名,赐同进士出身。四月二十八日朝考,奉旨以知县用,呈请仍归中书原班。先生廷试对策,大致祖王荆公《上仁宗皇帝书》。及朝考,钦命题《安边绥远疏》,时张格尔甫平,方议新疆善后,先生胪举时事,洒洒千馀言,直陈无隐,阅卷诸公皆大惊,卒以楷法不中程,不列优等。"这篇序文即有感于此事,揭露科举考试不讲真才实学,追求形式主义的弊端。此文讽意甚明,扶轮社本题下有注曰:"阅者知戒,言者无罪。"王文濡本于文末有眉批曰:"定公不善馆阁书(公文习用字体),以是不能入翰林,乃作《干禄新书》以刺执政。凡其女、其媳、其妾、其宠婢,悉令学馆阁书,曰:'我家妇人无一不可入翰林者。'"作者所著《干禄新书》不传,或本无其书,作者虚拟其名而撰此文以寄讽意。唐颜之孙有《干禄字书》一卷,《四库提要》云:"是书为章表书判而作,故曰干禄。其例以四声隶字,又以二百六部排比字之后先,每字分俗、通、正三体,颇为详核。"《干禄新书》即承袭此名。作者又有《述思古子议》,专讽八股文之弊,可与此互参。

说居庸关

居庸关者,古之谭守者之言也〔1〕。龚子曰:"疑若可守然〔2〕。"何以疑若可守然?曰:"出昌平州〔3〕,山东西远相望,俄然而相辏、相赴、以至相蹙〔4〕,居庸置其间,如因两山以为之门[5]，故曰疑若可守然。关凡四重，南口者下关也[6]，为之城，城南门至北门一里；出北门十五里，曰中关，又为之城，城南门至北门一里；出北门又十五里，曰上关，又为之城，城南门至北门一里；出北门又十五里，曰八达岭[7]，又为之城，城南门至北门一里。盖自南口之南门，至于八达岭之北门，凡四十八里[8]，关之首尾具制如是，故曰疑若可守然。下关最下，中关高倍之[9]，八达岭之俯南口也，如窥井形然[10]，故曰疑若可守然。"

自入南口，城甃有天竺字、蒙古字[11]。上关之北门，大书曰："居庸关，景泰二年修[12]。"八达岭之北门，大书曰："北门锁钥，景泰三年建。"自入南口，流水啮吾马蹄[13]，涉之玡然鸣[14]，弄之则忽涌忽洑而尽态[15]，迹之则至乎八达岭而穷[16]；八达岭者，古隰馀水之源也[17]。自入南口，木多文杏、频婆、棠梨[18]，皆怒华[19]。自入南口，或容十骑[20]，或容两骑，或容一骑。蒙古自北来[21]，鞭橐驼[22]，与余摩臂行[23]，时时橐驼冲余骑颠[24]。余亦挞蒙古帽[25]，堕于橐驼前，蒙古大笑。余乃私叹曰："若蒙古，古者建置居庸关之所以然，非以若耶[26]？余江左氏也，使余生赵宋世，目尚不得睹燕、赵，安得与反毳者相挞戏乎万山间[27]？生我圣清中外一家之世，岂不傲古人哉！"蒙古来者，是岁克西克腾、苏尼特[28]，皆入京，诣理藩院交马云[29]。自入南口，多雾，若小雨。过中关，见税亭焉，问其吏曰："今法网宽大，税有漏乎？"曰："大筐小筐，大偷橐驼小偷羊。"余叹曰:"信若是[30],是有间道矣[31]。"自入南口,四山之陂陀之隙[32],有护边墙数十处,问之民,皆言是明时修。微税吏言,吾固知有间道出没于此护边墙之间[33]。承平之世,漏税而已;设生昔之世,与凡守关以为险之世,有不大骇北兵自天而降者哉[34]!

降自八达岭[35],地遂平,又五里曰堡道[36]。

〔1〕"居庸"二句:是说居庸关一向是古代谈守卫者所常称道的。居庸关,在今北京昌平县境,距北京市区一百馀里。为长城的一个重要关口,古代北京西北的屏障。两旁高山耸立,中有长达四十里的溪谷,俗称关沟。其名取"徙居庸徒"之意,传说秦始皇修长城时将强征来的民夫士卒徙居于此。汉代沿称居庸关,三国时名西关,北齐时改纳款关,唐代有居庸关、蓟门关、军都关等名称,辽、金、元、明、清各代仍称居庸关。此处形势险要,为兵家必争之地。崇祯十七年(1644)李自成起义军即破居庸关经昌平入北京。山峦间花木葱郁,有居庸迭翠之称,为"燕京八景"之一。谭,同"谈"。

〔2〕龚子:作者自称。疑若:疑似,谓似是而非、真伪难分。

〔3〕昌平州:明正德元年(1506)升昌平县置为州,治所在今昌平,辖境相当今北京市昌平、密云、顺义、怀柔等县地。清因之。作者《说昌平州》一文说:"昌平州,京师之枕也。隶北路厅,北路厅隶分巡霸昌道,分巡霸昌道隶京尹。州在德胜门北八十里。"

〔4〕"山东"三句:是说两条山脉东西相隔远远相对,稍稍深入便互相集中、趋赴,以至于互相迫近。俄然,不一会儿。辏(còu 凑),车辐共聚车毂叫辏,引申为聚。蹙(cù 促),紧迫。

〔5〕"如因"句:是说如同凭借两山作为门。防关难以防山,如下文

所云山有"间道",故怀疑似可固守。

〔6〕南口:即关沟的南口。南口故城在今昌平县南口镇偏北京张公路靠山一侧,正当关沟的沟口。《说昌平州》云:"州(昌平)之北二十有五里(实居西偏北),曰南口。南口者,州之蔽也,居庸之基也,入延庆州界矣。"

〔7〕八达岭:在今北京延庆县,为长城的一个隘口。因为是关沟的北口,故旧称北口。其关城为东窄西宽的梯形,建于明弘治十八年(1505),嘉靖、万历年间曾修葺。关城有东西二门,东门额题"居庸外镇",刻于嘉靖十八年(1539);西门额题"北门锁钥",刻于万历十年(1582)。从"北门锁钥"城楼左右两侧,延伸出高低起伏、曲折连绵的万里长城。

〔8〕四十八里:旧校云:一本"八"作"九"。

〔9〕"中关"句:是说中关居庸比下关南口高出一倍。句下旧校云:一本此下有"上关高倍之"五字。

〔10〕"八达"二句:是说从八达岭俯视南口,如同从井口下视一样。意思是居高临下,处在易攻之势。旧校云:一本"然"作"如是"。

〔11〕城甃(zhòu昼):城墙。甃本为井壁。天竺(zhú竹)字:古印度文字。天竺,印度的古代译称。唐玄奘《大唐西域记·滥波国》:"详夫天竺之称,异议纠纷,旧云身毒,或贤豆,今从正音,宜云印度。"蒙古字:指西番僧八思巴所制之新字。《元史·释老传》:"元初施用文字,用汉楷及畏吾(维吾尔)字,世祖中统元年,命国师八思巴制蒙古新字,字仅千馀,其母凡四十有一,其相关纽而成字者,则有语韵之法,而大要则以谐声为宗也。"作者《蒙古字类表序》:"蒙古文字为国书(满文)之祖。"

〔12〕景泰:明代宗朱祁钰年号,公元1450年至1456年。

〔13〕啮(niè聂):咬。这里是浸湿之意。

〔14〕玜(cōng匆):玉声,这里形容水声。

〔15〕"弄之"句：是说戏弄它则忽而涌起波浪，忽而打起漩涡，极尽各种形态。洑(fú伏)，漩涡。

〔16〕"迹之"句：是说追溯其踪迹则至八达岭而穷尽。

〔17〕㵆(xí习)馀水：即湿馀水。《水经注》卷十四："湿馀水，出上谷居庸关东，东流过军都县南，又东流过蓟县北，又北屈东南至狐奴县西入于沽河。"

〔18〕频婆：苹果，参见《说翠微山》注〔11〕。棠梨：亦名白棠，甘棠、杜梨，俗称野梨。树似梨而小，春初开小白花，结实如小楝(liàn练)子大，可食。

〔19〕怒华：花开得很盛。

〔20〕"或容"句：是说有的路可并排行十匹马。骑，乘马。

〔21〕蒙古：指蒙古人。

〔22〕橐(tuó驼)驼：即骆驼。《史记·匈奴列传》："其奇畜则橐驼(驼)"。《索隐》："韦昭曰：背肉似橐，故云驼。"

〔23〕摩臂：臂擦臂，相挨甚近之意。

〔24〕颠：倒，坠。旧校云：一本"颠"作"堕"。

〔25〕挝(zhuā抓)：同"抓"。

〔26〕"若蒙"三句：是说古时之所以要建置居庸关用来防御，不正是因为这些蒙古人吗？若，指示代词，此，这个，这些。

〔27〕"余江"四句：是说我本江南人氏，假使我生在宋代，当时国土南偏，连燕、赵之地都不得窥见，又怎能与反穿毛皮衣服的北方游牧民族打闹戏嬉于此万山之间呢？江左，江南。燕，古国名，公元前十一世纪周分封的诸侯国，姬姓，始封之君为召公奭。辖有今河北北部、辽宁西端，建都蓟(今北京)。战国时成为七雄之一。赵，古国名，战国七雄之一，辖有今山西中部、陕西东北角、河北西南部。燕、赵在北宋时为辽国所占，南宋时金国所占。反毳(cuì脆)者，毛朝外反穿皮衣服的游牧民族。

毳,鸟兽的细毛。

〔28〕克西克腾:蒙古族部落,属昭乌达盟,在今内蒙古自治区克什克腾旗。苏尼特:蒙古族部落,属锡林郭勒盟,在今内蒙古自治区苏尼特左旗、苏尼特右旗。

〔29〕理藩院:清官署名,掌内外藩蒙古、回部及诸番部封授、朝觐、贡献、黜陟、徵发之政。设尚书一人,左右侍郎各一人,皆以满洲、蒙古人任之。

〔30〕信:果然。

〔31〕间道:僻径小道。

〔32〕陂陀(pō tuó 坡驼):地势起伏不平。

〔33〕"微税"二句:是说即使没有税吏之言,我本来也知道有小道出没于这些护墙之间。微,无。固,"故"之借字,本来。

〔34〕"承平"五句:是说当承平之世,仅仅是税漏而已;假如生于以往不安定之世,以及凡是把守关视作稳居险要之世,能有不大惊北兵自天而降的吗!慨叹居庸关无险可守,边防不严。

〔35〕"降自"句:是说北出八达岭下山而行。

〔36〕坌(bēn 奔)道:当作"岔道"。《读史方舆纪要》卷十七"延庆州":"岔道口:州南二十里。《志》云:自八达岭而北,地稍平,五里至岔道,有二路:一自怀来保安州历榆河、土木、鸡鸣三驿至宣府,为西路;一自延庆州永宁卫回海治,为北路。八达岭为居庸之喉吭,岔道又八达岭之藩篱也。"今北京市延庆县八达岭北门以西五里处之岔口村即其地。

这篇文章写于道光十六年(1836),出《定盦续集》。吴昌绶《定盦先生年谱》于道光十六年云:"友人王元凤以陈州知府获谴,戍军台,托弱小于先生所,先生乞假五日,送之居庸关,逾八达岭而返。时方修《蒙古图志》,属元凤为图所阙部落山形,以门禁严,不果。先生居京师久,尝东游至永平境,此行又北至宣化境,因作纪游合一卷(原注:已佚),犹恨未至卢龙关、独石口,尽窥东北两边形势也。"关于写作背景交代颇详。此文既是写居庸关地理形势的舆地之作,又是一篇描写生动、饶有情趣的游记,正如杨象济《汲庵诗存·读定盦先生集》诗所说:"舆图学可媲洪九(洪亮吉),默深(魏源)申耆(李兆洛)以逮君。新疆置省言谔谔(谓《新疆置行省议》),《说居庸》者《秋水》文(《庄子》有《秋水篇》,这里与洒脱、清新的庄子散文作比)。"既有学术价值,又有艺术价值。作者写此类散文,往往用地理家和文学家两副眼光同时观察,因而具有这样的鲜明特点,《说京师翠微山》亦是一例。

说京师翠微山

翠微山者,有籍于朝[1],有闻于朝,忽然慕小,感慨慕高[2],隐者之所居也。

山高可六七里[3],近京之山,此为高矣。不绝高,不敢绝高,以俯临京师也。不居正北,居西北,为伞盖,不为枕障也[4]。出阜城门三十五里,不敢远京师也。僧寺八九,架其上,构其半,胪其趾[5],不使人无攀跻之阶,无喘息之憩[6],不孤巉[7],近人情也。与香山静宜园[8],相络相互,不触不背,不以不列于三山为怼也[9]。与西山亦离亦合,不欲为主峰,又耻附西山也。草木有江东之玉兰[10],有苹婆[11],有巨松柏,杂华靡靡芬腴[12],石皆黝润[13],亦有文采也。名之曰翠微,亦典雅,亦谐于俗,不以僻俭名其平生也[14]。

最高处曰宝珠洞[15],山趾曰三山庵[16],三山何有?有三巨石离立也。山之蓥有泉^[17],曰龙泉,澄澄然渟其间^[18],其甃之也中矩^[19]。泉之上有四松焉,松之皮白^[20],皆百尺。松之下,泉之上,为僧庐焉,名之曰龙泉寺^[21]。名与京师宣武城南之寺同,不避同也。寺有藏经一分,礼经以礼文佛^[22],不则野矣。寺外有石刻者,其言清和,康熙朝文士之言也。寺八九,何以特言龙泉?龙泉迟焉^[23],馀皆显露,无龙泉,则不得为隐矣。余极不忘龙泉也。不忘龙泉,尤不忘松。昔者余游苏州之邓尉山^[24],有四松焉^[25],形偃神飞,白昼若雷雨,四松之蔽可千亩。平生至是,见八松矣。邓尉之松放,翠微之松肃;邓尉之松古之逸^[26],翠微之松古之直^[27];邓尉之松,殆不知天地为何物,翠微之松,天地间不可无是松者也。

〔1〕有籍:有名。籍,名录。朝:朝廷。

〔2〕"忽然"二句:前句写其态度谦逊,后句写其志向高远。慕高,曹操《短歌行》:"山不厌高,水不厌深。"

〔3〕可:大约。

〔4〕"为伞"二句:以出行仪仗伞盖和障扇的位置,比喻不敢居正北正位,而居西北侧位。据唐阎立本《步辇图》,皇帝(唐太宗)乘步辇(人抬之舆),两扇手于后两侧各举一障扇,扇面相交于皇帝头后正上方;举伞盖者则居较远的右后方。伞盖,即伞,遮蔽用的仪仗。由銮仪卫右所擎盖司经管,有黄九龙曲柄伞、黄九龙伞等多种。"行驾仪仗"用黄绫销金九龙伞十把。详见《清会典·銮仪卫》。枕障,背后上方的障扇。枕指头项后部着枕处,以指方位。宋程大昌《演繁露》卷五:"今人呼乘舆所用扇为掌扇,殊无义,盖障扇之讹也。江夏王义恭为宋孝武所忌,奏革

诸侯制度,障扇不得用雉尾是也。凡扇言障,取障蔽为义。以扇自障,通上下无害,但用雉尾饰之,即乘舆制度耳。"障扇由銮仪卫前所扇手司经管,有黄绣双龙面销金团龙背扇、黄绣单龙面销金团龙背扇等多种。"行驾仪仗"用黄缎销金双龙面背扇十把。详见《清会典·銮仪卫》。

〔5〕"僧寺"四句:是说有八九座佛寺,有的建在山顶,有的筑在山腰,有的坐落在山脚下。僧寺八九,按,分布在翠微、平坡、卢师三山中间,实有长安寺(在翠微山西南隅平地,旧称翠微寺)、灵光寺(在翠微山东麓)、三山庵(在三山之间)、大悲寺(在平坡山半山腰,旧称隐寂寺)、龙王堂(在平坡山大悲寺西北,又名龙泉庵)、香界寺(在平坡山龙王堂西北,旧称平坡寺)、宝珠洞(在平坡山山顶)、证果寺(在卢师山上)等八座寺庙。架、构,皆建筑之意。胪,陈列。趾,基趾。

〔6〕"不使"二句:承"僧寺"而言,是说山脚、山腰、山顶皆有僧寺,不使人无攀登之凭借及休息之场所。跻(jī 积),登。阶,渐进之凭借。憩(qì 气),休息。这里指休息之处。

〔7〕孤巉(chán 馋):孤立高峻的样子。

〔8〕香山:在北京西北距城四十馀里处,为西郊西山山岭之一。景色清幽,元、明、清帝王多于此建造离宫。静宜园:清乾隆十年(1745)于香山兴建亭台楼阁,共成二十八景,如勤政殿、翠微亭、栖云楼、香山寺、森玉笏等,并加筑围墙,名静宜园。

〔9〕三山:盖另有所指,非谓翠微、平坡、卢师二山,香山当在其内。怼(duì 对):怨恨。

〔10〕江东:长江下游地区,江浙一带。玉兰:落叶乔木,叶子倒卵形,花大,多为白色或紫色,有馥郁香气,花瓣长倒卵形,为名贵的观赏花木。

〔11〕苹婆:亦作频婆,苹果之异名,《本草纲目》:"柰,梵言频婆。"《学圃馀疏》谓频婆即苹果。

〔12〕杂华:杂花。靡靡:繁盛。芬腴:芬芳浓郁。

〔13〕黝(yǒu)润:乌黑而有光泽。

〔14〕僻:生僻。俭:省约,指过分质朴。

〔15〕宝珠洞:在平坡山顶,故云最高处,详见注〔5〕。

〔16〕三山庵:在翠微、平坡、卢师三山中间平原,故云山趾,详见注〔5〕。

〔17〕盩(zhōu周):山曲处曰盩。

〔18〕渟(tíng亭):水停滞。

〔19〕甃(zhòu昼):用砖砌井、池之壁叫甃。中矩:指成方形。矩,直角。

〔20〕松之皮白:指白皮松,乔木,高十馀丈,树干挺直,树皮附着暗褐色之薄鳞片,常剥落,老则鳞片变为白色。

〔21〕龙泉寺:即龙泉庵,又名龙王堂,在平坡山半山腰。

〔22〕文佛:指佛教文殊师利菩萨,参见《能令公少年行》注〔37〕。佛经中有《文殊师利法宝藏陀罗尼经》。

〔23〕迡(qǐ起):弯曲而行。

〔24〕邓尉山:在今苏州市西南吴县光福,相传因纪念东汉太尉邓禹而得名,盛产梅树。

〔25〕四松:当为四柏。邓尉山司徒庙(邓禹官至司徒,其庙因而名此)内庭院有古柏四株,传为邓禹手植,曾遭雷击,形态奇特,被命名为"清"、"奇"、"古"、"怪"。宣统《吴县志》(稿本):"司徒庙古柏不知纪年……最著者为清、奇、古、怪四株。"

〔26〕逸:傲世隐逸之人。

〔27〕直:耿直之人。

这是一篇写景寓意之作,写作时间不详,出《定盦续集》。姑且次

《说居庸关》之后。文中处处写翠微山之山势、景物,又时时比喻人物性情志趣。读来不仅感到翠微山色历历在目,还仿佛看到一个不卑不亢的耿介之士站立面前。作者用自己的眼睛观察翠微山,把自己的情意融入景物描写之中,这人格化了的翠微山,实际上是作者的自我写照。翠微山,嘉庆《一统志》:"平坡山一名翠微山。"沈榜《宛署杂记》:"平坡山,山脉发迹香山,折而东,忽开两腋,中有平地,故名平坡。登之则极目平原,百里草树在目。"按西山支脉东麓有翠微山、平坡山、卢师山。分布在这三山间有八座寺庙,因称西山八大处。据下文"僧寺八九"及具体处所,此翠微山当为翠微、平坡、卢师三山的统称。三山峰峦耸翠,山势蜿蜒,翠微山在西,平坡山在北,卢师山在东,南为敞开的平原。作者《己亥杂诗》其九写"别翠微山",前两句云:"翠微山在潭柘(按,山名)侧,此山有情惨难别。"《定盦续集》题下有注云:"说山水诸作源出《山海经》、《水经注》,其朴雅更乃胜柳州(柳宗元)。"

送钦差大臣侯官林公序

钦差大臣兵部尚书都察院右都御史林公既陛[1],礼部主事仁和龚自珍则献三种决定义[2],三种旁义,三种答难义,一种归墟义[3]。

中国自禹、箕子以来[4],食货并重[5]。自明初开矿,四百馀载,未尝增银一厘[6]。今银尽明初银也,地中实,地上虚[7];假使不漏于海[8],人事火患,岁岁约耗银三四千两,况漏于海如此乎?此决定义,更无疑义[9]。汉世五行家,以食妖、服妖占天下之变[10]。鸦片烟则食妖也,其人病魂魄,逆昼夜[11]，其食者宜缳首诛[12]！贩者、造者宜刎脰诛[13]！兵丁食宜刎脰诛！此决定义，更无疑义[14]。诛之不可胜诛，不可绝其源。绝其源，则夷不逞[15]，奸民不逞[16]；有二不逞，无武力何以胜也？公驻澳门[17]，距广州城远，夷勍也[18]；公以文臣孤入夷勍，其可乎？此行宜以重兵自随，此正皇上颁关防使节制水师意也[19]。此决定义，更无疑义[20]。

食妖宜绝矣，宜并杜绝呢羽毛之至[21]，杜之则蚕桑之利重，木棉之利重[22]。蚕桑、木棉之利重，则中国实。又凡钟表、玻璃、燕窝之属[23]，悦上都之少年[24]，而夺其所重者[25]，皆至不急之物也，宜皆杜之。此一旁义。宜勒限使夷人徙澳门，不许留一夷。留夷馆一所，为互市之栖止[26]。此又一旁义。火器宜讲求[27]。京师火器营，乾隆中攻金川用之[28]，不知施于海便否？广州有巧工能造火器否？胡宗宪《图编》[29]，有可约略仿用者否？宜下群吏议。如带广州兵赴澳门，多带巧匠，以便修整军器。此又一旁义。

于是有儒生送难者曰[30]："中国食急于货。"袭汉臣刘陶旧议论以相觝[31]。固也，似也[32]，抑我岂护惜货[33]，而置食于不理也哉？此议施之于开矿之朝，谓之切病[34]；施之于禁银出海之朝，谓之不切病。食固第一，货即第二，禹、箕子言如此矣。此一答难。于是有关吏送难者曰："不用呢羽、钟表、燕窝、玻璃，税将绌[35]。"夫中国与夷人互市，大利在利其米，此外皆末也[36]。宜正告之曰："行将关税定额陆续请减[37],未必不蒙恩允,国家断断不恃榷关所入[38],矧所损细、所益大[39]?"此又一答难。乃有迂诞书生送难者[40],则不过曰"为宽大"而已,曰"必毋用兵"而已[41]。告之曰:"刑乱邦用重典,周公公训也[42]。至于用兵,不比陆路之用兵,此驱之,非剿之也;此守海口,防我境,不许其入,非与彼战于海、战于艅艎也[43]。伏波将军则近水,非楼船将军,非横海将军也[44]。况陆路可追,此无可追,取不逞夷人及奸民,就地正典刑[45],非有大兵陈之原野之事,岂古人于陆路开边衅之比也哉[46]?"此又一答难。以上三难,送难者皆天下黠猾游说,而貌为老成迂拙者也[47]。粤省僚吏中有之,幕客中有之,游客中有之[48],商估中有之,恐绅士中未必无之,宜杀一儆百。公此行此心,为若辈所动,游移万一[49],此千载之一时[50],事机一跌[51],不敢言之矣!不敢言之矣!古奉使之诗曰:"忧心悄悄,仆夫况瘁[52]。""悄悄"者何也?虑尝试也[53],虑窥伺也,虑泄言也。仆夫左右亲近之人,皆大敌也[54];仆夫且忧形于色,而有况瘁之容,无飞扬之意[55],则善于奉使之至也[56]。阁下其绎此诗[57]!

何为一归墟义也?曰:我与公约,期公以两期期年[58],使中国十八行省银价平,物力实,人心定,而后归报我皇上。《书》曰:"若射之有志[59]。"我之言,公之鹄矣[60]。

〔1〕兵部尚书:兵部长官。这是林则徐被任命为钦差大臣后加领的官衔。兵部为清朝中央行政机构六部之一,主管全国军事。都察院:

清朝最高的监察、弹劾机关,长官为左都御使,副职有左、右副都御史。这里的右都御史,即右副都御史,为总督和巡抚的加衔。当时林则徐正任湖广总督。陛:朝见。旧校:一本"陛"下有"辞"字。

〔2〕礼部主事:指作者当时所任礼部主客司主事。礼部为清朝中央行政机构六部之一,主管典章制度、祭祀、学校、科举、接待四方宾客等事。主事,六部中各司属官,位次员外郎。

〔3〕归墟义:归结性的意见。归墟,语出《列子·汤问》:"渤海之东,不知几亿万里,有大壑焉,实为无底之谷,其下无底,名曰归墟。"谓海水所归的海底深处,后引申为事物的归宿之处。

〔4〕箕子:商纣的诸父,名胥馀,为太师,国于箕,因称箕子。纣无道,箕子谏不听,于是披发佯狂为奴,后归依周武王。

〔5〕食货并重:食指粮食及其生产,货指财物及其流通。《汉书·食货志》:"《洪范》八政:一曰食,二曰货。食谓农殖嘉谷可食之物,货谓布帛可衣及金刀龟贝所以分财布利通有无者也。"按《尚书·禹贡》记禹平治水土,划分九州,因地制宜,发展农业及土特产、矿产,各地根据出产交纳贡赋,并互通有无。《尚书·洪范》记周武王访商遗贤箕子,问以上天安民常道得以依次而行之由。箕子回答说,上天不赐给鲧"洪范九畴"(大法九类),这是鲧时常道败坏的原因;上天赐予禹"洪范九畴",这是禹时常道得以依次而行的原因。九畴中,三为"八政"。八政中,一曰食,二曰货。故云自禹、箕以来,食货并重。

〔6〕"自明"三句:是说自明以来,不断开采银矿,已有四百馀年,但国内流通的白银未增分厘,意思是皆已外流。

〔7〕"今银"三句:是说今天的白银数与明初相同,地下蕴藏丰富,但地上使用的却很空虚。

〔8〕漏于海:通过海上贸易外流。这里主要指鸦片贸易。

〔9〕"此决"二句:此为第一种决定义,意思是要食货并重,控制海

上贸易,防止白银外流。

〔10〕汉世五行家:《汉书·五行志》:"汉兴,承秦灭学之后。景、武之世,董仲舒治《公羊春秋》,始推阴阳,为儒者宗。宣、元之后,刘向治《谷梁春秋》,数其祸福,传以《洪范》,与仲舒错(互相不同)。"五行为洪范九畴之首,《尚书·洪范》:"一、五行:一曰水,二曰火,三曰木,四曰金,五曰土。"古人用五行相生相克(木生火,火生土,土生金,金生水,水生木;金克木,木克土,土克水,水克火,火克金),循环往复的学说解释天地万物的生成及自然现象的变化。阴阳五行家进而附会人事,推测吉凶祸福。食妖:饮食之怪异者。服妖:服装之怪异者。《汉书·五行传》:"时则有服妖","风俗狂慢,变节易度,则为剽轻奇怪之服,故有服妖"。食妖未见其语。占天下之变:推验天下的变故。《汉书·五行传》:"妖由人兴也。人亡(无)衅焉,妖不自作;人弃常,故有妖。"按作者本是反对迷信五行说的,在《乙丙之际塾议一》中称汉代五行说为妖言。又作《非〈五行传〉》,认为"凡五行为灾异,五行未尝失其性也",反对阴阳五行家"天人感应"的迷信说教。这里只是字面上的借用。

〔11〕逆昼夜:颠倒昼夜。指鸦片吸食者昼夜生活习惯反常。

〔12〕缳(huán环)首诛:处绞刑。

〔13〕刎脰(dòu豆)诛:砍头。脰,颈。亦假借为"头"。

〔14〕"此决"二句:此为第二种决定义,即严惩吸者、造者、贩者,士兵吸者罪加一等。

〔15〕夷:本为我国古代东方的部落名,后用为对国内少数民族及外国的通称。这里指贩鸦片的洋商。不逞:不快。引申为心怀不满,为非犯法。

〔16〕奸民:指私贩鸦片的奸商。

〔17〕公:指林则徐。驻澳门:按后来林则徐实驻广州,仅到澳门巡视过。澳门,在广东珠江口西侧,原属香山县(今珠海)。明嘉靖三十二

年(1553)葡萄牙殖民者借口强行租占。澳门是鸦片贸易的重要集散地。鸦片战争后不断扩大范围,清光绪十三年(1887)被葡殖民者完全侵占。

〔18〕夷勒:清政府限定外国人居住的地方。勒,字书未见,当同筚(bì 毕),藩篱。

〔19〕关防:一种临时性质的特别官员的印信,铜制。节制水师:调动海军。

〔20〕"此决"二句:此为第三种决定义,即严惩鸦片吸食、贩卖、制造者,绝其海上货源,并备重兵,以武力防其对抗。按作者对殖民者的侵略本质,素有认识和警惕。道光三年(1823)正月所作《阮尚书年谱第一序》说:"粤东互市,有大西洋。近惟英夷,实乃巨诈,拒之则叩关,狎之则蠹国"。称许阮元"备戒不虞,绸缪未雨,深忧秘计,世不尽闻"。

〔21〕呢:呢绒。羽毛:羽毛织物,如羽纱、羽缎等,出荷兰等国,后来名实已不相符。

〔22〕木棉:常绿乔木,产热带。种子生长毛,色白质软,可作棉絮,亦可纺织,但不及草棉质优。

〔23〕燕窝:金丝燕之巢,筑于峭壁上,状如海绵或珊瑚,附著而生。其灰白色细条,浸水则柔软胀大,为高级滋养品。系燕吞食海藻,经消化后吐出的胶质。

〔24〕上都:京都。少年:指贵族子弟。

〔25〕所重者:指白银。

〔26〕互市之栖止:进行贸易临时居住的地方。

〔27〕火器:用火药点放的武器,如火枪、火炮。

〔28〕攻金川:金川为土司名,分大金川、小金川,约当今四川大金川、小金川地区。康熙五年(1666),授嘉纳巴演化禅师印。其庶孙莎罗奔以土舍将兵从岳钟琪作战有功,雍正元年(1723)为金川安抚司。莎

罗奔自号大金川,而以旧土司泽旺为小金川。乾隆十二年三月,莎罗奔犯边,遣张广泗攻之,金川事起。次年又命讷亲攻之。十二月,因金川事贻误,张广泗、讷亲被杀。派傅恒攻之。十四年正月,因劳费过大,正欲结束战事,适逢金川请降。前后历时三年,三易其将。

〔29〕胡宗宪:明朝兵部右侍郎,嘉靖年间,多次平定倭寇对沿海的侵扰。《图编》:即其所著《筹海图编》,凡十三卷,载南北沿海要冲,日本入贡、入寇始末,及战守经略等。

〔30〕送难:提出责问驳难。旧校云:"一本'送'作'逆。'"下文两"送"字同。

〔31〕"袭汉"句:是说儒生提出的责难承袭汉臣刘陶老一套议论来反对禁烟和抵制鸦片贸易。刘陶,东汉人,字子奇,一名伟,颍川颍阴人,曾任京兆尹、谏议大夫。《后汉书·刘陶传》载:桓帝时有人上书说:"人以货轻钱薄,故致贫困,宜改铸大钱。"陶上议反对说:"盖以为当今之忧,不在于货,在乎民饥。夫生养之道,先食后民。……盖民可百年无货,不可一朝有饥,故食为至急也。"觝(dǐ 抵),同"牴",牴触,这里是反对之意。

〔32〕固也,似也:承上述反对言论而言,是说固然成立,似乎有理。实谓似是而非。

〔33〕抑:连词,表示转折,可是,但是。

〔34〕"此议"二句:是说食急于货之议,用到大肆开矿铸钱之朝,称得上切中弊病。

〔35〕绌(chù 触):不足,减少。

〔36〕"夫中"三句:是作者论断之语,指出对外贸易,利在进口米,其他皆为不急之末物。旨在说明末物税绌无关紧要。下面反驳的话,进一步指出关税本身不足为恃,权衡损益,关键在于是否有利于进口急需之物。

〔37〕"行将"句：据上文，此句所言请求减税的目的，在于有利于进口大米。

〔38〕榷(què确)关：专卖业的关税。

〔39〕矧(shěn审)：何况。所损细：损失小，指减税。所益大：收益大，指有利于进口急需之物。

〔40〕迂诞：迂腐虚妄。

〔41〕"则不"二句：为书生不切实际的空谈仁义道德的说教，意思是禁绝鸦片，对吸者、贩者、以及进行鸦片贸易的殖民者要宽大为怀，不要动用武力。

〔42〕"刑乱"二句：是说整治乱国要用重法，这是周公的遗训。第一句语出《周礼·秋官·大司寇》："刑乱国用重典。"周公，名旦，周武王之弟。武王死时，成王幼，周公摄政。管、蔡、霍三叔挟殷裔武庚作乱，周公东征，杀武庚，诛三叔，灭国五十，安定东南，归而改定官制，创制礼法。旧说认为《周礼》所载，即周公所制官制礼法，故此称"周公公训"，实不确。

〔43〕艅艎(yú huáng余皇)：舟名，字本作"馀皇"，语出《左传》昭公十七年："楚大败吴师，获得乘舟馀皇。"后多用以称战船。

〔44〕"伏波"三句：伏波、楼船、横海皆汉代水军将军名号。《汉书·武帝纪》：元鼎五年(前112)"夏四月，南越王吕嘉反……遣伏波将军路德博出桂阳，下湟水；楼船将军杨仆，出豫章，下浈水"。六年"秋，东越王馀善反，攻杀汉将吏，遣横海将军韩说、中尉王温舒出会稽，楼船将军杨仆出豫章，击之"。三将军名号本无出征远近之分，这里以伏波将军为近海作战，以楼船、横海为出海远征，是说对付洋人只不过近海防御而已，并非出海远征。

〔45〕正典刑：正法，对犯死罪者依法处之。

〔46〕开边衅：发起边境战争。

〔47〕"送难"二句：是说提出责难的人都是天下最狡猾机诈、善于游说而貌似老成迂板朴拙之人。

〔48〕僚吏：官吏。幕客：政、军各官署办理文书及一切助理人员的通称。游客：游事官署没有正式职务的清客、谋士。

〔49〕"公此"三句：是说您此行之任务、此次之意图，如被那些人动摇，哪怕有一点点犹豫。若辈，那些人。游移，犹豫不定。

〔50〕千载之一时：千载难逢的关键时刻。

〔51〕一跌：一有差失。

〔52〕"忧心"二句：出自《诗经·小雅·出车》，此诗又有"王命南仲，往城于方。出车彭彭，旂旐央央。天子命我，城彼朔方。赫赫南仲，玁狁于襄"句，写南仲受命往朔方，筑城设防，以御玁狁事，故前云"奉使之诗"。悄悄，忧虑的样子。况，甚。瘁，憔悴。

〔53〕虑尝试：顾虑敌人有所试探。

〔54〕"仆夫"二句：是说《出车》所写，连仆夫及左右亲近之人，皆不轻敌，小心警惕，严肃从事。大敌，以敌为大，即重视敌人。

〔55〕飞扬：高傲，犹云趾高气扬。

〔56〕"则善"句：紧承上文，是说连手下左右之人都如此兢兢业业、谨慎从事，则可谓善于奉命出使的极好典范。

〔57〕阁下：书函中对人的尊称。绎（yì译）：分析头绪，引申为寻思。按，林则徐复札中说："执事所解诗人悄悄之义，谓彼中游说多，恐为多口所动，弟则虑多口之不在彼也，如履如临，曷能已已！"由于林则徐身历其境，感受更深一层，他指出受阻、受诬的主要危险不在那些当地官吏、幕客、商估、绅士之中，言外之意，在朝廷投降派之中，那些人上面有根子，故如履薄冰，如临深渊，更加忧惧不已。

〔58〕两期：两整年。期（jī基）年：周年。

〔59〕若射之有志：引自《尚书·盘庚上》。志，射准目标的意向，即

目的。

〔60〕鹄(gǔ古):箭靶子。

这篇文章写于道光十八年十一月(1839年1月),正当林则徐离北京(据《林则徐日记》,其离京时间是道光十八年十一月二十三日)赴广州禁鸦片烟的前夕。出《定盦文集补编》。

十九世纪二三十年代,以英国为主的资本主义国家对我国进行的罪恶鸦片贸易,已十分猖獗。这不仅使中国白银大量外流,造成经济危机,而且使鸦片流毒全国,严重地危害着全民族的身心健康和道德风气。正如马克思所说:"非法的鸦片贸易年年靠摧残人命和败坏道德来充实英国国库。"(《英人在华的残暴行动》,《马克思恩格斯选集》第2卷,第14页)广大中国人民坚决主张抵抗侵略,禁绝鸦片。而在统治阶级内部,却形成尖锐对立的两派。一派以首席军机大臣穆彰阿为首,反对禁烟,破坏禁烟斗争。他们置民族危亡于不顾,代表着吸毒、贩毒、在鸦片贸易中受贿肥私的大官僚、大地主的利益,成为殖民者的帮凶和走狗。另一派以林则徐为首,其他如龚自珍、魏源、黄爵滋等,主张严禁鸦片,抵御侵略。他们官职高低不同,但都是具有革新思想的地主阶级开明知识分子。他们坚决维护民族和国家的利益,是伟大的爱国者。林则徐清醒看到鸦片贸易的危害,在给道光皇帝的奏折中指出:"若犹泄泄视之,是使数十年后,中原几无可以御敌之兵,且无可以充饷之银。"当时他做湖广总督,在两湖辖区内认真禁烟,卓有成效。道光皇帝原先对禁烟态度不坚决,当看到鸦片贸易危及自身的统治时,在全国正义呼声的压力下,才采纳林则徐等人的主张,并以林则徐为钦差大臣,赴广东禁烟。但以后又反复无常。

论职位,龚自珍与林则徐相差悬殊,但他们在思想上是同志,是挚友。在这篇文章中,他精思熟虑,为友人出谋献策,表现出远见卓识;千叮万嘱,为友人料答责难,表现出深情厚意。更感人的是他忧国忧民的一片赤诚,惩奸诛恶的坚强决心,抵御侵略的爱国热忱。高言吐自肺腑,至情发于胸怀,理直情真,扣人心弦。林则徐对此文评价极高,他在复札中说:"惠赠鸿文,不及报谢。出都后,于舆中绁绎大作,责难陈义之高,非谋识宏远者不能言,而非关注深切者不肯言也。窃谓旁义之第三,与答难意之第三,均可入决定义。……归墟一义,足坚我心,虽不才,曷敢不勉?"并非溢美之词。复札又说:"至阁下有南游之意,弟非敢沮止旌旆之南,而事实有难言者",可见龚自珍尚有南游协助之意,并不限于道义上的鼓励与支持;而林则徐则深知环境险恶、事情棘手,恐友人同遭荼毒,婉言阻止,决心一人独当。互相体谅关怀之情,感人至深。

林则徐(1785—1850),字少穆,福建侯官(今福州市)人。嘉庆进士。曾与龚自珍、黄爵滋、魏源等人提倡经世之学。历任东河河道总督、江苏巡抚、湖广总督、两广总督。1840年6月英国发动鸦片战争,他受投降派诬害,被革职,充军新疆伊犁。后起用为陕西巡抚,擢云贵总督。在广东禁烟时,主持编译《四州志》,为研究外国之作,他是十九世纪四十年代中国封建社会开始崩溃之际睁眼看世界的先驱人物。著有《林文忠公政事》、《云左山房文钞》、《云左山房诗钞》等。序,指赠序,文体名,古代送别赠言的文章。

杭大宗逸事状

一、乾隆癸未岁[1],杭州杭大宗以翰林保举御史[2],例试保和殿[3],大宗下笔为五千言。其一条云:"我朝一统久矣,朝廷用人,宜泯满汉之见。"是日旨交刑部,部议拟死[4]。

上博询廷臣[5],侍郎观保奏曰[6]:"是狂生,当其为诸生时[7],放言高论久矣。"上意解[8],赦归里。

一、大宗原疏留禁中[9],当月不发抄[10],又不自存集中,今世无见者。越七十年,大宗外孙之孙丁大,抱大宗手墨三十馀纸,鬻于京师市,有茧纸淡墨一纸半[11],乃此疏也。大略引孟轲、齐宣王问答语[12],用己意反复说之。此稿流落琉璃厂肆间[13]。

一、乙酉岁,纯皇帝南巡[14],大宗迎驾。召见,问:"汝何以为活?"对曰:"臣世骏开旧货摊。"上曰:"何谓开旧货摊?"对曰:"买破铜烂铁,陈于地卖之。"上大笑,手书"买卖破铜烂铁"六大字赐之。

一、癸巳岁,纯皇帝南巡[15],大宗迎驾。名上,上顾左右曰:"杭世骏尚未死么?"大宗返舍,是夕卒。

一、大宗自丙戌迄庚寅[16],主讲扬州安定书院,课诸生肄"四通"[17]:杜氏《通典》、马氏《文献通考》、郑氏《通志》[18],世称"三通";大宗加司马光《通鉴》云[19]。

一、大宗著《道古堂集》,海内学士见之矣,世无知其善画者。龚自珍得其墨画十五叶,雍正乙卯岁,自杭州如福州纪程之所为也[20]。叶系以诗,或纪程,纪月日琐语。语汗漫而瑰丽[21],画萧寥而粗辣[22],诗平淡而屈强[23]。同里后学龚自珍谨状。

同里张熷南漪、王曾祥麐徵[24],皆为杭大宗状,此第三状,详略互有出入。自记。

〔1〕乾隆癸未岁:按史载此事在乾隆八年癸亥(1743)。又汪曾唯于此逸事状后加按曰:"道古堂《归耕集》有《甲子书怀》诗,是乾隆九年先生已旋里矣。陈言获罪当在前一岁之癸亥,非癸未也。"

〔2〕翰林:指杭氏所任翰林院编修。御史:明清监察机构都察院(明洪武十五年改御史台为都察院)系统的官统称御史。明以左右都御史、左右副都御史、左右佥都御史为都察院之长贰,下依当时省区(布政司),设十三道监察御史(明末定为十五道)。清初沿明制,至乾隆十三年裁佥都御史,而右都御史和右副都御史又分别成为总督、巡抚的兼衔,在中央的只有左都御史、副左都御史,下设二十二道监察御史。据杭氏原官品级,这里当指监察御史。

〔3〕保和殿:清宫三大殿之一,在太和殿后。

〔4〕"是日"二句:是说当日下旨交刑部处理,刑部议决,准备处以死罪。

〔5〕上:指乾隆皇帝清高宗弘历。

〔6〕侍郎:六部属官,与尚书同为各部的堂官。此当指礼部侍郎。观保:满洲正白旗人,姓索绰络氏,字伯客,号补亭。乾隆进士,官至礼部尚书,降职左都御史。以文章得知遇,常主持贡举之事。有《补亭诗稿》。

〔7〕诸生:明清时经省各级考试录取府、州、县学者,称生员。生员有增生、附生、廪生、例生等名目,统称诸生。

〔8〕"上意解"二句:是说乾隆皇帝关于杭氏存心反满之疑解除,赦免其罪,放还故里。意,疑。按,疑暂解而恨未消,真刀敛而软刀施,此后念念不忘,屡屡加害。这是作者笔下之隐,当细加体味。洪亮吉《书杭检讨遗事》载此事云:"乾隆中叶,上思得直言及通达治体者,特设阳城马周科,试翰林等官。先生预焉,日未中已得数千言,语过戆直,末又言满洲人督抚者多,触纯皇帝怒,抵其卷于地者再,已,复取视之。时先生试

毕,意得甚,方趋同官寓邸食,忽内传片纸出,言罪且不测。同官恐,促先生急归。先生笑曰:'即罪当伏法,有都市在,必不污君一片地也,何恐?'寻得旨放归。"李富孙《鹤徵后录》云:"应诏奏陈四事,下吏议,落职。然高宗皇帝仍纳其言,天下督抚汉人参半,于四条中已行其一。"按应澧撰《墓志铭》说与此同,均于乾隆皇帝加美化之词。

〔9〕禁中:皇宫中。

〔10〕发抄:泄外传抄。

〔11〕茧纸:用蚕茧所造之纸。

〔12〕孟轲齐宣王问答语:见《孟子·梁惠王》,其内容多是关于"仁政""王道"的议论。其中《梁惠王》下第七章专论用人,孟子认为:"国君进贤,如不得已,将使卑踰尊,疏踰戚,可不慎与?"他主张对于人材的进用、贬退乃至杀戮,皆不可偏听左右近臣及贵族之言,必须广泛听取国人的意见,然后经过考察,加以决定。

〔13〕琉璃厂:又称琉璃厂甸,在北京南城,历来为繁华的商业区,书肆尤集中于此。

〔14〕乙酉:乾隆三十年(1765)。纯皇帝:即乾隆皇帝,"纯"为谥号。南巡:巡视江浙。此则所写杭氏答语,近于戏谑,既表现了性格的不屈,又流露出遭遇的辛酸;而乾隆皇帝旨在奚落的大笑和赐字,则暴露了他的残忍。又曾涤原《湛兰书屋杂记》载此年事云:"乾隆三十年乙酉,皇上四举南巡。在籍文员迎圣驾于湖上。上顾杭世骏而问曰:'汝性情改么?'世骏对曰:'臣老矣,不能改也。'上曰:'何以老而不死?'对曰:'臣尚要歌咏太平。'上哂之。"情节有异,而所记杭氏之倔强,乾隆皇帝之专横则同。此两事当分属两次南巡迎驾,必有一事纪年有误。

〔15〕癸巳岁:乾隆三十八年(1773)。汪曾唯曰:"又按先生卒于乾隆三十七年,是癸巳之前一岁。且高庙南巡六次,辛未(乾隆十六年)、丁丑(二十二年)、壬午(二十七年)、乙酉(三十年)、庚子(四十五年)、

甲辰(四十九年),并无癸巳之年。其曰'大宗返舍,是夕卒',当是传述之误。再以曾伯祖涤源公《杂记》所载一则参之,则赐'买卖破铜烂铁'六大字疑亦在乙酉以前也。"所说赐字事疑在乙酉以前,很有见解,然谓此则逸事是《湛兰书屋杂记》所记乙酉年一条的传闻异辞,则尚值得商榷。按应澧撰《墓志铭》云:乾隆皇帝六次南巡,杭氏"三次迎銮,未邀恩顾",则此事当另有所据,未必与乙酉事相关,只是时间、细节有误而已,正如第一则有其事而误记其时一样。而且人们一定要把杭氏之死与乾隆皇帝的迫害联系起来,也并非完全事出无因,龚自珍对此照录无疑,也正反映了他的爱憎褒贬倾向。

〔16〕丙戌:乾隆三十一年(1766)。庚寅:乾隆三十五年(1770)。

〔17〕肄:修习。

〔18〕杜氏:唐代杜佑。马氏:元代马端临。郑氏:宋代郑樵。"三通"性质一样,皆为历史典制等的考据类编。

〔19〕《通鉴》:即《资治通鉴》,宋司马光奉诏撰,为编年史,上起战国,下迄五代。胡三省《新注资治通鉴序》云:"温公(司马光)之意,专取关国家盛衰,系生民休戚,善可为法,恶可为戒者以为是书。"按,司马光著书之意,也正是杭氏授书之意。龚自珍写此则,旨在表现杭氏的经世思想。

〔20〕"雍正乙卯岁"二句:指受聘为福建同考官时自杭州往福州纪程所作。雍正乙卯岁,雍正十三年(1735)。

〔21〕汗漫:汪洋而无拘束。

〔22〕萧寥:犹萧条,这里形容意境清深寂静。

〔23〕屈强:同"倔强"。

〔24〕张增:仁和(今杭州)人,字曦亭,号南漪,乾隆举人,举经学,有《南漪遗集》。王曾祥:仁和人,字麐徵,康熙末诸生,有《静便斋集》。龚自珍举此二人所撰之状,以示己状有佐证。

这篇行状旧未编年，当作于道光十九年（1839）辞官归杭州之后，旨在引杭大宗以自况。杭大宗性爽语直，多触时忌，是一个遭受乾隆皇帝摧残迫害的正直的知识分子。当世关于他的传记逸事为数不少，但其中凡事涉乾隆皇帝处，或畏而回避，或谀而掩饰，如实直书者少。龚自珍此状则备书详载，巧妙地运用春秋笔法，寓褒贬于记事，鲜明地刻画了一个耿介之士的形象，深刻地揭露了以乾隆皇帝为代表的清统治者的专制淫威。杭大宗：名世骏，字大宗，号堇甫，浙江仁和（今杭州市）人。生于康熙三十五年（1696），卒于乾隆三十七年（1772）。他博通经史，雍正二年（1724）举人，后受聘为福建同考官。乾隆元年（1736）举博学鸿词，授翰林院编修，受命校勘武英殿"十三经"、"二十四史"，纂修《三礼义疏》。乾隆八年因殿试言事，触汉满之忌，激怒乾隆皇帝，险遭杀害。最终赦免，罢官归乡，自号秦亭老民，与里中耆旧结南屏诗社。先后主讲粤东粤秀书院及扬州安定书院。著述甚富，有《石经考异》、《史记考证》、《汉书蒙拾》、《三国志补注》、《诸史然疑》、《续方言》、《词科掌录》、《榕城诗话》、《道古堂诗文集》等几十种。应澧撰《墓志铭》，所载事迹较详，但于涉乾隆皇帝事，多所隐饰。汪曾唯辑有记杭大宗轶事之作多种，附《道古堂全集》中。

己亥六月重过扬州记

居礼曹[1]，客有过者曰[2]："卿知今日之扬州乎？读鲍照《芜城赋》，则遇之矣[3]。"余悲其言。

明年，乞假南游，抵扬州，属有告籴谋[4]，舍舟而馆[5]。

既宿[6],循馆之东墙步游,得小桥,俯溪,溪声潓[7]。过桥,遇女墙啮可登者[8],登之,扬州三十里,首尾曲折高下见[9]。晓雨沐屋,瓦鳞鳞然,无零甃断甓[10],心已疑礼曹过客言不实矣。入市,求熟肉,市声潓。得肉,馆人以酒一瓶、虾一筐馈。醉而歌,歌宋元长短言乐府[11],俯窗呜呜,惊对岸女夜起,乃止。客有请吊蜀岗者[12],舟甚捷,帘幕皆文绣,疑舟窗蠡壳也,审视,玻璃五色具[13]。舟人时时指两岸曰:"某园故址也","某家酒肆故址也",约八九处。其实独倚虹园圮无存[14]。曩所信宿之西园[15],门在,题榜在,尚可识,其可登临者尚八九处,阜有桂[16],水有芙蕖菱芡[17],是居扬州城外西北隅,最高秀。南览江,北览淮,江淮数十州县,无如此冶华也[18]。忆京师言,知有极不然者[19]。归馆,郡之士皆知余至,则大欢,有以经义请质难者[20],有发史事见问者[21],有就询京师近事者,有呈所业若文、若诗、若笔[22]、若长短言、若杂著、若丛书乞为序、为题辞者,有状其先世事行乞为铭者[23],有求书册子、书扇者[24],填委塞户牖[25],居然嘉庆中故态。谁得曰今非承平时耶[26]?惟窗外船过,夜无笙琶声,即有之,声不能彻旦[27]。然而女子有以栀子华发为贽求书者[28],爰以书画环瑱互通问[29],凡三人,凄馨哀艳之气,缭绕于桥亭艦舫间[30],虽澹定,是夕魂摇摇不自持[31]。余既信信,拿流风,捕馀韵,乌睹所谓风号雨啸、鼯狖悲、鬼神泣者[32]?嘉庆末尝于此和友人宋翔凤侧艳诗[33],闻宋君病,存亡弗可知。又问其所谓赋诗者,不可见,引为恨[34]。

卧而思之,余齿垂五十矣[35],今昔之慨,自然之运,古之美人名士富贵寿考者几人哉[36]?此岂关扬州之盛衰,而独置感慨于江介也哉[37]?抑予赋侧艳则老矣[38],甄综人物[39],搜辑文献,仍以自任,固未老也。天地有四时,莫病于酷暑,而莫善于初秋;澄汰其繁缛淫蒸[40],而与之为萧疏澹荡,泠然瑟然[41],而不遽使人有苍莽寥泬之悲者[42],初秋也。今扬州,其初秋也欤?予之身世,虽乞籴,自信不遽死,其尚犹丁初秋也欤[43]?作《己亥六月重过扬州记》。

〔1〕礼曹:礼部。时作者任礼部主客司主事兼祠祭司行走。

〔2〕过者:过访者。

〔3〕"读鲍"二句:是说若读鲍照的《芜城赋》,就会想见今日扬州的败残情况。鲍照,南朝宋文学家,字明远,东海(今江苏连云港市东)人。曾任秣陵令、中书舍人等职。后为临海王刘子顼前军参军。刘子顼起兵失败。鲍照为乱兵所杀。长于乐府诗,也擅赋及骈文,有《鲍参军集》。传见《宋书》。其《芜城赋》见《文选》卷十一,写广陵故城(即扬州)昔日之盛及当日之衰,感慨系之。最后云:"天道如何?吞恨者多,抽琴命操,为芜城之歌。歌曰:边风急兮城上寒,井迳灭兮丘陇残,千龄兮万代,共尽兮何言。"

〔4〕属(zhǔ主):适巧。告籴:见《乞籴保阳》其一说明及注〔12〕。

〔5〕舍舟:弃舟,下舟。馆:旅舍。这里用为动词,住旅馆。

〔6〕既宿:过夜之后。

〔7〕讙(huān欢):哗,喧响之意。

〔8〕女墙:城墙上面呈凹凸形的小墙。《释名·释宫室》:"城上垣,

曰睥睨,……亦曰女墙,言其卑小比之于城。"啮(niè聂):咬,啃。这里引申为坏缺之意。

〔9〕见(xiàn现):同"现"。

〔10〕零甃(zhòu昼)断甓(pì僻):犹言残垣断壁。甃,井壁,这里泛指墙壁。甓,砖。

〔11〕长短言乐府:即词,词又称长短言,皆入乐,故称。

〔12〕吊:凭吊。蜀岗:山名,在今江苏扬州市西北,居瘦西湖畔,为扬州古城遗址。自春秋吴王夫差开始在此筑邗城,历代相继修筑,至唐时已扩大到蜀岗下的平原上。唐时城址分子城和罗城两部分,两城毗连。子城在蜀岗上,亦称牙城,即衙城,是衙门聚集的地方。罗城在蜀岗下子城的东南,亦称大城,是住宅和商业区。现存扬州唐城遗址,即为蜀岗的子城,平面略呈正方形,为版筑土垣。

〔13〕"疑舟"三句:是说原疑舟窗乃透明贝壳鳞甲所镶嵌,仔细观察,原来是玻璃制成,而且五颜六色齐全。蠡(luó罗),通"螺",《类篇》:"圣人法蠡蚌而闭户。"瞉(què确),物之孚甲,即鳞甲之类。《梵书杂阿舍经》:"钝根无知,在无明瞉。"审,细看。具,备,齐全。按,在当时,玻璃为洋货,被作者视为"不急之物"的奢侈品,主张杜绝进口,详见《送钦差大臣侯官林公序》。洋货侵入,为作者所忧,故此写为扬州衰落之迹。

〔14〕倚虹园:因靠近大虹桥而得称。大虹桥横跨瘦西湖之上,是西园曲水通向长堤春柳的大桥,乾隆年间改建的石拱桥。圮(pǐ匹):毁坏、倒塌。

〔15〕曩(nǎng囊上声):从前。信:重宿,住过两夜。《左传·庄公三年》:"凡师,一宿为舍,再宿为信,过信为次。"西园:原名芳圃,在瘦西湖平山堂(居蜀岗中峰)之西,乾隆十六年(1751)筑,园内山石耸立,古木参天,亭轩台榭散布于池畔山岗。

〔16〕阜:土山。

〔17〕芙蕖:荷花。菱:菱角。芡(qiàn欠):睡莲科,一年生水草,花茎及叶皆有刺,叶圆,成盾状,浮水面。夏日开花,紫色,昼开暮合。实如刺球,内含指头大圆子数十枚,称芡实,其仁可食。地下茎亦可食。有鸡头、乌头、雁头等别名。

〔18〕冶华:美丽繁华。

〔19〕"忆京"二句:是说忆起京师过访者的话,知其有极不确实之处。

〔20〕经义:经书的解释。质难:问难,提出疑难以求解答。

〔21〕"有发"句:是说有就史事提问题的人。发,提出,揭示。见问,指被其问。

〔22〕笔:散文,与"文"相对,"文"指有藻采声韵的骈文。《文心雕龙·总术》:"今人常言有文有笔,以为无韵者笔也,有韵者文也。"

〔23〕"有状"句:是说有自撰其先人行状求为写铭者。铭,用以题在器物上(大多铸成或刻成)记述事实、功德或以示警戒的文字。这里指记述事迹、功德的墓志铭之类。

〔24〕书册子:在诗册、画册上题字。书扇:在扇面上题字。

〔25〕填委:纷集,充塞。

〔26〕"谁得"句:暗含讽意,实指扬州士人醉生梦死所造成的升平假象而言。

〔27〕彻旦:贯串通宵,直至天明。犹云通宵达旦。

〔28〕女子:此指歌妓。栀(zhī支)子:常绿灌木,干高六七尺,叶有光泽,椭圆形,夏天开白色大花,有香气。这里指其花。华发:白发。在此于义难通,疑"发"字当为"鬘"字,华鬘为舞妓之花饰。贽(zhì至):初次见面所执的礼物。《左传·庄公二十四年》:"男贽,大者玉帛,小者禽鸟,以章物也。女贽,不过榛栗枣脩(干肉),以告虔也。"求书:请求写字。

〔29〕"爰以"句:是说于是用书画玉饰互相称谢。爰,乃。环,带在臂上的玉环。瑱(diàn电),以玉塞耳,一种首饰。《诗经·鄘风·君子偕老》:"玉之瑱兮。"《毛传》:"瑱,塞耳也。"通问,谓相称谢。

〔30〕艦:有板屋的船。舫(fǎng访):船。

〔31〕"虽澹"二句:是说自己即使态度恬淡镇定,但当夕情绪仍难免为其声色所动,不能自持。

〔32〕"余既"四句:是说我已连宿四夜,仍可攀缘捕捉以前繁盛之时的流风馀韵,哪里能看到飘摇悲凄的景象。信信,连宿四夜,见《尔雅·释训》注。拿,捕捉。乌,何。风号雨啸、鼯狖悲、鬼神泣:此为概述《芜城赋》中的话:"坛罗虺(huǐ悔,毒蛇)蜮(yù域,短狐),阶斗麏(jūn君,獐子)鼯,木魅山鬼,野鼠城狐,风嗥(háo号,吼叫)雨啸,昏见晨趋。"鼯(wú吾),一种形似松鼠的动物,腹旁有飞膜,能滑翔。狖(yóu油),这里同"貁",一种似狸(豹猫)的野兽。作者在《书金伶》中说:"江东才墨之薮,楼池船楫之观,灯酒之娱,春晨秋夕之游,美人公子,怜才好色,姚冶跌宕(宕)之乐,当我生之初(指乾隆末年),颇有存焉者矣。"可与此四句互参。

〔33〕嘉庆末:即嘉庆二十五年(1820)。按,吴昌绶《定盦先生年谱》于道光元年(1821)云:"正月,在吴中与顾涧薲(千里)作探梅之游(自注:似于上年秋冬间南旋,阙疑俟考)。旋入都。"考作者行迹,嘉庆末经扬州,唯一之可能是此次由京南返之时,此句可证成吴著年谱自注的推测,以释其疑。宋翔凤(1776—1860):字虞庭,一字于庭,江苏长洲(今苏州市)人。嘉庆举人,官湖南新宁县知县。从舅庄述祖受今文学家法,又从段玉裁治《说文》之学,通训诂名物,是常州学派的著名学者。著有《论语说义》、《过庭录》等二十馀种,编为《浮溪精舍丛书》。作者《资政大夫礼部侍郎武进庄公神道碑铭》自记云:"越己卯(嘉庆二十四年,1819)之京师,识公(庄述祖之父庄存与)之外孙宋翔凤。"可知嘉庆

二十四年作者在京与宋氏相识,次年又在扬州相遇。侧艳:文辞艳丽而流于轻佻。《旧唐书·温庭筠传》:"能逐弦吹之音,为侧艳之辞。"《诗话总龟》卷四引《雅言杂录》:"温庭筠……少敏悟,薄行无检幅,多作侧词艳曲。"

〔34〕"又问"三句:是说又向人询问那些当年与宋氏及自己和诗之妓,已不可见,引以为憾。恨,憾。

〔35〕齿:年齿,年纪。垂:将近。

〔36〕"今昔"三句:是说抚今追昔,物是人非,无限感慨,乃系自然之变化,命由天定,古时的美人名士富贵长寿的究竟有几人呢?寿考,年高。语出《诗经·秦风·终南》:"寿考不忘。"

〔37〕"此岂"二句:是说这哪里与扬州的盛衰有关,而偏偏把感慨发泄在江畔呢?江介,江畔、江间。《楚辞·九章·哀郢》:"悲江介之遗风。"

〔38〕抑:然,表示转折。以下五句参见《己亥杂诗》其一〇二首。

〔39〕甄综:考察搜罗。

〔40〕繁缛:繁盛,繁杂。与下句"萧疏"相对。淫蒸:过分闷热蒸腾之气。与下句"澹荡"相对。

〔41〕泠(líng 令)然瑟然:形容清凉。

〔42〕遽(jù 具):匆遽,突然。寥泬(jué 决):旷荡而虚静。按,由于作者对理想的执着,当他以初秋喻时势时,在描写上富有辩证法;其虽为悲凉之始,但一扫盛夏之酷热,使人清心爽志;虽为衰落之端,但一扫繁荣表象,能使清醒有为者感奋而不绝望。

〔43〕"予之"四句:以初秋喻自己的身世,其中饱含世态炎凉之感,亦凝结着沦落与倔强的对立统一。丁,当,值。

这篇记游之作写于道光十九年(1839)辞官南归之时,出《定盦续集》。作者由耳闻到目睹,体验到扬州虽未败残,但已露衰落之迹,从而联想到时势国家、个人身世,颇多兴亡、盛衰之感。作者以"初秋"概括当时的形势,眼光犀利,感觉敏锐,与那些醉生梦死者形成鲜明对照,与那些言过其实而绝望者亦不同调。所谓"重过",是相对于文中"嘉庆末"云云而言,盖嘉庆二十五年(1820)作者由北京南旋时曾经过扬州。

病梅馆记

江宁之龙蟠[1],苏州之邓尉[2],杭州之西谿[3],皆产梅。或曰:"梅以曲为美,直则无姿;以欹为美[4],正则无景;梅以疏为美,密则无态。"固也,此文人画士,心知其意,未可明诏大号,以绳天下之梅也[5];又不可以使天下之民斫直、删密、锄正[6],以夭梅、病梅为业以求钱也;梅之欹、之疏、之曲,又非蠢蠢求钱之民,能以其智力为也。有以文人画士孤癖之隐[7],明告鬻梅者,斫其正,养其旁条,删其密,夭其稚枝[8],锄其直,遏其生气,以求重价,而江、浙之梅皆病。文人画士之祸之烈至此哉[9]!

予购三百盆,皆病者,无一完者。既泣之三日[10],乃誓疗之,纵之,顺之[11],毁其盆,悉埋于地,解其棕缚[12],以五年为期,必复之全之。予本非文人画士,甘受诟厉,辟病梅之馆以贮之[13]。呜呼!安得使予多暇日,又多闲田,以广贮江宁、杭州、苏州之病梅,穷予生之光阴以疗梅也哉?

〔1〕江宁:府名,今南京市。龙蟠:地名,今南京市清凉山下的龙蟠里即其地。

〔2〕邓尉:山名,在今苏州市西南吴县光福,前临太湖。相传因纪念东汉太尉邓禹而得名。山前山后梅树成林,有邓尉梅花甲天下之称。

〔3〕西谿:地名,在今杭州市灵隐山西北。

〔4〕欹(qī欺):同"攲",歪斜。指枝干。

〔5〕"固也"五句:紧承上文,是说毫无疑义,这是文人画士心照不宣,不便公开号令,以约束天下丰采多姿之梅。固,必。"固也"直贯三个带"也"字的判断长句。明诏,公开告谕。大号,大肆号令。绳,木匠用来取直的墨绳,这里用作动词,衡量之义,引申为约束。

〔6〕斫(zhuó浊):砍。

〔7〕孤癖之隐:独特奇怪的隐衷,即上文"或曰"的话,暗指统治者坚持选拔、培育人材的腐朽、死板标准的险恶用心。

〔8〕夭:夭折。这里是趁幼弄死之意。稚枝:嫩枝。

〔9〕"文人"句:是说文人画士所造成的祸害,严重程度竟达到这种地步。表示了对统治者戕害人材的愤慨之情。

〔10〕"既泣"句:是说为之哭泣三日之后。表示出极度痛惜之情。

〔11〕顺之:顺其自然之势。

〔12〕棕缚:捆缚的棕绳。

〔13〕"予本"三句:表现了自己跟统治者对立的立场。诟(gòu构),辱骂。厉,发怒、示威。

这是一篇寓意深刻的杂文,又题《疗梅说》,当作于道光十九年(1839)辞官南归之后。作者以被人工矫揉培植的"病梅"比喻受摧残的人材,以自然生长的梅比喻健康成长的人材,以按个人癖好使鬻梅者戕害梅树的文人画士影射按清规戒律培育、选拔官僚,从而束缚、扼杀人材的封建统治者。作者对梅树被害、生气被遏,表示了极大的忧虑和愤慨,决心开辟病梅馆以贮之,疗之,纵之,顺之,使之复本全真,表现了追求人材解放、个性解放的思想。联系有关诗文如《宥情》《论私》等综合考察,作者的个性解放思想,已具有冲决封建罗网的资产阶级民主主义性质,比他的政治、经济思想先进得多。

通篇运用比喻、影射手法,形象鲜明,寄意深远,而又让政敌无懈可击,无隙可乘,是一篇出色的战斗文字。

吴之癯

癯不知何辈流[1],其籍吴中[2],大略生乾隆时,卒嘉庆时。读其言,百忧之所窟[3],众香之所宅[4]。其行无有畔涯[5],其平生甚口[6],其言尽口过也[7]。过其里之子弟曰[8]:"若为子弟[9],而清淳之质亡矣。"过其父老曰:"负所见闻[10]。"之都市[11],益过其父老曰:"上古饲狗之盆,万年犹不以荐器[12]。"之其州之大聚曰[13]:"州将溃。"或问之曰[14]:"贫者诈升斗乎? 富者膳飞走乎? 事令长不父母乎[15]?"皆曰:"否。""然则州何为溃?"曰:"父老死矣,子弟不得为他日父老。"问:"何为?"曰:"无积,不以[16]。"读大聚之条约[17],则哦《礼经》之文曰[18]:"土敝故草木不长,水烦故鱼鳖不大[19]。"之京师,过其郎曹曰[20]:"古也刚愎,今也柔而愎[21]。"过王公大人之清正而俭者曰[22]:"神不旺,不如昔之言行多瑕疵者[23]。"尝怒人而弗绝也,曰:"容之甚于绝之〔24〕。"过愿者,诵《巧言》之五章〔25〕。当此时,天下闻此癯言如此矣。顾癯少年受人片誉〔26〕,越五十年,遇其曾孙于市,脱百金之裘赠之,亲为驾,载之归舍。

龚自珍曰:"予不识癯,识其弟子,数数称慕其师〔27〕。"予曰:"从子之师之道,逐道也〔28〕。"客于门窬〔29〕,逐于巷市;客于巷市,逐于州都;客于州都,逐于朝。凡七见逐,而终不怨其师。

〔1〕何辈流:哪类哪行之人。

〔2〕吴中:旧时对吴郡或苏州府的别称。治所在吴县(今苏州市)。

〔3〕窟:用作动词,蕴藏。

〔4〕众香:比喻高洁、美好的思想志向。宅:居,这里是包含之意。

〔5〕"其行"句:是说他的行为狂放不羁,叛逆正统,不拘礼俗。无有畔涯,无所限制。畔涯,边际。

〔6〕甚口:极为口快,好发议论。

〔7〕口过:言语失当。《孝经》:"言满天下无口过。"

〔8〕过:指责。

〔9〕若:汝,你。

〔10〕"负所"句:是说拘于已往的见闻而自负。负,恃。

〔11〕之:往,到。

〔12〕"上古"二句:是说上古的喂狗之盆,万年以后也不能用作进献的礼器。比喻父老愚贱之性难移。荐,献,陈。器,指彝器,即祭祀、饮宴常用的镈、罍、俎、豆等器皿。《左传·昭公十五年》:"故能荐彝器于王。"

〔13〕聚:邑。《玉篇》:"邑落曰聚。"《说文通训定声》:"今曰邨、曰

镇,北方曰集,皆是。"

〔14〕或:有人。

〔15〕"贫者"三句:是说贫者行诈,富者不仁,百姓不敬长官。诈升斗,在计量上弄虚作假进行欺诈。膳飞走,以飞禽走兽为膳。指不仁。《后汉书·法雄传》:"古者至化之世,猛兽不扰,皆由恩信宽泽,仁及飞走。"令长,汉代称大县长官曰令,称小县长官曰长。这里泛指地方长官。不父母,不以父母官相敬。《孟子·梁惠王》对为政者称"为民父母",后来地方官遂有"父母官"之称。以上三句以询问的口气推测州将溃的原因。

〔16〕"无积"二句:是说没有积蓄,不事生业。

〔17〕条约:指乡规民约。

〔18〕哦(é鹅):吟咏。礼经:指《礼记·乐记》。

〔19〕"土敝"二句:《礼记·乐记》作"土敝则草木不长,水烦则鱼鳖不大。"敝、坏、恶。这里指瘠薄。烦,多。作者这里以"土敝"比喻条约内容之贫乏,以"水烦"比喻条约文目之烦琐。

〔20〕郎曹:指六部诸官。按隋、唐至清,六部皆有侍郎、郎中及员外郎。又隋、唐之世,部、曹兼置,有时亦有改部为曹者。宋、元、明各朝,六部尚有六曹之称。至清,无曹名,仅称各部司官曰部曹。

〔21〕"古也"二句:是说古代六部官倔强固执,当今的六部官表面柔顺,实际固执,委婉而狡猾。愎(bì),执拗。

〔22〕王公:清代满、蒙各旗首领之封爵统称王公。王指亲王、郡王等,公指镇国公、辅国公等。

〔23〕"神不"二句:是说当今之王公大人虽表面清廉,但精神萎靡,缺乏个性,还不如以前那些有独立人格而言行方面毛病较多的人。

〔24〕"尝怒"二句:是说曾经谴责过人而不与之断绝关系,申明理由说:"宽容而不弃,比简单断绝关系还要厉害。"怒,谴责。《礼记·内

则》:"若不可教而后怒之。"

〔25〕"过愿"二句:是说用诵《诗经·小雅·巧言》之第五章来指责那些谨小慎微、八面玲珑的人。愿,本为老实谨慎,这里用其贬义,指谨小慎微、多方讨好。《巧言》,《毛诗小序》云:"《巧言》,刺幽王也。大夫伤于谗,故作是诗也。"其第五章云:"荏染柔木,君子树之。往来行言,心焉数之。蛇蛇硕言,出自口矣。巧言如簧,颜之厚矣。"前四句写心口如一,言行一致的正派之人。荏(rěn 忍)染,柔软。数,计。后四句写行谗之人。蛇(yí 移)蛇,浅薄的样子。郑笺:"硕,大也。大言者,不顾其行,徒从口出,非由心也。颜之厚者,出言虚伪而不知惭于人。"

〔26〕顾:但。片誉:片言只语的称赞。旧校云:一本"片"下有"言"字。以下六句写其重义气,不忘旧情,受恩于人,报及四世之孙。

〔27〕数(shuò 朔)数:屡屡。

〔28〕逐道:遭驱逐的为人行事原则。道,主张,宗旨。

〔29〕客:寄寓。门窬(yú 愉):即筚门圭窬,指贫穷人家。《礼记·儒行》:"筚门圭窬,蓬户瓮牖。"郑玄注:"筚门,荆竹织门也。圭窬,门旁窬(小洞口)也,穿墙为之如圭矣。"

这篇文章写作时间不详,或写于辞官南归之后,出《定盦续集》。文中赞颂了吴中的一个"怪人":他忧国伤时,愤世嫉俗,敢于直言,无情抨击官场、世间的虚伪情态,百折而不挠,清苦而坦然,并以实际行动,做出了笃厚真诚的表率。作者引此人为同道,并通过赞其弟子不绝,流风无穷,表现了对美好事物的信念。癯(qú 渠),瘦。这里以体现遭遇坎坷的清癯之态名其人。

臣里

臣与臣里相诟也[1]:臣里自寀其语言[2],其言曰:"夫畀之而荣,丧之而辱,升之九天而喜,沉之九渊而愠[3];吾圈行卑贱,而以权予上[4],亦貌委蛇而已矣[5],吾中岂有是哉[6]!"臣窥之[7],食不忘礿宗之牲[8],坐不忘栗主之祝[9],口饴而手勤[10],不忘殊衣冠者之颂说已[11],坐是得心疾[12]。臣诉之曰:"请徵子之客籍[13]。夫子之客籍,有一世之名者,有三世之名矣;有三世之名者,有十世之名矣[14]。夫喜而不春,怒而不夏,愁苦而不秋[15],晦盲儇轻[16],少而苟[17],壮而脆[18],老而犷[19],《黄帝》之所谓瘅民也者[20],尽子之客也,汝师保此名也矣。三世耳相续[21],三世目相续,三世心知相续,社鬼护之[22],其爽十世[23];水不溺,火不烧,雷霆不求[24],其爽百世。麟、凤、狗不并续,不知动类大也[25];芝、术、灌木不并续[26],不知植类众也;珠玉、黄钟、虎子、威㢮不并寿[27],不知古器之赜[28];瘅民之言不与圣智之言并寿,不知古名姓之博[29]。且吾闻周以前,上溯结绳[30],年多事少,隶令刊令之著录,不百家矣[31];史佚、仲尼、司马迁、刘向之威灵,竟弗庇之矣[32]!古之家语言之鬼,其哭于渊,诉于天,凭神于写官契令[33],祟谁氏之孙哉[34]?"臣里乃诉臣曰:"汝之言孤[35],汝不祥人也!"臣应之曰:"百世为纵,一世为横。臣孤于纵,不孤于横[36]。臣媚于去马来驴,臣目盱睢,臣不媚蠹鱼[37]。且吾闻之,宋身莫如定,信道莫如笃[38],观古今莫如通;笃以定通,臣且受大福[39]。"乃又诉臣曰:"汝之术,善给者也[40]。汝貌给,言给,出处给[41],浮湛而不任其劳[42]，彼司福之主，其卒为汝给。"于是臣无以应。

臣姑起其疾[43]，畀焉勿荣[44]，丧焉勿辱，升之九天勿喜，沉之九渊勿愠——汝之术博矣，何但取以待富贵之权藉者哉[45]！

〔1〕诟(gòu 够)：辱骂。

〔2〕采：诸本均作此，疑误。采，同采，于文不通，当作"宷"，形近而误。下文"宷语言"、"宷身"同此。宷(bǎo 宝)：《说文》："宷，藏也。从宀采声。采，古文保。"宷其语言，言语谨慎，不吐露真情。

〔3〕"夫畀(bì 必)"四句：写人之常情。畀，给与。愠(yùn 运)，怒。

〔4〕"圈行"二句：是说卑谦屈从，以事长上。圈行，即圈豚行，若有所循，徐步趋行的样子。《礼记·玉藻》："圈豚行，不举足，齐如流。"郑玄注："圈，转也；豚之言若有所循，不举足，曳踵；则衣之齐（音咨，裳下缉）如水之流矣。……此徐趋也。"卑贱，自卑自贱。以权予上，用权变对待长上，即察颜观色，委曲事上之意。

〔5〕貌委蛇(yí 移)：貌似委曲自得，顺随坦然之意。作者《饮少宰王定九丈(鼎)宅，少宰命赋诗》诗有"貌似委蛇养元气"句，可参。

〔6〕"吾中"句：是说我辈之中难道有这样的人吗。是，此，即指上文"畀之而荣，丧之而辱，升之九天而喜，沉之九渊而愠"那种喜怒哀乐溢于言表的人。以上里人之言，反映了他们韬晦自保，委曲事上的处世态度。

〔7〕之：指代里人。

〔8〕"食不"句：是说吃饭时不忘祖先之祭，感念其恩德。瞽宗，《礼记·明堂位》："瞽宗，殷学也。"又《礼记·文王世子》："瞽宗秋学礼，执礼者诏之。"孙希旦《集解》："刘氏敞曰：'周立四代之学，辟雍（按，周之学宫）居中，其北为有虞氏之学，其东为夏后氏之学，其西为殷人之学。'

辟雍、上庠、东序、瞽宗,皆大学也。瞽宗一名西学。《大司乐》:'死则以为乐祖,祭于瞽宗。'《祭义》:'祀先贤于西学。'知瞽宗、西学一也。"古时学宫、祭堂合而为一,故瞽宗既是习礼乐之处,又是祭祀之所。牲,指祭牲,即祭祀用的牛羊豕。

〔9〕"坐不"句:是说安坐时不忘对神主的祝祷,以示己之虔诚。栗主,栗木所做的神主(牌位),后通称宗庙神主叫"栗主"。祝,祭主赞辞。

〔10〕口饴(yí移):善讲甜言蜜语。饴,饴糖。

〔11〕殊衣冠者:不同于贵族的平民。衣冠,古时士大夫之服,后用以称搢绅之家,《后汉书·羊涉传》:"家世衣冠族。"颂说:恭维称道的言辞。已:完毕。这里表示动作的完了,犹云以后。此词贯上,承"食不"三句。

〔12〕坐:因。是:此,指"食不"三句所言毕恭毕敬,十分卑谦的态度。心疾:心病,精神创伤,指上述之奴颜媚骨。以上六句为作者对里人之病态心理的观察分析。

〔13〕客籍:宾客名册。按,物以类聚,人以群分,观其所交,可知其人,故这里要考察其客籍。

〔14〕"有一"四句:是说有一代出名之人,必三代接连出名;有三代出名之人,必十代接连出名。意思是对上恭谨顺随,谨小慎微,定会去灾远祸,确保禄位,荫及子孙。

〔15〕"夫喜"三句:是说喜、怒、愁苦而不露声色。春,喻和悦。《春秋繁露·阴阳义》:"春,喜气也,故生。"夏,喻暴躁、发火。《管子·形势解》:"夏者,阳气毕上,故万物长。"阳为火气。秋,喻悲愁。《太平御览·时序部九》引《尚书大传》:"秋者,愁也,万物愁而入也。"《礼记·乡饮酒义》:"秋之为言愁也。"《楚辞·九辩》:"悲哉秋之为气也。"

〔16〕晦盲:不明智,昏庸。儇(xuān宣)轻:轻浮。

〔17〕苟:随便,马虎。

〔18〕脆:轻薄。

〔19〕犷(guǎng广):粗野。

〔20〕《黄帝》:指《黄帝内经太素》,其卷二八有《痹论》一节,专论痹病:"黄帝问岐伯曰:'痹安生?'岐伯曰:'风寒湿三气杂至,合而为痹。'"痹是风湿病。痹民:患痹之人,泛指病态的人。

〔21〕耳相续:耳闻可及。续,接。

〔22〕社:土地之神。鬼:死人的神灵。《论语·为政》:"非其鬼而祭之,谄也。"《集解》引郑玄注:"人神曰鬼。"

〔23〕爽:明,显赫。

〔24〕求:责。这里是雷击以示惩罚之意。

〔25〕"麟凤"二句:是说麒麟、凤凰、狗等不同动物不并存于世上,则不知动物种类的广泛。麒麟,传说中的瑞兽。

〔26〕芝:灵芝,菌类植物。术(zhú逐):山蓟,多年生草本植物,分苍术、白术。

〔27〕黄钟:古代乐律十二律之首曰黄钟,这里指古代钟类乐器。虎子:小便器。《周礼·天官·玉府》:"凡亵器",郑玄注:"亵器,清器、虎子之属。"孙诒让《正义》:"虎子,盛溺器,汉时俗语……《西京杂记》:'汉朝以玉为虎子,以为便器,使侍中执之,行幸以从。'是也。"威窬(yú愉):同"楲窬",便器。《说文解字》:"楲,楲窬,亵器也。"并寿:同寿,指流传年代同样久远。

〔28〕赜(zé责):深奥。

〔29〕"痹民"二句:是说痹民的言论如果不与圣智之人的言论同传久远,则后人不知古代有名有姓的人之多。按,作者认为"痹民"乃芸芸众生,居多数,圣智乃出类拔萃之人,居少数,故有此云。

〔30〕结绳:指尚无文字,打绳结以记事的上古时期。《周易·系辞》:"上古结绳而治,后世圣人易之以书契。"

〔31〕"隶令"二句：是说编纂刻记之官关于痹民的著录、记载不到百家。隶令，编纂故事的官吏。以故事相隶属，谓之隶事。《南史·王摛传》："摛以博学，见知尚书令王俭，尝集才学之士，总校虚实，类物隶之，谓之隶事。"隶令即隶事之官吏。刊令，契刻记事之官吏。

〔32〕"史佚"二句：是说像史佚、孔丘、司马迁、刘向这样一些赫赫有名的历史家，对那些圆滑处世的"痹民"照录无遗，竟也不加以包庇。史佚，周代史官，尹氏，亦称尹逸。与太公、周公、召公并称四圣。仲尼，孔丘，字仲尼。孔丘整理过《春秋》，寓褒贬于记事。《史记·太史公自序》说：孔子作《春秋》，"是非二百四十二年之中，以为天下仪表"，"《春秋》上明三王之道，下辨人事之纪，别嫌疑，明是非，定犹豫，善善恶恶，贤贤贱不肖，存亡国，继绝世，补敝起废，王道之大者也。"司马迁，西汉大史学家，继其父司马谈撰成我国最早的纪传体通史《史记》。司马迁写《史记》，原本孔子修《春秋》之旨。而当受到壶遂的指责时，不得不辩解说："余尝掌其官（指史官），废明圣盛德不载，灭功臣世家贤大夫之业不述，堕先人所言，罪莫大焉。余所谓述故事，整齐其世传，非所谓作也，而君比之于《春秋》，谬矣。"（见《太史公自序》）刘向，西汉校勘及目录学家，原名更生，字子政，高祖弟楚元王（刘交）四世孙。成帝时更名向，任光禄大夫，主持校理群书，亲自校勘整理经传诸子诗赋方面的书籍，写成《别录》一书，为我国最早的分类目录。另外著有《洪范五行传》、《列女传》、《新序》、《说苑》等书。其中《列女传》为史传，《新序》、《说苑》亦多载历史故事。

〔33〕"凭神"句：是说凭借抄书刻书之官吏得以流传，显其神通。

〔34〕"祟谁"句：是说将祸害谁家的子孙后代呢。意思是担心他们的虚伪圆滑的作风会在历史上留下坏的影响。

〔35〕孤：孤绝、独特。

〔36〕不孤于横：即不超特于世俗。按，此为反语，出于针锋相对作

回击的需要。实际上作者正是不同于流俗的叛逆者,如《十月廿夜,大风不寐,起而书怀》诗说:"侧身天地本孤绝,矧乃气悍心肝淳!"

〔37〕"臣媚"三句:是说我宁肯俯首取媚于来往的马驴,不敢丝毫得罪于当世,而我瞪眼仰目,跋扈高傲,决不取媚于咬书的虫子,以求传名百世。盱(xū须),张目。睢(suī虽),仰目。《庄子·寓言》:"而睢睢盱盱,而谁与居?"郭璞注:"睢睢盱盱,跋扈之貌。"

〔38〕"信道"句:《论语·子张》:"执德不弘,信道不笃,焉能为有?焉能为亡?"笃,笃诚。

〔39〕"笃以"二句:是说通过做到信道笃诚,从而做到坚定和通达,我将承受大福。以,而。

〔40〕绐(dài怠):欺骗。按,这里无辞以应,竟蛮不讲理,恶毒攻击,塞人之口。且以直为欺,纯属颠倒是非。

〔41〕出处:出仕和退隐。

〔42〕浮湛:过度沉重。这里形容行欺之烦重。

〔43〕起:振起,这里是使病康复之意。疾:指率真地流露人之常情。纯真反被视作病态,亦属颠倒是非。

〔44〕畀(bì必):赐给。

〔45〕"汝之"二句:对里人而言,是说你的办法可谓神通广大,何只限于取得用以致富贵的权谋、凭藉呢。

这篇文章写作时间不详,出《定盦续集》,为愤世嫉俗之作。臣,作者自谓。里,里人。作者把自己的里人作为世俗之人的代表,通过针锋相对的论辩,揭露他们韬晦自保、阿谀谄媚、虚伪圆滑的处世态度和以直为欺、颠倒是非的行事原则。

京师乐籍说

昔者唐、宋、明之既宅京也[1]，于其京师及其通都大邑[2]，必有乐籍，论世者多忽而不察[3]。是以龚自珍论之曰：自非二帝三王之醇备[4]，国家不能无私举动，无阴谋。霸天下之统，其得天下与守天下皆然[5]。

老子曰："法令也者，将以愚民，非以明民[6]。"孔子曰："民可使由之，不可使知之[7]。"齐民且然[8]。士也者，又四民之聪明喜论议者也[9]。身心闲暇，饱暖无为，则留心古今而好论议。留心古今而好论议，则于祖宗之立法，人主之举动措置，一代之所以为号令者，俱大不便。

凡帝王所居曰京师，以其人民众多，非一类一族也，是故募召女子千馀户入乐籍。乐籍既棋布于京师，其中必有资质端丽、桀黠辨慧者出焉[10]，目挑、心招、捭阖以为术焉[11]，则可以钳塞天下之游士。乌在其可以钳塞也[12]？曰：使之耗其资财，则谋一身且不暇，无谋人国之心矣[13]；使之耗其日力，则无暇以谈二帝三王之书，又不读史而不知古今矣；使之缠绵歌泣于床笫之间[14]，耗其壮年之雄材伟略，则思乱之志息[15]，而议论图度、上指天下画地之态益息矣[16]；使之春晨秋夜为侻体词赋、游戏不急之言[17]，以耗其才华，则论议军国、臧否政事之文章可以毋作矣[18]。如此则民听壹[19]，国事便，而士类之保全者亦众[20]。

曰:如是则唐、宋、明岂无豪杰论国是[21],掣肘国是[22],而自取戮者乎?曰:有之。人主之术,或售或不售[23];人主有苦心奇术,足以牢笼千百中材[24],而不尽售于一二豪杰,此亦霸者之恨也[25]。吁[26]!

〔1〕宅京:建都。

〔2〕通都:四通八达的大都会。大邑:大城。

〔3〕论世者:评论世势者。忽:疏忽,忽略。

〔4〕二帝:尧、舜。三王:夏商周三代的开国君王夏禹、商汤、周文王及武王。二帝、三王,传统视为历史上的圣明帝王。醇备:淳厚完美。此就政道而言。儒家认为二帝三王实行的是"仁政""王道"。

〔5〕"霸天"二句:是说论成就霸业的政统,他们打天下与守政权都是如此(即靠"私举动"与"阴谋")。霸,靠武功和实力取得政权、维持统治叫霸。儒家认为霸道与王道是对立的,《孟子·公孙丑上》:"以力假仁者霸","以德行仁者王"。《尽心上》:"尧舜,性之也(指仁义为其天性);汤、武,身之也(身体力行仁义);五霸者,假之也(借其名义,以行武力)。"统,指政权的继统、体制。得天下与守天下,儒家认为武力、智谋可以得天下,而不能守天下,守天下要靠仁义之道。按《史记·郦生陆贾列传》:陆贾从汉高祖定天下后,经常对汉高祖称说诗书,高祖骂他说:"乃公居马上而得之,安事诗书?"陆贾说:"居马上得之,宁可以马上治之乎?且汤、武逆取(以武力强取)而以顺守之,文武并用,长久之术也。昔者吴王夫差、智伯极武而亡。秦任刑法不变,卒灭赵氏(秦姓),乡使秦已并天下,行仁义,法先圣,陛下安得而有之?"又贾谊《过秦论》总结秦亡的教训时说:"仁心(一作义)不施而攻守之势异也。"

〔6〕"法令"三句:语出《老子》第六十五章,原文是:"古之善为道者,非以明民,将以愚之。"

〔7〕"民可"二句:语出《论语·泰伯》。

〔8〕"齐民"句:是说对齐民尚且如此(指实行愚民政策)。齐民,平民。

〔9〕四民:士、农、工、商四种职业的人。士为读书人,古时列为四民之首。

〔10〕资质端丽:姿色端庄美丽。桀黠:凶狠狡猾。辨慧:聪明伶俐而有口才。

〔11〕目挑:用眼色挑逗。心招:用媚情招惹。捭阖(bǎi hé 摆合):开合、言默、阳阴。形容反复试探进言之法。《鬼谷子·捭阖篇》:"捭之者,开也,言也,阳也;阖之者,闭也,默也,阴也","此天地阴阳之道而说人之法也"。

〔12〕乌在:何在,为何。

〔13〕"使其"三句:是说使官妓耗费士人的资财,那么士人们就会自谋生计尚且顾及不暇,便没有考虑他人国事的心思了。

〔14〕笫(zǐ子):竹子编的床屈。《尔雅·释器》:"箦为之笫。"郭璞注:"床版也。"或用以直称床,《方言》:"床,陈楚之间谓之笫。"

〔15〕乱:作乱,指变革常法。

〔16〕图度:图谋。

〔17〕奁(liǎn敛)体词赋:写女性生活琐事、文词艳丽轻薄的诗词歌赋。这里指与歌妓酬唱的艳体词赋。奁为妇女盛梳妆用品如镜子、脂粉的匣子,这里指脂粉气。奁体又称香奁体。

〔18〕臧否(pǐ匹):褒扬与贬斥。

〔19〕听:听闻,泛指舆论。壹:专一。

〔20〕士类之保全者:指士人未因议论国事获罪而保全自身者。

〔21〕国是:国事。

〔22〕掣肘(chè zhǒu 彻帚):牵扯别人的胳臂。比喻阻碍、牵制。

〔23〕售或不售：谓行得通或行不通。售，施展。

〔24〕中材：中等之材，指平凡的人。

〔25〕霸者：成就霸业的人。恨：憾。

〔26〕吁（xū须）：惊叹之声。此语感情复杂，对豪杰是赞，对统治者是讽。

    这是一篇议论杂文，写作具体时间未详。乐籍，乐户的名籍，古时官伎属于乐部，也称乐籍。此处即指官伎。作者表面上考唐、宋、明之古（为避文网而略去金、元少数民族统治时期），实际上意在讽今。他明确指出，除二帝三王政道淳厚完美之外，其余帝王都难免有见不得人的举动和谋划。他们对普通百姓尚且采取愚民政策，而对有知识、好论议的士人更感"大不便"，千方百计加以控制。作者在许多诗文中揭露了清王朝大兴文字狱等残酷镇压知识分子的一手，此篇又揭露了软的一手：利用妓女消磨其意志，腐蚀其灵魂，耗费其精力，以达到"钳塞"的目的。这是软刀子杀人，更为毒辣。但是作者还指出，帝王们的"苦心奇术"，也未必尽都如意。他们虽然能控制不少平庸之辈，但很难使一两个豪杰受骗上当。杰出之士照样要论议国事、干预国事，使统治者抱憾不已。文章迂回而不躲闪，爽快泼辣，笔锋犀利。

与人笺二

    少习名家言，亦有用[1]。居亭主犷犷嗜利，论事则好为狠刻以取胜，中实无主[2]。野火之发，无司燧者，百里易灭也[3]。某公端端[4]，醉后见疏狂，殆真狂者。某君借疏狂以行其世故,某君效为骏稺以行其老诈〔5〕。某一席之义前后不相属〔6〕,能勦说而无线索贯之〔7〕,虑不寿〔8〕。朝士方贵,亦作牢骚言,政是应酬我曹耳〔9〕。善忌人者术最多〔10〕,品最杂〔11〕;最工者〔12〕,乃借风劝忠厚,以济锄而行伐〔13〕,使受者伤心,而外不得直〔14〕。骛名之士如某君,孤进宜悯谅也〔15〕。某童子妍黠万状〔16〕,志卖长者,奸而不雄〔17〕,死而谥愍悼者哉〔18〕!

〔1〕"少习"二句:是说少时学过名家之言,也有用处。名家,战国时诸子百家学派之一,或称辩者,或称刑(形)名之家。其学说以辩论名实为主旨,《史记·太史公自序》载司马谈论六家要旨说:"名家苛察缴绕(按,谓细察纠缠,不通大体),使人不得反其意,专决于名,而失人情,故曰:使人俭而善失真。若夫控(据)名责实,参伍(参错交互验证)不失,此不可不察也。"有用,指"控名责实"的一面。

〔2〕"居亭"三句:写恃势而粗野贪利、狠刻好胜,但表里如一,心中无深意隐情之人。居亭主,寄居之主人。居亭,即居停,指寄寓之所。犷(guǎng广)犷,粗野的样子。狠刻,忍心刻薄。取胜,压过别人。中,心中。无主,没有主意,这里指没有心机。

〔3〕"野火"三句:用自发的野火自燃自灭比喻上一种人为害不深。司燧者,掌握取火之具引火的人。

〔4〕端端:庄重正经的样子。据下文"殆真狂者",则"端端"为假象,狂放乃其真象。

〔5〕效为:装作。骏(āi挨):无知、傻。稺:同稚,幼稚。

〔6〕不相属(zhǔ主):不相连,指矛盾、违背。

〔7〕勦说:袭取他人之言以为己说。勦为钞之假借字。语出《礼

记·曲礼》:"毋勦(同剿)说。"

〔8〕虑:大率。不寿:不能久长。

〔9〕"朝士"三句:是说在朝做官之士,身方显贵,也说些牢骚话,正是为了附和应酬我们这些人罢了。政,同正。

〔10〕忌人:嫉妒别人。术:方法,手段。

〔11〕品:类,指善忌人者的类型。杂:多样。因为所用手段多,故表现出类型繁杂。

〔12〕最工者:最巧妙者。承上句"品最杂",指善忌人者而言。

〔13〕"乃借"二句:是说假借讽劝的姿态、忠厚的样子,以行灭除、攻击对方之实。风,同"讽",用委婉言辞表达意思。济,成,实现。锄,除,灭。伐,攻击。

〔14〕"使受"二句:是说使承受者内心受伤,而对外不得申诉。直,申,指申诉冤屈。

〔15〕"鹜名"二句:是说求名之士如某君,势孤力薄而一味进取,还是应该对他怜悯谅解的。鹜(wù务),追求。

〔16〕童子:晚辈后生,犹云小子。妍(yán研)黠:乖巧狡猾。

〔17〕奸而不雄:奸诈而不勇壮。

〔18〕谥(shì事):古时有地位的人死后,据其生前事迹追加名号叫谥。愍(mǐn敏):忧。张守节《史记正义·谥法解》:"在国遭忧曰愍","年中早夭曰悼"。

据《与人笺一》又题《与魏默深一》,并且与此笺同出《定盦文集》,则此笺亦当是写给魏源的,具体时间未详。在这封信中,作者给某些人形象地勾画了脸谱,揭露了官场、士林的虚伪、狡诈和险恶。

与人笺五

手教言者是也[1]。人才如其面[2],岂不然?岂不然?此正人才所以绝胜[3]。彼其时,何时欤[4]?主上优闲[5],海宇平康[6],山川清淑[7],家世久长,人心皆定。士大夫以暇日养子弟之性情[8],既养之于家,国人又养之于国,天胎地息[9],以深以安[10],于是各因其性情之近[11],而人才成。高者成峰陵[12],碓者成川流[13],娴者成阡陌[14],幽者成蹊径[15],驶者成泷湍[16],险者成峒谷[17],平者成原陆[18],纯者成人民,驳者成鳞角[19],怪者成精魅[20],和者成参苓[21],华者成梅芝[22],戾者成棘刺[23],朴者成稻桑,毒者成砒附[24],重者成钟彝[25],英者成珠玉[26],润者成云霞[27],闲者成丘垤[28],拙者成崽巂[29],皆天地国家之所养也,日月之所煦也[30],山川之所咻也[31]。

将日月之光久于照而少休欤[32]?将山川之气久于施而少浮欤[33]?遂乃缚草为形,实之腐肉,教之拜起,以充满于朝市[34];风且起,一旦荒忽飞扬,化而为泥沙[35]。子列子有言:"君子化猿化鹤,小人化虫化沙[36]。"等化乎?然而猿鹤似贤矣[37]。噫哦[38]!噫哦!

[1] 手教:对别人亲笔信(手书)的敬称。
[2] 如其面:如其面孔,人各不同。

〔3〕"此正"句:紧承上文,是说人才不千篇一律,各具特色,这正是人才卓异盛多的原因。

〔4〕"彼其"二句:是说人才绝胜之时,正当什么时世呢?

〔5〕主上:皇帝。优闲:优游安闲。指国家无事,朝政从容。

〔6〕海宇:四海宇内。

〔7〕清淑:清明澄彻。

〔8〕养:培养、陶冶。

〔9〕胎:孕育。息:生长。

〔10〕以:而。深:深厚。安:安固。

〔11〕因:凭依。性情之近:近性情之处。

〔12〕此下皆用比喻。前(如"高者")喻性情,后(如峰陵)喻所成之才。

〔13〕碓(duī 堆):同"堆",小山,这里是低矮之义。

〔14〕娴(xián 闲):雅。阡陌:田间纵横的小路。

〔15〕幽:深邃,含蓄。蹊(xī 溪)径:狭窄小路。

〔16〕驶:快速,比喻性情急躁。泷(lóng 龙)湍:急流。

〔17〕险:险峻,喻严峻。峒(dòng 洞)谷:山谷。峒,山参差不齐。

〔18〕平:平坦,喻平常。

〔19〕驳:杂。鳞角:鳞介犄角,泛指虫鱼鸟兽。

〔20〕怪:奇异。精魅:妖精鬼怪。

〔21〕和:平和。参苓:人参茯苓,皆为平和滋补之药材。

〔22〕华:荣。芝:芝兰。

〔23〕戾:乖背。

〔24〕砒(pī 批)附:砒霜和附子,皆有剧毒。砒霜为三氧化二砷。附子为多年生草本植物,又称乌头、僧娃菊,茎叶皆有毒,地下肉状之根毒更剧。

〔25〕钟:泛指古时青铜乐器。彝:古时青铜祭器。合称礼器,用于

庄严场合。

〔26〕英:精粹。

〔27〕润:润泽,喻温柔惠爱。

〔28〕闲:简陋,喻简慢。丘垤(dié 谍):小山丘。

〔29〕拙:笨拙。崴嶵(wěi zuì 畏罪):险峻崎岖的山。

〔30〕煦:照耀、温暖。

〔31〕咻(xǔ 许):同"呴",吐温和之气加以抚恤。

〔32〕将:殆,大概。少:稍。休:休止。

〔33〕浮:虚浮不实。

〔34〕"遂乃"四句:写矫揉滥造,培养腐朽虚伪之才,使他们充斥朝廷市井,窃居要位。缚草为形,把草捆绑为人形,即扎草人。实之腐肉,草人外形之内填充腐烂之肉。教之拜起,教给草人下拜起身等礼仪。朝市,朝廷市井,指京师。

〔35〕"风且"三句:为预言之语,以大风喻事变,是说大风将起,一旦风势迷茫飞扬,必定化为沙泥而显露低劣本相。且,将。荒忽,遥远不分明之状。《楚辞·九歌·湘夫人》:"荒忽兮远望。"

〔36〕"君子"二句:按《列子·周穆王》无此语,盖误引。语见《艺文类聚》卷九〇引《抱朴子》:"周穆王南征,一军尽化,君子为猿为鹤,小人为虫为沙。"今本《抱朴子·释滞》作"三君之众,一朝尽化,君子为鹤,小人为沙"。

〔37〕"等化"二句:是说难道变化相同吗?然而还是化为猿鹤的似乎为好。贤,善。

〔38〕噫哦:感叹声。

此题原作《与人笺》,邃汉斋校订本改作此。所与者及写作时间均未详。出《定盦文集补编》。此信专论人材,作者认为,时当盛世,人材自然成长，养于环境，因其性情，贤愚明辨，品类自分，真而不伪，各尽其用；时当衰世，则矫揉造作，使英才受摧残，腐朽充栋梁，一旦有事，庸才显露原形，国家惨遭祸殃。这里对清王朝腐朽的选举、官僚制度作了绝妙的讽刺，表现了作者主张封建阶级内部人材解放的思想。

书汤海秋诗集后

人以诗名，诗尤以人名[1]。唐大家若李、杜、韩及昌谷、玉谿[2]，及宋元眉山、涪陵、遗山[3]，当代吴娄东[4]，皆诗与人为一，人外无诗，诗外无人，其面目也完[5]。

益阳汤鹏，海秋其字，有诗三千馀篇，芟而存之二千馀篇[6]，评者无虑数十家[7]，最后属龚巩祚一言[8]，巩祚亦一言而已，曰：完。何以谓之完也？海秋心迹尽在是[9]，所欲言者在是，所不欲言而卒不能不言在是，所不欲言而竟不言，于所不言求其言，亦在是。要不肯捋撦他人之言以为己言[10]。任举一篇，无论识与不识，曰：此汤益阳之诗[11]。

〔1〕"人以"二句：是说人因其诗知名，诗尤其因其人而知名。后句强调文如其人，只有表现个性的诗，才能流传不废。

〔2〕李：李白。杜：杜甫。韩：韩愈。昌谷：李贺。李贺为昌谷（今河南宜阳）人，故称。其集名《昌谷集》。玉谿：李商隐。李商隐号玉谿生。

〔3〕眉山：苏轼。苏轼为眉山（今四川眉山）人，故称。涪陵：黄庭坚。黄庭坚曾谪居涪州（治所在四川涪陵），因又号涪翁。涪州，隋、唐

时曾改为涪陵郡,故此称涪陵。遗山:元好问,号遗山,工诗文,在金、元之际颇负盛名。

〔4〕吴娄东:清初诗人吴伟业,详见《秋夜听俞秋圃弹琵琶赋诗,书诸老辈诗册子尾》诗注〔19〕。

〔5〕也:句中语气词,表示停顿。完:完整。

〔6〕芟(shān 山):删除。

〔7〕无虑:大率。

〔8〕属(zhǔ 主):同"嘱",嘱托。巩祚:龚自珍曾改名为巩祚。

〔9〕是:此,指其诗。

〔10〕要:总。挦撦(xín chě 心阳平扯):剥取。

〔11〕"任举"三句:是说任意举出一篇,不管见过与否,立即便可断言:这是汤鹏的诗。识,知。

这篇跋写作时间未详,作者于道光十九年(1839)辞官离京时,有留别汤鹏之诗,跋文当作于此前不久。出《定盦遗著》。文章通过论汤鹏的诗,集中反映了作者的文学观点,他主张"诗与人为一,人外无诗,诗外无人",即诗歌要真实地表现自己的思想感情,具有鲜明的艺术个性。这对风行当世的从格律声调上模拟古人,并提倡温柔敦厚"诗教"的沈德潜的"格调说",以及追求清淡闲远、风神韵致的王士禛的"神韵说",是格格不入的,而与主张抒写胸臆,辞尚自然,贵在独创的袁枚的"性灵说"相通。作者自己的诗歌创作也出色地实践了这一主张。值得指出的是,作者反对模拟,强调个性,并不是排斥学习继承优秀的文学传统,他在《最录李白集》中充分肯定了李白熔铸历史传统,独创个人风格所取得的成就:"庄、屈实二,不可以并,并之以为心,自白始。儒、仙、侠实三,不可以合,合之以为气,又自白始也。"汤海秋,名鹏,详见《己亥杂诗》其二九首注〔5〕。

词　选

菩萨鬟

行云欲度帘旌去,啼花恨草无重数[1]。吟淡口脂痕,秋心自觉温[2]。　　秋怀珠与玉,写上罗笺薄[3]。暮暮与朝朝,工愁要福销[4]。

〔1〕"行云"二句:喻写时光流逝,愁恨无尽。帘旌,犹如帘幌,指帘帷。

〔2〕"吟淡"二句:是说吐词抒怀,吟咏不已,以致唇脂痕淡,方觉有所寄托,凄凉的心境得到一些温暖。秋心,参见《秋心三首》其一注〔1〕。

〔3〕"秋怀"二句:是说悲凉的心怀珍重有如珠玉,写到轻罗笺上却又如此淡薄,意思是言虽为心声,言又难尽意。薄,一语双关,既指罗笺之轻薄,又指文意之淡薄。

〔4〕"工愁"句:是说善感的愁绪需要切实的幸福来打消。言外之意并无幸福消愁。

这首词选自作者自编的《无著词选》(又名《红禅词》)。据段玉裁为作者所撰《怀人馆词序》云,嘉庆十七年(1812)夏,他即已看到《怀人馆词》三卷,《红禅词》二卷,而作者于嘉庆十五年秋始倚声填词(见《年谱》),参词中时令,此词当作于嘉庆十五年秋或十六年秋。词中借写一个女子的凄凉愁恨,以抒自己怀才不遇的胸襟。菩萨鬟,即菩萨蛮。

临江仙

一角红窗低嵌月,矮屏山蹙罗纹[1],梨花情性怕黄昏[2]。泪怜银蜡浅[3],心比玉炉温[4]。　　底事雏鬟憨不醒,冬冬蚓箭宵分[5],起来亲手放帘痕[6]。春空凉似水,西北有娇云[7]。

〔1〕"一角"二句:是说黄昏时节月亮初升,嵌入窗口;透过矮屏,朦胧山色仿佛皱起罗纹。蹙(cù 促),皱。

〔2〕梨花:色白,以喻纯洁无瑕。

〔3〕泪:语意双关,既指人泪,又指烛泪。浅:指燃烧得短了,矮了。李商隐《无题》:"春蚕到死丝方尽,蜡炬成灰泪始干。"

〔4〕"心比"句:是说内心像玉香炉一样温暖。紧承上句,意思是虽伤逝而未灰心。

〔5〕"底事"二句:是说为什么漏刻咚咚,时已夜半,小丫鬟竟如此傻睡不醒,疏忽职守。以婢女的无虑熟睡,反衬自己的多愁不眠。底事,何事,为什么。雏鬟,小丫鬟。鬟,龚孝拱手抄本改作鬓。憨(hān 酣),痴呆。冬冬,拟声词,同"咚咚"。蚓箭,古时漏刻(滴漏计时器)立置水中带有刻度的计时针。王勃《乾元殿颂序》:"蚓箭司更,银漏与三辰合运。"杜审言《除夜诗》:"冬气恋蚓箭,春色候鸡鸣。"宵分,夜半。

〔6〕帘痕:帘子卷起的下沿。

〔7〕"春空"二句:写放帘时所见外景。娇云浸在凉空,令人为之寒噤,恰似主人公的处境。

选自《无著词选》。据《无著词》最初结集时间及词中所写时令,此词当作于嘉庆十六年(1811)春,参见前阕《菩萨蛮》说明。词中写一个少女对青春易逝和孤凄身世的无限忧虑,寓有作者自己对年华蹉跎的感慨。

梦玉人引

一箫吹,琼栏月暖锦云飞[1]。十丈银河,挽来注向灵扉[2]。月殿霞窗,动春空仙籁参差[3]。报道双成[4],乍搴了罗帏[5]。　　陡然闻得,青凤下西池[6]。奏记帘前,佩环听处依稀[7]。不是人间话,何缘世上知[8]?梦回处,摘春星满把累累[9]。

〔1〕月暖:一反月凉、月寒的常调,令人向往而不畏惧,用意耐人寻味。

〔2〕灵扉:仙宫之门。

〔3〕"动春"句:是说起伏和谐的仙乐声响彻春空。动,震。

〔4〕双成:董双成,传说中人物。《浙江通志》:"周董双成,西王母侍女。其故宅在杭州西湖妙庭观,丹成得道,自吹玉笙,驾仙鹤去。"《汉武帝内传》:"又命侍女董双成吹云和之笙。"

〔5〕乍:忽。搴(qiān牵):同"褰",揭起。

〔6〕"陡然"二句:是说自己上天求见仙人,却忽然听到西王母已自瑶池下凡,会见人间皇帝去了。青凤,即青鸟。《汉武故事》:"七月七日,忽有青鸟飞集殿前,东方朔曰:'此西王母欲来。'有顷,王母至,三青

鸟夹侍王母旁。"西池,西王母所居的瑶池,神话传说中的仙境。《穆天子传》卷三:"乙丑,天子觞西王母于瑶池之上,西王母为天子谣。"

〔7〕"奏记"二句:是说在汉武帝向西王母奏陈的帏帘之前,西王母及侍从天仙的佩环之声依稀可闻。《汉武帝内传》载:元封元年(前110)四月戊辰,汉武帝居承华殿,东方朔、董仲舒侍,见西王母使女墉宫玉女王子登来报,让武帝百日清斋,七月七日迎西王母下凡。武帝应诺。"至七月七日,乃修除宫掖之内,设座殿上,以紫罗荐地,燔百和之香,张云锦之帐,然九光之灯,陈玉门之枣,酌蒲萄之酒,躬监肴物,为天宫之馔。帝乃盛服,立于陛下,勑端门之内,不得妄有窥者,内外寂谧,以俟云驾。"至二唱(二更)之后,西王母忽从西南天降下,自设膳款待汉武帝,并命众侍女奏乐唱曲。歌毕,武帝乃下地叩头,自陈政事之失,以求垂怜赐教,超度尘世。于是西王母告以养生之要,长生之术,成仙之法,并授以符箓。奏记,书事奏陈叫奏记。帘前,指武帝所张云锦之帐前。

〔8〕"不是"二句:是说西王母所告,本是神界秘语,不是人间公开的话,何故竟被世上所知,流传下来。

〔9〕"梦回"二句:既写出对梦境的留恋,又写出失望后的惆怅。

选自《无著词选》。据词中时令及本词编次(作者自定之词选,大致按写作时间先后编次),当亦作于嘉庆十六年(1811)春。此词写梦游仙境这一传统主题,表现了对现实的不满,对理想的追求,以及愿望难遂的惆怅之情。写仙境没有虚无飘渺之感,月暖云飞,仙籁谐鸣,挽银河,摘春星,绘声绘色,气象阔大,引人入胜,充分地表现了希望的热切,有力地反衬着失望之后的冷落。玉人,仙女。此词龚橙手抄本文字多异,当为擅改,未从。

鹊桥仙

　　同袁兰村、汪宜伯小憩僧寺,宜伯制《金缕曲》见示,有"望南天,倚门人老,敢云披薙"之句。余惊其心之多感,而又喜其词之正也,倚此慰之。

飘零也定,清狂也定,莫是前生计左[1]?才人老去例逃禅,问割到慈恩真个[2]?　　吟诗也要,从军也要,何处宗风香火[3]?少年三五等闲看,算谁更惊心似我[4]?

〔1〕"飘零"三句:是说飘零的身世也已注定,清狂的名声也已被认定,莫不是因为前生策划得不合事宜?飘零,参见《飘零行戏呈二客》诗。清狂,清高放诞。计左,又称左计,策划不合事宜曰左计,见《韵会》。

〔2〕"才人"二句:是说有才华的人老了以后通常是要学佛的,而正值年少,果真就要到佛寺请求剃发以断骄慢自恃之心吗?逃禅,见《能令公少年行》注〔13〕。问割,请求剃发出家。《毗尼母论》云:"剃发法,但除头上毛及发。所以剃发者,为除骄慢自恃心故。"慈恩,寺名,唐高宗为太子时,为文德皇后所建,故名慈恩,落成于贞观二十二年,在陕西长安县东南曲江北(今西安市内)。这里泛指佛寺。

〔3〕"吟诗"三句:是说既要吟诗作文,又要仗剑从军,皆为清心寡欲的佛家所不容,哪有宗仰佛门的馀地?宗风,佛家语,指一宗独特之风仪,禅宗多用此语。这里作动词用,犹向风宗仰。香火,香指焚香,火指

灯火,供奉佛所用。按,吟诗从军,一文一武,乃作者平生之志,后来从军之志未遂,有无限感慨,参见《漫感》诗及说明。作者这里披露了出家与济世的矛盾,较之汪氏所言出家与养母的矛盾境界更高。

〔4〕"少年"二句:是说无虑少年等闲看待人生,有谁更比我为世事惊心? 三五,三五一十五,指十五岁。

此词选自作者自编词集《怀人馆词选》。据序中引注词《金缕曲》"望南天"句,当作于北京。又按嘉庆十五年(1810)秋作者始倚声填词,嘉庆十七年三月其父由京官出任徽州知府,作者侍行,离开北京,故知此词当作于嘉庆十六年。当时汪氏先有词相示,作者遂写此词,自叙身世志向以宽慰友人。袁兰村,未详。作者集中有《袁通长短言序》一文,称"钱唐袁通《长短言》六卷",或即其人。汪宜伯,即汪琨。作者次年侍父南行作有《行香子》一阕,序云:"道中书怀,与汪宜伯。"词后附汪琨《送龚璱人出都调水龙吟》一阕,中云:"长安旧雨都非,新欢奈又摇鞭去。城隅一角,明笺一束,几番小聚。说剑情豪,评花思倦,前尘梦絮。"倚门人,指母亲。《战国策·齐策》载,王孙贾之母,牵挂儿子,曾对王孙贾说过"汝朝出而晚来,则吾倚门而望"的话,故后以"倚门人"称母。披薙(tì替),披僧衣剃发,出家之意。倚此,倚声而填此词。

水调歌头

寄徐二义尊大梁

去日一以驶,来日故应难。故人天末不见[1],使我思华年。结客五陵英少,脱手黄金一笑,霹雳应弓弦[2]。意气渺非昔〔3〕,行役亦云艰。　　湖海事〔4〕,感尘梦〔5〕,变朱颜。空留一剑知己,夜夜铁花寒〔6〕。更说风流小宋〔7〕,凄绝白杨荒草,谁哭墓门田？游侣半生死,想见涕潺湲〔8〕。(谓严江宋先生。)

〔1〕天末:天边,指极远之地。

〔2〕"结客"三句:写结交京城豪侠少年慷慨任侠的情况。五陵,汉帝的五个陵墓,即长陵(高帝)、安陵(惠帝)、阳陵(景帝)、茂陵(武帝)、平陵(昭帝),皆在长安。汉朝皇帝每立陵墓,辄把四方富家豪族和外戚迁至陵墓附近居住,故五陵附近为汉时豪侠少年聚集之地。李白《少年行》:"五陵年少金市东,银鞍白马度春风。"杜甫《秋兴八首》其三:"同学少年多不贱,五陵裘马自轻肥。""霹雳"句:是说射猎的弓弦声响若霹雳。为夸张写法。

〔3〕渺:指渺然无存。

〔4〕湖海事:犹云天下事。

〔5〕尘梦:尘世之梦,人生之梦。

〔6〕"空留"二句:是说自留一剑在身边,虽能象征自己的豪情,算是知己,但毕竟还是冰冷无情之物。铁花,铁器的光泽。

〔7〕小宋:即自注中所称的"严江宋先生",指宋璠,作者的塾师。作者所撰《宋先生述》云:"君姓宋氏,讳璠,字鲁珍,浙江严州府建德县(今浙江建德县)人。……嘉庆七年以选拔贡生来京师,主刑部员外郎戴公(名敦元,字金溪)家,以戴公荐,来主吾家。训自珍以敬顺父母。举嘉庆九年顺天乡试,十五年岁庚午卒,年三十三。……"

〔8〕潺湲(chán yuán 蝉员):河水慢慢流的样子。这里形容泪流不断。

此词为寄友怀故之作,选自《怀人馆词选》。写于嘉庆十六年(1811),仅次此阕,作者又有一阕《水调歌头》,序云:"辛未(即嘉庆十六年)六月二日,风雨竟昼,检视败簏中严江宋先生遗墨,满眼凄然,赋此解。"可证。词中缅怀昔日的结交欢聚,感叹当今的生离死别、孤苦飘零,不禁滴滴泪下。深沉真挚,感人肺腑。徐义尊,事迹未详。

醉太平

道中作

鞍停辔停,云行树行〔1〕。东风昨夜吹魂,过青山万痕。春浓梦沉,愁多酒醒〔2〕。一天飞絮愔愔〔3〕,搅离怀碎生〔4〕。

〔1〕"鞍停"二句:停停行行,未正面着一字,却写出长途跋涉、奔波不已的行旅之苦。

〔2〕"春浓"二句:一沉一醒,相反相成,更衬托出愁多难排。

〔3〕愔(yīn 音)愔:安静无声。

〔4〕离怀:离别的愁怀。碎生:纷纷而生。

选自《怀人馆词选》,据序乃嘉庆十七年(1812)三月侍父南归途中作。写离愁,语言形象,感情委婉。此词龚橙手抄本文字多异,当为擅改,未从。

湘月

壬申夏,泛舟西湖,述怀有赋,时予别杭州盖十年矣。

天风吹我,堕湖山一角,果然清丽[1]。曾是东华生小客[2],回首苍茫无际。屠狗功名[3],雕龙文卷[4],岂是平生意?乡亲苏小,定应笑我非计[5]。　　才见一抹斜阳,半堤香草,顿惹清愁起。罗袜音尘何处觅[6]?渺渺予怀孤寄。怨去吹箫,狂来说剑[7],两样消魂味。两般春梦,橹声荡入云水[8]。(是词出,歙洪子骏题词序曰:"龚子瑟人近词有曰'怨去吹箫,狂来说剑'二语,是难兼得,未曾有也,爰填《金缕曲》赠之。"其佳句云:"结客从军双绝技,不在古人之下,更生小会骑飞马。如此燕邯轻侠子,岂吴头楚尾行吟者[9]?"其下半阕佳句云:"一棹兰舟回细雨,中有词腔姚冶,忽顿挫淋漓如话。侠骨幽情箫与剑,问箫心剑态谁能画?且付与,山灵诧。"馀不录。越十年[10],吴山人文徵为作《箫心剑态图》。牵连记。)

[1]"天风"三句:是说自己身世恰如飞蓬,不由自主,随风而行,现上辞京师,泛舟西湖,纯系命运安排,而景色确实清丽,尚有可慰。曹植《吁嗟篇》:"吁嗟此转蓬,居世何独然!长去本根逝,夙夜无休闲。东西经七陌,南北越九阡。卒遇回风起,吹我入云间。自谓终天路,忽然下沉渊。……"为此词取喻所本。又可参作者《飘零行》诗。

[2]东华:北京紫禁城东华门。因清代内阁在紫禁城内,地近东华门,这里以东华指内阁。《己亥杂诗》其四八首云:"时流不沮狂生议,侧立东华佁佩声。"自注:"官内阁中书日,上大学士书,乞到阁看本。"生

375

小：年少。按，作者十一岁侍父做官居北京，至本年初由副榜贡生充武英殿校录，武英殿在紫禁城内西南角，工作人员出入经由西华门（参见《己亥杂诗》其四七首及注），故对东华门（内阁）来说，自己的身份始终是"客"。作者官内阁中书为以后嘉庆二十五年（1820）事。

〔3〕"屠狗"句：是说官职卑贱。屠狗，卖狗肉，旧时视为卑贱之业。《史记·樊郦滕灌列传》谓樊哙曾"以屠狗为事"，《刺客列传·荆轲传》谓高渐离亦以屠狗为业。《后汉书·朱景王杜马刘傅坚马列传》："论曰：中兴二十八将……亦各志能之士也。……降自秦汉，世资战力，至于翼扶王命，皆武人屈（倔）起，亦有鬻缯、屠狗、轻猾之徒，或崇以连城之赏，或任以阿衡之地。"

〔4〕"雕龙"句：是说写作诗文。雕龙，《史记·孟子荀卿列传》载："驺奭者，齐诸驺子，亦颇采驺衍之术以纪文"，"驺衍之术迂大而闳辩，奭也文具难施"，"故齐人曰：谈天衍，雕龙奭"。裴骃《史记集解》："驺奭修衍之文饰，若雕龙文，故曰雕龙。"

〔5〕"乡亲"二句：是说作为乡亲的苏小小，定会笑我求仕与写作计谋失当。苏小，即苏小小，南齐时钱塘妓女，才貌为士人所倾倒。西湖有苏小小墓。韩翃《送王少府归杭州》有"钱塘苏小是乡亲"句，为前句所本。

〔6〕罗袜音尘：指苏小小的音容踪迹。

〔7〕"怨去"二句：参见《漫感》诗注〔3〕。

〔8〕橹（lǔ 鲁）：使船前进的拨水工具，比桨长大，安在船梢或船旁，用手摇。

〔9〕吴头楚尾：今江西省北部，春秋时为吴、楚两国接界之地，故称"吴头楚尾"。这里指地处安徽省南部，临近江西省北界的徽州。

〔10〕越十年：据此则此注乃十年后于道光二年（1822）追记。

选自《怀人馆词选》。作于嘉庆十七年（1812），本年三月作者之父由京官出任徽州(治所在歙县)知府,作者侍行,同还杭州探视,然后赴任。此词即本年夏天在杭州作。词中回顾离开家乡的十年,仕途坎坷,理想受挫,无限感慨。可与《漫感》诗互参。

高阳台

南国伤谗[1],西洲怨别[2],泪痕淹透重衾。一笛飞来,关山何处秋声[3]?秋花绕帐瞢腾卧[4],醒来时芳讯微闻。费猜寻,乍道兰奴[5],气息氤氲。　　多愁公子新来瘦[6],也何曾狂醉,绝不闲吟[7]。璧月三圆,江南消息沉沉[8]。魂消心死都无法[9],有何人来慰登临[10]?劝西风,将就些些,莫便秋深。

[1]"南国"句:是说为自己在南方遭谗而感伤。按,作者遭谗事未详,其《清平乐》词云:"万千名士,慰我伤谗意。怜我平生无好计,剑侠千年已矣。"可参。

[2]"西洲"句:回忆在徽州与妻子的痛别。西洲,为《乐府诗集》卷七二《杂曲歌辞》中一首《古辞》中所写的一个女子与郎君分别的地方,中云:"忆梅下西洲,折梅寄江北","西洲在何处,两桨桥头渡","鸿飞满西洲,望郎上青楼","海水梦悠悠,君愁我亦愁。南风知我意,吹梦到西洲"。这里指与妻子离别之地。

[3]"一笛"二句:是说笛音传来遍布河山的凄凉秋声。

[4]秋花绕帐:作者《惜秋华》词小序云:"癸酉(嘉庆十八年)初秋,汪小竹水都斋中,见秋花有感,一一赋之,凡七阕。"瞢(měng 猛)腾卧:昏睡。瞢腾,同"瞢懂",糊涂。

〔5〕兰奴:对兰花的爱称。

〔6〕多愁公子:自谓。

〔7〕"也何"二句:是说既不借酒浇愁,更不闲吟解闷。

〔8〕"璧月"二句:是说离开江南已经三个月,家人杳无音信。璧月三圆,玉璧般的明月已经圆过三回。按,作者于四月离家入都,至此七月中经三次月圆。

〔9〕"魂消"句:是说无法使魂消心死免此愁绪。

〔10〕登临:登山临水。指登山临水引起的愁绪归思。《楚辞·九辩》:"憭慄兮若在远行,登山临水兮送将归。"

选自《怀人馆词选》。考前后诸阕所写行迹,又参吴昌绶《定盦先生年谱》嘉庆十八年:"在徽州,段先生(玉裁)寄书勉学。四月入都。七月,元配段宜人卒于徽州府署,先生归,已不及见。应顺天乡试,未售。在汪小竹水部(全泰)斋中见秋花有感,赋词七阕"云云,此词当作于嘉庆十八年(1813)初秋七月,时在北京,尚未南归。作者《金缕曲》(我又南行矣)有序云:"癸酉(嘉庆十八年)秋出都述怀有赋。"亦可证。词意感秋而发,伤己之遭谗,怨与家人之别离,愤应试之下第,百愁交集,无处告慰,只有求西风将就,别再添凄凉。情深意婉,祝心渊批道:"颇似漱玉(李清照)。"为有得之见。

金缕曲

癸酉秋出都,述怀有赋。

我又南行矣!笑今年鸾飘凤泊[1],情怀何似?纵使文章惊海内,纸上苍生而已,似春水干卿何事[2]？暮雨忽来鸿雁杳,莽关山一派秋声里。催客去,去如水。　　华年心绪从头理,也何聊看潮走马,广陵吴市[3]？愿得黄金三百万,交尽美人名士,更结尽燕邯侠子[4]。来岁长安春事早,劝杏花断莫相思死。木叶怨,罢论起[5]。（店壁上有"一骑南飞"四字,为《满江红》起句,成如干首,名之曰《木叶词》。一时和者甚众,故及之。）

〔1〕鸾飘凤泊：鸾凤以喻英俊之人,飘泊指沦落。语出韩愈《峋嵝山诗》："科斗拳身薤倒披,鸾飘凤泊拏虎螭。"韩诗以鸾凤喻俊物,谓峋嵝山神禹碑秘迹山中,如鸾凤之飘泊。

〔2〕"似春"句：是说像春水流去与己无关。卿,你,作者自谓。

〔3〕"也何"句：是说也何曾愿像五代吴越王钱镠那样在广陵吴市看潮走马,过奢侈生活,显赫于家乡。聊,愿。《诗经·邶风·泉水》："聊与之谋。"《毛传》："聊,愿也。"看潮走马,广陵吴市,指五代时吴越王钱镠的显贵和奢侈。钱镠字具美,杭州临安人。《旧五代史·世袭列传·钱镠传》："镠在杭州垂四十年,穷奢极贵。钱塘江旧日海潮逼江城,镠大庀（pí 皮,具）工徒,凿石填江,又平江中罗刹石,悉起台榭,广郡郭周三十里,邑屋之繁会,江山之雕丽,实江南之胜概也。"《新五代史·吴越世家》载,梁太祖朱晃即位,封镠吴越王兼淮南节度使。镠平生好玉带名马,梁太祖称之为"英雄"。梁太祖开平四年（910）,"镠游衣锦军（镠素所居军营）,作《还乡歌》曰：'三节还乡兮挂锦衣,父老远来相追随。牛斗无字人无欺,吴越一王驷马归。'"作者甲戌（嘉庆十九年）春泛舟西湖又赋《湘月》词,中有"钱王气短"之句。广陵,古县名,治所在今扬州市。钱镠所兼之淮南节度使治所亦在扬州。吴市,春秋吴国国都,今江苏苏州。为五代时吴越国的重要都会。

〔4〕燕:古燕国之地,燕国建都蓟(今北京)。邯:邯郸,今河北邯郸市。燕、邯自古多慷慨任侠之士,故云。

〔5〕"来岁"四句:写出对未来的希望,以长安春事喻京都思想舆论的活跃,以杏花喻渴望进用事的士人,而自己的木叶怨词引起众多和者,正是消声的议论重新兴起的预兆。罢论,止息的言论。指被禁锢的对国事的议论。

选自《怀人馆词选》。作于嘉庆十八年(1813)秋。本年四月,作者由徽州父亲府署赴北京应顺天乡试,未第,秋出都返徽州,作此词述怀。上半阕感慨自己仕路飘泊无着,政治理想不得实现,纵使文章成名,也不过停留在纸上,无助于济苍生的实际作为。下半阕为愤激之词,誓欲改弦易辙,不屑仕进,绝交贵族,引美人名士游侠为知己,平等交往,慷慨任侠,以冲决人间的等级藩篱。

鹊踏枝

过人家废园作

漠漠春芜芜不住〔1〕。藤刺牵衣,碍却行人路。偏是无情偏解舞,濛濛扑面皆飞絮〔2〕。　　绣院深沉谁是主?一朵孤花,墙角明如许〔3〕!莫怨无人来折取,花开不合阳春暮〔4〕。

〔1〕漠漠:寂寞无声。芜不住:继续荒芜而不停止。
〔2〕"偏是"二句:是说飞絮明明无情,却偏偏飘舞不止。意思是故

作姿态,惹人愁烦。
〔3〕如许:如此。
〔4〕"花开"句:是说花开得不合时宜,阳春已暮,已非花盛时节。

选自《怀人馆词选》。据前后诸阕所写行迹及本阕所写时令,当作于嘉庆十九年(1814)春,时在徽州。词中极写废园荒芜凄凉情景,颇多兴亡、盛衰之感,并以明媚的孤花自况,感叹不容于没落的现实社会。

减兰

偶检丛纸中,得花瓣一包,纸背细书辛幼安"更能消几番风雨"一阕,乃是京师悯忠寺海棠花,戊辰暮春所戏为也。泫然得句。

人天无据,被侬留得香魂住〔1〕。如梦如烟〔2〕,枝上花开又十年。　十年千里,风痕雨点斓斑里〔3〕。莫怪怜他,身世依然是落花〔4〕!

〔1〕"人天"二句:为拟人化写法,用海棠花的口吻。是说海棠花自觉在人间天上皆无所凭依,感激被作者留住了香魂。侬(nóng浓),你。
〔2〕"如梦"句:是说时间流逝像幻梦、轻烟一样消失得无影无踪。
〔3〕"十年"二句:是说自己十年之中千里飘泊,饱经风雨。
〔4〕"莫怪"二句:为作者自己的口吻,是说不要太怜惜他,自己的身世也依然是落花。怪,甚。

选自《怀人馆词选》。关于此词写作之由,序中交代甚详,即偶然发现戊辰年(嘉庆十三年,1808)收存的一包海棠花瓣,有感而发。据"枝上花开又十年"句,知作于嘉庆二十三年(1818)。上半阕写海棠花瓣虽感激被作者留住香魂,但可惜毕竟是落花,自然界生生不已的海棠树又开了十年新花;下半阕自叹身世,与落花同命相怜。减兰,即减字木兰花词牌的简称。辛幼安,南宋大词人辛弃疾,字幼安。更能消几番风雨,出《摸鱼儿》,前四句为:"更能消几番风雨,匆匆春又归去。惜春长恨花开早,何况落红无数。"泫(xuàn渲)然,水滴下的样子,多形容泪流而下,此同。

长 相 思

海棠丝[1],杨柳丝,小别风丝雨也丝,春愁乱几丝。　　早寒时[2],暮寒时,江上春潮平岸时,谢庭书到时[3]。

〔1〕丝:语意双关,隐"思"意。

〔2〕寒:指春寒。李清照《声声慢》:"寻寻觅觅,冷冷清清,凄凄惨惨戚戚。乍暖还寒时候,最难将息。"

〔3〕"谢庭"句:是说当庭报知书信到来之时。谢,告。

选自《怀人馆词选》。写作时间未详,编排仅次《减兰》,时令皆为春季,两词或作于同时,皆在嘉庆二十三年(1818)。上半阕写愁绪如丝,牵肠挂肚,无所不在;下半阕写愁绪难排,无时不有。感情缠绵,语言纤巧,韵味隽永。

南 浦

端阳前一日,伯恬填词题驿壁上,凄瑰曼绝,余亦继声。

羌笛落花天[1],办香鞯两两愁人归去[2]。连夜梦魂飞,飞不到,天堑东头烟树[3]。空邮古戍[4],一灯败壁然诗句[5]。不信黄尘消不尽,摘粉搓脂情绪[6]。　　登车切莫回头,怕回头还见高城尺五[7]。城里正端阳,香车过,多少青红儿女[8]。吟情太苦,归来未算年华误[9]。一剑还君君莫问,换了江关词赋[10]。

〔1〕"羌笛"句:写落花季节。高适《塞上听吹笛》:"雪净胡天牧马还,月明羌笛戍楼间。借问梅花何处落?风吹一夜满关山。"笛曲有《梅花落》,高诗将曲名拆开,巧用双关。这里"羌笛落花"用法意义相同。

〔2〕办香鞯(jiān笺):备马之意。鞯,马鞍上的铺垫。两两愁人:指同时落第的自己和友人周仪昈。

〔3〕"天堑"句:指杭州家乡。天堑,天然的足资阻挡防守的险要坑堑。长江自古有天堑之称。这里即指长江。

〔4〕邮:驿站。戍:指戍屋,戍守之营房。

〔5〕"一灯"句:是说灯下题诗于破壁之上。然,同"燃",这里是辉映之意。

〔6〕"不信"二句:是说不相信风尘仆仆的奔波消不尽热衷仕进以求恩宠的情绪。摘粉搓脂,《史记·佞幸列传》:"谚曰:'力田不如逢年,

善仕不如遇合。'固无虚言,非独女以色媚,而仕宦亦有之,昔以色幸者多矣。……故孝惠时,侍郎中皆冠鵕鸃(以美丽的羽毛饰冠),贝带(以贝饰带),傅脂粉。"这两句不仅自我解嘲,对当时的官场仕路亦深含讽意。

〔7〕高城:指北京城。尺五:指离天一尺五寸,喻地位高贵。语出《辛氏三秦记》:"城南韦、杜,去天尺五。"(清王谟《汉唐地理书钞》辑本)是说韦、杜两姓贵族,地位高显,接近帝居。这里高城尺五一语双关,既写北京城之高,又喻皇家贵族地位之高。

〔8〕"城里"三句:写北京城里得意的贵族男女。

〔9〕"归来"句:是说不遇而及早归来,不能算误了年华。

〔10〕"一剑"二句:是说将赠剑还你,你不要询问缘由,壮志难遂,豪情不存,词赋中已改换成垂暮感伤的情绪。剑,象征豪情壮志,参见《又忏心一首》注〔4〕。江关诗赋,指充满垂暮感伤之情的词赋。参见《己亥杂诗》其二二一首注〔3〕。这两句即《漫感》诗意:"绝域从军计惘然,东南幽恨满词笺。一箫一剑平生意,负尽狂名十五年。"

选自《小奢摩词选》。此词为和周仪暊(伯恬)题驿壁词而作,时在嘉庆二十五年(1820)五月初,与周氏同参加会试,皆落第而归,参见《逆旅题壁,次周伯恬原韵》诗说明。上半阕写旅途奔波,归心急迫。下半阕写仕进受挫后怅惘与不平的复杂感情,至于"还剑",表示了誓欲放弃济世之志,但是此不过愤激之词而已。

丑奴儿令

沉思十五年中事,才也纵横,泪也纵横,双负箫心与剑名〔1〕。　　春来没个关心梦〔2〕,自忏飘零,不信飘零,请看床头金字经[3]。

〔1〕箫心、剑名:参见《漫感》诗注〔3〕。
〔2〕"春来"句:写梦境的空虚以衬托理想的无着。关心,留心。
〔3〕"请看"句:是说想通过念佛经以解脱现实的处境。金字经,佛经。金字指用金泥书就的文字。《法苑珠林》:"震旦国人书,大毗尼藏及修多罗藏银纸金书。"《南史·何敬容传》:"大同元年三月,武帝幸同泰寺,讲金字三惠经。"

选自《小奢摩词选》。据首句"沉思十五年中事",当作于道光三年(1823),参见《漫感》诗注〔3〕及说明。词中感慨自己怀才不遇、有志难伸的飘零身世,可与《漫感》及《飘零行》两诗互参。

清平乐

人天辛苦,恩怨谁为主[1]?几点枇杷花下雨,葬送一春心绪[2]。　　梦中月射啼痕[3],卷中灯炧诗痕[4]。一样嫦娥瞧见,问他谁冷谁温[5]?(《影事词》出,有属和者《齐天乐》下半阕云:"人天何限影事,徒邀他天女,同忏同证[6]。狂便谈禅,悲还说梦,不是等闲凄恨。钟声梵韵[7],便修到生天[8],也须重听。底怨西窗,佛灯深夜冷?"前半不录。)

〔1〕"人天"二句:是说人间天上同样辛苦,不知谁主恩怨。质问中充满对自己遭遇的不平感慨。
〔2〕"几点"二句:是说雨打枇杷花落,春已逝去,自己满怀希望、积

极向上的心绪也随之被葬送。

〔3〕射:照射。啼痕:泪痕。

〔4〕炧(xiè 泄):馀烬。这里作动词用,微照之意。

〔5〕"一样"二句:是说同样被嫦娥瞧见,问他哪个冷些,哪个热些。实际意思是冷月之光所照之泪痕,灯火馀烬所照之诗痕,同样凄凉,难分冷温。

〔6〕忏:忏悔,佛家语,悔过之意。证:证果,佛家语,谓以正智实证菩提(觉悟),得佛菩萨等之果位(成佛之位)。

〔7〕梵韵:用梵语诵念佛经的韵律。

〔8〕生天:佛家语,谓死后生于天界。

选自《影事词选》。据词末自注,此词就别人和《影事词》之词而作,又按吴昌绶《定盦先生年谱》道光三年:"六月,刊定《无著词》、《怀人馆词》、《影事词》、《小奢摩词》四种,都一百三首。"则此词作于《影事词》刊出后不久。中云"葬送一春心绪",则即作于本年夏。本年春,作者第四次参加会试,下第。词中感慨自己恩怨无主,心绪、诗情同样凄凉。

丑奴儿令

答月坡、半林订游

游踪廿五年前到[1],江也依稀,山也依稀,少壮沉雄心事违[2]。　　词人问我重来意,吟也凄迷,说也凄迷,载得齐梁夕照归[3]。

〔1〕"游踪"句:写二十五年前曾游苏州。《定盦先生年谱》嘉庆二十一年(1816):"春,将之海上省侍(其父于去年六月擢江南苏松太兵备道),寓段氏枝园(原注:案,枝园在苏州阊门外上津桥。见段先生校汲古阁《说文》识后)。"

〔2〕"江也"三句:是说江山依稀如旧,而自己的雄心壮志却未实现。

〔3〕齐梁:指以南朝齐梁为代表的绮丽颓靡文风。陈子昂《与东方左史虬修竹篇序》:"东方公足下:文章道弊五百年矣。汉、魏风骨,晋、宋莫传,然而文献有可征者。仆尝暇时观齐、梁间诗,彩丽竞繁,而兴寄都绝,每以永叹。思古人常恐逶迤颓靡,风雅不作,以耿耿也。"夕照:夕阳。比喻衰落的形势,指文风,亦兼指时势。参见《梦中作》诗:"夕阳忽下中原去,笑咏风花殿六朝"二句及注。

选自《庚子雅词》。作于道光二十年(1840),时值本年第二次到苏州,寓居沧浪亭之后。吴昌绶《定盦先生年谱》道光二十年:"八月,至苏州。旋之金陵……重之苏州,寓沧浪亭。"作者《贺新凉》词小序云:"侨寓吴下沧浪亭,与王子梅诸君谈艺。"上半阕写自己平生的失志,下半阕写文风、时势的衰落,慨叹身世与忧虑国事交感并集。月坡,孙麟趾,字月坡,有《月坡词》,其中有《定盦将归,托寄家书,赋此送别,调金缕曲》一阕,为送作者由苏州归羽琌别墅时作,中云:"囊底黄金原易散,空使英雄气短。"可与此词互参。半林,未详。